KB067735

너 어젯밤에
뭐 먹었어?

너 어젯밤에
Unbearable Lightness
뭐 먹었어?

폭식과 거식, 다이어트, 그리고 나의 섹슈얼리티 투쟁기

포샤 드 로시 | 배미영 옮김

이후

너 어젯밤에 뭐 먹었어?

폭식과 거식, 다이어트, 그리고 나의 섹슈얼리티 투쟁기

지은이 _ 포샤 드 로시
옮긴이 _ 배미영
펴낸이 _ 이명회
펴낸곳 _ 도서출판 이후
편집 _ 김은주, 신원제, 유정언, 홍연숙
본문 디자인 _ 이수정
표지 디자인 _ 공중정원

첫 번째 찍은 날 2014년 11월 20일

등록 1998. 2. 18(제13-828호)
주소 서울시 마포구 동교동 165-8 앨지팰리스 1229호
전화 대표 02-3141-9640 편집 02-3141-9643 팩스 02-3141-9641
www.ewho.co.kr

ISBN 978-89-6157-077-0 03840

이 도서의 국립중앙도서관 출판시도서목록(CIP)은 e-CIP 홈페이지
(http:www.ni.go.krcip.php)에서 이용하실 수 있습니다.
(CIP 제어번호: CIP2014031403)

아름다움이 무엇인지 보여 준 엘런에게
이 책을 바칩니다.

| 감사의 글 |

할리 뉴먼, 랜디 세인트 니컬러스, 엘런 디제너러스, 패티 로마노스키, 마가릿 로저스, 마이클 로저스, 케이시 로저스, 진 리, 애니크 멀러, 피터 볼랜드, 앨리샤 블록, 칼리 샌더스, 데이너 슬로언, 닉 시먼즈, 리사 시앰브러, 메건 스톤, 폴 올소우스키, 케빈 욘, 제니퍼 루돌프 월시, 오프라 윈프리, 낸시 조셉슨, 주디스 커, 앨릭스 코너, 캐롤린 코스틴, 앤 캐트리나-클리그먼, 메건 패천, 크레이그 페랄타, 조너선 사프란 포어, 도나 폴, 빅터 프레스코, 캐시 프레스턴, 사샤 플럼브리지, 지나 필립스, 마이크 해서웨이, 주디 호플랜드.

이 책이 세상에 나올 수 있도록 용기를 주고 응원해 준 모든 분들께 무한한 감사를 드립니다.

| 차례 |

Prologue

그는 내가 알아서 깰 때까지 기다려 주지 않는다. 내 무의식 속으로 쳐들어와 강제로 끌어낸다. 그 손아귀에 이성이 사로잡히면 나는 겁에 질려 힘이 싹 빠져 버린다. 잠에서 깰 때는 이미 공포에 질린 상태다. 그 쩌렁쩌렁한 목소리는 내 머릿속에서 요란하게 울리면서 절대 꺼지지 않는 자명종이다. 그 목소리에 제대로 답을 못 할까 봐 너무나 무섭다.

너, 어젯밤에 뭐 먹었어?

열두 살 때 처음 만난 뒤로 그는 항상 날 쫓아다니며 감시하고 고래고래 명령했다. 달려! 행군! 시간 엄수! 신병 훈련소 교관처럼 짖어 댔다. 명령을 하지 않을 때는 초를 셀 때뿐이다. 메트로놈처럼 딱딱 정확하다. 내게는 놓쳐 버린 박자 소리도 다 들린다. 박자 사이사이의 찰나 같은 시간에도 나는 다음 박자를 초조하게 기다린다. 그냥 좀 가만히 내버려 두지! 사방이 적막한 가운데 수를 세는 교관의 목소리만 들린다. 수도꼭지에서 물이 똑똑 듣는 소리 같다. 한 박자도 놓치면 안 돼! 박자를 놓치면 넌 또 찔 거야!

아직 어둑한 이른 아침에 들려오는 교관의 목소리와 메트로놈 박자 소리는 무지 시끄럽다. 하지만 내가 대답을 찾지 못해 침묵할 때 그 침묵의 소리는 더 시끄럽다. 맙소사, 뭘 먹었더라? 왜 기억이 안 나느냐고!

편안할 때의 심장박동으로 돌아가려고 심호흡을 해 본다. 남들은 다 집으로 돌아갔는데 홀로 거실 소파에 널브러져 잔 지난 밤 파티 손님처럼 내게서 찌든 담배 냄새가 난다. 새벽 네 시 6분이다. 맞춰 놓은 시각보다 9분 이르게 깼다. 화장실에 가고 싶은데 어제 밤에 뭘 먹었는지 떠올리기 전까지는 일어날 수 없었다. 방 안을 둘러보면 생각날까 싶어 어둠에 눈을 적응해 본다. 생각나지 않는다. 아무 생각이 안 난다는 사실 때문에 겁이 난다. 답을 찾으면서 늘 그렇듯 아침의 일과를 시작한다. 가슴, 갈비뼈, 배, 엉덩이뼈. 어젯밤 그 상태 그대로인지 몸을 더듬어 보는 의식이다. 이 의식은 일종의 방어책이다. 내 머리가 공포에 질린 나머지 공격을 해 올 수도 있기 때문이다. 적어도 어제는 잠을 잤다. 지난 며칠은 너무 허하고 불안했고, 영 안절부절못했다. 아예 침대에 몸을 묶어 놓아야 눈이라도 붙일 것 같았다. 살을 빼는 데는 잠이 좋다고들 한다. 잠을 자면 신진대사가 조절되고 지방세포가 줄어드는 원리라는 거다. 하지만 밤새 수영하면서 물장구를 치는 것보다 왜 자는 것이 살 빼는 데 더 좋다는 건지 알다가도 모르겠다. 다 헛소리 아닐까? 뚱뚱하고 게으른 사람처럼 꿈쩍도 하지 않고 자는 것보다 누가 잡으러 오는 것처럼 정신없이 헤엄치는 게 칼로리 소모가 더 많이 되는 것 아닌가? 얼마나 오래 시체처럼 잤는지 모르겠다. 오늘치 체중 감량에 무슨 영향이라도 미쳤을까 봐 걱정된다.

심장박동 소리를 들어 본다. 하나, 둘, 셋. 빠르다. 진정하려고 깊이 숨을 들이쉰다. 들이쉬고 하나, 둘, 내쉬고 셋, 넷.

횟수를 세며 숨을 쉰다.
60회
30회
10회
모두 100회

다시 처음부터. 태운 칼로리를 계산해야 한다. 어제는 일어나자마자 바로 러닝머신으로 가서 속도 7로 한 시간 동안 달려 총 600칼로리를 태웠다. 아침 식사로 스플렌다와 버터 스프레이를 뿌린 오트밀, 바닐라 향 태블릿 하나를 넣은 블랙커피로 60칼로리를 섭취했다. 일하는 동안은 아무것도 먹지 않았다. 점심 때 드레싱 룸에 갖다 놓은 러닝머신 위에서 한 시간 동안 걸었다. 망할. 걷기만 했다. 러닝머신에 달아 놓은 선풍기가 망가졌기 때문이었다. 분장이 지워지지 않도록 얼굴에 바람이 바로 오게 달아 놓은 거였는데. 아니다. 망가진 게 아니다. 다 내가 게으르고 준비성이 없어서 이렇게 된 거다. 건전지가 다 됐는데 갈아 끼우지 않았고, 그래서 선풍기 날개가 바닷가 대

관람차처럼 느릿느릿 도는 것이다. 선풍기를 단 건 메이크업 아티스트가 촬영 전에 분장을 하나하나 뜯어보기 때문이었다. 점심시간에 꼬박꼬박 운동을 해야 하기 때문에 머리도 분장도 다 뒤집어진다. 머리야 어찌해 볼 수 있지만 눈 아래로 마스카라가 번지면 점심시간에 밥은 안 먹고 무슨 짓을 하는지 꼼짝없이 들통 날 것이 뻔했다. 나는 세라가 좋고 세라에게 폐를 끼치고 싶지 않았다. 하지만 점심시간 운동을 빼먹는 건 선택 사항이 아니었다. 그래서 선풍기와 끈을 사서 얼기설기 러닝머신에 달았다. 건전지가 새 것일 때는 얼굴로 센 바람이 불어 골칫거리를 방지할 수 있었다.

어둠을 응시하다 침대에서 일어났다. 두 발이 작은 원을 그리면서 오늘 하루의 칼로리 소모를 시작하자 우울감과 낭패감이 밀려왔다. 어젯밤 뭘 먹었는지 생각이 났다. 내가 저지른 짓이 다 떠올랐다. 그렇게 고생했는데 다 헛일이 되어 버렸다. 게다가 그 짓을 저지른 건 바로 나 자신이었다. 손가락을 움직였다. 아침 운동을 거를지도 모른다는 불안감을 잠재우는 행동이다. 머릿속에서 울리는 교관의 목소리에 꼼짝없이 이실직고를 해야 했다.

자, 어젯밤을 직시해야 한다. 어제는 일주일 동안 먹을 요거트를 준비하는 날이었다. 그 일을 하는 날은 항상 위험하다. 한꺼번에 많은 음식을 다루게 되면 언제든 재앙이 일어날 수 있다. 하지만 내가 위험에 처해 있다는 감은 오지 않았다. 늘 먹던 대로 60칼로리 정량의 참치로 이미 저녁 식사를 마쳤기 때문이다. 참치를 먹을 때는 젓가락을 사용한다. 한 입 분량은 젓가락 끝으로 집을 수 있는 딱 그만큼이다. 저녁을 먹은 뒤에는 포만감도 느끼고 참치가 소화될 시간도 벌기 위해 담배를 피웠다. 초조하지도 않았다. 나는 주방으로 가서 매주 하는 행사에 필요한 도구를 꺼냈다. 주방용 저울, 작은 플라스틱 통 여덟 개, 파란색 믹싱볼 하나, 스플렌다, 계량스푼, 포크. 냉장고에서 플레인 요거트를 꺼내 저울로 달아 플라스틱 통 여덟 개에 나눠 담고 스플렌다도 반 티스푼씩 넣었다. 하나하나 정확히 55그램인 걸 확인하니 만족스러웠다. 냉장고 제일 위 칸에는 채소를 넣어둔 비닐 백이 성에가 잔뜩 낀 채 들어 있었다. 나는 일부러 그 비닐 백 뒤에 요거트 통을 숨겼다. 거기 두면 냉장고를 열 때 제일 먼저 눈에 들어오는 것이 요거트는 아니기 때문이다.

그때까지만 해도 모든 게 다 정상이었다.

거기까지 해 놓고 소파로 가서 한동안 그냥 앉아 있었다. 〈데어리 퀸〉에서 파는 것처럼 완벽한 농도가 되려면 아직 30분이 더 필요했다. 체크해 볼 필요도 없었다. 그건 비정상이었다. 하지만 결국 체크해 보았다. 주방으로 가서 냉장고를 열고 요거트를 들여다봤다. 내가 먹을 분량만 본 게 아니라 거기 있는 요거트를 전부 들여다보았다.

나는 냉장고를 소리가 나게 닫고 거실로 돌아왔다. 진녹색 비닐 소파에 앉아 주방 쪽을 보면서 담배 네 개비를 연달아 피웠다. 시원하고 달콤한 요거트를 향한 욕망을 물리치려고 나름대로 노력했다. 그 욕망을 물리쳐야만 요거트를 먹을 수 있었다. 담배를 피우는 내내 냉장고만 뚫어져라 쳐다봤다. 내 마음이 나를 속여 실제로는 냉장고를 털어 놓고도 안 그런 척, 담배만 피웠다고 생각할까 봐 그랬다. 냉장고 문을 뚫어지게 쳐다보고 있어야만 내가 냉장고 문을 열고 있지 않다는 확신을 할 수 있다. 그게 유일한 방법이었다. 드디어 30분이 지났다. 확실했다. 드디어 내 몫을 먹을 순간이 왔다. 원래 상태가 이러면 아예 아무것도 먹지 않는 것이 현명하다. 요거트 한 회 분만 먹겠다는 건, 알코올중독자가 딱 한 잔만 하겠다는 것과 똑같은 이치이기 때문이다. 하지만 지난 밤에는 내 몫으로 정해 둔 양만큼 먹지 않으면 추가 다른 쪽 끝까지 가 버릴 것 같아 겁이 났다. 전날 채워야 할 100칼로리를 채우지 않으면 그걸 보상하기 위해 다음 날 음식에 무섭도록 집착할 게 불을 보듯 뻔했다. 겪어 봐서 잘 알고 있었다.

여덟 시 5분에 할당량의 요거트를 꺼내 포크로 으깨어 완벽한 농도로 만들었다. 하지만 평소처럼 녹색 꽃이 그려진 하얀 그릇에 옮겨 담아 소파로 와서 한 입 한 입 포크로 떠먹으며 음미하지 않았다. 그냥 플라스틱 통째 박박 긁어서 먹어 치웠다. 그것도 주방 싱크대에 선 채로. 정해진 절차를 벗어났다. 포크가 아니라 스푼을 썼다. 허겁지겁 입에 퍼 넣었다. 그 모든 일이 벌어지는 동안 교관의 입은 틀어 막혔고 내가 제일 겁내는 생각이 머리를 쳐들었다. 이성을 가장하고 상식인 체하며 날 속이려 드는 생각이었다. 사악한 어떤 힘이 만들어 낸 생각이었다. 너한테 상을 좀 줘. 오늘 점심때도 아무것도 안 먹었잖아. 보통 사람들은 이 정도 분량의 네 배를 더 먹고도 살만 잘 빼. 그래 봤자 요거트야. 먹어. 넌 먹어도 돼.

정신을 차리고 보니 주방 바닥에 퍼져 앉아 왼손에는 화요일치 요거트를 쥐고 오른손 엄지와 검지로 요거트의 언 부분을 쑤시고 있었다. 나는 곱아 버린 손가락에 덕지덕지 묻은 요거트를 쪽쪽 빨왔다. 그리고 그 다음 날 먹을 요거트 통으로 돌진했다. 요거트 통과 입 사이를 손가락만 왔다 갔다 할 뿐 나는 아무 생각도 없었다. 그런 행동을 반복하고 있자니 혹독하게 몰아대는 교관의 잔소리도 고요한 명상 음악처럼 들렸다. 이 황홀경이 끝나지 않기만을 바랐다. 화요일에 먹을 요거트를 해치우자마자 벌떡 일어나 수요일 것도 꺼냈다. 그때까지 내 머리는 그날이 아직 월요일이란 걸 깨치지 못했다. 정신을 차려 보니 이미 요거트 165그램을 몽땅 해치운 뒤였다.

침대 옆 탁자에 놓인 자명종이 울리기 시작했다. 새벽 네 시 15분이었다. 아침 운동 시간이다. 나는 러닝머신에서 정확히 한 시간 동안 달리기를 하고, 윗몸일으키기와 레그 리프트까지 마쳤다. 그런 뒤에 차로 45분을 달려 아침 여섯 시 분장 시간에 맞춰 촬영장에 도착했다. 오늘 촬영분에는 대사가 없다. 주연인 앨리 맥빌 변호사가 바짝 약이 올라 내 옆에서 이리저리 바장이는 동안 나는 도도하고 미끈하고 유능한 변호사의 모습으로 서 있기만 하면 된다. 대사가 있다 해도 오늘은 드레싱 룸에서 그냥 편안하게 가만히 있을 생각이었다. 그 정도로 기분이 엉망이었다. 아침에 그렇게 열심히 달리기를 했지만 이미 엎질러진 물이었다. 침대에서 빠져나와 깊숙한 런지 동작으로 거실을 지나 욕실까지 갔다. 오늘은 150칼로리를 덜 섭취하고 설사약 스무 알을 먹어야지. 그러면 좀 낫기는 하겠지만 정말 겁나는 건 요거트 165그램을 먹고 살이 찔 거라는 게 아니었다. 내가 정말 겁내는 건 통제력을 잃었다는 사실이었다. 어쩌면 완전히 잃어버렸는지도 모른다. 욕실에서 나와 거실로 갈 때도 런지 동작을 하며 갔다. 울음이 나왔다. 이렇게 울면 칼로리가 얼마나 소비될까? 울면서 런지하기. 적어도 30칼로리 정도는 되지 않을까? 문득 이런 자기혐오를 말로 뱉어 보자는 생각이 들었다. 훌쩍훌쩍 울면서 입으로 소리까지 내면 그냥 생각만 하는 것보다 칼로리가 더 많이 소비될 것 아닌가? "이 쓰레기. 너는 평균이야. 평범하고, 평균이고, 뚱보 쓰레기야. 절제도 못 해. 이 바보, 뚱보, 역겨운 동성애자. 못생긴 바보 천치 같은 년!" 욕실로 가서 눈물을 닦는데 주변이 조용하다는 사실에 소스라쳤다. 교관의 잔소리가 뚝 그친 것이다.

머릿속이 이렇게 조용해지는 순간은 교관이 내가 얼마나 한심한 인간인지 떠들어 댈 필요가 없어지는 순간이다. 하지만 나는 잘 안다. 이렇게 조용해질 때가 내가 진짜 나를 증오할 때라는 것을.

전반전

매일 아침 깰 때마다 나는 오늘이 이제껏 체중계에서 본 적 없었던
최고 몸무게 기록을 경신할 날이 될지,
아니면 성공과 행복과 완벽한 자기 만족감을 느끼게 해 줄
멋진 날이 될지 도무지 가늠할 수가 없었다.

남편이 떠나던 날

남편이 집을 나갔다.

두 달 전이었다. 그냥 나가 버렸다. 부부 상담은 재판과 비슷했다. 남편은 상담을 받으러 다니면서 증거를 모았다. 그리고 내가 아내 노릇을 못한다는 판결을 내리고, 혼자 고립된 채로 철저한 성적 혼란감을 맛보게 하는 내용의 형을 선고했다. 상담을 받는 동안 다른 여자들이 생각하는 즐거운 하룻밤 외출에는 댄스 클럽에서 사귄 여자와 즐기는 건 포함되지 않는다는 건 내게 충격이었다. 남편이 낡은 폭스바겐 밴에 결혼 생활의 기념품들을 꾸려 싣고 사라지는 것을 숨죽이고 지켜보았다. 그 밴을 타고 같이 캘리포니아 해변으로 캠핑을 갔고 스톡턴에 가서 몰티즈 강아지 빈도 구해 왔었다. 로스앤젤레스의 캐스팅 사무실 밖에서 참을성 있게 나를 기다려 준 것도 그 밴이었다. 그가 기어를 1단으로 놓고 부르릉거리며 출발하자 나는 아이처럼 필사적으로 그를 쫓아 달렸다. 내 비밀이자 진짜 본성 때문에 남편이 내쫓긴 건 아닌지, 편안하고 안락하고 정상적인 삶마저 쫓아내 버린 건 아닌지, 겁에 질렸다.

나도 나름대로는 남편을 사랑했다. 아니, 우리가 나눠 가진 역할을 더 사랑했다고 해야 할 것이다. 그에게는 보호자라는 역할을 떠맡겼다. 남편은 냉혹한 영화계에서 나를 지켜 주고 내가 내 진짜 본성과 맞닥뜨리지 않게 막아 주는 방패였다. 아내 역할을 하면서 남편의 옆자리를 지키고 있는 한 나는 나 자신에게서 도망칠 수 있었다. 그러나 남편의 밴은 우리가 같이 살던 캘리포니아의 하얀 울타리 집을 빠져나갔다. 나와 밴 사이의 거리는 점점 멀어졌다. 그리고 이제 분명한 것은 태어나서 처음으로 나의 진짜 본성이 무엇인지 실컷 탐구해 볼 순간이 왔다는 것이었다. 방패는 사라졌다. 나는 새 살이 돋은 몸으로, 산타모니카 교외 주택가 도로 한가운데에서 헐떡이며 서 있었다. 밴은 모퉁이를 돌아가 버렸다. 나도 마찬가지였다. 이제는 내가 동성애자라는 걸 직시할 때가 된 것이다.

남편 멜은 3년 전 〈달에 사는 여자The Woman in the Moon〉로 처음 미국에서 영화를 찍을 때 촬영장에서 만났다. 그 영화를 찍겠다고 호주에서 미국의 애리조나 사막까지 왔는데 재미도 없는 독립영화인데다 촬영 스케줄은 너무도 빡빡했다. 그래서 나는 혼자 장난을 쳤다. 멜과 지금은 이름도 기억나지 않는 여자 촬영감독을 놓고 내 섹스 파트너로 누가 좋을지 두 사람의 장단점을 재어 본 것이다. 두 사람은 애꿎은 경쟁자가 되었다. 둘 다 부드러운 입술을 가졌고 재미있는 사람들로 보였다. 영화에서 멜은 내 애인이었지만 그의 연적은 우리의 사랑을 촬영하는 촬영감독이었다. 막상 사귀어 보니 승리는 멜의 것이었다. 촬영감독이 아니라 멜을 선택하고 나도 놀랐다. 그 영화를 찍을 때만 해도 나는 완전한 레즈비언은 아니었다. 하지만 레즈비언이 되어 가던 중인 것은 분명했다. 영화를 찍기 전에 일 년 동안 법대에 다녔는데 그때 상당히 어수선하기는 해도 꽤 똑똑한 여자와 사귄 적이 있었던 것이다. 그렇게 어설프지만 않았다면 그래도 낭만적이었다고 부를 수 있었을 관계였다. 여자와 사귀면 정말 기분이 좋고 편한데, 남자랑 사귀면 억눌리는 느낌에 숨이 막힌다는 걸 그때 알았다. 여자와 사귀면 제일 친한 친구와 같이 있는 듯하고 영원한 청춘을 누리는 것만 같은데, 남자와 사귀면 여드름과 반항기로 가득한 사춘기에 발이 묶이는 기분이 들었다. 그런데 멜에게 성적 매력을 느끼다니 나도 놀랐던 것이다. 멜도 마찬가지였다. 나는 그가 투숙한 〈홀리데이 인〉호텔 객실에 쳐들어가 다 털어놓았다. 멜의 가슴과 얼굴과 배를 치면서 "난 동성애자예요"라고 고함을 질렀다. 하지만 우리는 잠자리를 같이 했다. 그냥 끌린 정도가 아니었다. 로스앤젤레스에서 멜의 검정 래브라도 개 섀도까지 함께 사는 상상도 해 봤을 정도였다. 남자와 '정상적'으로 살 수 있을지도 모른다는 생각이 들자 마구 들떴다. 그때 나는 공항 휴게실에서 로스앤젤레스를 경유해 호주 시드니로 가는 연결 항공편을 기다리던 중이었다. 엘에이에서 비행기를 갈아타지 않는다면, 어떤 게 좋고 또 어떤 게 나쁠지 생각해 보았다.

좋은 점: 첫째, 연기를 할 수 있다는 것. 둘째는 멜.
나쁜 점:

그런데 엘에이에 도착하자마자 멜의 성적 매력이 신기루처럼 사라져 버렸다. 사귄 지 일 년쯤 됐을 땐, 여전히 그가 좋았지만 내 진짜 욕망에 대한 잠재된 두려움이 서서히 끓어오르고 있었다. 내가 동성애자라는 게 거의 확실해진 것이다. 그래서 멜과 결혼해 버렸다. 혼인신고까지 했으니 지붕이 생긴 셈이지만, 남들에게 정상적으로 보이려는 내 노력이 그걸로 그친 건 아니었다. 그래서 남편과 나는 산타모니카의 아파트에서 행복한 결혼 생활을 시도해 보기로 했다. 텔레비전 드라마 〈멜로즈 플레이스Melrose Place〉 흉내를 내어 보기로 한 것이다.

옆집에는 칼리라는 여자가 살았다. "철자는 케이, 에이, 엘, 아이인데, 발음은 양치기 개 있죠, 칼리. 그거랑 똑같이 해요.양치기 개collie를 우리말에서는 '콜리'로 표기하지만 영어 음은 '칼리'에 가깝고, Kali는 보통 '캘리'로 발음된다. 허상을 파괴하는 여신 이름도 칼리예요." 칼리는 세련된 문신을 한, 재치가 보통이 아닌 화가였다. 게다가 어휘도 어찌나 정곡을 찌르는 것만 골라 쓰는지 메모지를 들고 다니면서 적어 놓았다가 센스 없는 사람들한테 써먹고 싶을 정도였다. 칼리는 밤마다 자기 원룸 아파트 방바닥에 퍼져 앉아 목탄으로 육감적인 인물들을 그렸다. 그럴 때면 도화지 위로 숱이 많은 자주색 머리카락이 흘러내렸다. 나는 밤에 남편과 텔레비전을 보다가 밖에 나가 담배를 피웠다. 야외용 의자를 칼리네 창문 커튼이 살짝 벌어진 틈에 맞춰 갖다 놓고 거기 앉아 칼리를 바라보았다. 담배를 피우면서 칼리의 아파트에서 칼리와 함께 있는 상상도 했다. 하지만 나는 결혼을 했고 칼리는 이성애자인 데다 그저 재미 삼아 나와 사귀었기 때문에 우리는 비타 색빌웨스트와 버지니아 울프 같은 관계라 할 수 있었다. 손으로 쓴 가상의 사랑을 조심스레 탐색만 하는 관계 말이다. 칼리는 한 번씩 날 그려서 우리 집 현관 문 밑으로 밀어 넣어 주기도 했다. 칼리의 그림은 너무나 소중했기 때문에 나는 남편이 밸런타인데이에 선물해 준 하트 모양의 상자에 그걸 숨겨 놓았다. 그것 때문에 싸우기도 했다. 결국 멜은 자기가 보는 앞에서 그 그림을 주방 쓰레기통에 처넣으라고 했다. 내 무릎 위로 굵은 눈물이 뚝뚝 떨어졌고, 내 얼굴과 팔과 다리를 그린 그림은 감자 껍질에 덮여 버렸다.

매일 저녁 일과처럼 밖에 나와 담배를 피우며 칼리를 지켜봤다. 천국에 있는 기분이었다. 하지만 40분이 지나면 예외 없이 우렁우렁한 목소리가 나를 지상으로 끌어내렸다. "아직도 담배 피워?" 멜과 칼리 사이에서 나는 정말 우울했다.

참 희한한 일이지만 그런 상황 자체는 내게 전혀 이상한 게 아니었다. 동성애자가 되는 것에 환상을 품은 채로 이성애자 행세를 하는 건 아주 어릴 때부터 가지고 있었던 내 본 모습이었다. 여덟 살 때 주말이면 친구들을 데려와서 엄마 아빠 놀이란 걸 했다. 단순한 놀이였다. 나는 남편을 맡았다. 직장에서 힘들게 일하고 퇴근하면 내 아내는 마티니 한 잔과 실내화를 준비해 놓고 문간에서 나를 맞아 준다. 그리고 침대 옆 탁자에 저녁을 차리는 동안 나는 신문을 읽는 체한다. 기분이 동해서 옷장에서 옷을 다 꺼낼 의욕도 생기면 나는 아내에게 옷을 벗고 긴 옷을 걸어 두는 자리에서 샤워하는 흉내를 내 보라고도 했다. 그렇다고 엄마 아빠 놀이에서 무슨 성적인 낌새까지 있었다는 건 아니다. 부부 놀이를 하면서도 같이 자는 건 암시만 하는 수준이었다. 하지만 나는 엄마 아빠 놀이를 할 때 내 역할만은 아주 철저하게 했다. 어느 정도였는가 하면, 어질러진 방을 시간에 맞춰 치워 놓으라고 시키고 검사까지 한 것이다. 그걸로 친구가 살림 솜씨가 있는지 없는지 판단했을 정도였다. 사실은 꾀를 부린 것이다. 친구들이 깜박 속아서 내 방 청소까지 해 줄 줄은 나도 몰랐다! 하지만 엉큼한 생각까지 한 건 아니었다. 다른 애들이 병원 놀이를 하듯 그냥 어른들의 삶을 흉내 내 보고 싶었을 뿐이었다.

어린 시절 엄마 아빠 놀이는 남편이 나를 떠나 버린 그날까지 반복해서 벌어진 일의 시작에 불과했다. 이성애 관계를 맺으면서 나의 동성애 성향을 알아보는 것 말이다. 남편은 칼리와 내 관계에 종지부를 찍어 버렸다. 나도 이제 더는 역할 놀이로는 안 된다는 것을 깨달았다. 이제 이웃의 누군가와 사랑 놀이를 해서는 안 된다. 나 자신도 성장하고 영원한 젊음도 느낄 수 있는 누군가와 관계를 맺어야 할 때가 되었다. 나는 상담 치료를 계속 받았고 주방 벽도 새로 칠했다. 그러면서 앞으로 어떻게 살 것인지 그려 보았다. 여름이면 매일 사랑하는 여인에게 수련을 갖다 줘야지. 그녀가 음식을 만들 때는 허리를 감싸 안아 줘야지. 같이 손잡고 잠도 자야지.

좋은 소식

"엄마, 좋은 소식이야!"
전화하기에는 좀 이른 시각이었다. 엘에이가 오후 두 시니까 호주는 아침 일곱 시다. 하지만 한시도 지체할 수가 없었다.
"잠깐만, 옷 좀 걸치고 다른 전화기로 받을게."

나는 숨도 제대로 못 쉬면서 〈폭스〉 스튜디오 주차장에 세워 둔 내 차 옆에서 휴대전화를 귀에 딱 붙인 채 있었다. 너무 흥분해서 운전은 불가능했다.

"아, 됐다. 뭔데, 캐스팅이라도 됐어?"

"엄마, 나 〈앨리 맥빌Ally McBeal〉 1997년부터 2002년까지 미국 〈폭스〉에서 방영된 TV 드라마로 포샤 드 로시는 넬 포터 변호사로 열연했다. 한국에서는 〈앨리의 사랑만들기〉라는 제목으로 방영된 적이 있다.에 나와! 나 이번에 캐스팅 됐어!"

엄마한테 쏟아 놓을 이야기가 엄청 많았지만 그땐 〈앨리 맥빌〉이 아직 호주에서 방송되지 않았던 때라 그 말밖에 할 수가 없었다.

"엄마, 나 이제 유명해진다고!"

엄마와 나 둘 다 아무 말도 못했다. 새로운 인생이 앞으로 어떻게 펼쳐질지 몰라 엄청 들떠 있었지만, 두려웠다. 왜냐하면 나는 동성애자니까. 커밍아웃 하는 게 내 맘대로 되는 건 아니지만, 만일 파파라치나 대중들, 드라마 제작자에게 들키면 어쩌지? 엄마와 나 사이의 침묵이 길어졌다. 앞으로 이 일을 어떻게 처리해야 할지 막막해졌다. 엄마가 침묵하자 엄마도 나와 같은 생각을 한다는 걸 알 수 있었다. 6개월 전 멜과 이혼한 뒤로 엄마와 나는 주로 내 동성애 문제를 놓고 얘기했다. 열여섯 살 때 엄마가 내 침대에서 『레즈비언의 성과 희열The Joy of Lesbian Sex』이란 책을 찾아냈을 때 처음으로 내가 동성애자라는 걸 털어놓았었다. 그런데 멜과 덜컥 결혼을 해 버렸으니, 그렇게 힘들게 고백한 게 모두 헛일이 된 것이다. 엄마는 동성애가 '하나의 단계'에 불과하다고 봤다. 내가 이성애자 놀이를 한다는 것 자체가 그걸 뒷받침한다는 거였다. 하지만 전화로 몇 달에 걸쳐 몇 시간

너 어젯밤에 뭐 먹었어?

씩 얘기를 한 끝에 결국 엄마도 내가 동성애 성향을 죽이려고 멜과 결혼했다는 것을 인정하고, 내 성적 지향을 진지하게 받아들일 수밖에 없었다. 그것 때문에 엄마 스스로도 갈등이 심했고 나를 이해하는 것도 힘들어했다. 엄마는 전적으로 내 편이었다. 내가 데이트하는 여자들 얘기도 털어놓을 정도였으니까. 하지만 엄마는 제발 조심하라고, 특히 내 배우 인생을 좌우할 수 있는 사람들 귀에 들어가지 않게 조심하라고 신신당부했다. 혹시라도 가족이나 가까운 친척들 사이에서 동성애 얘기가 나와도 '그게 뭐 중요해요?'라는 식으로는 절대 말하지 말라고도 했다. 집안사람들은 세대도 다르고 시골 출신이라 '죽어도 이해 못 할' 거라면서. 그래서 나도 입을 꾹 다물었다. 누구의 기분도 상하게 하고 싶지 않았다. 나 자신을 괴롭히는 것만으로도 충분했다. 그래도 엄마한테는 얘기할 수 있었다.

한참 캐스팅 얘기를 나누고 잘했다, 잘했다, 연신 칭찬해 주던 엄마가 슬쩍 한마디 던졌다.

"그래도 조심해야 한다."

"아이, 참, 엄마는! 나 요새 사귀는 사람도 없어. 아무도 몰라."

그 말을 하는 순간 내가 곧 누리게 될 인기에 대한 흥분이 갑자기 쑥 가라앉아 버렸다. 이제 운전을 해도 괜찮을 것 같았다. 나는 집으로 가지 않고 산타모니카 대로에 있는 리틀 프리다라는 유명한 레즈비언 카페로 갔다. 야외 테이블에 앉아 커피를 한 모금씩 마시면서 리틀 프리다에 있는 순간순간을 음미했다. 이제 앞으로는 두 번 다시 여기 올 수 없겠지. 레즈비언 카페 야외 테이블에 축 늘어져 앉아 옆자리 손님들에게 말을 걸기는커녕 제대로 쳐다보지도 못하는 것보다 인기 드라마에 캐스팅되고 드디어 나도 선택받았다는 기분을 느끼는 편이 훨씬 좋았다. 나는 동성애자로 살 준비가 안 되어 있었다. 나는 이름을 날리고 싶었다. 유명한 드라마의 고정 배역을 따내기 위해 지금까지 달려왔다. 인기 여배우는 아예 다른 종족이다. 마침내 나도 그런 종족이 될 기회를 잡은 것이다.

  어릴 때부터 특별한 사람이 되고 싶었다. 이모한테는 고프라는, 평생 사귄 친구 부부가 있는데 딸만 셋인 집이었다. 맏이 린다는 변호사고 둘째 어맨다는 물리치료사, 막내 앨리슨은 모델이었다. 딸 셋이 하나같이 잘됐는데 그 중에서도 막내딸이 유독 온 집안의 관심과 찬사와 칭찬을 독차지했다. 매주 집으로 날아오는 통신판매 카탈로그에는 봄맞이 세일이나 겨울 재고 처리 할인 행사 광고가 많이 실렸다. 엄마는 그런 광고를 볼 때마다 꼭 '예쁜 앨리슨'을 짚고 넘어갔다. 나도 꽤 똑똑하고 에이 학점만 받는 아이였지만 남들을 놀라게 해 줄 뭔가가 필요하다는 생각이 들었다. 나도 엄마가 카탈로그에서 손가락으로 짚는 그런 애가 되고 싶었다. 그래서 모델이 되기로 했다.
  나는 그다지 예쁘지도 않고 특별히 키가 크지도 않았다. 그냥 봐 줄 만한 정도였다. 그렇다고 슈퍼 모델들이 티브이에 나와서 어릴 때 하도 마르고 '못생겨서' 남자 애들이 '말상'이니 '새 다리'니 하며 놀렸다고 털어놓는, 듣기 짜증 나는 일화가 있을 정도로 못생긴 얼굴은 아니었다. 여덟 살 때, 앤서니 낸커비스라는 애가 나를 '리찌'라고 부른 적은 있었다. 리찌는 '리저드 아이즈lizard eyes, 도마뱀 눈.'를 줄인 말이었다. 걔는 내 관심을 끌려고 매일 그렇게 노래를 부르며 따라다녔다. 웃을 때 내 눈이 찢어지니까 그랬던 거다. 보통 그런 일을 당하면 다른 애들은 네 몸에서는 썩은 내가 난다는 소리로 갚아 주기 마련이다. 하지만 나는 걔를 운동장에 있던 거울 앞으로 데리고 가서 그게 무슨 말인지 알아듣게 설명해 보라고 했다. 거울을 보고 웃던 나는 그만 겁에 질려 얼굴이 일그러져 버렸다. 공 튀는 소리와 아이들이 꽥꽥거리는 소리가 멀리서 들렸다. 앤서니 말이 맞았다. 웃으니까 통통한 얼굴 살에 눈이 푹 파묻혀 버렸다. 앤서니와 나는 거울 앞에 서서 살집이 많고 찢어진 내 두 눈을 바라보고 있었다. 둘 다 겁을 먹었다. 그 장면을 떠올리면 지금도 몹시 괴롭다. 어릴 때 도마뱀으로 불렸던 일이 나이를 먹는다고 칭찬거리로 바뀌는 건 아니었다. 도마뱀이라는 별명은 '새 다리' 같은 별명과는 차원이 달랐다.

내 친구 샬럿 듀크도 부모가 그냥 내버려 두었다면 티브이에 나와서 그런 짜증 나는 얘기나 늘어놓는 모델이 되었을지도 모르겠다. 샬럿은 '말라깽이'나 '꺽다리'라는 식의 놀림만 당한 게 아니라 '대륙 간 탄도 미사일'이라는 별명까지 얻었다. 또래치고 가슴이 아주 컸기 때문이다. 모래 빛 단발머리에 주근깨투성이 얼굴이었던 샬럿이 길거리 캐스팅이 되어서 잡지 모델 제안을 받았을 때 나는 정말이지 엄청난 충격을 받았다. 걔 엄마가 허락하지 않아 일이 성사되지는 못했지만. 내가 보기에 샬럿은 정말 평범하게 생긴 애였다. 샬럿은 화장도 전혀 하지 않았고 머리에 롤도 감지 않는 애였다. 패션이니 모델이니 잡지니 하는 것 따위에는 신경도 쓰지 않았다. 열두 살 때 내가 예쁘다고 생각한 사람들은 미국 드라마 〈다이너스티Dynasty〉나 〈사랑의 보트The

Love Boat)에 나오는 배우들이었는데, 외모로 보면 샬럿 듀크보다 내가 그 사람들 쪽에 훨씬 더 가까웠다. 브렉 걸Breck Girl, 브렉 샴푸를 광고하는 모델. 스타일의 머리 모양과 화장을 하면 나도 꽤 예뻐 보였다. 나는 내 얼굴과 신체 조건에서 모자란 데를 보완하기로 결심했다. 도시 외곽에 있는 우리 집 마당에서 인디언 스타일로 머리를 꾸미고 옷도 여러 벌 갈아입으면서 폴라로이드 사진을 찍었다. 그걸 집에서 한 시간 정도 떨어진 큰 도시의 모델 에이전시에 보냈다.

그렇지만 멜버른의 모델계에 아무 준비도 없이 등장하고 싶지는 않았다. 그때는 이미 예절 학원에 다니고 있었다. 엄마가 여자다운 태도와 화장법을 배우는 것도 교육이라고 생각했기 때문이다. 내게는 예절 학원이 모델이 되는 한 단계였다. 저녁 영업만 하는 한 레스토랑에서 대낮에 런웨이 쇼 겸 졸업 행사가 열렸는데, 거기서 일등을 했다. 일등으로 졸업은 했지만 나는 불안감을 느꼈다. 아슬아슬하게 이등을 한 애는 미셸이라는 애였다. 우리는 자세, 화장, 사진, 예절 분야에서 정확히 동점을 받는 등 팽팽하게 경쟁했다. 그런데 하이힐을 신고 걸을 때 내가 조금 더 잘한 덕에 캣워크 분야에서 이겨 결국 무대 한가운데서 우승 트로피를 받았던 것이다. 우승이라야 실제로는 저녁 영업이 시작된 두 개의 테이블 사이에 카펫을 깔아 놓고 서서 상장 하나 받은 것이 고작이었다. 하지만 하마터면 엉뚱한 애가 내 왕관을 차지할 뻔했다는 사실 때문에 엄마도 나도 엄청 떨었다. 그리고 그 일은 우리 모녀에게 큰 영향을 미쳤다. 정말이다. 어떻게 확신하느냐 하면, 나는 여전히 그 애의 모습을 잊지 않고 하나하나 기억하고 있고 엄마도 그때 우승한 얘기가 나올 때마다, "하마터면 널 이겨 먹을 뻔했던 그 애 생각 나?" 하기 때문이다.

여러 모델 에이전시에 사진을 보내고 2주가 지나니 드디어 모델의 세계로부터 전화가 왔다. 〈팀 모델〉이라는 새로 생긴 회사였는데 인디언 머리 장식 사진을 보고 한번 보고 싶어서 연락을 했다고 했다. 그런데 골치 아픈 일이 있었다. 아빠가 3년 전에 돌아가신 뒤로 엄마가 병원에서 전일제로 일을 했기 때문에 나를 데려다 줄 수 없었다. 엄마도 나만큼이나 내가 모델이 되기를 바랐지만 학교에도 다녀야 하고 현실을 제대로 봐야 한다고도 했다. 그래서 나는 열두 살짜리가 저지를 만한 방법을 썼다. 악을 쓰면서 대성통곡을 하고 엄마 때문에 인생을 망쳤다고 대들었다. 얼마나 앙칼지게 성질을 부렸던지 엄마는 병가까지 내고 나를 모델 에이전시에 데려다 주기로 했다. 드디어 직업의 세계에 처음으로 진출하는 날이 왔다. 당당하고 자신만만해 보이고 싶었기에 엄마더러 차에 있으라고 했다. 혼자서 들어가 사람들이 '입을 딱 벌리게' 해 주고 싶었다. 사진을 보내고 전화를 기다리던 2주 내내 얼마나 그 장면을 연습하고 또 연습했는지 모른다. 계획은 이랬다. 먼저 건물 로비를 또각또각 걸어간다. 회사 입구에서 걸음을 멈추고 두 손을 접수대에 탁 올린다. 접수원이 나를 보면 이름만 툭 내뱉는다. "어맨다 로저스예요." 그러면 그 사람들은 얼른 "이리 와서 앉아요. 당신은 우리가 그토록 찾아 헤매던 바로 그 얼굴이에요. 〈팀 모델〉 식구가 된 걸 환영해요"라며 떠들어 댄다. 솔직히 말해 실제 일어난 일도 그런 내 상상과 크게 다르지는 않았다. '바로 그 얼굴'이라는 말만 빼면 말이다. 게다가 맙소사, 회사 입구에 얼간이처럼 엉거주춤 서 있는 나를 아무도 못 본 건 그나마 천만다행이었다. 모델 일을 얻어 낸 것이 얼굴 덕이 아니라 말솜씨 덕이라는 걸 이미 나는 알고 있었다. 나는 말을 잘했다. 당신네 회사의 카탈로그에 실리는 최연소 모델이 될 것이며, 당신들은 내 덕에 큰돈을 벌게 될 거라고 했다. 내 외모가 돈이 되고 잡지에 실릴 만하지 않느냐는 소리도 했다. 너무나 모델이 되고 싶다고, 프로처럼 행동할 테니 언제든 불러만 달라고 했다. 그 회사 사람들은 열두 살짜리의 맹랑함에 깜짝 놀랐다. 바로 그 이유 때문에 그들은 내게 기회를 줘 보기로 했다. 나는 분홍색과 회색의 포트폴리오를 챙겨 엄마가 초조하게 앉아 기다리는 차로 모델처럼 걸어 돌아왔다. 그 포트폴리오에는 사진이라고는 한 장도 들어있지 않았다. 조수석에 올라타면서 말했다. "좋은 소식! 나, 모델 됐어." 그날부터 모델 일자리를 따 내거나 티브이 드라마나 영화에서 배역을 얻으면 꼭 엄마한테 '좋은 소식'이라는 소리를 했다. 그리고 '좋은 소식'이라는 말은 엄마가 가장 듣고 싶어하는 말이 되었다.

내 사이즈가 뭐지?

〈앨리 맥빌〉 촬영이 일주일 앞으로 다가오자 들떴던 기분은 사라져 버렸다. 대중들이 나를 어떻게 볼까 하는 두려움이 왈칵 몰려들었다. 토크쇼나 레드 카펫에서 속을 캐보는 듯한 교묘한 질문을 받으면 간단하고 재치 있는 말솜씨로 확실하게 받아넘기지 못하는 배우들이 있다. 그런 사람들을 볼 때마다 그들을 비난했었다. 그 때문인지도 몰랐다. 그런 질문에 바보 같은 대꾸나 하는 걸 들으면 속이 다 뒤집히는 기분이었다. 그런데 이제는 내가 바로 그런 질문을 당할 입장이 됐다. 그런 나는 똑똑한가? 데이비드 레터맨의 난처한 질문을 완벽하게 막아낼 수 있을까? 제이 레노 쇼에서 머리 좋은 배우란 걸 과시하면서 재미도 살릴 수 있을까? 제이 레노와 농담도 주고받을 수 있을까? 하지만 솔직하게 대답할 수 없는 질문을 받으면 어떻게 해야 하나? 레드 카펫에서 자기 생각을 정직하게 털어놓으면 그날로 배우 인생은 끝장이다. "호호, 사실 전 〈앨리 맥빌〉은 별로예요. 딱 한 번 보기는 했는데, 재미없던데요?" 아니면 이런 대답. "저는 패션 따위는 신경 안 쓰는 타입이에요. 지미 추 같은 것보단 엔지니어 부츠가 더 좋은 걸요." 이렇게 말했다가는 모델계에서도 떨떠름해할 것이고 조안 리버스 같은 토크쇼 진행자도 기분 나빠할 게 분명했다.

〈앨리 맥빌〉은 잘나가는 변호사들과 그들의 연애담을 다루는 드라마다. 고민을 하면 할수록 제작자인 데이비드 켈리가 날 캐스팅한 건 큰 실수라는 게 더더욱 절감되었다. 내가 어떻게 전도유망한 신입 변호사 연기를 한단 말인가. 켈리를 처음 만난 건 〈더 프랙티스The Practice〉라는 드라마의 배역 때문이었다. 나도 그 드라마는 좋아했다. 그때 어쩌면 내가 머리를 어깨 뒤로 넘기는 동작이나 다리를 꼬고 앉은 자세를 눈여겨보고 켈리가 마음을 달리 먹었는지도 모른다. "당신은 〈앨리 맥빌〉에 더 잘 어울리겠는데." 그래서 남녀 공용 화장실이 배경인 저 유명한 〈앨리 맥빌〉의 포스터에 내가 포토샵으로 끼어들게 된 거였다. 켈리가 실수한 게 분명했다. 켈리가 맡긴 배역은 재미있고 섹시한 여주인공인데, 재미있고 섹시하기는커녕 나는 그 역할에 어울릴 만큼 예쁘지도 않았다. 어떤 각도에서는 괜찮게 나왔지만 옆모습은 추했다. 얼굴은 달덩어리같이 크고 둥글둥글했다. 내 얼굴이 그 모양인 건 모델 일을 시작했을 때부터 알고 있었다. 더구나 내 역할 자체가 억지였다. 자신감이 철철 넘치고 도도하고 위협적인 전문직 여성 역할은 내게는 큰 도전이었다. 영화라면 감지덕지하며 도전했을 것이다. 하지만 몇 년 내내 계속되는 텔레비전 드라마에서 나와는 완전히 다른 기가 센 역할을 해야 한다니, 기가 꺾여버렸다. 대하기 부담스러운 사람 앞에서는 고개도 잘 못 드는 내가 드라마라고 다르겠는가? 엔지니어 부츠를 신고 늘 구부정하게 서 있는 내가 어떻게 하이힐을 신고도 완벽하게 균형을 잡고 서 있을 수 있단 말인가? 그 역할을 해내려면 매 순간 내 본성과 싸워야 할 테니 차라리 본성을 바꾸는 게 더 낫겠다는 생각도 들었다. 상대의 말을 들을 때는 등을 꼿꼿하게 펴고 머리를 치켜드는 습관부터 들여야 할 것이고 확신과 자신이 넘치는 말투도 익혀야 할 것이다. 게다가 호주식 억양을 버리고 미국 억양으로 말해야 한다. 이제 못 하겠다는 소리를 할 시기는 지났다. 제대로 하려면 나를 완전히 뜯어고쳐야 했다.

과거의 나를 벗어던지고 새 배역에 맞게 변신해야 했다. 닐 포터도 되어야 하고 스타도 되어야 했다. 도대체 뭘 어떻게 해야 스타가 되는 건가? 스타도 파티에 가고 스프레이 태닝을 하나? 자선사업도 해야 하나? 슈퍼에 갈 때도 머리 손질을 하고 화장을 해야 하나? 스타가 되는 건 승진 같은 것이었다. '그냥' 배우였다가 이제 유명한 배우가 된다는 생각을 하니 앞으로 닥칠 이런 문제에 대처하는 요령을 전혀 모르고 있다는 사실을 깨달았다. 그냥 배우일 때는 대사를 암기하고, 대사를 연구하고, 연기만 하면 된다. 이 세상 직업 중에 스타가 되는 것과 연관 있는 직업이 있는가? 없다. 엘리자베스 헐리도 배우였다가 일약 스타가 되었다. 헐리를 곰곰 뜯어보니 아무래도 스타가 된다는 건 옷과 큰 상관이 있겠다는 생각이 들었다. 나는 패션 잡지도 거의 안 보는 편이었다. 똑같은 드레스를 라이벌보다 더 멋있게 소화하는 스타에도 관심이 없었다. 그런 내가 어떻게 〈앨리 맥빌〉의 새 변호사로서 드라마가 바라는 패셔니스타가 될 수 있겠는가? 승진은 했는데 자리에 맞는 업무 지시는 전혀 받지 못하고 알아서 앞가림을 해야 하는 신세랄까.

아니, 전문가에게 물어보면 되지 않을까?

칼리는 그림을 그리지 않을 때는 패션에 푹 빠져 살았다. '푹 빠져' 살았다고 말한 것은 『보그Vogue』를 볼 때 칼리가 잡지를 두 팔로 감싸 안듯이 잡고 고개를 박은 채 미동도 하지 않고 완전히 집중해 잡지에 실린 의상들을 쫓았기 때문이다. 칼리는 거기서 삶의 에너지를 충전받고 있었다. 칼리가 『더블유W』 최신호를 볼 때는 말을 걸어서도 안 되고, 그 옆에서 다른 사람과 이야기를 나눠서도 안 되었다. 한번은 여름에 우리 집을 찾은 손님이 있었다. 그 친구는 칼리 집 현관 입구에 비닐 포장된 『보그』가 놓여 있는 것을 보더니 포장을 벗겨 내 마당에서 읽다가 칼리에게 들켰다. 그 달치 『보그』가 배달되어 오면 제일 먼저, 혼자 보는 것이 칼리에게는 커다란 낙이었다. 그 즐거움을 강탈해 간 도둑이 내가 호주에서 모델을 하던 시절 사귄 친구란 걸 알게 된 칼리는 엄청난 충격을 받았다. 칼리는 멍한 상태로 우리 집 거실에 서서 "도대체 어떤 사람이 감히 이런 짓을 한다는 거지?" 하며 조용히 뇌까렸다. 멜과 나는 어느 한쪽 편을 들 수밖에 없었다. 멜로서는 칼리와 한판 붙을 좋은 기회였다. 멜은 너무 심한 거 아니냐며 내 모델 친구 역성을 들었다. 꼭 그때가 아니어도 멜과 칼리는 늘 입씨름을 벌였다. 둘 사이에는 엄청난 긴장감이 도사리고 있었기 때문이었다. 그래서 당시에는 나도 울적할 때가 많았다. 나는 당연히 칼리 편을 들었다. 칼리는 창의적이고 뛰어난 화가였다. 그래서 영감을 주는 건 뭐든 칼리에게 대단히 중요했다. 그렇다고 내가 패션 잡지에 무관심한 것이 우리 사이에 문제가 된 적은 없었다.

촬영을 일주일 앞두고 완전히 겁에 질려 칼리에게 전화를 걸었다. 칼리는 새 옷을 사는 것이나 나 아닌 다른 어떤 존재가 되는 걸 두고 걱정할 필요가 없다고 했다. 내 독특한 면을 보고 뽑은 거니까 그냥 나 자신이 되면 된다고 했다.

"레즈비언 말하는 거야?"

칼리는 그날 오후에 〈바나나 리퍼블릭〉 매장에서 보자고 했다. 패서디나의 뜨거운 여름 열기 속에서 아웃도어 몰을 걸어 칼리를 만나러 갔다. 나는 빈티지 풍의 이기 팝 티셔츠와 물 빠진 블랙 진, 너덜너덜한 검정색 가죽 엔지니어 부츠 차림이었다. 칼리는 〈바나나 리퍼블릭〉 매장에서 나를 기다리고 있었다. 촬영장에 갈 때 편하게 입을 옷 고르는 걸 도와주기로 했다. 거기라면 나의 튀는 옷차림을 좀 무난하게 바꿔 주고 남 보기에도 괜찮은 옷을 살 수 있을 것 같았다.

적어도 왕따처럼 보이지는 않게 해 주겠지.

칼리는 아주 특이하고 멋진 빈티지 드레스를 입었다. 무난한 옷만 파는 매장에서 칼리 혼자 눈에 딱 띄었다. 내 얼굴에 서린 불안감을 눈치챘는지 칼리는 인사도 생략하고 바로 내 허리에 손을 두르며 안아 주었다. 칼리는 행어에서 빼든 옷가지들을 잔뜩 쥐고 있었고 덕분에 옷걸이가 내 등을 찔렀다.

"고마워, 칼리."

"재밌는데 뭐. 굳이 내 도움이 필요할까? 너도 패션 센스 좋잖아."

"글쎄, 찢어진 블랙 진이나 엔지니어 부츠를 신고 다니는 주연급 여배우를 본 적은 없는 것 같은데."

머리부터 발끝까지 온통 검정 일색인 내 차림이 점점 신경 쓰였다. 매장에서 묵직한 블랙 부츠나 검정색 티셔츠를 입은 사람은 한 명도 없었다. 여름에 어울리는 무늬가 그려진 옷을 입거나 치마를 입은 사람들이 많았다.

"여름이니까 좀 가벼운 색은 어때? 치마도 사야 해?"

칼리가 나를 아래위로 훑어보았다. 친구를 대하는 게 아니라 무슨 일거리를 대하는 것 같았다.

"그럴지도. 아니, 몰라. 사야 할까?"

칼리는 다정하게 날 한 번 쳐다보더니 셔츠 두 장을 내밀었다.

"이거부터 일단 입어 보자. 바지도 한번 찾아볼게. 카프리 바지는 어때?"

카프리 바지가 뭔지도 몰랐기 때문에 나는 어깨만 으쓱하고 셔츠를 받아 들었다. 전신 거울이 달린 드레싱 룸에 들어가 셔츠를 입어 보았다. 둘 다 흰색이었는데 차례로 입어 보았다. 칼리가 무난한 색으로 카프리 바지를 골라 올 때까지 드레싱 룸에서 기다리며 나는 내 몸을 살펴보았다. 허벅지는 굵었고 무릎에는 살이 많았다. 엉덩이를 보니 엉덩이와 다리가 이어지는 부분이 삼각형 모양이었다. 내 몸에 불만을 가진 건 처음이 아니었다. 나는 평생 이걸 바꿔 보려고 노력했다. 하지만 어차피 안 될 거라고, 영원히 이 체형 그대로일 거라고 생각했다. 열여덟 살 때 유리문에 비친 내 모습을 멍하니 보면서, '평생 이 꼴로 살겠지' 하고 훌쩍거렸던 기억이 났다. 그 목소리를 처음 들은 건 열두 살 때였다. 모델을 구하러 사람이 왔는데 나더러 엉덩이 모양 좀 보게 한번 돌아보라고 말했고 나는 그 여자의 요구대로 엉덩이가 잘 보이게 바지를 내리고 뒤로 돌아 벽을 향해 서 있었다. 바지를 발목까지 완전히 내린 채 벽을 향해 서 있던 시간이 아주 길게 느껴졌다. "나이도 어린데 엉덩이가 왜 그렇게 처졌대?" 그 여자는 악의 없는 말투로 그냥 궁금해 죽겠다는 듯 말했다. "너, 운동은 하니?"

너 운동 좀 해야겠다. 그게 그 목소리가 처음으로 내게 건넨 말이었다. 아주 저음인 남자 목소리였는데 어찌나 크고 또렷하게 들리던지, 같이 엘리베이터를 타고 내려오던 탈락한 다른 모델들도 들었던 건 아닐까 싶었다. 그 목소리는 충격파처럼 한참이나 울려 퍼졌다. 스물네 살이나 되었는데, 〈바나나 리퍼블릭〉 매장 전신 거울 앞에 서서 아직도 똑같은 소리를 듣다니. 수치심이 확 밀려왔다.

"너 사이즈가 뭐지?"

칼리의 무심한 질문에 살짝 겁이 났다. 살을 빼야 할 데가 엉덩이 말고도 많았기 때문은 아니었다. 미국에서는 사이즈 분류가 어떻게 되어 있는지 알 턱이 없었다. 호주에서는 10이면 완벽한 몸매의 옷 사이즈다. 호주의 10사이즈가 미국에서는 어떻게 되지? 미국에 온 뒤로는 중고 의류 매장이나 사이즈 구분 없는 옷을 파는 〈어번 아웃 피터스〉에서만 옷을 샀다. 아니면 예전부터 입던 옷을 입거나.

"내 사이즈가 뭐지?"

"그게 무슨 소리야?"

칼리는 장난하느냐는 듯 나를 쳐다보았다. 매력적인 미소를 띤 얼굴이었다. 칼리는 뒤이어 올 내 질문에 대한 자신의 대답이 앞으로 내 인생을 완전히 바꾸게 된다는 걸 까마득히 모르고 있었다.

"모델들은 사이즈가 어떻게 되는데?"

"보자, 피팅용 샘플 사이즈는 대개 6일 걸."

칼리는 원래 그런 걸 잘 알았다.

"그럼 나도 6."

실제로도 내 사이즈는 6이었다. 대체로는 그랬다. 6사이즈 카프리 바지는 너무 꼭 끼었다. 하지만 살을 좀 빼고 나서 내게 줄 선물이라 치고 그냥 샀다. 한 사이즈 큰 걸로 사면 편할 거라는 생각은 하지도 않았다. 8사이즈는 내 사전에 존재하지 않았다.

단추 달린 옷을 사 가지고 매장을 나오는데 불안해서 몸이 거의 굳어 버렸다. 칼리와 아웃도어 몰의 콘크리트 벤치에 앉았다. 쇼핑백을 발치에 대충 놔뒀다. 멍했다. 며칠 정도는 이것저것 갈아입으며 다니면 되겠지만 그 다음에는 뭘 입고 다녀야 하지? 새로 맡은 역할에 맞춰 계속 옷을 사거나, 그것도 아니면 그냥 사람들이 내 정체를 까발리게 내버려 둬야 할까? 진짜 그런 일이 벌어지면 배우 노릇은 못 하게 될 텐데. 레즈비언에게는 주연을 맡기지 않는다. 엘런 디제너러스는 커밍아웃을 한 뒤 자기 이름을 건 쇼가 폐지되는 치욕을 겪었다. '주연급' 여배우 중에 내놓고 레즈비언이라고 밝힌 사람은 한 명도 없었다. 로스앤젤레스에서 3년 동안 살면서 깨달은 건, 할리우드에는 오직 두 부류의 여배우만 있다는 진실이었다. 주연급 여배우와 성격 여배우. 성격 여배우는 겨우 한 장면을 찍으려고 화장실 크기만 한 연기자용 트레일러에서 하루 종일 대기하고 무료로 주는 밥차에서 밥을 먹는 배우들이다. 주연급 여배우는 스토리 라인도 받고 팝아웃 트레일러도 제공받고 〈아이비〉 레스토랑에서 영화사 간부와 식사를 한다. 출연료도 물론 천양지차이다. 역사상 주연급 여배우가 동성애자라고 분명하게 인정한 사례는 단 한 건도 없다. 들통 나면 그 사람의 배우 인생은 그 자리에서 끝장이다. 그 점은 정말로 분명한 사실이다. 나더러 '나 자신이 될 것'을 주문한 칼리에게 그게 얼마나 바보 같은 말인지를 알려 주고자 그런 설명까지 덧붙였다. 그러고 난 뒤에는 쇼핑백을 챙겨 하이힐을 사러 갔다. 6사이즈 옷에 맞는 힐을 사야 했다. 매장을 돌아다니다가 문득 내가 동성애자처럼 걷는 건 아닌가 의식이 됐다. 하지만 금세 생각이 다른 데로 튀었다. 새로 산 카프리 바지에 몸을 맞추려면 살을 얼마나 빼야 할까? 나는 목표를 설정했다. 첫 촬영 날 새 바지를 딱 맞게 입겠다고.

내 다이어트 법은 참 간단했다. 난생 처음 패션쇼 준비를 할 때부터 일 년에 예닐곱 번씩 하던 다이어트였다. 여자들은 살을 뺄 때 대개 하루 1,000칼로리 섭취를 추천받는다. 하지만 나는 1,000킬로줄을 섭취했다. 내가 원래 호주 사람이니까 그게 맞지 않나? 그건 진짜 웃기는 말장난이었다. 1,000킬로줄은 칼로리로 고치면 약 300이다. 그러니까 나는 하루 500그램 감량을 목표로 일주일 동안 하루 300칼로리를 섭취할 생각이었다. 전에도 여러 번 그렇게 해 봐서 그게 효과가 있다는 걸 알고 있었다. 처음 사흘은 매일 500그램 정도씩 빠진다. 나흘째와 닷새째에는 저울이 움직이지 않다가 엿새째에 기분 좋게 1.5킬로가 쑥 빠진다. 그리고 마지막 날에 약 1킬로가 빠져 총 3.5킬로 감량으로 다이어트를 끝내는 것이다. 이 방식은 절대 실패하지 않는 다이어트 법이었고 일을 시작하기 전에 살을 빼는 건 프로로서 마땅히 해야 할 일 같았다. 다이어트를 하면 날씬하고 건강해 보일 뿐만 아니라 훨씬 더 예뻐 보인다. 그래서 어떤 역할을 새로 맡든지 그렇게 살을 빼면 자신감도 생기고 준비할 때 심리적으로 도움도 된다. 물론 촬영을 앞두고 들이닥치는 의상 피팅도 생각해야 한다. 살을 좀 빼고 가면 의상 담당자의 일도 수월해진다. 어떤 사이즈를 입혀도 딱 맞으면 그 사람들이 편하다. 그리고 살을 빼는 건 제작자들과 암묵적으로 합의한 내용이기도 했다. 나는 내 몫의 계약 조건을 지킬 준비가 되어 있었다.

넬 포터가 되는 시간

맨해튼 비치 스튜디오스는 켈리 랜드라고 부르기도 한다. 그곳 사운드 스테이지 앞 주차장에 주차를 하고 나니 흥분한 데다 신경도 곤두서서 좀 어지러웠다. 〈앨리 맥빌〉 녹화장에서 처음 촬영을 하는 날이었다. 차에서 내려 이제는 편하게 잘 맞는 카프리 바지 주름을 펴고 주위를 둘러보았다. 볼 것도 없고 황량했다. 지은 지 얼마 안 된 이 스튜디오스에 데이비드 켈리의 제작사가 입주해 있었다. 사람 냄새가 나게 하려면 손길이 좀 더 가야 할 것 같았다. 그때까지 내가 일해 본 곳은 할리우드와 버뱅크의 스튜디오였고 거기는 여러 인종의 판매원들이 득실대는 곳이었다. 판매원들은 카페를 드나드는 손님이나 『버라이어티 Variety』, 『엘에이 타임스 LA Times』를 사러 온 배우나 제작자를 하나하나 잘 알았다. 하지만 맨해튼 비치 스튜디오스에서는 사람은 하나도 보이지 않고 차만 보였다. 매점도 없고, 점심시간에 나무 그늘에서 책을 읽을 만한 공원도 없었다. 진짜 풀 한 포기, 나무 한 그루 없었다. 복숭아색으로 칠한 거대한 한 동짜리 직사각형 스튜디오 건물에는 돌출부가 전혀 없어서 그늘 한 점 드리우지 않았다. 강렬한 햇빛이 깨끗한 흰색 포장도로와 창문 하나 없는 건물에 그대로 부서져서 건물 전체가 구석구석 스포트라이트를 받고 있는 것만 같았다. 세상에, 켈리 랜드에는 숨을 수 있는 그늘이 하나도 없었다. 바깥세상에는 전혀 노출되지 않은 채 공장 관리자의 엄격한 감시 아래 과학 실험을 수행하는 어느 연구 개발 회사의 사옥 같았다. 어쩌면 최소한의 보안 장치만 갖춘 감옥일지도 몰랐다.

나는 내 이름이 붙은 드레싱 룸을 찾아가려고 오전의 여름 열기를 피해 에어컨이 나오는 건물 입구로 향했다. 첫 번째 드레싱 룸에는 '피터 맥니콜'의 이름이 붙어 있었고, 그 다음은 '그렉 저먼', 그리고

너 어젯밤에 뭐 먹었어?

그 다음 드레싱 룸에 내 이름이 붙어 있었다. 포샤 드 로시. 드디어 왔다. 지금까지 사용해 본 것 중에 가장 좋은 드레싱 룸이었다. 진초록색 소파 하나, 소파와 짝을 맞춘 의자도 하나, 책상과 책상 의자에 더해 샤워 시설이 있는 화장실까지 딸려 있었다. 하나같이 아주 깨끗한 새 것이었다. 내가 오기 전에 여기를 사용한 배우가 없었고 따라서 무균 상태라는 의미였다. 그게 편하기도 하고 불편하기도 했다. 여기서 대사를 외우고 드라마의 장면을 그려 보며 왔다 갔다 걸어 다니거나, 지루해서든 아니면 초조해서든 담배를 피운 배우가 단 한 명도 없었다는 뜻이었다. 그 누구에 대한 기억도 없는 방이었다. 벽에는 담배 냄새도 전혀 배어 있지 않았다. 초조해하다가 지루해하다가 오락가락하는 포샤 드 로시가, 금연 장소인데도 담배 생각을 하면서 전신 거울에 비친 흠 많은 자기 몸을 바라보고 있을 뿐이었다.

소파에 가방을 던져 놓고 시계를 봤다. 열시 반이었다. 좀 일렀다. 열한 시에 의상 피팅을 하고 열두 시에 분장과 머리를 하기로 되어 있었다. 일찍 온 건 첫날이라 불안해서가 아니라 화장 때문이었다. 촬영장에 올 때는 얼굴이나 머리에 아무것도 바르지 말고 그냥 깨끗이 씻고만 오라는 소리는 어린이 모델 시절부터 들었다. 하지만 나는 금방 세수한 얼굴에 젖은 머리로 촬영장에 간 적은 단 한 번도 없었다. 나는 숨기는 데는 선수였다. 컨실러 없이는 못 살았다. 베이지색의 이 마술 같은 화장품은 내게는 산소나 다름없는 필수품이었다. 나는 컨실러로 거의 얼굴의 반을 커버했다. 그렇게 다 가려 놓고는 원래 주근깨 하나 없는 깨끗한 얼굴인 체했다. 물론 컨실러를 바르는 건 힘도 들고 까다롭고 시간도 많이 걸린다. 부끄러운 비밀을 감추는 일이 원래 다 그렇다. 그래서 30분이나 일찍 온 것이다. 물론 이미 집을 나서기 전에 불그스름하고 반점이 난 부분과 다크서클, 잡티, 잡티 흔적 따위를 컨실러로 한 번 꼼꼼하게 가렸다. 하지만 스튜디오까지 운전해 오는 시간이 길어서 여름 열기에 공든 탑이 다 녹아내리면 복구해야 할지도 모른다고 생각했다. 그래서 의상 담당자들의 기대를 깨지 않을 만큼 매력적인 새 배우가 될 수 있게 최선을 다한 뒤 의상실로 향했다. 그런데 의상실은 다른 건물에 있었고 내 드레싱 룸에서 꽤 떨어져 있었다. 한참 돌아다니다 보니 그 시간이 영원처럼 길게 느껴졌다. 결국 프로덕션 어시스턴트가 나를 먼저 찾아냈다.

프로덕션 어시스턴트는 반바지와 운동화 차림이었다. 그 여자는 정신이 나가 있었다. 날 찾느라 미친 듯이 돌아다녔다고 했다. 또 우리가 열 시 45분에 주차장에서 만나기로 하지 않았느냐고 했다. 프로덕션 어시스턴트의 말이 계속 이어지자 괜히 일찍 와서 바보같이 돌아다녔나 싶었다. 드레싱 룸에 가만히 있었으면 프로덕션 어시스턴트가 그리로 바로 왔을 것 아닌가. 하지만 하이힐도 신지 않고 당당하게 다리를 내놓을 수 있는 여자가 어디 있나? **젠장. 촬영 첫날엔 그냥 프로처럼 이 동네 사정은 다 안다는 표정만 하고 있으면 되는 거였구나. 벌써 들통이 나다니.** 의상실에 도착했을 무렵에는 이미 체한 기분이었다. 담배가 고파 죽을 지경이었다. 법정에서는 얼음처럼 차가운 변호사지만 그 다음 회에는 틀림없이 뜨거운 침실 장면을 보여 줘야 하는 레즈비언이 도대체 여기서 무슨 짓을 하고 있는 거지? 6사이즈 정장이 나한테 맞기는 할까?

의상 디자이너의 방 문간에서도 우물쭈물했다. 디자이너가 자리에 앉을 때 바로 나를 알아봐 주었으면 싶었다. 하지만 문 앞에 서 있는 내 쪽으로 고개를 돌리던 디자이너는 전화통을 붙잡고 있었다.

의상 디자이너는 손짓을 하면서 들어오라는 입 모양을 만들어 보였다. 나는 문지방을 건너 이제 곧 내 인생 자체가 될 드라마의 주요 무대인 의상실로 들어섰다. 지금부터 내 인생이라는 드라마의 대본을 쓰고 제작을 하고 모든 배역을 연기하게 될 터였다. 나 혼자 해내는 원맨쇼 드라마다. 나는 방 한가운데, 무대처럼 카펫이 깔린 사각형 공간에 섰다. 의상실의 네 벽과 나머지 공간 대부분을 의상을 걸어 둔 행어가 차지하고 있었다. 그런데 내가 선 무대는 관객이 아니라 대형 전신 거울을 향해 있었다.

"안녕하세요, 포샤라고 해요."

의상 디자이너가 전화를 끊고 책상을 돌아오자 나는 손을 내밀며 웃었다.

"이렇게 얼굴을 보게 되어 반가워요. 베라예요. 드라마 출연을 환영합니다."

베라와는 이미 전화로 인사를 나눈 사이였다. 그녀는 내 치수를 물어봤었다.

"34, 24, 35예요."

그 숫자는 진짜 내 치수가 아니라 듣기에 좋은 숫자였다. 내 실제 치수는 32쯤에서 시작해 38 어딘가에서 끝났다. 열두 살 때 모델 에이전시에서 처음 면접을 본 뒤로는 치수를 재어 보지 않았다. 그때 집에 가면 치수를 재서 알려 달라고 했었다.

"32, 27, 37이요."

호주의 〈팀 모델〉 접수원에게 전화로 그렇게 불러 줬었다.

"정말요?"

한동안 침묵이 흘렀다.

"음, 34, 24, 35로 하죠, 됐죠? 학생 카드에 그렇게 올려놓을게요."

이제 나는 허리가 잘록하고 깃이 넓고 둥근 핀 스트라이프 정장을 입고 전신 거울 앞, 〈앨리 맥빌〉의 피팅 룸이라는 무대 한가운데에 서 있었다. 입어 본 정장은 전부 맞았다. 안심이었다. 의상 피팅 전에 불안했던 마음에서 해방되었다. 거울에 비친 내 모습을 보니 기분이 좋았다. 내가 입은 정장의 사이즈가 4라는 이유 하나 때문에 그 옷이 제일 마음에 들었다. 들뜨다 못해 아찔했다. 〈앨리 맥빌〉첫 촬영분에서 내가 4사이즈 정장을 입다니!

"아휴, 벗어요. 그 옷은 끔찍해."

마지못해 그 4사이즈짜리 정장을 벗었다. 베라가 책상으로 가더니 커다란 폴더 하나를 집어 들었다. 폴더 안 대본 여백마다 여러 가지 색으로 탭과 메모가 빼곡 달려 있었다.

"당신이 맡은 역할은 단색 정장만 입을 것 같지 않아요? 보수적인 색상으로요. 근데 좀 섹시해 보여야 하지 않을까요? 펜슬 스커트에 트임을 좀 주면 어떨까 하는데."

"어……. 네, 그러죠."

나도 넬은 좀 섹시해야 할 것 같다는 생각이었다. 업무용 정장을 섹시하게 만드는 건 펜슬 스커트밖에 없다. 하지만 그걸 입으면 엉덩이가 너무 커 보이지 않을까.

"넬 포터는 주말에는 뭘 입으면 좋을까요?"

나는 넬 포터의 의상을 깊이 궁리해 본 티가 나게 말하려고 했다. 하지만 나보다 베라가 내 역할을 훨씬 더 많이 연구했다는 게 금세 드러났다. 의상 피팅 때 내 신경을 거슬리게 만든 유일한 일이 있다면, 그건 바로 베라의 준비성이었다. 놀라웠다. 나는 최고의 인기를 구가하는 법정 드라마에 완벽한 모습으로 적응하기 위해 6사이즈 정장에 맞춰 살을 빼는 데만 열을 올리고 있었다. 그래서 앞으로 몇년 동안 연기하게 될지도 모르는 인물을 어떻게 하면 의상으로 잘 표현할 수 있을지 연구하는 건 까맣게 잊어 먹었다. 베라는 폴더를 접고 자기 책상으로 돌아갔다.

"자, 출발이 좋은데요. 일단 이번 주 찍을 옷은 됐고, 나머지는 나중에 생각하죠."

나는 다시 카프리 바지로 갈아입고 베라에게 고맙다고 한 뒤 그 방을 나왔다. 다음은 분장용 트레일러였다. 나는 멍한 상태로 프로덕션 어시스턴트가 안내해 주는 대로 따라갔다. 완벽하지 않은 몸매 때문이 아니라 다른 이유로 부끄러움을 느끼다니 어리벙벙했다. 그래도 첫 의상 피팅 시험에 통과했고, 더구나 샘플 사이즈 의상에 몸이 들어갔다. 이제는 두 번째 시험이 남았다. 바로 얼굴이다.

메이크업 아티스트인 세라와 악수하면서 눈을 마주쳤다. 순간 세라의 동공이 좍 열리는 게 보였다. 내 얼굴을 훑어보고 있었다. 내 얼굴에서 흠을 집어 냈나? 잡티? 아니면 컨실러?

"혹시, 화장했어요?"

머뭇거리는 말투였지만 돌직구 질문이었다. 당황해서 허둥지둥

했다.

"아뇨."

공격을 받으면 거짓말이 최선의 방어다.

"앉으세요. 시작하죠. 그 전에 제가 뭐 알아 둬야 할 게 있나요?"

"아뇨, 전문가니까 알아서 잘 해 주세요."

솔직히 말해 마음이 놓이지는 않았다. 나는 메이크업을 받으면 받기 전보다 더 못생겨 보였다. 하지만 왜 더 못생겨 보이는지는 몰랐고, 알았다 하더라도 메이크업 아티스트에게 이래라저래라 할 입장이 아니었다. 더구나 〈앨리 맥빌〉 메이크업 총책임자에게 그러는 건 가당치도 않았다. 세트장에서 번갈아 가며 헤어 담당자와 메이크업 담당자를 호출하는 바람에 나는 헤어 쪽과 메이크업 쪽 의자를 왔다 갔다 했다. 맙소사. 도대체 저기 세트장에서는 지금 무슨 장면을 찍고 있는 거지? 나를 기다리고 있는 건 뭐란 말인가? 어쨌든 나는 머리도 전문가를 믿고 맡겨야 한다는 결론에 이르렀다. 결국 넬 포터는 쪽진 머리가 낫겠고, 머리칼을 전부 뒤로 넘길지 말지 같은 자질구레한 사항은 헤어스타일리스트에게 일임하기로 했다. 어쨌거나 나는 신참이었다. 괜한 소동을 일으키거나 튀고 싶지 않았다. 그저 잘 적응하고 싶었다. 사람들이 전부 내가 조용한 프로 타입이라고 생각해 주었으면 싶었고, 신문에 이런 기사가 실렸으면 했다. '〈앨리 맥빌〉의 새로운 캐릭터 넬 포터, 출연진에 무리 없이 합류'. 포샤 드 로시는 분장실과 피팅 룸 바닥에 껍질을 벗어던졌다. 이제부터는 넬 포터가 배우들을 만날 시간이었다.

평균이라는 굴레

케이지 여러분, 케이지 앤드 피시 법률 회사의 새 변호사를 소개하겠습니다. 넬 포터 씨를 환영해 주세요.
일레인 (앨리와 조지아에게) 쟤, 짜증나지?
앨리와 조지아 (고개를 끄덕이며) 물론이야.

"컷! 첫 장면으로."

나는 법률 회사 사무실 계단에 서서 사람들을 바라보고 있었다. 저기 그들이 있다. 앨리, 빌리, 조지아, 일레인, 피시가 로비에 모여 날 올려다보고 있고, 나는 계단 중간에 서서 그들을 내려다보며 앞으로 어떻게 이 회사에 새로운 활력을 불어넣을 건지, 어떤 개혁의 바람을 몰고 올 건지 인사 겸 한마디 할 참이었다. 사실 배우들과는 아직 인사도 제대로 나누지 못한 상태였다. 나는 계단에서 배우들을 보며 어색하게 웃으면서 서 있었다. 그들은 웃어 주기도 하고 손을 살짝 흔들며 아래위로 나를 재보기도 했다. 대본 자체도 그런 설정이었다. 모두가 조심조심 어색하게 웃기도 하고 손도 흔들어 댔다. 변호사 넬 포터도 동료들을 처음 만나는 상황이고 배우 포샤 드 로시도 계단에서 동료 배우들을 첫 대면하는 상황이었다. 넬 포터는 동료 변호사들에게 위기감을 주는 인물로 설정돼 있었다. 하지만 위기감이라니, 말도 안 되는 소리였다. 엄청나게 겁을 집어먹어서, 혹여 손이 떨리는 게 보일까 봐 대본도 못 쥐고 있던 상태였다. 덜덜 떠는 주제에 '얼음장 넬'의 강철 신경을 가진 손이란다. 주인공인 소심한 앨리를 괴롭히는 자신만만한 여자가 필요해서 넬이 투입된 것이었다. 나는 배우들을 만나는 게 정말 걱정되었다. 혹시 말이라도 잘못해서 다른 배우들이 이 드라마의 제작자들이 호언한 것처럼 내가 이 드라마를 띄워 줄 만한 재목이 아니란 걸 알게 될까 봐 겁이 났다. 내가 별로 대단하지도, 특별하지도 않은 그저 그런 배우라는 걸 사람들이 한눈에 알게 되면 어떡하지?

나는 내가 평균이라는 걸 알았다. 질롱 중학교에 들어간 첫날에 알아 버렸다. 나는 질롱 외곽의 그로브데일에서 자랐다. 우리 동네에서는 우리 집이 제일 크고 멋있었다. 〈에이브이 제닝스〉에서 지은 이층짜리 최신형 주택에는 풀장도 딸려 있었다. 지역 유지였던 아빠는 〈그로브데일 로터리 클럽〉을 설립했고 시장 출마를 권유받기도 했던 사람이었다. 그런데 중학교에 입학한 첫날, 헬리콥터를 타고 온 애랑 비엠더블유나 재규어를 타고 등교하는 애들을 본 순간 나는 내가 걔들과 다르다는 것을 확실히 알아 버렸다. 그 애들은 내 부모가 내게 사 주지 못한 것들을 가지고 있었다. 질투심이야 처음 느껴 보는 감정은 아니었다. 하지만 헬기에서 내리는 애를 보고 나니 전에는 몰랐던 아주 불편한 어떤 감정이 생겼다. 그동안 내게 질투심이란 언젠가는 저것을 가지게 될 것이라는 믿음에서 나왔다. 하지만 이번에는 달랐다. 위협감을 느꼈다. 나는 그 애들과 동등하지 않고 그 애들보다 훨씬 보잘 것 없고 완전히 다른, 아예 차원이 다른 존재라고 느꼈다. 그날 하루 종일 걔들은 여름방학 때 카리브 해에서 요트를 타고 놀았던 이야기를 했다. 나는 동네 공터에서 올림픽 체조

선수 흉내를 내며 놀고 있었는데 말이다. 철없는 부잣집 딸내미처럼 동네를 휘젓고 다녔다는 생각에 부끄러워 죽고 싶을 정도였다. 부자 문턱에도 못 가면서 말이다.

"엄마는 왜 우리가 거지라는 거 말 안 했어?"

차에 타자마자 나는 평소와 달리 불같이 화를 내며 엄마에게 그렇게 퍼부었다. 나중에 알게 된 사실이지만 당황하고 부끄러우면 나는 일단 화부터 낸다. 엄마는 분명 상처를 받았다. 엄마의 마즈다626 자동차를 타고 집에 오는 동안 엄마는 열 시 10분 각도로 핸들을 잡고 도로만 뚫어지게 바라보았다. 그리고 눈물을 글썽이며 아빠가 살아 있을 때처럼 살려고 나름대로 열심히 애쓰고 있다고 했다.

"아냐, 우리는 늘 가난했던 거야!"

엄마는 우리가 도대체 왜 거지라는 건지, 내 말을 전혀 알아듣지 못했을 것이다. 요트가 뭔지도 몰랐을 것이다. 그날 밤에는 오빠한테도 퍼부었다. 오빠는 나보다 2년 먼저 그 학교를 다녔기 때문에 더욱 화가 났다. 오빠는 미리 얘기해 줄 수도 있었다.

"이 바보야, 우리는 가난하지 않아. 우리 정도면 평균이야."

그래서 평균이라는 말은 세상에서 가장 역겨운, 최악의 말이 되었다. 평균이라는 말에는 아무런 의미도, 아무런 가치도 들어있지 않았다. 열두 살짜리 계집애 생각에 평균적인 인생은 살 만한 가치가 없었다. 평균인 인간은 암을 낫게 할 수도 없고, 올림픽 메달도 딸 수 없고 유명한 영화배우도 될 수 없다. 그 어떤 분야에서도 '평균'밖에 되지 못한다면 얼마나 지겹고 지루한 인생을 살게 될까? 내가 오빠한테서 들을 수 있는 최악의 모욕적인 표현은 바로 평균이라는 말이 될 것이다. '정상', '보통', '평범' 같은 말들도 마찬가지였다. 평균, 정상, 보통, 평범이라는 말은 모조리 혐오스러웠다. 그런 말들이 내게 딱지가 되어 들러붙으려고 줄을 서 있는 것이 훤히 보였다. 앞으로 나는 대단한 일을 해내거나 더 좋은 딱지를 달아야 한다. 일단 눈에 띄지도 않고 흔해 빠진 내 이름부터 손을 보아야 했다. 이름부터가 평균이었다. 나 말고도 그 이름을 가진 애가 있었기 때문에 이미 나는 이름부터 평균이란 걸 알고 있었다. 여덟 살 때 육상경기를 아주 잘했다. 주 종목은 200미터 달리기였다. 그런데 우리 지역 육상 대회 예선에 나하고 이름이 똑같은 애가 있었다. 나와 겨룰 만한 유일한 선수의 이름이 어맨다 로저스였다. 갑자기 달리고 싶은 의욕이 푹 꺾여 버렸다. 나랑 이름이 똑같은 애를 이긴다고 무슨 영광이 찾아올까? 나하고 이름이 똑같은 애가 있는데 내가 이름을 떨쳐 본들 무슨 소용이 있나? 일등도 어맨다 로저스, 이등도 어맨다 로저스인데?

나 자신에게 더 괜찮은 딱지를 붙여 줄 필요가 있었다. 모델이나 법대 학생이나 배우같이 들리는 딱지로. 중학교 친구들 중에는 평균인 애가 하나도 없었다. 걔들은 모두 부자였다. 걔들과 어울리려면 뛰어난 자질을 보여 줘야 했다.

고만고만한 무리 속에 속해 있다는 생각 때문에 늘 노심초사하며 살았다. 누군가는 이기고 누군가는 져야 한다는 경쟁심을 처음으로 느껴 본 이후로 모든 면에서 우수해야 한다는 부담감이 어마어마했다. 나는 경쟁에서 이겨야 했고 에이 학점만 받아야 했으며 반드시 상장을 따 와야 했다. 하지만 일등을 하고 반 수석을 차지하고 달리기에서 이겨도 승리감을 느끼지 못했다. 그저 지는 것에서 오는 당혹감을 피할 수 있었던 것뿐이었다. 능력도 되고 남들도 기대하는데 탁월한 결과를 내지 못하면 원인을 모조리 내 게으름 탓으로 돌렸다. 그래서 게으름은 치욕스러운 것으로 생각했다.

그렇다고 내가 처음부터 모든 면에서 우수한 자질을 타고난 아이는 아니었다. 수학은 아주 형편없었다. 기본적인 수리도 어려워했다. 구구단은 학교에서 친구랑 짝을 지어서 외우게 했는데, 선생님은 학생 둘을 칠판 앞에 세워 놓고 '육칠은'이나 '오, 삼' 하는 식으로 구구단 문제를 냈다. 나는 머릿속으로 답을 외웠다. 선생님과 구구단 게임을 하면서 여덟 살짜리 꼬마는 하루 종일 입 다물고 앉아 구구단만 외웠다. 선생님이 따발총처럼 문제를 내면 학생들은 방어 태세를 갖추고 총알을 잽싸게 피했다. 나는 3학년 때까지는 한 번도 총알에 맞지 않고 버텼다. 하지만 수학 챔피언의 자리는 오래 지키지 못했다. 열네 살 때 물리 숙제를 풀다가 그만 폭발해 버리고 말았다.

나는 이해가 안 되는 것 앞에서는 절망에 빠져 멍해지는 타입이다. 대답이 준비되어 있지 않으면 일단 조금씩 불안해지다가 점점 엄청난 공포감에 사로잡힌다. 결국에는 온몸이 식은땀에 젖고 소리를 지르고 울고불고 머리를 때리면서 고래고래 소리 지른다. "정말 모르겠어!" 그렇게 완전히 탈진해서 쓰러지기 직전까지 가 버린다. 스스로를 격려하는 것과는 정반대로 일기장에 '이번엔 절대 일등은 못할 거야'라고 수백 번씩 쓰면서 일등을 하지 못하는 사태를 대비하기도 했다. 발레 시험의 결과를 기다리면서 그랬던 적이 있다. 그렇게 함으로써 부족한 결과를 받아들이는 데 무슨 도움이라도 됐을지는 알 수 없다. 나는 언제나 일등만 했기 때문이다. 하루에 두 시간씩 일주일에 엿새 동안 연습하고도 집에 와서 몇 시간을 더 연습하면 누구라도 일등을 한다. 더구나 아홉 살짜리 여자애의 유일한 경쟁자가 이제 겨우 발레를 시작한 애라면 말이다. 내가 다닌 발레 학원은 예전에 프로로 활동했던 발레 댄서가 중소도시 외곽에서 어린애들에게 발레 기초를 가르쳐 보려고 부업 삼아 교회를 빌려 운영하던 교습소였다. 그런 곳에서 치는 발레 시험을 진지하게 받아들인 사람은 나밖에 없었다. 하지만 나는 그게 호주 전국 대회라도 되는 것처럼 임했다.

도대체 그런 압박감이 어디서 생긴 건지 모르겠다. 원래 늘 그랬다고 하는 건, 부모 탓을 하려는 것은 아니다. 다른 부모처럼 우리 엄마도 에이를 받아 오면 동네방네 자랑을 했고 에이가 아니면 남들 앞에서 말도 꺼내지 않았다. 하지만 일등이 아니면 엄마가 내 노력을 인정해 주지 않았다는 것은 어린 시절 나에게 영향을 미쳤다. 일등을 못 하면 엄마와 나는 대회 얘기는 꺼내지도 않았다. 그래야 다른 애가 일등인 걸 인정해야 하는 당혹감을 비껴갈 수 있었기 때문이다. 엄마와 나는 그때부터 비밀을 가졌다고 할 수 있다. 그 뒤로 나는 지는 건 수치스러운 일이고, 일등을 따낼 것이 확실하지 않으면 노력할 필요도 없다고 생각하게 되었다. 그냥 좋아서 한다는 것은 있을 수 없는 일이었다.

피시 여러분, 여기 좀 봐 주세요. 끝내주는 소식이 있어요. 자, 넬 포터 씨를 소개하겠습니다. 오늘부터 포터 씨가 우리 회사의 새 변호사입니다.

우리 회사의 신무기가 되겠죠. 여러분 모두 포터 씨를 환영해 주시기 바랍니다. 넬 포터 씨, 이리로요.

넬 감사합니다, 감사합니다. 직장을 바꾸는 게 쉽지는 않더군요. 그래도, 아, 기분 좋은데요. 이 자리를 제안해 주신 리처드 씨와 폴 씨에게 감사드려요. 그리고 앨리 씨가, 아, 잠깐 얘기를 나눴는데, 뭐, 어쨌든 재밌게 일해 보죠.

적절한 보상

라이터가 얼른 켜지지 않았다. 누가 볼까 겁은 났지만 주차장을 빠져나오기도 전에 담배 한 모금을 한껏 빨아들였다. 확실히 첫날이라 그렇기도 했지만 숨어서 담배 피울 곳을 찾지 못해 더 힘들었다. 게다가 하루 종일 쫄쫄 굶었다. 하지만 뭔가가 먹고 싶은 것은 다만 배가 고파서가 아니라 내 마음 속 구멍을 메울 게 필요했기 때문이다. 앞으로 이틀간은 촬영 스케줄이 없었다. 그래서 마이클 오빠와 나는 첫 촬영을 축하하자면서 우리가 제일 좋아하는 식당에서 밥을 먹기로 했다. 남편이 떠난 뒤, 오빠는 우리 집으로 이사를 왔다. 오빠와 같이 살아서 정말 좋았다. 남편이 올케와 도망친 이후로 오빠와 나는 함께 살았고, 우리는 한데 뭉쳤다. 내 남편이 오빠의 아내와 도망을 가 버렸기 때문에, 오빠와 나는 서로를 챙겼고, 마르가리타와 멕시코 요리를 먹으며 서로를 위로하는 게 좋았다. 위로가 아니라 축하였나? 그날도 하루를 치르고 나니 위로를 해야 할지 축하를 해야 할지 헷갈렸다. 오빠는 축하를 하자고 할 게 뻔했다. 그렇다면 오빠가 오해하게 내버려 두면 안 되었다. 오빠는 벌써 내가 드라마 여주인공이나 되는 것처럼 생각하고 있었다.

"시씨, 어땠어?"

오빠는 나를 만나 기분이 좋거나 서로 감정이 통한다 싶으면 나를 '시씨'라고 불렀다. 오빠를 사랑하는 내 마음을 보여 줄 수 있는 귀여운 호칭이 떠오르면 나도 그렇게 불러줄 텐데, 마땅한 게 없어서 나는 그냥 '브러더'라고 불렀다. 오빠는 로스앤젤레스에 온 뒤 정말 많은 일을 겪었다. 오빠는 오래 사귄 여자 친구 르네와 결혼식을 올리고 바로 미국으로 건너왔다. 신혼부부는 멜과 내가 신혼집을 꾸린 〈멜로즈 플레이스〉 스타일의 바로 그 주택단지로 이사 왔다. 밤에는 넷이 다 모여서 시간을 보냈지만, 낮에 오빠와 내가 각자 일을 하러 나가 있는 사이 르네와 멜은 함께 움직였다. 카푸치노 사업을 동업하고 있었기 때문이었다. 둘은 목공 사업도 함께 했다. 르네는 헐렁한 오버롤을 자주 입었고, 흘러내린 옷가지 사이로 몸에 꼭 끼는 레이스 속옷이 드러나곤 했다. 이걸로 오빠와 내가 두 사람의 관계를 의심해 볼 법도 한데 막상 멜이 집을 나가고 르네도 갑자기 오빠와 이혼하고 멜과 살 거라고 선언해 버리자 오빠와 나는 한방 크게 얻어맞은 꼴이 되었다. 우리는 도저히 믿을 수가 없어서 머리만 쥐어뜯었다.

오빠는 엘에이에 와서 처음 일 년간 참 힘들었다. 매제와 자기 아내가 눈이 맞은 것 말고도 새로 취직한 생체공학 회사에서 별별 일을 다 겪었기 때문이다. 우리 둘 다 멋지고 신나게 살아 보려고 온 미국이었다. 워낙에 아버지가 미국을 좋아했기 때문에 그 영향도 있었다. 아버지는 미국 출장을 다녀온 뒤 미국의 어마어마한 고속도로와 눈 덮인 산, 끝내주게 멋있는 자동차, 디즈니랜드 얘기를 해 주었다. 어쨌든 우리 남매가 미국에 온 건 대단한 일이었다.

"브러더, 좋았어. 촬영도 잘됐고, 스튜디오도 좋았고, 사람들도 괜찮았어."

"잘됐네. 야외 테이블에 두 사람이요."

"네, 이쪽으로 안내해 드리겠습니다."

그 멕시코 식당은 어두침침하고 좀 추레하기도 한 데다 음식도 기름졌다. 하지만 담배를 피울 수 있는 야외 테이블이 있었다. 나는 열네 살 때부터 담배를 피웠다. 이유가 있었다. 머리를 민 굉장히 멋진 여자애를 꾀고 싶기도 했고 식욕도 누르고 싶었다. 나처럼 모델을 하는 애한테서 담배가 도움이 된다는 이야기를 들었다. 마음에 둔 여자애와는 그다지 친해지지 못했지만 담배를 피워 보니 밥맛이 떨어지는 건 확실했다. 멕시코 식당에 밥 먹으러 갈 때 그 점이 특히 중요했다. 평균적인 음식을 내놓는 식당이었지만, 집에서 제일 가깝고 야외 테이블이 있다는 이유로 단골 식당이 되었다.

담배도 피우고 오빠와 수다도 떨면서 그날의 긴장을 마르가리타에 풀어 놓았다. 그리고 나초를 먹을 작정이었다. 기분이 상했을 때 치즈에 신맛 나는 크림을 섞은 소스나 부드러운 구아카몰리에 바삭한 콘칩을 찍어 먹으면 항상 기분이 좋아졌다. 음식을 먹으면 정말 편안했다. 다들 맛있는 거 먹자고 사는 거 아닌가. 그날은 어디 갈 데도 없고 할 일도 없었다. 맛있는 걸 먹는 그때만큼은 복잡한 일들을 잠시 잊고 그냥 이대로도 대만족이라는 생각이 들었다. 나는 콘칩을 먹는 황홀한 순간, 바로 그 순간에 푹 빠져 있었다.

〈바나나 리퍼블릭〉에서 앞으로는 프로처럼 행동하겠다고 마음먹은 뒤로는 몸에 안 좋은 건 입에도 대지 않았다. 6사이즈짜리 정장에 몸을 맞추려고 그렇게 열심히 다이어트를 했으니 이제 보상을 좀 해 줘도 된다는 생각이 들었다. 그것 때문에 얼마나 마음고생을 했느냐 말이다. 오늘 입어 본 정장은 보수적인 디자인이라서 500그램에서 1킬로 정도는 얼마든지 커버해 줄 것 같았다. 겨우 그걸 입으려고 그 난리를 쳤다니! 별로 거리끼지도 않고 엔칠라다를 추가로 주문했다. 내일 아무것도 안 먹으면 그만이다.

"근데 우리 실험실의 그 바보 같은 녀석이 사람 무시하더니 크리스한테 뭐라 했느냐 하면……."

오빠는 고약한 직장 동료와 사이코 같은 상사 얘기를 늘어놓았다. 동성애자라고 털어놓으면 오빠는 어떤 반응을 보일까. 멜과 결혼 생활이 파탄 난 지도 얼마 되지 않았고, 오빠가 믿지도 않을 것 같아서 나는 그때껏 털어놓지 못하고 있었다. 내가 동성애자라고 밝힌 몇 안 되는 사람들은 내 말을 믿지 못했다. 나름대로 이유가 있었다. 동성애를 하나의 단계라고 생각하는 사람도 있었고 남과 달라 보이려고, 주목받고 싶어서 그런다고 보는 사람도 있었다. 하지만 그런 반응이야말로 최악이었다. 어마어마한 비밀을 털어놓으려면 아주 큰 용기가 필요한데, 아무도 내 말을 믿어 주지 않으니 조롱당하는 기분마저 들었다. 여자애 둘이 손잡고 다니는 건 철없는 짓이지 심각한 게 아니라는 반응이었다. 오빠마저 내게 그런 반응을 보이면 어쩌나 싶었다. 오빠는 내게 너무 소중한 존재였다.

나는 마르가리타를 한 잔 더 주문하고 엔칠라다를 싹싹 해치웠다. 내 걸 다 해치운 뒤에는 오빠 것에도 손을 댔다. 주 요리를 다 먹은 뒤에는 먼저 나온 전채 음식마저 먹었다. 마지막 콘칩은 살사 소스 남은 걸 듬뿍 찍어서 먹어 치웠다. 세상에, 전채 음식이라는 건 식욕 돌라고 나오는 것 아닌가. 오늘 저녁 전채 음식은 제 몫을 제대로 했구나. 속으로 찬사를 바쳤다.

오빠와 나는 할 얘기를 실컷 했다. 술도 다 마셨고 마지막 담배까지 다 피웠다. 그런 뒤에야 비로소 내가 무슨 짓을 저질렀는지를 깨달았다. 속이 부대끼고 입술에 기름기가 번들거리는 것이 증거였다. 금방 경로를 이탈했다는 걸 알아차리면 기분이 참 묘해진다. 나는 찰나의 자만심과 자축하는 분위기에 빠져서 내가 꽤 괜찮게 해냈고 이제는 그만해도 된다고 생각했다. 더 이상 단련하거나 완벽하고 위대해지려고 노력할 이유가 없었다. 목표에 도달했기 때문이다. 더는 할 일도 없었다. 오늘 할 일은 다 했고 내가 연기할 인물에 맞는 의상도 입어 봤고 촬영도 제대로 했으니 그만하면 된 것이다. 일어서다가 테이블 위의 잔해가 눈에 들어왔다. 조잡한 체크무늬 비닐 테이블보와 싸구려 티가 나는 그릇이 처음으로 내 눈에 띄었다. 테이블 위에는 담뱃재가 흩어져 있었고 유리잔에서 흘린 물이 여기저기 고여 있었다. 유리잔에는 기름 묻은 손자국이 덕지덕지 뿌옇게 찍혀 있었다. 립스틱이 묻은 담배꽁초는 재떨이에 수북이 쌓여 있는데 그 재떨이는 처음부터 새것도 아니었다. 그 다음에는 음식이 눈에 들어왔다. 먹고 남은 음식이나 손을 대 지저분해진 음식은 정말 추해 보였다. 다시 튀겨 내온 거라 접시에 눌러 붙은 콩은 똥 같았고 갈색의 구아카몰리와 뒤섞인 밥풀은 토사물 같았다. 테이블 위에 그려진 기괴한 그림 중에서 가장 역겨운 건 따로 있었다. 엔칠라다에서 흘러나온 치즈가 둥그런 기름띠를 만들어 엔칠라다와 접시를 나누어 놓았다. 해변이 육지와 바다를 갈라놓는 것과 같은 모양이었다. 나는 기름 해변을 꿀떡꿀떡 삼킨 셈이었다. 접시 주변은 먹다 흘린 밥알로 지저분했다. 정신줄을 놓고 기계 같은 반복 동작으로 입에 음식을 꽉꽉 채우다가 흘린 거였다. 나는 밥알이 묻은 열쇠를 찾아 쥐고 차로 걸어갔다.

내가 좀 전에 저지른 짓은 먹는다는 행위와는 완전히 다른 것이었다. 내가 저지른 짓은 반항 행위였다.

주차장에서 차를 빼 오빠 차 뒤에 따라 붙었다. 담배 연기에 가려서 오빠 차가 제대로 보이지도 않았다. 빨간색 미등이 검정 아스팔트 도로에 반사되었다. 나는 차가운 가죽 시트에 앉아 도대체 누구한테 반항한 건지 생각했다. 너는 너 자신을 해치고 있을 뿐이야. 머릿속에서 계속 그 말만 떠올랐다. 물론 나도 안다. 그런데 폭식은 내가 했는데 도대체 왜 다른 사람이 나를 열 받게 하고 상처 받게 만들었다는 기분이 드는 걸까? 정말 누구 다른 사람이 내 체중과 몸 관리에 투자라도 하고 있는 건가? 식당에서 처음 입에 음식을 쓸어 담으면서, 익숙한 맛에 취하면서 배를 꽉 채운 뒤로도 계속 먹어 대며, 이런 생각만 했다. 하하, 넌 절대 날 못 말려! 그런데 도대체 내가 누구한테 말하고 있는 건가? 내 차는 다른 차들로 인해 오빠 차와 거리를 유지한 채 집으로 가고 있었다. 반항 행위가 이제는 끝이 난 건지, 아니면

〈세븐 일레븐〉 앞에서도 이어질 건지는 나도 알 수 없었다.

〈세븐 일레븐〉에 들렀다. 먹을 걸 사러 들렀다. 주차장에 차를 세울 때는 초조함조차 느껴지지 않았다. 나초를 먹기 시작했을 때부터 이미 무의식적으로 이런 일정을 짜고 있었을 것이다. 다이어트는 물 건너갔다. 기왕 이렇게 된 것, 끝까지 가 보자. 차라리 지난 몇 주 동안 못 먹은 것들을 모조리 먹어 보는 것도 괜찮다. 그리고 어차피 먹을 거라면 한자리에서 다 먹는 게 낫다. 한 번만 더 이런 짓을 벌이면, 또 이런 것들을 먹으면, 당연히 살이 펑펑 찔 것이다. 폭식이 다음 날까지 이어지면 나는 피둥피둥해질 것이고 결국 텔레비전 드라마라는 연옥에 갇혀 오도 가도 못 하게 될 것이다. 어차피 계약은 파기할 수 없다. 그러니 드라마에서 빠지지도 못하고 한 번씩 배경으로나 출연하겠지. 멋진 대사를 읊기로 되어 있던 내 인물은 빈 대본을 받게 될 것이다. 물론 다 먹은 뒤에는 토할 생각이었다. 상관없다. 멕시코 식당에서 먹은 것도 토할 생각이었다. 내일과 모레는 촬영이 없으니까 눈에 핀 반점들이 사라질 시간도 충분하다. 토할 때 압력과 긴장을 받으면 눈에 있는 실핏줄이 터지면서 반점들이 생긴다. 그 정도로 압박감을 받는데 아무것도 터지지 않으면 그것도 이상한 일이다.

먹은 걸 억지로 다 토할 수도 있고 그냥 살이 찌게 내버려 둘 수도 있다. 하지만 다시 촬영을 시작하는 날 1킬로그램이 더 쪄서 허벅지 때문에 치마가 늘어지는 꼴을 보이느니 눈꺼풀의 붉은 반점을 숨기는 게 더 낫다는 판단이 섰다. 그리고 결국 토해야 한다면 토하기 전에 먹을 수 있을 만큼 먹는 게 더 낫다. 나는 먹을 수 있는 건 모조리

⋮

먹을 생각이었다.

토하는 건 어릴 때부터 배웠다. 나보다 모델 일을 먼저 시작한 동료 모델들한테서 배웠다. 나를 섭외한 관계자들이나 다른 사람들과 어쩔 수 없이 같이 식사할 일이 있으면 일단 먹고 나중에 토하는 것도 한 방법이라고 했다. 물론 그런 식으로 힘들게 살을 빼는 것보다 원래 꼬챙이처럼 마른 사람처럼 보이는 게 훨씬 더 낫다. 그래서 모델들은 패션쇼 전에 피자를 먹은 뒤 무대에 올라오기 바로 전 화장실에 가서 조용히 토하고 나왔다. 토하는 건 연습이 많이 필요하다. 그래야 토해도 별로 표가 나지 않는다. 하지만 나는 아무리 연습을 해도 능숙해지지 못했다. 눈 주위에 빨간 반점은 물론이고 힘들게 토하느라 눈물 콧물 범벅이었다. 게다가 굉장히 시끄러웠다. 컥컥 게워 내는 소리가 대포 수준이어서 내가 변기에서 무슨 짓을 하는지 화장실에 있는 사람은 다 알 정도였다.

다른 애들은 모델 에이전시 사람들과 잘 지내려고 식사 자리에 나갔고, 토했지만 나는 먹는 게 좋아서 먹었고, 토했다. 모델 일 다음으로 먹는 것이 좋았다. 먹으면 기분이 그렇게 좋을 수가 없었다. 음식을 먹으면 그날 겪은 초조함과 어색함은 지우개로 지운 것처럼 잊을 수 있었다. 다시 시작할 수 있는 용기도 생겼다. 하지만 음식으로 보상을 받던 그 안락한 행사는 촬영 일정이 다닥다닥 붙으면서 역공을 가해 오기 시작했다. 전에는 튀김과 아이스크림과 사탕을 먹어 찌운 살을 다시 빼기 위해 일주일만 굶으면 됐다. 그런데 이제는 34, 24, 35의 내 모델 카드 사이즈로 돌아가는 데 겨우 하루나 이틀밖에 여유가 없었다. 내 고객들은 실제 내 모습이 아닌, 날씬한 나를 보고 싶어했다. 그들은 원래부터 깡마르고, 예쁘고, 발가벗어도 자연스러운 당당한 어린 여자를 좋아했다. 그러나 실제 내 모습은 사춘기 내내 여드름과 체중 증가로 시달리면서 쫄쫄 굶고 사는 평균적인 외모의 계집애였다. 그러면서도 남들한테는 나 아닌 나로 보이고 싶어하는 여자애일 뿐이었다. 그래서 나는 토할 수밖에 없었다.

〈앨리 맥빌〉 첫 촬영 이후, 다시 시작해야 했다. 잘나가는 변호사 넬 포터인 체하며 계단에 서 있는 동안 느꼈던 초조함과 어색함을 떨쳐 내야 했다. '우리 회사의 신무기' 소리를 들은 것뿐인데도 이미 내 가슴에는 커다란 구멍이 났다. 아무리 음식을 많이 먹어도 메워지지 않을 구멍이었다.

그래. 먹어라, 먹어. 이 돼지야. 야, 한심하다. 폭식을 안 하면 하루도 못 버티지? 자제력도 없으면서 네가 무슨 배우냐.

〈세븐 일레븐〉에서 비닐봉지에 먹을 걸 잔뜩 담아 집으로 오다가 갑자기 오빠랑 산다는 게 짜증스러웠다. 집에서 한 블록 떨어진 길가에 차를 세우고 그 안에서 먹은 뒤 토하는 수밖에 없었다. 내가 무슨 짓을 하는지 오빠가 알면 안 된다. 더구나 얼른 해치워야 했다. 어디 갔다 왔느냐고 물을 거니까. 나는 대용량 치토스부터 뜯었다. 오렌지색 치토스 과자는 토할 때 표지가 되어 준다. 토사물에 오렌지색 치토스가 보이면 얼마나 토했는지, 얼마나 더 토해야 하는지 알 수 있다. 구역질이 나도록 목구멍에 쑤셔 넣은 손가락 두 개 사이로 오렌지색 토사물과 덩어리가 쏟아져 흘러내리면 〈세븐 일레븐〉에서 산 건 다 처리했다는 뜻이고, 이제 콘칩과 엔칠라다와 나초로 거슬러 올라가면 된다. 젤리 도넛을 입에 쑤셔 넣으면서 핑곗거리를 떠

61

올렸다. "응, 엄마 전화가 왔는데 신호가 안 잡혀서 차를 세우고 다시 걸었거든." 스니커즈 초콜릿이 마지막이었다. 이제는 게워 낼 차례다. 목구멍에 손가락을 쑤셔 넣고 다섯 번이나 비닐봉지에 토했다. 이 정도면 먹은 게 대부분 나왔겠지 싶었다. 스웨터에 받쳐 입은 티셔츠를 벗어서 손과 얼굴을 닦았다. 쓰레기통에 전부 버리고 집으로 갔다. 현관으로 들어서니까 오빠는 소파에 앉아 통화 중이었다.

"도대체 어딜 갔던 거야? 엄마 전화야."

오빠가 전화기를 건네주었다.

"우리 딸, 오늘 어땠어?"

엄마는 그 어느 때보다 더 들뜬 것 같았다. 엄마는 하루 종일 내 생각만 하면서 배우들과 촬영장 이야기, 이제 곧 인기 드라마의 스타가 될 딸의 이야기를 기다리고 있었을 것이다. 나는 숨을 한 번 깊이 들이쉬었다. 엄마 기대에 맞춰 적당히 들뜬 목소리를 내야 했다.

"응, 엄마, 끝내줬지. 끝내주는 하루였어."

끝내주는 하루란 건 거짓말이었지만 틀린 말은 아니었다. 사람 진을 빼는 초조함만 아니었으면 진짜 끝내주는 하루였을 것이다. 인기 드라마에 출연할 자격이 있다는 것을 나 스스로 납득만 할 수 있다면 언젠가 그런 초조함도 사라질 거라고 믿었다. 시간이 흐르면 행복해질 거라고 믿었다. 누구나 그렇게 된다. 대부분 주어진 기회를 잡기 위해 무슨 짓이라도 할 각오가 되어 있다. 그런데 어떻게 내가 남들 앞에서 그 일이 싫다고 할 수 있겠는가? 세상에서 제일 가지고 싶어하는 돈과 명예를 갖다 줄 일인데 어떻게 그 일 때문에 힘들다고 불평할 수 있겠는가? 이 기회를 있는 그대로 즐길 수 있는 때를 기다리면서 그냥 촬영이 정말 좋다고 거짓말만 하면 된다. 엄마한테 짜증을 부리는 건 철없는 어린애나 하는 짓이고 엄마를 당혹스럽게 할 것이다. 영원한 기쁨을 줄 수 없다면 뭐든 다 한심한 것일 뿐이지 않은가.

마찬가지로 모델 일도 좋은 척해야 했기 때문에 연습이 필요했다. 나는 모델로 이름을 알리는 게 목표였다. 중학교 친구들의 선망의 대상이 되고 싶었고 예쁘고 유명한 애라는 소리를 듣고 싶었다. 하지만 모델 소리를 듣는 것과 실제로 모델 일을 하는 것은 전적으로 별개의 것이었다. 모델 일은 완전히 새로운 감정을 경험하게 만들었다. 모델 일을 처음 시작했을 때 모델 에이전시 사람이 골라 준 아주 유명한 사진가의 사진 테스트를 받은 적이 있었다. 포트폴리오를 채우려면 돈이 엄청 들었다. 운 좋게 그 사진가의 눈에 들었으니까 사진을 찍을 수 있는 기회를 덥석 물어야 한다고들 했다. 세 종류의 사진을 찍는 데 드는 돈이 세상에, 1,400달러였다. 인화비는 별도였다. 그래서 나는 엄마와 약속을 하나 했다. 엄마가 사진 촬영비를 빌려주고 멜버른까지 태워 주면 모델로 처음 번 돈을 모조리 엄마에게 바치겠다고. 엄마는 그러자고 했고 그렇게 내 모델 일이 시작되었다.

테스트 촬영을 준비할 때 촬영 전날 밤 엄마가 직접 머리를 말아 주었다. 울퉁불퉁 말린 머리 때문에 꼭 머리와 베개 사이에 쇠막대기를 끼워 넣은 것처럼 머리가 배겨서 잠을 잘 수가 없었다. 그렇게 말았다가 풀어놓으면 머리 모양이 어떻게 나올지도 당최 감이 잡히지 않았다. "아, 원래 이런 곱슬머리라 도저히 어떻게 해 볼 수가 없어요. 아침에 일어나면 늘 이 모양이라니까요"가 되어야 하는데, 결국 또, "축축 처지는 이놈의 직모, 정말 짜증나요. 할 수 없이 엄마가 밤새 머리를 말았다니까요"가 될 수밖에 없었다. 그뿐만이 아니었다. 머리 말 때 쓰는 천에서 풀린 올이 머리카락에 들러붙어 그걸 떼어내다 보니 흑인들이 하는 머리처럼 꼬불꼬불해졌다. 사무실에 들어선 순간 괜히 머리를 말아 일을 저질렀다는 걸 알았다. 헤어스타일리스트가 스프레이를 잔뜩 뿌린 곱슬머리를 쥐어 보더니 앞으로는 촬영 올 때 그냥 깨끗이 감고 아무것도 뿌리지 말고 오라고 일장 연설을 했다. 직접 머리를 하고 오면 헤어 담당자를 무시하는 일이 될 수도 있다는 걸 열두 살짜리가 어떻게 알았겠는가. 사진가가 축 늘어진 평범한 직모라 자기 시간을 허비할 가치가 없다면서 촬영을 취소할지도 모른다는 걱정 때문에 다른 걸 생각할 수가 없었다. 나는 일단 모델 에이전시가 나를 뽑게 만든 것부터가 바보 같은 짓이었다고 생각했다. 내 머리 꼬락서니를 보면 내가 가짜였다는 게 탄로 날 것이 뻔했다. 다행히 사진가가 오기 전에 메이크업과 머리 손질을 마칠 수 있었고, 보기 싫은 머리와 불그스름하고 얼룩덜룩한 내 진짜 피부는 탄로 나지 않았다.

사진가는 굼뜨고 덩치가 큰 데다 눈이 축 처진 사람이었다. 조명기기나 진행 보조원을 찾는지 스튜디오를 휘휘 둘러보던 그는 우연히 나를 알아보았다. 그가 지시를 하고, 점심도 먹고, 조명을 이리저리 바꾸기도 하고, 내 메이크업도 고치느라 몇 시간이 훌쩍 지나 버렸다. 나는 이미 지치고 피곤해진 상태로 사진을 찍기 위해 포즈를 잡았다. 그 뒤로도 숨 막히고 뜨거운 스튜디오 안에서 몇 시간을 더 보내면서 세 종류의 사진을 찍었다. 청 재킷과 베레모 차림으로는 클로즈업 사진을 찍었다. 미키 마우스 티셔츠를 입고 작은 트램펄린 위에서 팔짝팔짝 뛰는 웃기는 사진도 찍었다. 마지막으로 찍은 건 좀 성숙한 분위기였다. 머리에 까만 비닐 쓰레기봉투를 이상한 모양으로 쓰고 몸에 딱 붙는 검은 드레스를 입었다. 하이패션 아방가르드라고 했다. 1,400달러나 들여서 찍은 사진이 그런 것들이었다.

사진 자체는 거기에 관심을 보이는 사람들에게 보여 줄 만은 했다. 하지만 사진을 찍는 동안의 경험은 정말 끔찍했다. 내가 어떤 포즈를 잡아도 그 사진가는 계속 "다시, 다시!"를 반복했다. 갈수록 당혹스러웠다. "그렇게 엉덩이를 내밀지 말고 그냥 바로 서 봐. 턱을 당기고 입은 긴장을 풀고 눈을 크게 뜨라고." 하루 종일 그 사람은 내게 주문만 했고 다시 해 보라고 했다. 그가 명령을 할 때마다 즐거웠던 기분과 자신감은 조금씩 깎여 나갔다. 촬영이 다 끝나갈 때쯤에는 사진에 개성을 불어넣겠다는 생각 따위는 이미 포기한 지 오래였다. 나는 주인의 눈치를 보며 구르라면 구르는 겁에 질린 강아지 꼴이었다. 그래야 한 대라도 덜 맞는다는 것을 아는 강아지 말이다. 진이 빠지고 불안하고 초조한 상태로 촬영장을 나왔다. 하지만 엄마가 돈을 댔고 운전수 겸 보호자 노릇을 하느라 또 휴가를 냈기 때문에 촬영장에서 기분이 엉망진창이었다는 걸 있는 대로 다 털어놓을 수가 없었다. 그래서 모델 일을 하게 되어서 기분이 최고라고 거짓말을 했다.

멜버른에서 질롱으로 돌아오는 길에 엄마와 나는 〈맥도널드〉에 들렀다. 엄마 손을 잡고 내 또래들과 엄마들 사이에 섞여 줄을 섰다. 나는 치즈 버거, 프렌치프라이, 바닐라 밀크셰이크로 배를 채웠다. 모델을 하기로 마음먹은 뒤 처음으로 맛보는 행복이었다. 어디 놀러 갔다 오거나 모델 일을 하고 돌아오는 길에 〈맥도널드〉에 들르는 것은 엄마와 나 사이의 정해진 행사가 되었다. 〈맥도널드〉는 대도시와 우리가 사는 해변 소도시 사이에 위치한 중간 지점이면서 진짜 나와 내가 되고자 하는 사람 사이의 중간 지점이기도 했다. 〈맥도널드〉에 앉아 음식을 먹는 나는 어린애다웠지만 신이 나서 그날 있었던 일을 떠들 때는 어른 같았다. 그 순간만큼은 나는 모든 걸 내려놓을 수 있었고 엄마도 아무런 판단이나 걱정 없이 나를 바라보았다. 나는 테스트를 통과했고 음식이라는 보상을 받았다. 나는 〈맥도널드〉에서 한껏 신이 난 어린애로, 진짜 나로 돌아갔다. 그건 어른인 체하느라 애먹었다고, 어른 흉내를 참 잘 냈다고 받은 상이었다.

유일한 문제는 보상의 늪에서 내가 헤어 나올 수 없었다는 것이었다. 평소의 학교생활로 돌아가면서 살이 조금씩 붙기 시작했다. 이유는 모르겠지만 먹는 걸 멈출 수가 없었다. 첫 촬영을 한 뒤로 먹는 것이 엄청난 위안이 되었다. 학교를 마치면 친구 피오나와 매일 동네 슈퍼마켓에 가서 포테이토칩과 사탕을 사 먹었다. 그러면 안 된다는 건 알고 있었다. 언제 일이 들어올지 모르니까 운동하고 날씬한 상태를 유지해야 한다는 건 알고 있었다. 하지만 먹는 게 너무나 좋았다. 피오나는 나보다 한 살이 많았다. 피오나는 열세 살이 되면 몸에 변화가 오고 사춘기가 시작되는데, 생리를 시작하면 살이 찐다고 했다. 나보다 나이도 많고 아는 것도 많은 데다 열세 살이 되고 나서 살이 찐 게 확실하니까 피오나 말을 의심할 이유가 없었다.

어쩔 수 없이 살이 찔 거라고 생각하니 사탕을 안 먹는다고 무슨 소용일까 싶었다. 어차피 일어날 일이라면 차라리 포테이토칩 한 봉지로 마음을 달래고, 살찌는 것 때문에 불안한 마음을 가라앉히는 게 더 나을 것 같았다. 하지만 그건 잘못된 생각이란 것도 알았다. 엄마가 그냥 내버려 둘 것 같지도 않았다. 엄마는 내가 모델 일을 해 돈을 벌어 갚는다는 조건으로 포트폴리오 제작비에 몇 천 달러나 되는 돈을 빌려주었다. 이런 몸이면 누가 나를 모델로 써 주겠는가? 벌써 54킬로그램이나 나갔다.

4주씩이나 기다린 끝에 모델의 세계에서 또 연락이 왔다. 내 소속사가 멜버른의 어떤 디자이너와 손잡고 패션쇼를 여는데 소속 모델들도 알리고 그 디자이너도 알릴 기회였다. 소속사에서는 나더러 런웨이에 서라고 했다. 장소는 어떤 나이트클럽이고 날짜는 닷새 뒤였다. 흥분은커녕 완전히 공포에 휩싸여 버렸다. 패션쇼라니 끔찍했고 살이 찐 내 모습이 혐오스러웠다. 패션계 사람들이 즐비한 가운데 무대에 선다는 건 생각만 해도 너무나 초조한 일이었다. 커다란 엉덩이와 굵은 다리와 똥배가 적나라하게 드러날 패션쇼 의상을 입은 채 왜 저런 애가 쇼에 나왔냐는 소리를 들을 걸 생각하니 더 초조해졌다. 처음으로 촬영을 해 보고 나니 차라리 모델로 뽑히지 않았으면 더 좋았을 거라는 게 솔직한 심정이었다. 예쁘다는 소리를 들을 만한 멋진 사진도 있었고, 모델 일이 어떻더라 하고 자랑할 만한 이야깃거리도 가지고 있었다. 하지만 모델 일이 사람을 얼마나 끔찍하고 불안하게 만드는 일인지는 아직 제대로 받아들이지 못한 상태였다. 계속 반복해 증명해야 할 필요가 없이 마음만 먹으면 언제든지 모델이 될 수 있다는 걸 한번 보여 주는 것으로 끝났다면, 완벽했을 것이다. 여기서 딱 하나 걸리는 건 절대 실패해서는 안 된다는 나의 자만심이었다. 실패가 가져올 당혹감을 견딜 자신이 없었다. 모델이라고 이미 떠벌리고 다닌 상황이었다. 에이전시에도 내가 모델로 성공할 수 있다는 확신을 심어 주었다. 엄마를 실망시키는 것은 더더욱 말도 안 되었다. 참담하고 당혹스러운 마음과 성공 뒤 쏟아질 찬사 사이를 갈라놓고 있는 건 캐드베리 캐러멜로 바였다. 선택의 여지가 없었다. 무조건 쫄쫄 굶으면서 지난 2주간 불린 2.5킬로그램이 빠져 주기를 희망하는 수밖에 없었다.

발등에 불이 떨어지면 굶는 건 별로 어렵지 않다. 패션쇼에 설 수 있을 정도로만, 2.5킬로만 빼면 된다. 쇼가 끝나면 샐러드를 먹어 주고 정크 푸드는 입도 대지 않으면 된다. 그렇게 바보 같고 극단적인 다이어트를 끝내면 앞으로는 매일 운동도 하고 절대로 굶지 않을 생각이었다. 언제나 준비된 모델로 자세를 갖추는 게 제일 중요했다. 내가 신경질을 내고 초조해지는 건 거의 대부분 준비가 안 됐는데 일이 닥치기 때문이었다. 그 점은 스스로도 이미 알고 있었다. 시험 공부나 발레 테스트 연습을 덜 했을 때도 그랬다. 어떤 질문이 나와도 답을 할 수 있다는 자신이 생기면 공포감은 대개 사라졌다. 모델 일도 마찬가지다. "요 손바닥만 한 수영복을 입고 어떤 각도로 찍든 예쁘게 나올 자신 있어요?"라고 물을 때, "네!"라고 대답만 할 수 있다면 정말 간단히 해결될 일이었다.

엄마도 다이어트 역사가 긴 사람이었다. 내가 그렇게 벼락치기 다이어트를 해도 엄마가 내버려 둔 건 패션쇼 준비도 준비지만, 내 입을 닥치게 하는 방법이 그뿐이었기 때문이다. 나는 고약스럽게도 성질이 나면 엄청 울어댔다. 엉엉 소리를 지르며 울거나 온 집안을 쾅쾅거리면서 돌아다녔다. 바보 천치니, 평생 실패자니, 평생 그저 그런 인생으로 살 팔자라느니 하면서 징징거렸다. 무조건 굶는 다이어트는 몸에는 안 좋지만 일회성의 응급조치라고 생각하면 징징 우는 것보다는 차라리 나았다. 그래서 어쩔 수 없이 엄마는 자기가 해 본 다이어트 식단을 알려 주었다. 우유를 뺀 카페인 음료, 라이비타 크래커, 비트, 채소 삶은 게 대부분이었다. 음식에 맛을 더해 주는 기름과 버터와 드레싱은 무조건 뺐다. 말린 음식은 괜찮았다. 내 인생 최초의 다이어트 식단은 그렇게 시작되었다. 나는 다이어트를 잘해서 성공하고 싶은 마음이 절실했고, 그 상황을 벗어나고 싶었다.

5일 동안 총 2,000칼로리를 먹었고 살은 2.5킬로가 빠졌다. 다이어트에 성공한 건 자제력도 있고 결심도 확고했기 때문이었다. 앞으로 뭐든 할 수 있을 것 같았다. 스스로가 자랑스러웠다. 엄마도 내가 대견하다고 했다. 엄마와 멜버른에 가는 길에는 자신감이 넘쳤고 좀 들뜨기까지 했을 정도였다. 나는 준비가 되었다. 겨우 열두 살인데 이제 모델로서의 인생이 열리려고 하고 있었다.

도착해 보니 거기는 완전히 전쟁터였다. 질롱에서 한 시간이 걸리는 데다 차까지 밀렸고, 백스테이지까지 알아서 찾아가야만 했기 때문에 쇼에 조금 늦어 버렸다.

"지금 막 들어온 쟤, 아직 메이크업도, 머리도 안 됐잖아!"

클립보드를 쥔 남자가 소리를 질렀다. 엄마가 내 팔을 낚아채서 빈자리로 데려갔다. 그때부터 나는 공장 조립라인의 제품이 되었다. 머리에 차가운 물을 뿌리고 드라이로 말리더니 머리털 뭉친 데를 솔빗으로 마구 빗어 내렸다. 동시에 거친 브러시가 얼굴을 찔러 댔다. 어떨 땐 수백 개의 날카로운 옷핀이 찔러 대는 것만 같았다. 야하고 추하고 어울리지도 않는 색조 화장품이 내 얼굴에 치덕치덕 발렸다. 집 벽에 페인트칠을 하기 전 프라이머를 바르는 것 같았다. 나는 입을 딱 다물고 앉은 채로 점점 추해지는 모습을 거울로 지켜보기만 했다. 늦게 와서 이런 난리 법석을 일으켰나 싶어 이름도 밝히지 못했다. 하긴 내 이름이 궁금한 사람은 하나도 없어 보였다. 내 왼쪽에도, 오른쪽에도 모델들뿐이었고 제각각 메이크업과 머리 손질을 받고 있었다. 아무도 내게는 눈길도 주지 않았다. 내 메이크업을 해 주던 사람이 "도대체 이 눈썹을 어째야 좋지?"라고 째지는 소리로 말하자 그때야 옆에 있던 모델이 나를 힐끗 쳐다봤다.

"히야, 눈썹 참 희한하게 생겼네!"

그 남자 모델이 바보같이 하도 큰 소리로 말을 해서 나는 부끄러운 게 아니라 화가 났다.

"돌아가신 우리 아빠 눈썹하고 꼭 닮았다. 왜!"

그 모델은 입을 다물었다. 나는 아빠를 생각하면서 아빠가 내 모델 일을 어떻게 생각할지 궁금했다. 굵고 숱 많은 눈썹을 아빠 탓으로 돌리고 나니 기분이 언짢았다. 하지만 그 뒤로도 눈썹 얘기가 나오면 아빠 핑계를 댔다. 눈썹을 뽑으면 된다는 걸 배우기 전까지 그랬다. 그 남자 모델과 잠깐 말을 섞은 걸 빼면 쇼가 끝나기 전까지는 입도 한 번 벙긋하지 못했다. 행사가 다 끝난 뒤에 관계자들의 안내로 사람들과 섞이고 나서야 겨우 다른 모델들과 말을 주고받을 수 있었다. 음식이 차려진 테이블 앞에 어색하게 서서 광천수를 홀짝이며 세련된 척하고 있는데 여자들이 이런 말을 했다. "오늘 열두 살짜리 모델이 하나 왔다던데." 나는 들뜬 기분에 이렇게 툭 내뱉었다. "걔가 바로 나예요! 열두 살짜리!" 딱 열두 살짜리다웠다. 그러자 그 얘기가 퍼져 나갔고 다른 모델들도 내게 말을 걸었다. 어른들이 어린애 대하듯 했다. 하지만 나는 이제 애티는 거의 벗었다고 할 수 있었고 그 모델들도 나보다 실제로 몇 살밖에 더 많지 않았다. 그래서 기분이 나빴다. 하지만 정말로 기분이 상한 이유는 따로 있었다. 다른 모델들은 정말로 하나같이 다 예뻤다. 괴상한 패션쇼용 메이크업을 지우고 나니 전부 눈이 커다랗고 눈 사이 간격도 적당해서 완벽한 모양의 광대뼈에 딱 어울렸다. 얼굴 나머지 부분의 비율도 완벽했다. 끈으로 대강 묶은 머리 모양은 훌륭하기만 했고, 헐렁하고 편한 옷차림에서 그들이 가진 아름다움의 정체가 드러났다. 즉, 노력할 필요도, 의식할 필요도 없는 아름다움이었다. 거울을 뚫어지게 보면서 흠을 찾아낼 필요도 없고 꾸밀 필요도 없었다. 그냥 있는 그대로 아름다웠다. 나와 비교할 수 없을 만큼 아름다운 사람들이었기 때문에 경외심마저 들었다. 이번 행사를 위해 산 드레스와 하이힐이 너무나 부끄러웠다. 패션쇼 메이크업을 지운 뒤에 다시 화장을 한 게 바보짓 같았다. 하지만 내가 화장을 안 할 수 없다는 사실이 진정 상처가 되었다. 화장으로 덕지덕지 가렸지만 내 진짜 얼굴은 불그스름했고, 둥근 얼굴이라 아이라이너를 그리지 않으면 눈이 너무 작아 보였다. 패션쇼에 온 모델들과 나는 너무 달랐다. 다른 사람들이 알아채지 못하게 조심을 해야만 했다.

패션쇼 자체는 정말 별것도 아니었다. 나는 몸매가 거의 드러나지도 않는 퀼로트와 어깨심을 넣은 티셔츠를 입고 딱 한 차례 나갔을 뿐이었다. 남자 모델과 같이 런웨이로 나갔는데 걔는 라인댄스라도 추는 것처럼 거들먹거렸다. 더구나 전국 대회에서 딴 상이라도 되는 양 손목을 잡고 날 빙빙 돌렸다. 별것도 아닌 쇼에 그렇게 매달렸던 내 꼴이 우스웠다. 한 시간은 좋이 입을 다물고 서서 남들이 수다 떠는 걸 듣기만 했다. 도대체 무슨 소리인지 알아들을 수가 없어 겁이 다 났다. 마침내 집에 가도 된다고 했다. 일이 다 끝나니까 겨우 마음이 놓였다. 나는 엄마 차에 타서 하이힐을 벗고 차가워진 발을 엉덩이 밑에 깔고 앉았다. 차를 타고 오는 내내 나는 엄마를 쳐다보면서 제일 친한 친구와 얘기하듯이 쇼 얘기를 해 주었다. 난생 처음 서 보는 패션쇼 무대도 잘 마쳤고 다이어트도 성공했으니 상을 받아야 했다. 나는 엄마가 차에 놔 둔 박하사탕 한 봉지를 몽땅 먹어 치웠다. 마지막 하나까지 쉬지도 않고 게걸스레 먹어 없앴다. 완전히 녹초가 된 상태로 당을 몸에 잔뜩 채운 채 집에 돌아왔을 때는 이미 한밤중이었다. 그때야 내가 먹어 치운 사탕 때문에 500그램은 찌겠다는 생각이 들었다. 맨발로 뒷문 쪽으로 걸어가는데, 몸에 딱 붙는 드레스 밑으로 배가 빵빵한 게 느껴졌다. 나는 사탕이 지방이 되지 않게 할 방법을 생각해 냈다. 내일은 체육 수업이 있으니까 하키 운동장을 열 바퀴 더 달리면 사탕 먹은 게 빠지겠지? 달리기를 하기로 속으로 약속한 뒤에 한 가지 약속을 더 했다. 하지만 그 약속은 지키지 못했다. 두 번 다시 폭식은 하지 않겠다는 약속이었다.

점심은 따로따로

"안녕하세요, 포샤. 잘 쉬었어요?"

일레인 역할의 제인 크라코스키와 마주쳤다. 나는 피팅 룸으로 들어서고 제인은 거기서 나오는 길이었다.

"그럼요, 고마워요."

말을 하고 보니 한동안 입을 꾹 다물고 있었다는 걸 깨달았다. 가래 때문에 목소리가 탁하게 나왔고 목도 갑갑하고 쉿소리가 났다. 나는 줄담배를 피우는 사람이라고 광고하는 거나 마찬가지였다. 당황해서 목청을 가다듬었다.

"거기서 봐요."

제인의 말은 꼭 우리 둘 다 골치 아프게 됐다는 소리처럼 들렸다. 선생님한테 수업 끝나고 좀 남으라는 소리를 들은 학생들 같았다. 제인을 보면 나도 모르게 미소가 머금어졌다. 제인의 표정에는 전염성이 있었다. 별것 아닌 비밀을 털어놓으면서 자기가 먼저 자지러지게 웃는 그런 사람 같았다. 제인을 빼면 아직 제대로 알게 된 배우는 한 명도 없었다. 배우들은 하나같이 아주 조용한 사람들이었고 진짜 프로처럼 보였다. 과거에 내가 알던 배우들이 아니라 회사 간부들 같았다. 내 첫 영화인 〈사이렌스Sirens〉의 출연진들은 서로 굉장히 친하게 지냈다. 〈앨리 맥빌〉의 배우들은 이때껏 지켜본 바로는 그렇지 않았다. 〈사이렌스〉를 찍을 때는 점심도 같이 먹었고 휴 그랜트는 웃기는 이야기꾼 역할을 도맡아 했다. 샘 닐은 〈주라기 공원Jurassic Park〉을 촬영할 때 주연은 공룡이고 자기는 조연 같았다며 천연덕스럽게 농담을 했다. 오늘은 배우들하고 점심도 같이 먹고 얘기도 좀 나눠 보면 어떨까 싶었다. 휴 그랜트에게 들은 재밌는 얘기를 좀 해 줘도 되겠지. 내 얘기는 별로 재미가 없으니까.

처음에 피팅 룸에서 인사를 나눈 뒤에, 희한한 생각이기는 하지만 어쩌면 내가 다른 배우들에게 위협적인 존재가 될 수도 있겠다는 생각이 문득 들었다. 새로 투입된 배우는 기존 출연자들의 방송 분량과 대사와 인기를 뺏어 간다. 비중이 큰 타이틀 배우를 예외로 치면 새 배우가 투입되는 걸 진심으로 반길 사람은 하나도 없을 것이다. 하지만 나의 존재 때문에 출연진들이 위협감을 느낀다는 생각은 들지 않았다. 나라는 배우가 아니라 내 배역이 의미하는 변화 때문에 위협감을 느끼는 것 같았다. '이 다음에는 또 뭐가 달라질까?' 이런 질문들을 던져 보고 있는 것 같았다. 다들 친절하게 맞아 주었지만 도대체 내가 출연하는 이유가 뭔지 의아해한다는 인상을 받았다. 그들은 인기 드라마의 스타였고 나는 영화 세 편과 조기 종영한 시트콤 두 편에서 단역으로 나온 게 전부였다. 내가 캐스팅된 건 나조차도 의아한 일이었다.

두 번째 촬영을 위해 의상을 맞추려고 의상실에 갔다. 사흘 전 거기 처음 갔다 온 뒤로 계속 신경이 곤두서 있었다. 재봉 담당자가 줄여 오기로 한 6사이즈 정장을 입을 생각 때문이었다. 폭식과 구토를 하면서 살이 쪘을까 봐 겁이 났다. 폭식과 구토를 하고 나면 일단 살이 찐다고 생각했다. 그냥 좀 부은 것에 불과해도 말이다. 나는 의상 디자이너와 그의 보조, 재단사 앞에서 끙끙거리며 치마의 지퍼를 올렸다. 모두들 내가 끙끙거리는 것을 지켜보았다.

"딱 맞네요."

조금만 움직여도 치마가 쏠리는 게 보일 것 같아 나는 다리를 딱 붙인 채 꼿꼿하게 서서 말했다. 그날 마지막 촬영분에서 입을 치마였는데, 너무 부끄러워서 꽉 조인다는 걸 차마 인정할 수가 없었다.

"진짜 괜찮아요?"

베라가 눈을 가늘게 뜨고 물었다. 그런 눈으로 보면 내가 얼마나 불편한지 더 잘 알 수 있나?

"그럼요, 딱 맞아요."

"내가 좀 너무 들여 박았나? 단을 좀 내 볼게요."

재단사가 베라에게 알아듣기 어려운 심한 외국어 억양으로 말했다. 나는 아무 말도 못 했다. 치마를 벗어서 재단사에게 넘겨 주었다. 치마가 맞지 않는 게 재단사 잘못이라도 되는 것처럼. 새로 산 〈바나나 리퍼블릭〉 바지로 갈아입고 나와 메이크업을 받으러 갔다. 가는 내내 담배 한 대 생각이 너무나도 간절했다.

"안녕하세요, 포샤. 쉬는 날은 잘 보냈어요?"

피터 맥니콜이 분장실 의자에 앉아 있었다. 옆의 빈자리는 내 자리였다. 그는 몹시 피곤해 보였다. 일주일 내내 하루 열두 시간씩 촬영을 했을 테니 쉬고 온 내가 부러웠을 것이다.

"네, 고마워요."

역할이 중요할수록 쉬는 날이 줄어든다. 다시는 그런 인사는 받고 싶지 않았다. 거울을 보니 눈꺼풀에 붉은 반점이 보였다. 컨실러로 가린다고 가렸지만 거울에서 몇 미터 떨어져서 보아도 확실하게 보

: ⋮

였다. 그런데 메이크업 아티스트가 아무 말도 하지 않아 놀랐다. 그래서 기분은 더 나빠졌다. 그게 왜 생겼는지 아니까 물어보지도 않은 것 아닐까? 크고 납작한 브러시로 파운데이션을 떡칠하는 것으로 메이크업이 시작되었다. 한동안 침묵이 흘렀고 마침내 피터가 일어섰다.

"거기서 봐요."

피터가 내려서자 트레일러가 출렁거렸다.

"네, 거기서 봐요."

"컷!" 감독이 촬영감독과 배우들에게 큰 소리로 말한다. 그러면 세트 여기저기에 있던 조감독 여럿이 따라한다. "컷!" 한 테이크를 촬영하면서 컷 소리가 열 번씩은 난다. 그러면 스태프들이 세트를 교체하기도 하고, 간식을 준비해 둔 곳에 있던 사람들은 웅성거리며 커피나 간식을 먹기도 한다. 하지만 배우들은 전부 수석 조감독이 촬영감독에게 게이트 체크를 해 달라고 하는 바로 이 순간을 기다렸다. 곧 배우와 스태프들에게 점심시간이 허락됐다. 좀 전에는 법정으로 들어가는 통로를 '걸어가며 얘기하는' 장면을 찍었다. 아주 짤막한 장면이었다. 나는 앨리를 만나 일이 끝나면 바에서 한 잔 하자고 했다. 그리고 케이지 앤드 피시 법률 회사에 들어갈지 말지 결정하기 전에 "제일 잘나가는 여자랑 얘기 한 번 해 보고 싶어요"라는 대사도 했다. 그럭저럭 잘한 것 같았다. 하지만 영화 〈스크림 2Scream2〉 촬영 때 일이 생각나 약간 신경이 쓰이긴 했다. 그 영화에서는 성질이 고약한 여대생 역할을 맡았는데 뭣 때문에 그런 대사를 하는지 모르겠지만, 다른 출연자들이 모여 있는 곳으로 가서 이렇게 말하는 장면이 있었다. "케빈 베이컨의 6단계 말이야." 그런데 계속 엔지를 냈다. 대사를 자꾸 틀렸다. "왕따의 6단계 말이야." 다시 찍을 때마다 점점 더 겁에 질렸다. 결국 공포감에 머리가 돌아 버리고 정신이 나가 버렸다. 대사가 계속 틀리게 나오는 동안 내 눈에는 말 그대로 조명의 백색광밖에 들어오지 않았다. 좀 전에 찍은 장면은 내켜 하지 않는 앨리에게 내가 억지로 한 잔 하자고 청하는 장면이었다. 하마터면 "여자하고 먼저 얘기해 보고 싶어요"라고 할 뻔했다. 어쨌든 내 대사는 좋은 뜻으로 한 말 같지만, 앨리에게 은근히 압박을 가하는 모양새였다. 그래도 겁먹지 않고 제대로 해냈다. 테이크와 테이크 사이에는 몹시 초조했다. 그래서 다른 배우들과 잡담이라도 나누어야 하지 않나 싶었다. 하지만 실제로 그러는 배우는 거의 없었다. 나도 남들과 똑같이 점심시간을 목을 빼고 기다렸다. 배가 고프지는 않았다. 그저 남들의 시선과 평가를 받아야 하는 스트레스에서 풀려나고 싶었다. 내가 오늘 제대로 해내긴 한 걸까?

"게이트 체크 좀 해 주세요."

촬영감독이 필름에 먼지가 묻었는지 보려고 펜라이트로 카메라를 비춰 보았다.

"됐어요."

"이상 없대요. 점심 먹고 합시다. 한 시간입니다."

나와 캘리스터, 피터는 각자의 드레싱 룸으로 갔다.

"두 분은 주로 어디서 점심을 드세요?"

순간 내가 바보짓을 했다는 걸 알았다. 학교 또래들과 어울리고 싶어서 자기 집에 놀러오라고 매달리는 맹한 여학생 꼴이었다. 내 말과 그들의 말 사이에 미묘한 시간차가 있었다. 내가 바보짓을 한 게 확실했다.

"어, 난 점심시간에는 낮잠을 자는데요."

피터의 말투는 다정했다. 하지만 낮잠은 반드시 지켜야 하는 일과임을 못 박는 어조였다.

"난 전화 인터뷰가 잡혀 있어요."

캘리스터의 표정이 아주 미묘했다. 캘리스터는 예전에 어떤 잡지의 커버 인물로 실린 적이 있었다. 자기가 치마 길이와 페미니즘에 대한 미국인들의 생각을 바꿔 놓은 유명 인사가 되기 전이라면 다른 배우들과 함께 점심을 먹으며 이 얘기 저 얘기 즐겁게 떠드는 건 별문제가 안 됐을 거라는 뉘앙스였다. 일만 아니면 정말로 점심을 같이 먹고 싶다는 표정이었다. 정말 그렇게 보였다. 바로 그 순간 캘리스터가 좋아졌다. 하지만 캘리스터와 친해지기는 어려울 거라는 사실도 알았다.

"어때요, 해 보니까?"

캘리스터가 내 눈을 똑바로 보며 말했다. 나는 숨을 들이쉬고 머리를 몇 번 끄덕거렸다. 여기가 낯설고, 내가 여기 왜 있는지도 모르겠고, 제대로 하고 있긴 하는 건지 겁이 난다고, 그렇게 말하고 싶었다. 멋지게 보여야 하고 패션 감각이 있는 사람으로 보여야 하는 게 힘들다고, 무엇보다 나 아닌 다른 사람이 되어야 하는 게 힘겹다고 말하고 싶었다. 외톨이가 된 것 같고, 이 드라마가 끔찍하다고 말하고 싶었다. 하지만 그러지 않았다. 캘리스터와 4년 동안 함께 드라마를

78

너 어젯밤에 뭐 먹었어?

찍으면서 그런 이야기는 한마디도 나누지 않았다.

"맘에 들어요."

"잘됐네요! 좀 있다 봐요."

내 이름이 붙은 드레싱 룸으로 들어서다가 복도에서 날 부르는 소리를 들었다. 조지아를 연기하는 코트니 손-스미스가 운동복을 입고 분장용 트레일러로 가던 중이었다.

"점심시간이에요?"

"네. 근데 어디 가요?"

점심은 코트니랑 먹어도 되겠다! 코트니와는 아직 같은 장면을 찍지 않아서 좀 친해지고 싶었다. 그녀가 출연한 〈멜로즈 플레이스〉를 본 적이 있었다.

"희한하네. 왜 나더러는 메이크업을 받으러 오라고 했지? 다들 점심 먹는대요?"

"네. 저랑 같이 먹을래요?"

코트니의 얼굴에 안됐다는 표정이 떠올랐다. 동정하는 것이었을 수도 있겠지만 나는 코트니 눈이 반짝이는 걸 봤다. 그 눈은 지금 자기가 하려는 말이 자기 생각에도 좀 이상한 말이라는 것을 전제하고 있었다.

"여기서는 점심을 같이 안 먹어요."

"아, 그래요. 네에."

나는 당황해서 바닥으로 시선을 내리깔았다. 드레싱 룸 문을 닫으면서 말했다.

"그럼 좀 있다 봐요."

전신 거울 건너편에 있는 초록색 새 의자에 놓아 둔 가방이 눈에 들어왔다. 한 시간 여유가 생겼다. 담배를 꺼내 셔츠 밑에 끼워 넣고 건물 밖으로 나왔다. 창문 하나 없는 복숭아색의 거대한 직사각형 돌덩어리를 빠져나왔다. 이 건물에는 촬영 세트, 차곡차곡 쌓아 올린 사무실, 꼭대기 층에 있는 데이비드 켈리의 집무실밖에는 아무것도 없었다. 건물에서 제일 구석지고 그 누구의 눈길도 미치지 않는 곳은 철사 울타리와 화물 하역장 사이 공간이었다. 앞으로는 점심시간마다 이리로 오게 될 것이다. 나를 어색하게 만들고, 바보로 만들며 나어린 여학생으로 만드는 사람들을 피해 그리로 몸을 숨겼다. 제작자와 감독과 나를 평가하는 온갖 사람들을 피해 숨어 버렸다. 드레싱 룸의 전신 거울 앞에 섰을 때 점점 커져 가던 그 목소리를 피해 그리로 숨어들었다. 전신 거울 앞에 서면 기분이 좋아질 줄 알았다. 나는 줄담배를 피웠다.

레드 카펫 위에서

초조했다. 머리도 말리지 않고 차를 끓이려고 집 안에서 왔다 갔다 하다가 내 생각이 텔레비전으로 중계되는 소리를 들었다. "오늘 저녁 그녀는 어떤 드레스를 입고 나올까요? 코미디 드라마 최우수상 수상자는 누가 될까요?" 티브이로는 에미상 시상식밖에 안 봤다. 사실 내가 〈앨리 맥빌〉에 크게 기여한 것도 없었다. 〈앨리 맥빌〉은 작품상 후보였고 캘리스터와 제인이 연기상 후보로 올랐다. 나는 신인 여배우 자격으로 처음으로 에미상 시상식에 초청을 받았다. 이제 내게는 팬도 생길 것이고 안티 팬도 생길 것이다. 오빠가 나를 챙겨 준답시고 방방마다 티브이를 다 틀어 놓았다. 식전 행사가 중계 중이었다. 참다 참다 안 되면 어느 순간 신경질이 폭발해 침착함을 잃고 당장 티브이 끄라고 소리 지를 게 분명했다. 하지만 나는 다른 사람 행세를 하는 중이었다. 레드 카펫 위를 활기차게 걷고 자기가 끝내주게 멋있는 사람인 줄 알면서 자신을 드러내고 싶어 안달인 그런 사람 말이다. 그런 사람은 바보 같은 대답을 해도 안 되고 드레스를 잘못 고를까 봐 걱정하거나 겁을 집어 먹어도 안 된다. 찻주전자가 덜덜거리다가 물이 끓고 휘파람 소리가 났다. 티브이 소리를 들으며 차를 우려낼 때까지만 해도 연예 뉴스 기자의 새된 목소리와 드레스 품평 따위에는 아무런 신경도 쓰이지 않았다. 나의 이런 새로운 면이 마음에 들었다. 나는 침착하고 능숙하며 균형 감각이 있었다. 하지만 얼마나 오래 이 상태를 유지할 수 있을지 궁금했다.

　너무 오래 가만 앉아 있기만 하면 불안해져서 통제가 되지 않았다. 희한하게도 거울 앞에 있는 의자에만 앉으면 그랬다. 단순히 내 얼굴 생김이 마음에 들지 않아서가 아니었다. 충분히 예쁘지 않다는 게 걱정스러웠다. 한 번씩 다리털 미는 것도 잊어 먹고 얼굴 마사지도 거의 받지 않던 여자가 인기 최고의 드라마에 새로 등장한 할리우드 여배우 포샤 드 로시로 제대로 변신하지 못했을까 봐 겁이 났다. 머리를 대충 드라이로 말린 상태라 얼굴을 보고 싶지 않았다. 그래서 손에 쥐고 있던 종이로 눈길을 돌렸다. 그런데 내 손. 내 손은 참 못생겼다. 크고 모양이 안 예쁜 데다 불그스름하다. 얼마 전 매니큐어도 난생 처음 발라 봤다. 같이 출연하는 배우들은 다들 주말에 새로 매니큐어를 발라 다음 한 주를 대비하고 있었다. 나보다 아는 게 더 많은 사람들이니까 무조건 따라 했다. 네일숍에 가는 건 싫었다. 하지만 나보다 더 잘나가는 사람들이 하는 방식과 그들이 알아 낸 비결을 무시할 생각이 없었다. 나는 내 손이 정말 싫었다. 꼭 남자 손 같다. 밭에서 아버지를 도와 일하는 일꾼의 손, 딱 그랬다. 남자같이 못생긴 내 손에는 종이가 한 장 쥐어져 있었다. 이건 내게 있어 안전망이자 보험증서였다. 열심히 외우기만 하면 찬란한 레드 카펫 위에서 치를 시험에 합격할 수 있다는 걸 보여 주는 증거였다. 나는 거기에 밑줄을 치고 강조 표시도 빽빽하게 했다.

— 어떻게 〈앨리 맥빌〉에서 배역을 따게 된 거죠?
제작자 데이비드 켈리 씨를 처음 만난 건 〈프랙티스〉 때문이었는데요. 켈리 씨는 제가 〈앨리 맥빌〉에 더 어울린다고 본 것 같아요. 보름쯤 뒤에 대본을 받았는데 거기에 제가 맡은 배역이 등장하더라고요. 그 대본이 새 시즌의 첫 회분이었죠.

— 당신이 연기하는 인물 얘기를 좀 해 주세요.
넬 포터는 아주 저돌적이고 야심이 큰 여자예요. 사회적 성공을 위해 사생활도 접어 버렸죠. 냉혹하고 무자비해 보이기도 하지만 속마음은 남들처럼 사랑하고 행복해지고 싶어해요. 어쨌든 꽤나 차가운 성격이라 별명이 '얼음장'이래요.

너 어젯밤에 뭐 먹었어?

— 전에도 〈앨리 맥빌〉을 즐겨 보셨어요?

물론이죠. 얼마나 좋아했는데요. 제가 이 드라마에 등장한다니 정말 기뻐요. 꿈이 이루어진 거죠.

— 다른 출연자들은 어때요? 환영해 주던가요?

배우들이 정말 대단해요. 하나같이 다정하고 친절하고 진심으로 기쁘게 맞아 주더라고요. 연기도 잘하고, 그렇게 좋은 배우들과 같이 드라마를 찍게 되다니 전 진짜 운이 좋아요.

— 이번 시즌에 넬 포터에게 무슨 일이 생길까요?

글쎄요, 열심히 할 테니 꼭 지켜봐 주세요.

나는 화장실에 식탁 의자를 가져다 놓고 앉아서 가상 질문에 대한 답안을 외웠다. 집이 작아서 의자를 욕실에 겨우 집어넣었다. 나 말고 다른 배우들도 머리 손질이나 메이크업을 받으며 이러고 있을까? 예상 답변까지 연습해 놓고는 깜짝 질문을 받은 체할까? 미용실에서 머리에 파마 롤을 말고 앉아 토크쇼에서 할 얘기를 예행 연습하기도 할까? 스포트라이트를 받고 잔뜩 긴장해 있을 때 기댈 대본이 있다면 도움이 된다. 연기가 좋은 건 내가 맡은 배역이 해야 할 말을 내가 미리 알고 있다는 사실 때문이었다. 어려운 질문에도 매끄럽게 대답하도록 도와주는 대본이 있으면 대답을 잘못할까 봐 겁먹지 않을 것이다. 거울 앞에 앉아 대답을 외우다가 문득 몇 주 전에 그렉 저먼과 이야기했던 게 생각났다. 내가 혐오스러웠고 너무나 부끄러웠다. 그렉은 촬영장에서 테이크 사이에 나와 좀 친해져 보려고, 자기 딴에는 정말 별것 아닌 걸 물었다. 하지만 그 질문 때문에 나는 겁에 질려 입을 떼지도 못했다.

"남자 친구 있어요?"

얼어붙은 나는 그 간단한 질문에 아무 말도 못 했다. 그러자 그렉이 장난스레 눈썹을 추켜올리면서 못 믿겠다는 듯이 이랬다.

"동성애자는 아니죠?"

완전히 허를 찔렸다. 조금도 예상하지 못한 말이었다. 그럴 때 재치 있게 받아넘기려고 미리 준비해 놓은 말이 있었다 해도 그걸 곧장 머릿속에서 끄집어내긴 힘들었을 것이다. 그땐 준비해 놓은 말도 없이 고작 "글쎄요" 했을 뿐이다. 그 뒤로 촬영장에서 그렉을 만나는 게 싫어졌다. 매일 그 일이 떠올랐다.

나는 한 시간 일찍 차를 타고 혼자서 슈라인 오디토리엄으로 갔다. 가는 내내 담배를 피웠다. 스타들이 인기 순서대로 레드 카펫에서 가장 가까운 지점에 내릴 때까지 20분 동안 근처를 빙빙 돌면서 차 안에서 대기해야 했다. 인기 순서대로 내린다는 얘기는 내가 탄 차의 운전사가 해 주었다. 운전기사의 말은, 은색 드레스를 걸치고 다이아몬드 목걸이와 귀고리를 달았지만 내가 별 볼일 없는 배우라는 걸 한눈에 파악했다는 뜻이었다.

마침내 차 문을 열고 레드 카펫 한쪽 끝에 내려서자 열기가 확 덮쳤다. 맞다. 지금은 한낮이고 하루 중 가장 뜨거운 때다. 그런데 드레스를 입고 다이아몬드를 걸치고 주렁주렁 치장한 이 사람들은 지금이 무슨 저녁이라도 되는 척을 하는구나. 푹푹 찌는 여름날 오후 세

시 반에 스팽글과 망사와 새틴이 뒤덮은 거리는 정말 웃기지도 않았다. 물론 그건 이를테면, 또 다른 무대 의상이었고 그 사람들은 배우였다. 레드 카펫 위는 인산인해였다. 수백 명이 한데 뒤엉킨 가운데 서둘러 극장 안으로 들어가려는 사람도 있었고 사진기자 눈에 띄려고 미적거리는 사람들도 있었다. 무대 진행 요원처럼 칙칙한 검정색 옷차림을 한 홍보 담당자들은 각자가 맡은 배우 손을 잡고 사람들을 밀어내면서 레드 카펫 출발점으로 이끌고 갔다. 몇 줄씩 늘어서서 땀을 뻘뻘 흘리며 고래고래 소리를 지르는 사진기자들이 바로 거기에 모여 있기 때문이었다. 얼마나 시끄러운지 전쟁터 같았다. 누가 그리로 지나가느냐에 따라 엄청난 함성이 터져 나왔다. 사진기자들은 배우들의 관심을 끌기 위해 큰 소리로 배우 이름을 불렀다. 기자들 다음에는 구경 나온 팬들이 배우의 이름을 불렀다. 화려하고 중요한 행사는 어딜 가나 다 그랬다. 기자들은 고함을 지르고 배우들은 땀범벅으로 포즈를 잡고 팬들은 환성을 터뜨린다. 그런 난리통이 또 없다. 하지만 왜 그런지는 모르겠지만 티브이로 보면 달라 보인다. 티브이로 보면 배우들은 그냥 입구 쪽에서 걸어 들어오다가 사진기자에게 찍히는 것처럼 보인다. 그냥 물 흐르듯이 자연스럽게 지나가고 조용하고 품위도 있어 보인다. 스타가 앞을 지나가면 팬들은 유명인을 그렇게 가까이에서 보는 것이 너무 신기한 나머지 입이 떡 벌어져 말도 못 하고 조용해지는 줄 알았다. 동물원에 가면 사람들이 난간을 잡고 멍하니 구경하는 것처럼 말이다. 레드 카펫 행사는 그렇지 않았다. 운동경기 같았다.

얼굴과 온몸을 땀으로 칠갑한 상태로 레드 카펫 출발점에서 묵묵히 대기하고 있는데, 〈폭스〉 채널의 홍보 담당이 날 찾아냈다. 드디어 내가 대중 앞에 데뷔하는 날이다. 드디어 내 인생의 전환점이 되어 줄 행사다. 오늘이 지나면 모든 사람들이 나를 알아볼 것이고 내 일거수일투족에 관심을 가질 것이다. 머리는 말았고 눈에는 인조 속눈썹을 붙였다. 대답도 다 외웠다. 은색 캘빈 클라인 드레스까지 입은 나는 몰려드는 무리를 맞을 준비가 되어 있었다. 홍보 담당이 나를 사진기자들이 몰려 있는 곳으로 데려갔다. 여배우 몇 명이 사진을 찍는 것을 보고 있을 때만 해도 그다지 겁을 먹진 않았다. 네 군데 정해진 지점에서 포즈를 잡으면 사진기자들이 최고의 사진을 찍으려고 내 이름을 소리쳐 부르면서 법석을 떤다는 것도 알고 있었다. 내가 드디어 사선 쪽으로 걸어가자 홍보 담당이 내 이름과 출연 드라마를 말해 주었다. "〈앨리 맥빌〉의 포샤 드 로시입니다." 나는 미소를 지으며 우아하면서도 자연스러운 포즈를 잡기 위해 엉덩이를 살짝 내밀 참이었다. 갑자기 주위가 조용해져서 깜짝 놀랐다. 사람 얼굴에 들이대는 무기를 장착한 기자들 중에 단 한 명도 내 이름을 큰 소리로 부르거나 한 바퀴 돌아보라는 소리를 하지 않았다. 내가 입은 드레스가 누구 거냐고 묻지도 않았다. 아무도 흥분하지 않는 이 사태가 나 때문인지, 끝내주는 사진이 나오게 내가 뭘 더 해야 하는지 도대체 알 수가 없었다. 사진기자들 뒤에는 은색 드레스를 입은 여배우 이상의 것을 기대하는 방송국 간부가 떡 버티고 있었다. 기자들한테 문득 미안한 마음이 들었다. 그들은 독특한 개성이 있는 스타를 기대하고 있었다. 이미 인기 상종가인 드라마에 새로 투입된 이유를 찾고 싶어했다. 사진 촬영 지점이 끝나는 곳에서

너 어젯밤에 뭐 먹었어?

기자 하나가 플라스틱 부채를 내미는 게 눈에 들어왔다. 사진기자들이 내게 할애한 시간을 보상해 주고 싶었다. 보석 디자이너가 보석을 빌려준 것에도 보답하고 싶었다. 사람들의 바다를 전투하듯 헤치고 올라와 날 사진기자들 앞에 세워 준 홍보 담당이 고맙기도 했다. 무엇보다 사람들이 제작자 데이비드 켈리가 별로 특별한 구석도 없는 평범한 배우를 캐스팅하는 실수를 저질렀다고 여기지 않게, 나는 필사적인 본능으로 그 부채를 잡아 쥐고 위로 높이 쳐들며 멋진 포즈를 잡았다. 마릴린 먼로의 드레스가 바람에 날리듯이. 물론 현실은 달랐지만. 사진기자들 마음에 든 것 같았다. 사진을 마구 찍어 대기 시작했다. 소리를 지르는 기자들도 있었다. "이쪽도요!" 나는 그들에게도 똑같은 포즈를 잡아 주었다.

내놓고 위선자 행세를 했다. 조용히 섞여 들어 눈에 띄고 싶지 않았으면서도 그런 포즈를 잡으면서 주목을 받았다. 정신을 차리고 보니 마이크 앞이었다.

"포샤, 당신에게 없어서는 안 될 뷰티 아이템을 꼽으라면요?"

젠장. 그런 답변은 준비하지 않았는데. 정답은 '컨실러'지만 모범 답안은 뭐지?

"립글로스죠."

나는 립글로스가 정말 싫다. 입술에 뭘 바르는 건 아주 질색이다. 하지만 거기서는 립글로스가 정답 같았다. 애교 있고 여성스러운 데다 남자들이 좋아할 만한 대답 같았다. 도톰하고 끈적거리고 촉촉하고 유혹적인 입술 말이다. 다음 질문은?

"이번 시즌 당신의 필수 패션 아이템은 뭔가요?"

젠장. 내가 패션 따위 뭘 안다고. 패션 잡지는 읽지도 않고 사실 관심도 없었다. 칼리가 같이 있으면 얼마나 좋을까. 칼리는 무슨 대답을 해야 할지 잘 알 텐데. 아, 몇 달 전에 샤넬 플랫 슈즈를 사고 싶다고 했었다.

"샤넬 플랫 슈즈랍니다."

　대답이 곧장 나오지 않아서였을까? 아니면 인터뷰가 매끄럽지 않다는 걸 기자가 눈치챈 걸까? '말씀 감사합니다'라는 말로 나는 풀려났다. 어떻게 그런 걸 묻지? 내게 질문을 한 사람들 대부분은 내가 드라마에서 맡은 역할 같은 것에는 관심이 없었다. 그들이 궁금해하는 것은 내가 입은 드레스가 누가 만든 건지, 미모와 몸매를 유지하는 비결이 뭔지, 그런 것이었다. 그런데 연예 기자들 앞을 지나치다가 맨 끝에 있던 기자가 홍보 담당에게 "저 배우 이름이 뭐죠?"라고 큰 소리로 묻는 것이 들렸다. 내 기분이 상하지 않게 살짝 물어봤으면 좋았을 테지만, 그 기자는 크게 소리를 질렀다. 에미상 시상식에 어울리게 머리를 단장하고 온 수많은 여배우들에 대한 내 평을 들을 정도로 중요 인사라도 되는 듯 질문을 마구 해 놓고는 정작 내가 누구인지도 몰랐던 것이다. 그런데 홍보 담당자의 대답이 군중들의 환호 소리에 묻혀 버렸다. 하필 그때 라라 플린 보일이 도착한 것이다. 그 기자는 큰 소리로 또 물었다. "누구라고요?"

　당황스럽기도 했고 겁도 났다. 예명이라 이름을 말해 줄 때마다 가끔씩 당황스러웠다. 워낙 이국적인 이름이라 본명이 아니라는 게 들통 날까 봐 속으로는 걱정이 많았다. 드레스나 보석을 빌리듯이 어울리지 않게 너무 멋있는 이름을 빌려 왔다고 할까 봐 겁이 났다. 그래서 언젠가는 이 포샤 드 로시라는 이름을 버려야 하지 않을까 싶었다. 멋진 이름이다. 하지만 스타에게나 어울리는 이름이다.

포샤 드 로시라는 이름을 만든 건 열다섯 살 때였다. 미성년자 출입 금지인 나이트클럽에 갔었다. 거기 지배인이 브이아이피 룸으로 날 데려가더니 자유 입장권을 주었다. 자유 입장권은 누구나 탐내는 것이었다. 본명을 댔다가 미성년자라는 게 들통이 나 출입이 금지될까 봐 겁이 덜컥 났다. 당황한 나머지 즉석에서 이름을 만들어 냈다. 어쩔 수 없었다. 그 지배인은 나에게 나이트클럽의 '브이아이피' 고객임을 입증하는 은색 태그가 달랑거리는 메달 열쇠고리도 주었고 일자리도 제안했다. 나이트클럽 호스티스로 일주일에 두 번만 일해 주면 된다고 했다. 그들 앞에 서 있는 여자애가 열다섯 살짜리 꼬마에게나 어울릴 만한 어맨다 로저스라는 이름만 대지 않으면 되는 일이었다. 괜찮은 이름 하나 지어서 둘러대면 그 클럽의 브이아이피가 될 수 있었다.

내 이름이 싫었다. 어맨다 로저스가 뭔가? 너무 평범하고 너무나 평균적인 이름이었다. 게다가 중간에 '맨'이라는 음이 들어가서 짜증이 났다. 누가 '맨'이라고 할 때마다 나는 뒤에 '다'가 따라 나오나 나오지 않나 돌아봐야 했다. 애들은 대개 다른 이름을 가졌으면 하고 꿈꾼다. 나도 그랬다. 모델이 된 후 에이전시 사람들도 예명을 생각해 보라고 했다. 1980년대의 모델 업계에서는 예명 짓는 것이 아주 흔한 일이었다. 소피는 토브샤, 앤젤리크는 로셸이 되었다. 어맨다는 무슨 예명이 좋을까? 한참 궁리를 하는데 마침 그 클럽 직원 하나가 "저 아가씨 이름은 뭐지?"라고 옆 사람한테 물었다. 그 직원은 손에 검정 만년필을 쥐고 출입객 명단을 들여다보고 있었다.

"포샤, 드, 로시요."

내 입에서 천천히 그 이름이 흘러나왔다. 더듬거리지는 않았다. 나는 자유 입장권을 꼭 받고 싶었다.

"철자가 어떻게 되지?"

나는 소문자 디가 좋을지 대문자 디가 좋을지 몰래 집게손가락을 등 뒤로 돌려 허공에 써 보았다. '포샤'는 셰익스피어의 『베니스의 상인*The Merchant of Venice*』 여주인공 이름에서 따왔고 '드 로시'는 무슨 영화의 크레디트에서 봤다. 스크린 위로 올라가던 수많은 이름 중에서 유독 그 이름이 내 마음에 쏙 들어왔었다. 아무 의미 없는 수많은 이름 중에서 드 로시가 내 눈에 들어왔다. 그 나이트클럽 브이아이피 룸에서 나는 두 이름을 조합해 예명을 만들었고 자유 입장권과 일자리를 얻었다. 밖으로 나오자 멍했다. 내가 내 정체성을 바꿔 버린 것이다. 그렇게 순식간에.

에미상 시상식이 곧 시작할 슈라인 오디토리엄으로 갔다. 나는 얼마나 무방비 상태였는가! 내가 왜 특별한 배우인지, 내가 왜 그 드라마에 출연하게 되었는지를 보여 줘야 했는데, 그런 엄청난 테스트를 앞두고 아무런 대책이 없었다는 걸 깨달으니 눈앞이 캄캄했다. 앞으로는 패션 잡지도 사 보고 뷰티 아이템과 향수와 운동에 신경을 써야지 싶었다. 다음 번에 제대로, 당당하게 하려면 그런 질문에 답을 할 수 있어야 했다. 포샤 드 로시가 이름을 날릴 때가 된 것이다.

스트립쇼와 파파라치

차로 촬영장에 가는 길이었다. 드라마 의상 생각을 떨칠 수가 없었다. 이번 회 대사가 있는 촬영 첫날 나는 검정색 펜슬 스커트와 긴 상의를 입었다. 치마 허리는 약간 여유가 있어서 괜찮았는데 지금 입은 청바지는 그렇지 않았다. 청바지가 꽉 조여서 살을 파고들었고 뱃살이 접혔다. 운전대에서 내려 뱃살을 쥐어 보았다. 먼저 바지 단추 아래를 쥐어 보고 허리를 죽 돌아가면서 쥐어 보았다. 음악을 들으면서 잠깐 재미 삼아 해 봤다. 어찌 보면 그것도 나름 운동 같기도 하고 자기혐오의 춤을 추는 것 같기도 했다. 살이 허리 주위로 꽉 잡혔다. 손에 가득 잡힐 정도는 아니지만 엄지와 집게손가락으로 잡으니 꽤 두툼했다. 접힌 뱃살에 가린 단춧구멍을 보자니 살을 뺄 수 있을지 엄두가 나지 않았다. 아직도 처음 날 뽑았을 때의 상태로 보일까? 살이 찐 걸 알아차렸을까? 드라마에 출연하게 된 첫 번째 달에는 치마를 엉덩이 위로 끌어올리고 허리를 잠그려고 얼마나 끙끙거리고 애를 먹었는지 모른다. 매주 그랬다. 의상 디자이너는 틀림없이 내가 살찐 걸 눈치챘을 것이다. 모르는 척하는 것도 호의라고 할 수 있다면, 의상 디자이너는 내게는 은인이었다. 지퍼가 걸려 올라가지 않으면 지퍼가 싸구려라서 그렇다거나 재봉이 제대로 안 되어 그렇다면서 다른 탓을 했다. 그러고는 자기 어시스턴트를 불러 지퍼 윗부분을 잡게 하고 힘을 줘서 올려 보려고 했다.

사람들이 날 보면서 이럴 것 같았다. "저 여자 포기해 버린 건가?" 경쟁자들이 내 꼴을 보고 비웃지 않을까? 살이 쪄서 이제 대사도 줄고 출연 분량도 줄고 배역도 날아가겠다며 고소해하지는 않았을까? 주차를 하다가 이런 생각도 들었다. 요사이 사람들이 부쩍 나한테 살갑게 굴던데, 그게 혹시 서로 친해져서가 아니라 살이 찌니까 이제는 내가 전혀 경계 대상이 아니라서 그런 것 아닐까? 내 존재가 이제 더는 '다음엔 또 무슨 변화가 생길까?'라는 의문을 품게 할 일이 없게 된 건 아닐까? 그렇지 않아도 막 루시 리우가 합류한 참이었다. 루시 리우는 그 질문에 대한 답이었다. 나는 이제 신무기가 아니었다. 내 존재가 그들에게 아무런 위협이 안 된다는 건 이미 밝혀졌다. 살이 찌면서 내가 케이지와 피시의 대사에 거의 매회 나오는 그 화끈하고 섹시한 금발 미녀가 아니라는 게 들통 나 버렸다. 두 사람이 나를 놓고 '화끈'하다느니 '넘사벽'이라느니 하는 대사를 주고받을 때마다 내가 얼마나 움츠러들었는지 모른다. 나도 매력이 넘치는 인물이 되고 싶었다. 하지만 남자들에게 화끈한 여자로 보인다는 생각을 하면 몹시 거북했다. 사람을 정말로 거북하게 만든 건 데이비드 켈리의 대본에 나오는 인물과 내가 맞지 않다는 사실이었다.

"안녕, 포샤. 오랜만이네요. 그 동안 어떻게 지냈어요?"

제인이 촬영장으로 가는 길에 인사를 했다.

"잘 지냈죠. 고마워요."

"좀 있다 봐요."

드레싱 룸으로 들어가 가방을 소파에 던졌다. 그때 날카로운 노크 소리가 들렸다.

"안녕하세요, 포샤. 메이크업 준비 다 됐어요."

"금방 갈게요."

책상을 돌아 거울 앞에 섰다. 차 안에서 잡히던 살이 옷 위로 드러나지는 않았다. 서 있을 때는 괜찮았다. 아까와는 달리 이번엔 옷을 들춰 뱃살을 직접 확인했다. 보이지 않았다. 배는 납작했다. 거울로 내 눈을 열심히 살펴보았다. 내 눈이 웃으면서 이러는 것 같았다. "아이고, 포샤, 대체 무슨 걱정이야?" 마음이 놓였다. 그러나 오래가지 않았다. 옷장을 열고 거기 걸린 걸 본 순간 공포감이 내 온몸을 뒤흔들어 놓았다. 먼저 뱃속에서 뜨거운 공포감이 치밀어 오르더니 머리로 뻗쳐 올라갔다. 옷걸이에는 열 벌, 아니 열다섯 벌의 브라와 팬티 세트가 걸려 있었다. 그건 평범하고 흔한 살색 속옷이 아니라 남에게 보여 주려고 특별히 입는 브라와 팬티였다. 제일 앞에 걸린 세트에 쪽지가 붙어 있었다.

'다음 회에 착용할 거예요. 편하게 입어 봐요. 수고! –베라.'

망했다, 망했어! 다음 회 촬영은 여드레밖에 남지 않았다. 노크 소리가 들렸다. 펄쩍 뛸 정도로 놀랐다.

"포샤, 지금 가야 하는데요. 촬영이 한 시간도 안 남았거든요."

"알았다고요. 지금 가요!"

희한하게 애먼 사람이 항상 내 화풀이 상대가 된다. 내가 진짜 화를 내야 할 사람은 뚱뚱하고 게으른 나 자신이었다. 하지만 지금까지 그 점을 철저히 부정했다. 뚱뚱하고 게을러터진 몸을 일으켜 세우고 내게 맡겨진 일을 책임지고 해내지 않았다. 촬영 때는 재능을 발휘할 수 있는 놀라운 기회를 거머쥐지도 않았다. 그냥 퍼져 앉아 맥주를 마시고 멕시코 음식만 먹었다. 드레싱 룸에서 뛰쳐나와 메이크업 트레일러 쪽으로 갔다. 머릿속에서 호되게 꾸짖는 목소리가 울렸다.

다음 장면 촬영 때까지는 쫄쫄 굶어. 운동도 하고. 이런 일이 생길 줄 몰랐어? 그렇게 멕시코 음식을 마구 먹어 대고 운동도 전혀 안 하면서도 괜찮을 줄 알았어?

피터 맥니콜을 지나쳤다는 걸 퍼뜩 깨달았다. 분명 피터는 나에게 인사를 했다. 하지만 이미 늦었다. 속옷 장면은 그와 같이 찍는 게 분명했다. 그와 나의 연애가 점점 달아오르기 시작했고 다음 회에는 러브신이 예정된 게 확실했다. 전부 그 장면 때문일 것이다. 속옷만 입고 침대에 누워 있거나 아니면, 블라우스 단추를 풀어 옷장에 걸려 있던 예쁜 레이스 브라를 보여 주는 상반신 장면이거나 둘 중 하나일 것이다.

"안녕하세요!"

메이크업 아티스트가 포옹을 해 주면서 쉰 목소리로 웃었다.

"다음 회 대본 읽어 봤어요? 넬이 스트립쇼를 하나 보던데요, 어쩜!"

대본을 건네받은 나는 그녀가 읽던 부분을 읽어 보았다. 몸은 식었고 얼굴은 돌처럼 굳어 버렸다. 내가 불편해하는 걸 보고 메이크업 아티스트는 재미있어했다. 계속 즐기게 해 줄 수는 없지. 물론 그녀가 진짜 재미있어했는지는 모를 일이다. 하지만 우리가 매일 다이어트 얘기를 했던 걸 감안하면, 메이크업 아티스트는 분명히 내 반응을 보고 재미있어했을 것이다. 단순히 자기가 그런 처지에 놓인 게 아니라서 다행스러운 것일지도 모르겠다. 비죽이 웃으면서 '나만 아니면 돼'라고 하는 것 같았다. 그 말은 곧 있을 화끈한 경기를 보려고 링에서 제일 가까운 좌석에 앉을 준비가 됐다는 말이나 매한가지였다. 대본에는 이렇게 되어 있었다. 넬이 자기 사무실에서 케이지를 기다린다. 케이지가 들어서자 넬이 옷을 벗기 시작한다. 케이지는 당황한다. 속옷 차림의 넬이 케이지 쪽으로 간다. 케이지는 사무실에서 뛰쳐나와 복도를 걸어간다. 그 대목을 읽는 순간 당장 메이크업 트레일러에서 뛰쳐나와 차를 타고 이 끔찍한 직사각형 콘크리트 덩어리와 한 방향으로만 창이 난 촬영장 건물을 벗어나고 싶었다. 집에 가서 보따리를 싸고 공항으로 달려가 비행기를 타고 호주의 멜버른으로 돌아가고 싶었다. 거기서 아예 처음부터 완전히 새로 시작하고 싶은 마음뿐이었다. 엿 같은 내 인생을 완전히 다시 시작하고 싶었다. 법대로 되돌아가 화보 촬영과 수업 사이에서 줄타기를 하지 않는 성실하고 진지한 학생이 되고 싶었다. 우리 반에서 제일 잘 살고 제일 똑똑한 여학생이었던 소도시 고등학교 시절로 돌아가 거기를 졸업한 뒤 자리를 잡고 싶었다. 절대로 모델이 되지 않을 것이다. 나도 나름대로는 괜찮은 애라고 생각하면서 살고 싶었다. 출세는 하지 않아도 좋으니 엄마랑 아빠랑 그저 행복하게 살고 싶었다. 만약 기적이 일어나 아빠가 아직 살아있다면 아빠는 나를 밖으로 돌리지 않았을 것이다. 예쁘고 특별한 애라는 걸 증명할 필요도 없었을 것이다. 아빠는 내가 예쁘고 특별하다는 걸 잘 아니까. 아빠는 내가 세상에서 제일 예쁘고 제일 똑똑한 애라는 걸 모르는 사람들은 전부 바보 천치라고 해 줬을 것이다. 바보 천치가 아니면 샘이 나서 저러는 게 분명하다고 했을 것이다. 샘 많은 바보 천치이거나.

"어머, 진짜 기대되네요. 제 역할이 주목 좀 받겠는데요."

공격을 당하면 거짓말로 방어하는 게 내 습관이었다. 나는 메이크업 의자에 앉아 거울에 비친 내 모습을 뚫어지게 바라보았다. 앞날이 창창하던 스물네 살 아가씨가 한 대 맞아 정신이 나가 버린 마흔 살 아줌마로 변해 있었다. 두꺼운 파운데이션이 모공을 덮고 피부를 틀어막아 버렸다. 두텁게 바른 아이섀도 때문에 눈꺼풀에 굵고 뚜렷한 주름이 생겼고 붉은 립스틱을 바르니 얇고 합죽한 입술이 도드라졌다. 지금까지는 그런 분장이 넬이라는 인물의 가면으로만 보였다. 내가 아무리 겁이 나고 불안해도 두터운 아이라이너 아래의 내 눈은 빛을 잃지 않았다. 그래서 저기 거울에 보이는 저 인물은 넬이라는 캐릭터일 뿐이고, 나는 젊고 앞날이 창창하며 나무 한 그루 없고 얘기 나눌 사람 하나 없는 이곳을 언젠가는 벗어날 거라고 늘 일러 주었다. 그러나 메이크업 의자에 앉아 내가 변해 가는 모습을 바라보는 지금은 앞날이 불투명했다. 방어적이고 차가운 인물을 연기하려면 차라리 메이크업을 가볍게 하는 게 더 낫지 않나? 이건 얼굴에 그냥 화장품을 덕지덕지 처바르는 짓에 불과했다. 메이크업이란 게 고작 눈을 또렷하게 그리고 핏기 없는 입술에 색조를 덧칠하고 얼굴 잡티를 숨기는 것뿐이었다. 결국 문제는 내 살이었다. 차 안에서 만져 본, 청바지 허리띠 위로 넘쳐 나던 내 살이 이제 스웨터 위로도 보였다. 메이크업 트레일러 안에 있던 사람들은 하나같이 내 살을 쳐다보았다. 남은 여드레 동안 도대체 그 살을 어떻게 뺄 건지 몹시 궁금해했다. 내게는 빤히 보였다. 하지만 제일 궁금해하는 사람은 바로 나 자신이었다.

헬스클럽에 등록했다. 스튜디오에서 가까워 촬영 중에 짬이 나면 차로 휙 가서 러닝머신 위에서 뛰다 올 수 있었다. 그게 살을 뺀 한 가지 방법이었다. 다른 방법은 무조건 굶는 것이었다. 사람들은 아예 아무것도 먹지 않는 거나 하루에 여섯 번 소량을 먹는 거나 별 차이가 없다며 과소평가하지만 나는 굶는 것을 택했다. 내게 유일한 문제는 너무나 배가 고프다는 것, 촬영이 끝날 무렵이면 기운이 하나도 없다는 것이었다. 그래서 곧 찍을 속옷 장면 때문에 걱정하는 것도 귀찮았고 어느 각도로 찍어야 제일 예쁘게 나올까 생각하는 것도 귀찮았다. 아예 걱정하는 것도 포기해 버렸다. 리허설이 끝난 뒤 배가 고파 이성이 마비되어 버렸기 때문이다. 나는 주연배우라도 되는 것처럼 프로덕션 어시스턴트에게 〈스타벅스〉에 가서 브랜 머핀을 하나 사 달라고 했다. 촬영이 너무 팍팍하게 진행되었고 거기에 내가 무조건 따라가야 하는 상황에서 나온 행동이었다고 하면 변명이 될지 모르겠다. 속옷 장면에 대한 데이비드 켈리의 생각은 요지부동이었다. 켈리가 그 장면을 찍어야 한다고 고집을 피우니까 나도 내 요구 사항을 내세웠다. "새로 온 금발 미녀 속옷 구경 좀 합시다!" 그래? 좋아. "머핀 좀 사다 줘요!" 사실 '요구'란 건 맞는 말이 아니다. 그냥 좀 사다 달라고 부탁했을 뿐이다. 하지만 그런 부탁을 하는 성격이 아니었기 때문에 그 일이 계속 마음에 걸렸다. 배우들이 프로덕션 어시스턴트에게 먹을 걸 사다 달라, 우편물 좀 부쳐 달라, 차에 기름 좀 넣어 달라, 하는 건 아주 흔한 일이다. 하지만 나는 그런 관행이 역겨웠다. 배우들이 그런 잔심부름을 시키는 건 어디까지 말을 들어주나 한번 알아보고 싶어서 그러는 것 같았다. 나는 그렇게 위세를 부리는 게 싫다. 뿐만 아니라 나와 비슷한 지위에 있는 사람이 자기가 그럴 자격이나 있는 것처럼 구는 건 더더욱 싫다. 나는 그저 지금의 내가 아주 운이 좋았을 뿐이라고 생각할 따름이다.

촬영 전에 머핀을 먹었다. 머핀의 나트륨과 열량, 밀가루와 버터, 그밖에 나를 살찌울 모든 성분들을 먹어 버렸다.

속옷 장면과 관련된 거라면 모조리 다 끔찍하게 싫었다. 출중한 능력의 변호사라더니 고작 몇 회 만에 필사적으로 상사를 잠자리로 꾀어 들이려고 하는 여자가 되어 있었다. 앞으로는 사랑 놀음에 눈 먼 여자가 될 텐데 그것도 혐오스러웠다. 특히 그 망할, 내가 입어야 할 속옷이 제일 혐오스러웠다. 나는 빨강과 분홍 하트가 수놓인 검정 브라 팬티 세트를 골랐다. 넬 같은 인물이 입기에는 정말이지 개성이라고는 하나도 없는 속옷이었다. 넬이라면 좀 더 보수적인 디자인의 속옷을 입어야 하지 않을까? 작고 레이스가 달린, 노출은 좀 있어도 품위를 잃지 않는 네이비블루의 팬티와 브라 같은 것 말이다. 넬이라면 그런 디자인의 속옷을 당당하고 자신감 넘치게 입고 몸을 보여 주었을 것이다. 내가 고른 팬티와 브라는 스트립쇼에 더 어울렸다. 싼 티가 폴폴 풍겼다. 나는 연기 걱정을 덜고 마음을 가라앉히기 위해 마음에 쏙 드는 속옷을 골라 입는 편이었다. 그러니까 가슴과 엉덩이를 완전히 감싸 주는 디자인에 착시 효과를 일으키는 색깔로 엉덩이와 허벅지를 최대한 가려 주는 브라와 팬티를 골랐다. 브라 컵에 가슴을 모아 주는 패드를 넣어 똥배는 두드러지지 않으면서 몸의 비율이 좀 더 좋아 보이게 만들었다. 옷도 움직이기 편한 디자인으로 골라 입었다. 그래야 꼭 맞는 치마나 꽉 끼는 블라우스를 끌어내리려고 몸을 구부리느라 허리나 뱃살이 겹치는 사태가 벌어지지 않으니까. 구두는 항상 하이힐을 신었다. 키가 커보일수록 살 찐 티가 덜 난다는 건 어린애도 안다. 머리도 항상 풀어서 자연스레 헝클어뜨리는 편이었다. 그러면 사람들의 시선이 뱃살이나 허벅지 살이 아니라 얼굴로 향하기 때문이다.

나는 속옷 장면을 찍고 판결을 기다렸다. 몇 주 뒤에 바로 방송되었기 때문에 오래 걸리지는 않았다. 하지만 그런 장면은 방송에 나가기 전에 현장에서 바로 반응을 알 수 있다. 촬영 스태프나 배우들의 분위기가 변하기 때문이다. 아무리 프로라 해도 그런 장면을 찍고 나면 여러 사람 앞에서 까발려지고 싸구려가 된 것 같고 몸을 판 것 같은 기분이 든다. 적어도 내 기분은 그랬다. 그리고 문제의 바로 그 장면을 찍은 뒤로 회사에 떼돈을 벌어다 줄 것 같던 잘나가는 변호사 역할은 완전히 날아가 버렸다. 옷을 벗었더니 변호사의 능력도 벗겨져 버렸다. 하트 무늬로 뒤덮인 팬티와 브라를 입었더니 동료들의 존경도 사라져 버렸다. 나는 잔머리나 잘 굴리고 교활한 변호사 복장을 하고 상사와 잠자리를 하는 약점 잡힌 여자를 연기하는 금발 여배우로 전락했다. 그냥 변호사 연기를 하는 배우에 불과했다. 법대를 중퇴한 나 같은 배우가 할 수 있는 변호사 역할은 그런 것이 고작이었다. 변호사가 될 의지도 없었던 내가 어떻게 변호사를 연기하면서 인정받을 수 있을 거라고 생각했는지 정말로 모르겠다.

속옷 장면이 나오는 회가 방송되고 나서 내 생활도 좀 바뀌었다.

사정이 생겨서 오빠와 같이 살던, 그리고 전남편과 같이 살았던 산타모니카 집에서 이사하게 됐다. 로스앤젤레스로 온 뒤로 익숙해졌던 생활을 접고 핸콕 파크의 아파트로 옮겼다. 나는 혼자 살기로 했다. 칼리는 패서디나로 돌아갔고 앤도 뉴욕으로 이사를 가 버렸다. 앤은 감정에 휩싸여 제대로 하기 힘든 이야기도 쉽게 풀어내는 재주가 있는 친구다. 누구나 원하는 그런 친구였다. 앤은 다정하게 달래 가며 속마음을 털어놓게 해 주고 눈물이 그칠 때까지 곁을 지켜 준다. 집을 옮긴 건 앤이 이사를 한 탓도 있었다. 하지만 제일 큰 이유는 파파라치 때문이었다. 내가 사는 곳을 알아낸 파파라치는 하나밖에 없었다. 하지만 내가 집 앞 계단에 앉은 모습이나 머리에 컬을 말고 있는 것, 그리고 담배를 피우는 걸 찍은 사진이 타블로이드에 실리고 나자 누가 항상 잠복해 있고 감시를 하고 있다는 기분이 들었다. 사냥감이 된 기분마저 느꼈다. 그 파파라치 한 명 때문에 내 사생활이 언제라도 사진에 찍힐 수도 있을 것 같았다. 나는 전혀 눈치도 못 챘는데 말이다. 남이 안 봤으면 하는 어떤 일을 할 때마다 누가 지켜보는 기분이 들기 시작했다. 결국 거의 편집증에 가까운 공포감까지 생겨 버렸다. 현재 상황에 대해서만 그런 것도 아니었다. 예전에 찍힌 담배 피우는 사진까지 거슬러 올라가 다시 공포감에 사로잡혔다. 이런 걸 회귀적 편집증이라고 해야 할까?

『스타Star』에 실린 내 사진을 봐야 하는 건 정말 곤욕스러웠다. 그건 경고문이었다. '앞으로는 좀 더 조심해, 네 가족들이 당혹스러워할 수도 있어.' 좀 더 조심하지 않으면 배우 생명이 끝날지도 몰랐다. 담배 피우는 사진은 특히 엄마를 몹시 화나게 만들었다. 엄마는 남들이 날 비흡연자로 생각해 주길 원했을 것이다. 하지만 이제 증거가 떡 하니 생겼다. 혹시 내가 동성애자라는 걸 보여 주는 사진이 어디 존재하는 건 아닐까? 그런데 내가 진짜 동성애자이기는 한가? 그 파파라치가 우리 집 울타리 뒤에 숨어서 앤과 나의 통화를 듣지나 않았는지 몹시 신경이 쓰였다. 그때는 바깥에서 담배를 피우면서 정신과 의사와 상담한 얘기를 하고 있었다. 그것 말고도 내 인생을 바꿔 버린 다른 중요한 일도 몇 가지 얘기했었다. 정신과에 가 보라며 의사까지 소개해 준 사람이 바로 앤이었다. 앤은 내 공포감과 혼란스러운 정신 상태에 대해 진지하게 들어 주었다. 격한 말을 해도 잘 들어 주었다. "사람들하고 진지하게 사귀기 시작하면, 만약 정말 진지하게 사귀면 동성애자라는 게 금방 드러나고 말 거라고!" 내 말에 앤은 이렇게 대꾸했다. "도대체 동성애가 왜 문제라는 거지?" 앤의 말은 물론 웃기지도 않았다. 동성애 자체가 문젯거리란 말이다.

내 속옷 장면은 로스앤젤레스보다 뉴욕에서 세 시간 먼저 방송되었다. 나는 앤한테 드라마 챙겨 보라고 하고 끝나면 바로 전화해 달라고 했다.

"여보세요?"

"어땠어?"

"재밌던데. 그런데 이번 회에는 너 별로 안 나오더라."

"앤! 그 장면 어땠냐니까? 나 어떻게 보였어?"

"괜찮았어."

"무슨 뜻이야, '괜찮았다'는 게?"

"섹시했다고. 괜찮았다니까."

"날씬해 보였어?"

"뭐, 그냥 건강한 보통 여자처럼 보였어."

'건강한', '보통', '여자'. 오래 전에 '건강하다'는 건 '뚱뚱하다' 대신 좋게 들리라고 둘러대는 말이라고 한 사람은 바로 우리 엄마였다. 엄마는 한 번씩 그랬다. "슈퍼에서 우연히 만난 사람이 '아유, 건강해 보여요'라고 하면 싫지 않던? 그 말은 실은 안 보는 새 살쪘다는 소리야." 엄마는 그렇게 누가 빈말로 칭찬을 하면 진짜 칭찬을 받은 것처럼 웃어 줘야 한다고 했다. 그래야 모욕을 주려고 한 사람을 머쓱하게 만들 수 있다고 했다. 남을 흉 봐도 그 사람이 흉으로 받아들이지 않으면 아무 소용이 없다.

앤의 말은 살쪘다는 소리를 에둘러 한 것이었다. 보통이란 건 살쪘다는 소리였다. 병원에서 정상 체중 범위에 든다는 소리를 듣고 기분 좋아할 사람이 어디 있겠는가? 미국에서 정상 체중인 여자는 12사이즈다. 그렇다면 모델들은 절대 '정상'이 아니다. 여배우도 절대 '정상'이 아니다. 차라리 내 속옷 장면이 1,500만 시청자들을 몹시 민망하게 만들었다고 하는 게 더 나았을 것이다. 내 기분을 상하게 하고 싶지 않았다면 '건강'하다는 말보다 차라리 '운동을 많이 한' 사람처럼 보였다거나 '여자' 대신 '아가씨'라는 말을 썼으면 좋았을 것이다. 어떻게 통통한 엉덩이와 살이 두둑한 허벅지와 커다란 가슴을 한 여자의 이미지를 내게 갖다 붙일 수가 있지? 쫄쫄 굶는 한이 있더라도 뼈밖에 안 보이고 머리부터 발끝까지 쭉 뻗은 데다 들어오고 나간 데도 표시 안 나는 체형이 되고 싶은 나한테.

알았어, 친구. 무슨 말인지 확실히 알았어.

누가 흉을 봐도 듣는 사람이 그렇게 듣지 않으면 소용없다고?

전문가의 처방

나는 러닝머신을 사서 드레싱 룸에 들여다 놓았다. 촬영이 있는 날 점심시간마다 달리기를 할 생각이었다. 새로 이사 한 아파트 손님방에도 한 대 들여다 놓았다. 러닝머신이 두 대나 있으니 운동을 거를 핑계를 댈 수 없었다. 촬영장에 몰티즈 개 빈을 데려가게 되면서 촬영이 끝나도 헬스클럽에 가기 어려워졌다. 드레싱 룸에 러닝머신이 있으면 헬스클럽이나 공원까지 가서 운동할 필요 없이 점심시간 내내 거기서 운동을 할 수 있었다. 〈앨리 맥빌〉에 출연하기 전에는 내 드레싱 룸에 운동기계가 있었던 적은 없었다. 그렇지만 내가 유별난 것도 아니었다. 대부분의 배우들이 자기 드레싱 룸에 운동기계를 갖춰 놓고 있었다.

영양사도 생겼다. 이름이 수잰이었다. 산부인과 병원에 정기검진을 받으러 갔다가 알게 되었다. 수잰은 병원에 딸린 조그만 사무실에서 일주일에 이틀 근무를 했다. 식단 조절로 체중도 줄이고 임신 가능성을 높이도록 돕는 일이었다. 체중을 유지하기 어렵다고 하니까 의사가 수잰을 소개해 주었다. 일주일 정도 주기로 3.5킬로그램가량 쪘다가 다시 빠진 적이 몇 번 있다고 하니까 검사를 해 보자고 했다. 갑상선 질환이나 체중 변동을 유발하는 다른 몇 가지 질환에 대한 검사를 한 뒤에 의사는 병이 아니라 식습관에 문제가 있다는 진단을 내렸다. 나는 의사 말에 수긍하고 수잰의 도움을 받기로 했다.

영양사가 생겼다는 게 좋았다. 프로가 된 기분이었다. 내 일을 하나하나 진지하고 꼼꼼하게 처리한다는 느낌이었다. 식이 치료를 시작하기 전에 나는 수잰이 하라는 대로 하기로 마음을 먹었다. 믿음이 깊은 신자처럼 시키는 대로 할 생각이었다. 스타 운동선수가 코치가 먹으라고 하면 날달걀도 먹는 것처럼 말이다. 활동 중인 여배우에게 딱 맞는 개인 맞춤형 식이 상담을 받았다. 내게도 챔피언처럼 경기력을 향상시켜 주는 지도가 필요했다. 감독이 필요했다. 하지만 영양사가 생겨서 좋았던 진짜 이유는 코트니 손-스미스도 영양사가 있었기 때문이었다.

"안녕하세요, 들어와요. 집이 좀 어지러운데."

수잰은 키가 크고 깡마르고 행동이 재바른 여자였다. 무난하고 튀지 않는 옷차림이었다. 길고 가는 팔에 뼈밖에 안 보이는 손을 이리저리 바쁘게 움직일 때엔 꼭 참새 같았다. 도대체 날 때부터 마른 체질인 저런 여자들이 왜 영양학을 전공하는 건지 도통 알 수가 없었다. 체중 감량 말고도 음식에 관심을 둘 이유야 많다는 것쯤은 안다. 하지만 그걸로 밥벌이를 삼은 이유가 뭔지는 상상이 되지 않았다. 우리는 우리가 처음 만난 병원이 아니라 브렌우드에 있는 수잰의 집에서 만났다. 처음 만났을 때 수잰은 흰색 가운 차림이었다. 그래서 아주 잠깐 얘기를 나누었을 뿐이었지만 책상 너머의 수잰은 어딘가 좀 거들먹거리고 비판도 잘하고 거만한 사람처럼 보였다. 하지만 흰 가운을 벗고 배경이 바뀌니까 잘난 체 하는 전문가의 느낌은 금세 사라져 버렸다. 온 집안에 애들 장난감이 흩어져 있고 사방에서 가족사진이 날 바라보았다. 수잰은 자기 집에서는 완전히 다른 사람이었다. 수잰의 가족은 보수적인 사람들처럼 보였다. 사진 속의 얼굴들은 나를 이리저리 재어 보면서 내가 수잰보다 훨씬 더 뚱뚱하다고 나무라는 것 같았다. 아니면 집이 너무 어지럽다고 수잰을 나무랐나? 수잰도 집에서는 애물단지였을지도 모른다는 생각이 들자 기분이 좀 풀렸다.

"의사 선생님 말로는 체중 유지가 힘들고 식습관도 문제가 있다더군요. 그런 문제로 씨름하는 사람들이 당신 말고도 수백만 명이나 더 있거든요. 그래서 나 같은 사람도 먹고 살 수 있는 거고요!"

그 말을 들으니 수잰이 더는 날 비난할 태세를 갖춘 말라깽이 여자로 보이지는 않았다. 수잰은 날 도와주고자 했고 내 걱정을 했다. 하지만 그래서 수잰이 싫었다.

"건강 체중을 유지하지 못하는 이유가 뭘까요?"

수잰은 다정하고 솔직한 표정으로 나를 바라보았는데 어딘가 약하게 보이는 데가 있어서 긴장이 풀리는 것 같았다. 어쩌면 내게도 그런 취약한 구석이 있기 때문인지도 몰랐다. 수잰도 굶었다가 폭식하고 토한 적이 있을까?

"글쎄요⋯⋯."

놀랄 만큼 긴장이 됐다. 남한테 굶고 폭식하고 토하는 얘기를 털어놓는다는 생각은 꿈에도 해 본 적이 없었다. 다른 사람들하고는 상관없는 일이었다. 이건 너무 사적인 이야기 아닌가. 음식 얘기를 한다는 게 낯설고 왠지 바보짓 같았다. 교실 바닥에 나란히 앉아 다섯 가지 영양소를 배우는 다섯 살짜리 꼬마 같았다.

"모르겠어요. 진짜 제대로 된 식단이 뭔지, 매일 어떻게 먹어야 체중이 널뛰기를 하지 않는 건지 도통 모르겠네요."

"음, 포샤, 나는 당신한테 식이요법을 알려 주려는 게 아니에요. 삶의 방식을 알려 주려는 거예요. 좋아하는 음식이 뭔지 얘기해 보세요. 그러면 몸에도 좋고 살도 뺄 수 있는 식단을 한번 짜 볼게요."

그래 봤자 나에게는 다이어트 하라는 소리였다. 얘기는 수잰이 하고 나는 듣기만 했다. 수잰은 내게 해 줄 얘기가 엄청 많았다. 일일 섭취 칼로리, 기름기 뺀 단백질의 중요성, 탄수화물 과다 섭취에 따르는 위험, 정제한 곡물과 통곡물의 차이, 당수치가 낮은 '착한' 과일 고르기 등등.

"전 바나나 좋아하는데, 그건 괜찮아요?"

바나나는 내가 '간헐적' 다이어트를 할 때 없어서는 안 되는 식량이었다. 하루 300칼로리만 섭취하는 다이어트를 할 때는 말린 호밀 빵 한 조각에 으깬 바나나를 발라 먹을 때가 많았다.

"어, 포샤, 바나나 좋아하는 사람들 많죠. 과일 중에 포만감이 제일 크고 칼로리도 제일 많기 때문에 그럴 거예요. 그래서 너무 많이 먹으면 안 돼요."

아하, 그래서 내가 아무리 '간헐적' 다이어트를 해도 결국은 살이 찐 거로구나. 망할 바나나. 내가 유일하게 좋아하는 과일이 이 비만국 사람들이 유일하게 좋아하는 과일인 건 너무나 당연했다. 그러니 내가 살이 쪘지.

"이제 식습관 얘기 좀 해 볼까요?"

"글쎄요, 요새같이 특별한 촬영 준비를 하지 않을 때는, 그러니까 화보 촬영이나 〈앨리 맥빌〉에 나오는 속옷 장면 같은 거 말예요. 그럴 때 아니면 남들처럼 먹는 것 같은데요. 뭐, 한 번씩 폭식을 하기도 하지만요."

"촬영 준비라니, 그게 무슨 뜻인데요? 화보 촬영 준비를 한다는 게 어떤 거죠?"

수잰이 내 쪽으로 몸을 조금 디밀었다. 내 대답이 궁금한 것 같았다. 수잰도 굶어 본 적이 있을 거라는 짐작은 틀렸다.

"일주일 동안 하루 300칼로리만 먹어요."

내 말에 수잰은 못 믿겠다는 듯이 눈이 휘둥그레졌다. 충격이었다. 화가 치밀었다. 저 여자가 지금 날 욕하고 있구나. 약간의 시간을 두고 수잰이 말했다.

"300칼로리만큼 뭐, 뭐 먹는데요?"

"말린 빵이죠, 대개. 크래커나 피클도 먹고요. 머스터드소스 좀 바르고. 블랙커피랑."

"촬영이 끝난 다음에는요?"

무슨 대답이 나올지 전혀 모르겠다는 듯이 수잰이 재차 물었다. 그 표정 때문에 더더욱 짜증이 났다.

"폭식하는 거죠. 다이어트 중에 못 먹은 걸 모조리 다 먹어요. 너무 많이 먹을 때도 있어요. 그러면……."

더 이야기를 해야 할까? 내 식습관 얘기만 듣고도 벌써 충격을 받은 이 보수적인 여자한테 토하는 얘기도 해야 하나? 수잰은 대답을

:

기다리는 표정으로 머리를 끄덕여 계속하라는 신호를 보냈다.

"게워 내죠."

수잰의 표정이 안 좋았지만 계속 얘기해야 할 것 같았다.

"완전히 싹 토해 낸 것 같지 않으면 확실하게 비우려고 설사약도 스무 알 먹어요."

다이어트를 하고 토하는 게 뭐 그리 대경실색할 일이라고 저러는 걸까? 영양사니까 그런 얘기는 이전에도 분명히 들어 보았을 텐데. 도대체 이 여자한테 영양사 자격증은 있는지 의심스러웠다. 고도비만인 사람들이 조금이라도 살을 빼게 도와준 적은 있어도 좀 전에 제 입으로 떠든 '삶의 방식'을 제대로 배울 필요가 있는 사람은 상대해 본 적이 없는 것 아닐까? 나는 사생활을 털어놓고 욕이나 얻어먹자고 온 것이 아니었다. 그래서 정말로 화가 치밀었다. 그냥 다섯 살짜리 꼬마처럼 5대 영양소나 배우고 매주 식단이나 받아 챙겨 가고 싶을 뿐이었다.

이야기가 다소 과장된 측면도 있고 토하는 얘기까지는 굳이 할 필요가 없었다는 것 정도는 알겠다. 하지만 내 식습관을 듣고 난 수잰의 반응은 당혹스러웠다. 나는 당혹감을 느끼면 미친 듯이 화를 내고 누구에게든 마구 퍼붓는 성격이다. 수잰은 내가 뚜껑이 열린 걸 알아차렸다. 그리고 의자 등받이에 몸을 젖히더니 책 한 권을 들어 자기 얼굴에 바짝 가져다 댔다. 방패라도 되는 것처럼.

"이런 거 본 적 있어요?"

수잰이 그 책을 까닥까닥 흔들었다.

"칼로리 계산표가 실려 있어요. 먹어도 괜찮고 몸에 좋은 음식이

너 어젯밤에 뭐 먹었어?

뭐가 있는지 알려 줄 거예요. 앞으로는 그런 방법은 쓰지 않아도 될 거예요."

방패를 내려놓을 때 수잰은 눈을 아래로 깔고 목소리도 낮추었다.

"포샤, 제일 중요한 건 음식에 대해 제대로 알고, 몸을 상하게 하는 그런 요요 다이어트는 절대 하지 않는 거예요."

체중이 널뛰는 걸 요요 현상이라고 부르는데, 그건 정확한 말이 아니다. 아무나 그런 말을 써서는 안 된다. 내 자존감의 근본을 이루는 최고 몸무게와 최저 몸무게를 그런 말로 불러서는 안 된다. 요요라고 하면 어딘가 가볍고 유치하고 경망스럽게 들린다. 요요라고 하면 자기 외부의 어떤 물체니까 언제든 치워 버리고 다시는 가지고 놀지 않아도 되는 것처럼 들린다. 요요는 줄이 끝나는 부분이 있어서 최고의 높이와 최저의 높이가 정해져 있다. 요요는 줄 길이가 이미 정해져 있어서 최저와 최고가 절대 바뀌지 않는다. 그렇다면 내 '최고' 몸무게는 늘 63.5킬로그램이고 '최저' 몸무게는 52킬로그램이 될 것이었다. 하지만 꼭 그렇지도 않았다. 살이 찌고 빠지는 데에는 정해진 것이 없다. 매일 아침 깰 때마다 나는 오늘이 이제껏 체중계에서 본 적 없었던 최고 몸무게 기록을 경신할 날이 될지, 아니면 성공과 행복과 완벽한 자기 만족감을 느끼게 해 줄 멋진 날이 될지 도무지 가늠할 수가 없었다. 모델 에이전시에 보내려고 마당에서 사진을 찍던 열두 살짜리 여자아이였을 때부터 몸무게가 내 자존감을 결정짓지 않았던 날은 단 하루도 없었다. 매일같이 몸무게에 따라 기분이 바뀌었다. 내가 받아들일 수 있는 몸무게가 될 때까지 굶으려고 필사적으로 애를 쓸수록 만족감도 더더욱 커졌다.

절제와 자기 거부가 믿을 수 없을 정도의 성취감을 가져다 주었기 때문이다.

수잰은 칼로리 계산책을 소개해 준 뒤에는 완전히 일하는 태세로 들어갔다. 칼로리 계산법 말고도 음식 무게 다는 법도 알려 주었다. 한 회 섭취량이 아주 중요하다면서 그걸 제대로 달려면 주방용 저울을 사야 한다는 것도 일러 주었다. 끼니마다 어떤 음식을 저울에 올려야 하는지도 가르쳐 주었다. 단백질이 강화된 식단으로 하루 여섯 끼를 소량으로 먹으라고 했다. 그날 먹은 걸 일기로 쓰라는 말도 했다.

닭고기, 칠면조 고기, 오렌지 러피, 참치, 달걀흰자, 오트밀, 블루베리, 무지방 플레인 요거트, 삶거나 데친 채소, 현미, 호밀 빵, 브랜 머핀, 견과류. 이런 걸 하나하나 무게를 달고 일기에 적은 뒤에 먹으라고 했다. 그 음식들 말고 다른 건 아예 목록에 없었다.

그 집을 나설 때는 마음이 확 놓였다. 어려운 일을 극복하려면 극복하기 위한 '수단'이 필요하다고 했다. 수잰은 그런 수단이 있는 해결책을 알려 주었다. 칼로리 계산표와 음식 무게 다는 건 절대 틀릴 수가 없는 체계이다. 그러니 매일 먹은 걸 더하기만 하면 앞으로는 어림짐작으로 살 뺄 일은 없을 것이다. '먹어도 되는' 음식들로 이제 한 학기 시간표도 짰고 일기와 매주 쪽지 시험이라는 형식으로 과제물도 받았다. 앞으로 수잰은 내가 얼마나 잘 따라오는지 시험을 치려고 할 것이다. 이제 나는 말 잘 듣는 착한 학생이 될 수 있을 것 같았다.

내가 사랑한 이성애자

『셰이프Shape』라는 잡지의 표지 모델 제안이 들어왔다.『셰이프』는
지방질 제로에 근육이 잘 발달한 여자들을 주로 싣는 건강과 피트
니스 관련 잡지다. 끝내주는 복근을 만드는 비법을 알려 주기도 하
고 절대 실패하지 않는 다이어트 법도 매달 싣는다. 표지에는 탄탄
한 몸매의 여자들만 등장한다. 표지로 유명 인물이 섭외되면 성공
적인 살 빼기 비법을 알려 준다는 약속이 곁들여진다. 표지 모델은
비키니나 스판덱스 핫팬츠같이 노출이 심한 옷차림으로 사진을 찍
고 어떻게 하면 그렇게 '건강'해질 수 있는지 알려 준다. 나를 섭외
한 이유를 알 것 같았다. 내가 하늘하늘한 몸매여서도 복근이 있어
서도 아니었다. 내가 속옷 차림으로 나온 장면을 못 본 것이 틀림없
었다. 그냥 내가 인기 드라마에 출연하니까 섭외를 한 것 같았다. 나
를 섭외하기로 한 사람들이 내 드라마를 한 번 보기라도 했는지 의
아했다. 물론 나는 엄청 겁을 먹고 절대 안 된다며 온갖 이유를 다
갖다 댔다. 하지만 내 홍보 담당자와 매니저는 좋은 기회라고 생각
했다. 표지 모델은 표지 모델이니까.

홍보 담당이나 매니저와 말싸움하는 건 참 힘든 일이었다. 그들
은 나보다 나를 더 잘 아는 사람들이었다.『셰이프』는 사생활이 깨
끗하고 신선한 이미지인 사람을 표지 모델로 선호했지만 그런 사람
을 찾는 것이 쉬운 일은 아니었다. 매니저와 홍보 담당은 내 이미지
를 놓고 신비주의 전략으로 나가려고 했다. 때 묻지 않고 신선한 매
력을 어필하면서 살짝만 순수한 분위기를 풍기게끔 밀어붙였다. 레

드 카펫 행사가 있을 때는 섹시한 드레스보다는 낭만적인 드레스를 입게 했다. 기자들이 드라마나 사생활에 대해 물을 때마다 내가 호주 출신 법대생이 할리우드의 여배우가 된 건 '꿈이 현실이 된 것'이나 마찬가지라고 대답하면, 그들은 고개를 끄덕이며 미소를 지어 잘했다는 사인을 보내 주었다. 신데렐라라니, 너무나 자연스럽고 놀라운 이야기 아닌가? 그들이 표지 사진 건을 밀어붙이는 이유는 알 만했다. 내게도 돈이 되는 이미지가 있어야 했다. 내 실제 모습은 대중에게 드러나면 안 되었다. 호주에서 온 자신만만한 젊은 이성애자 여배우 포샤도 이제 뜰 때가 된 것이다. 게다가 성공한 주연급 여배우들은 대개 이런 과정을 거쳐 왔다. 그렇지만 순진한 아가씨 역할은 나로서는 힘든 일이었다. 자신감 넘치고 항상 당당한 변호사 역할보다 실은 그게 더 힘들었다. 동성애자라는 사실은 애써 무시할 수 있다 해도 스물다섯 살 치고는 너무 늙어 버린 데다 성격도 냉소적이었다. 스무 살 때 찍은 〈사이렌스〉에서 이미 순진한 아가씨 역할도 해 본 터였다. 하지만 그때도 나는 화가의 모델이면서 귀가 얇은 기디 역할보다는 도로시 파커에 더 공감을 했었다.

그러니 『셰이프』 잡지 인터뷰에서 도대체 어떻게 그런 여자 행세를 하라는 건지, 기가 막혔다. 건강이든 피트니스든 도통 관심이 없었기 때문에 무슨 얘기를 해야 할지도 몰랐다. 굶었다가 폭식하는 걸로 체중을 유지하는 주제에 무슨 건강 얘기를 하란 말인가?

셰이프 포샤, 몸매 관리는 어떻게 하세요?
포샤 화보 촬영이 잡히면 할 수 있을 때까지 하루 300칼로리 다이어트를 해요. 다이어트 안 할 때는 폭식하고 토하기죠.

세이프 좋아하는 운동은요?

포샤 근육이 생기면 뚱뚱해 보일까 봐 운동은 안 해요. 저는 다부지고 근육질인 여자는 싫거든요. 그것보다는 저같이 아파 보여도 길쭉하고 하늘거리는 모델 같은 여자가 더 좋아요.

수잰은 벼락치기 다이어트는 절대 안 된다고 했다. 그런 다이어트는 살이 빠졌다 다시 찌는 악순환을 불러오고 일단 버릇이 되면 벗어나기 힘들다고 했다. 맞는 말이었다. 속옷 장면을 찍고 나서 살이 많이 쪘다. 하지만 겁도 났고 어차피 다른 방법도 없어서 표지 사진 찍기 일주일 전부터는 수잰이 일러 준 식이요법을 시도해 보았다. 촬영 전에 늘 하는 쫄쫄 굶는 다이어트를 하지 않으니까 표지 사진에 어울릴 정도로 살이 빠지지 않았다. 예민할 대로 예민해져 있었다. 잡지 측에서 잡아 놓은 촬영장 산꼭대기에 대 놓은 트레일러로 갈 때도 전혀 준비가 안 된 기분이었고 무척 초조했다. 그날 아침 체중은 56.7킬로였다. 그건 촬영이 있는 날 아침에 으레 보던 체중이 아니었고 비키니 차림으로 표지 사진을 찍을 체중은 더더욱 아니었다. 게다가 먹는 것도 평소 촬영 전과는 전혀 달랐다. 한 회용으로 포장된 오트밀 한 봉지와 항산화 성분이 많은 블루베리에 몸에 아주 좋은 거라 수잰이 자기 아기한테도 먹인다는 인공감미료 스플렌다를 곁들여 먹었다. 내가 워낙 말을 잘 듣는 학생이기도 했고 진짜 효과적인 프로그램이라 믿었기에 따르기는 했지만, 촬영 전에 굶지를 않으니까 죄책감이 극에 달했다. 아무 짝에도 쓸모없는 인간이라는 생각도 마구 들었다. 잡지사의 사진 편집자와 책임 편집자를 만나 악수를 하는데 정말 당혹스러웠다. 헬스클럽에 가입해 놓고도 몇 번 가지 않았다는 것이 너무나 부끄러웠다. '다부진' 몸매가 싫기는 했지만 가운을 벗으면 팔다리에 근육이 잘 발달해 있고 배와 허리에도 근육이 선명했으면 싶었다. 가운을 벗으면 그들이 기대한 것과는 딴판인 몸매가 드러날까 봐 겁이 나서 죽을 지경이었다. 한창 촬영을 하던 중에는 너무나 초조한 마음에 사진가의 조수에게 예전 표지 모델들과 비교해 보면 내가 어떠냐고 물어보기까지 했다. 그 사람은 아침에 서핑이라도 하고 온 것처럼 볕에 그을린 피부에다 정말 못생긴 얼굴을 하고 있었다. 나는 아침 내내 그 사람을 눈여겨보았다. 재미있는 사람 같아서가 아니라 너무나 지루한 표정을 하고 있어서였다. 사진 촬영 내내 완전히 정신을 딴 데 팔고 있는 것 같았다. 오늘 촬영이 특히 지루했던 걸까? 어쨌든 그런 질문을 하기에 딱 알맞은 사람이고, 대답도 아주 솔직하게 해 줄 것 같았다. 그런 사람은 여자 마음에 상처를 주건 말건 신경 쓰지 않는 타입이니까. 내가 질문을 하자마자 그의 표정이 확 바뀌었다. 내 질문이 자기 머리에 플러그라도 꽂은 것처럼 전기가 갑자기 들어온 표정이었다. 그는 멍청이같이 활짝 웃으면서 느릿느릿 대답했다. 한 단어 한 단어 필요 이상으로 강조까지 해 가면서. "모델 중에는 어디 아픈가 싶은 몸매의 여자들도 있기는 해요."

내 질문에 대한 답을 얻었다. 솔직했다. 다른 모델들의 몸매에 비하면 내 몸매는 비교조차 할 수 없는 수준이라는 건 알고 있었다. 그냥 확인이 필요했을 뿐이다. 그 멍청이는 세상 모든 남자들의 생각을 내게 그대로 알려 주었다. 앞으로 인기를 얻으려면 이런 인간들의 마음도 사로잡아야 한다. 커다란 가슴에 개미허리를 한 『맥심 Maxim』 표지 모델은 못 되어도, 패션모델 같은 모델은 될 수 있다. 『맥심』 모델은 불가능해도 고상하고 우아하고 바짝 마른 모델은 될 수 있다. 나는 어디가 아파 보이는 모델이 될 참이었다.

"포샤, 표지 촬영은 어땠어요?"

베라는 많이 피곤해 보였다. 질문도 답이 궁금해 물은 건 아니었다. 나는 그날 아침 베라가 상대하는 네 번째 배우였다. 하지만 베라는 워낙 예의가 바른 편이라 이렇게 덧붙였다.

"근데, 무슨 사진이었다고요?"

"『셰이프』 표지요."

"셰이프? 어, 그게 무슨 잡진데요?"

나는 그게 피트니스 잡지고, 슬슬 운동에 열을 좀 내 볼까 하던 참이라 촬영이 나름 중요한 계기가 됐다고 떠들었다. 나는 오래 단련한 능숙한 거짓말쟁이 같았다. 내 소속사와 매니저가 들었으면 무척 좋아할 것 같았다.

남색 치마를 입으면서 올 여름에 뭘 할까 생각해 보았다. 카리브 해의 바다가 보이는 풀에 누워 있는 내 모습을 그려 보았다. 옆에는 거기서 제일 예쁜 여자가 있었다. 상상 속에서 그 여자는 나를 보며 나른하게 웃었다. 눈에는 나를 향한 사랑이 가득했다. 내게는 원하기만 하면 어떤 상황에서든 상상의 세계로 곧장 빠져들 수 있는 특이한 능력이 있었다. 특히 의상 피팅 때 엉뚱한 상상을 하는 걸 좋아했다. 나를 행복하게 만드는 다른 시간과 장소를 상상하고 거기에 빠져들 수 있다는 것은 재단사에게 허리를 좀 내어 달라는 불편한 이야기를 좀 더 쉽게 꺼낼 수 있게 만들었다. "이거 약간만 더 편하게 만들어 주실래요?" 그런데 나는 꿈속의 여자와 곧 카리브 해로 갈 예정이었다. 공상이 아니라 실제로 이루어질 일이라 상상은 더욱 부풀어 올랐다. 이제 이 짓을 몇 주만 더 하면 상상은 현실이 된다. 숨을 참고 배를 확 당기자 지퍼가 허리에 꼭 맞게 채워졌다. 허리가 꽉 조였다. 다시 숨을 참았다. 디자이너와 재단사가 뭐라고 하는지 들어야 했기 때문이다.

꺼져.

그날 피팅 룸에서 의상 피팅을 하다 그만 크게 웃을 뻔했다. 사샤한테 내가 처음으로 한 말이 떠올라서였다. 다가오는 여름에 세인트 바스에서 휴가를 같이 보낼 여자가 바로 사샤였다. 멜버른에 있는 여중에 들어간 첫날 정말 매력적인 흑인 여자애를 만났는데 걔가 바로 사샤였다. 학교 뜰에서 자기 친구들과 어울려 놀던 사샤가 전학생인 내게 와서 말을 걸었다. 사샤는 나한테 따귀라도 한 대 맞은 애처럼 굴었다. 다짜고짜 왜 그러는지 알 수가 없었다. 내가 할 수 있는 말은 '꺼져'가 전부였다. 집적거리거나 꾀어 보려는 낌새는 전혀 안 보였다. 그냥 어슬렁어슬렁 다가오더니 이러는 거였다. "얘, 넌 머릿결이 예쁘니까 푸는 게 낫겠다. 풀어 봐. 한번 보자."

그 학교는 교칙이 아주 엄격했다. 특히 두발 단속이 심했다. 학교 밖에서도 교복에 재킷까지 갖춰 입게 했고 양말도 무릎까지 올려 신어야 했다. 머리는 반드시 뒤로 넘겨 묶고 다니라고 했다. 그러니까 사샤는 괜히 시비를 거는 게 분명했다. 나를 골탕 먹이거나 그보다 더한 짓을 시키려는 수작이 분명했다. 좀 전에 같이 노닥거리던 여학생들이 부추겼을 것이다. 시키는 대로 고무줄로 묶은 머리를 풀고 샴푸 광고처럼 머리를 휙휙 흔들면 걔들은 배꼽 빠지게 웃으면서 전학생을 놀려 먹겠지. 나는 손쉬운 먹잇감이었다. 하지만 나는 어맨다 로저스에서 포샤 드 로시로 얼마 전에 이름까지 바꾼 모델이었다. 그래서 그딴 식의 장난에는 이미 대비가 되어 있었다. 그래서 '꺼져'라는 말은 그 상황에서는 꼭 필요한 선제공격이었고 내가 내뱉을 수 있는 유일한 말이었다. 그 다음에 있었던 일은 잘 기억이 나지 않는다. 어쩌다가 사샤와 내가 친구가 되었는지도 모르겠다. 어쨌든 우리는 친구가 되었다. 몇 주가 지나자 누구도 떼어 놓을 수 없는 절친한 사이가 되었다. 주말에는 사샤네 집에서 놀았다. 밤새 엠티브이를 보면서 흰 빵, 버터, 살구 잼을 먹어 치웠다. 옷도 서로 빌려 입었다. 나이트클럽에도 같이 갔고 남자들과 데이트도 했다. 우리는 제일 친한 친구 사이로 몇 년을 지냈다. 그러다가 어느 날, 학교를 졸업하고도 한참이 지난 뒤에 나는 사샤를 사랑하게 되었다.

내가 사샤와 사랑에 빠진 건 〈사이렌스〉의 오디션을 보기 위해 집을 떠나던 날이었다. 법대를 때려 치우고 진짜 하고 싶은지 확신도 없으면서 그 역할을 따기 위해 오디션을 보러 시드니행 비행기를 탔다. 그때 나는 열아홉 살이었다. 법대에 가려고 그렇게 열심히 공부를 해 놓고도 영화에 출연해 볼 생각이 있느냐는 내 모델 에이전시의 전화 한 통을 받고는 그 자리에서 법대를 집어치우고 배우가 되기로 했던 것이다. 공항 터미널에서 탑승 준비를 하려고 짐을 챙기다가 문득 내가 사샤를 사랑한다는 걸 깨달았다. 이제 사샤는 그냥 친구가 아니었다. 사샤 때문에 나는 영화에 출연하기로 결정했다. 성공하면 사샤가 내 것이 될 것 같았다. 돈과 권력으로 사샤를 유혹할 수 있을 것 같았다. 마르티나 나브라틸로바의 애인인 여자도 원래는 이성애자였다. 멜리사 에서리지의 애인도 마찬가지였다. 나브라틸로바와 에서리지는 그렇게 함으로써 이성애자 여자들이 동성애자 여자들보다 더 매력적이라는 걸 세상에 똑똑히 보여 주었다. 돈 많고 권력이 있으면 그들을 애인으로 만들 수 있다는 걸 보여 준 사람들이었다.

사샤는 레즈비언이 아니었다. 하지만 그때는 나도 레즈비언이 아니었다. 그냥 여자들과 자고 싶었을 뿐이었다.

내 애인이 이성애자여야 하는 이유는 내가 레즈비언이 되고 싶지 않기 때문이었다. 내 애인이 이성애자라면 나도 이성애자라는 얘기가 된다. 더구나 나는 레즈비언이 무서웠다. 하지만 만일 어떤 레즈비언이 내게 다가오면 거기 응했을 것이다. 내 쪽에서 아무런 행동도 하지 않았지만, 너무 불쌍해서 레즈비언 한 명과 잠자리를 가진 적도 있었다. 그 레즈비언의 애인이 교통사고로 죽어 버려서 나도 무척 마음이 아팠기 때문이었다. 애인을 잃는 것보다 더 끔찍한 일은 없을 것 같았다. 평생 단 한 번이라 생각했던 소중한 사람이 교통사고로 곁을 떠나 버리거나 죽어 버리거나 사라져 버리는 것은 끔찍하다. 내게는 아내가 남편을 잃었다는 얘기보다 더 무서운 얘기처럼 들린다. 그보다 더 최악인 건 없다. 나랑 같이 잔 여자는 매력적인 구석은 별로 없었다. 뚱뚱했고 박박 민 머리에다 얼굴에는 피어싱까지 하고 있었다. 하지만 나는 같이 자 주었다. 그래야 할 것 같았다.

내 여자 친구는 오래 전부터 알던 사람, 내가 믿을 수 있는 사람이어야 했다. 처음 출연한 〈앨리 맥빌〉의 한 시즌이 끝나 갈 무렵이었다. 이제 유일하게 걱정이 되는 건 어떤 여자가 내가 동성애자라고 폭로해 버리는 것이었다. 내가 티브이에 나오니까 그저 나와 데이트를 하고 싶어서, 그냥 나와 자고 싶어서 사람들에게 내가 동성애자라고 떠벌릴 수도 있었다. 내가 이 일을 원한다고는 한 번도 생각해 보지 않았다. 하지만 배우라는 직업은 이제 나와 떼려야 뗄 수 없는 게 되어 버렸다. 동성애자라는 소문이 퍼지면 내 경력은 그날로 끝장이었다. 막상 일이 이렇게 되자 나는 연기가 좋았다. 〈사이렌스〉라는 영화를 찍으면서 카메라가 돌아가고 있을 때, 내가 어떤 역할을 연기할 때, 그 어떤 것도 잘못된 것은 없었다. 대사를 전달하는 데 한 가지 옳은 방법이 있는 게 아니라 그저 다른 해석만이 있었기 때문이다. 대사의 의미를 해석해 연기하는 것이 정말 좋았다. 고등학교나 대학교에서 공부할 때 제일 행복했던 순간은 시의 의미를 풀어낼 때였다. 나는 목소리 억양을 조절하면서 존 던이나 셰익스피어의 시를 내 나름으로 해석해 암송하는 게 너무나 좋았다. 〈사이렌스〉 촬영을 하면서 연기에는 변형의 힘이 있다는 걸 배웠다. 연기를 하면 과거의 내가 아닌 존재가 될 수 있고, 사람들의 관심을 얻을 수 있으며, 박수갈채까지 받을 수 있다는 것을 깨달았다. 그 모든 것이 나를 완전히 매료시켰다. 나 아닌 다른 존재가 될 수 있다는 건 정말이지 최고로 멋진 일이었다.

여름휴가는 내게 그런 여유가 생기기 훨씬 전, 미국에 처음 왔을 때부터 꿈에 그리던 것이었다. 나는 사샤와 아름다운 섬으로 여행을 가서 아주 잠시라도 거기서 같이 살아 보고 싶었다. 지난 수년 동안 호주의 집을 떠날 때마다, 나는 사샤에게 길고 낭만적인 편지로 감정을 고백했었다. 우리가 같이 살면 너무나 행복할 것이고 내가 잘 지켜주겠다고 했다. 〈사이렌스〉의 후반 작업을 하러 런던에 갔을 때는 복학하지 않을 핑계를 찾으려고 웨스트 엔드의 연극판이나 다른 영화 배역을 기웃거리며 지냈다. 아침에 일어나면 카페에 가서 사샤에게 편지를 쓰기 시작했고 저녁이 되면 첼시의 킹스 로드, 내가 묵던 동네의 술집 구석자리에 홀로 앉은 채로 편지를 끝맺었다. 사샤에게 편지를 쓸 때는 외롭지 않았다. 지구 저 반대편 호주에는 나를 기다리는 사람이 있었으니까. 편지지와 펜만 있으면 나는 무슨 일이든 견딜 수 있었고, 편지에 내 속마음을 몽땅 털어놓을 수 있었다. 공항 휴게실에서 다른 건 까맣게 잊어버리고 사샤 생각만 하다 비행기를 놓칠 뻔한 적도 여러 번이었다. 로스앤젤레스에서 오디션에 떨어져 배역을 맡지 못해 괴로울 때도 사샤 생각을 하면 잊을 수 있었다. 상상 속 사샤와의 관계는 내 마음대로 조정이 가능한 것이었기 때문에 편했다. 멜과 결혼했을 때나 칼리에게 푹 빠져 있을 때는 사샤가 원래의 절친한 친구 자리로 돌아갔다. 사샤에게도 오랫동안 진지하게 사귄 남자 친구가 여럿 있었다. 그래서 사샤에게 쓴 편지는 한 통도 부치지 못했다. 하지만 사샤는 내 감정을 알고 있었다. 같이 술도 여러 번 마셨고 파티나 나이트클럽에서 어울려 놀다가 사랑한다고 털어놓은 적도 있었다. 엘에이로 와서 나하고 살면 사샤도 더는 사람 힘들게 하고 골치만 썩이는 남자들과는 사귀지 않을 거라고 믿었다. 그래서 사샤가 이성애자라거나 애인이 있다는 건 전혀 문제가 되지 않았다.

　그런데 나도 남자를 사귀게 되었다. 에릭이었다.

에릭은 칼리가 예전에 사귀던 남자였다. 할리우드에서 행사가 있었을 때 파트너로 참석해 달라는 부탁을 한 것이 계기가 되어 에릭은 내 남자 친구가 되었다. 그는 내가 레즈비언이라는 걸 숨기는 까닭을 이해하지 못했지만 힘닿는 데까지 내 애인 역할을 해 주겠다고 약속했다. 이제 에릭이 앞으로 내 영원한 가면이 되어 줄 참이었다. 그가 그러겠다고 한 것만 봐도 그 역시 날 좋아하는 게 분명했다. 할리우드 행사 따위야 아무 관심도 없는 떠오르는 소설가인 에릭에게 사실 할리우드라는 동네는 경멸스러운 곳이었다. 그가 우러러 보는 사람은 어니스트 헤밍웨이와 커트 보네거트였지 톰 크루즈나 멜 깁슨은 아니었다.

산타모니카의 칼리 집에서 에릭을 처음 봤을 때부터 나는 그가 참 좋았다. 에릭은 생각이 깊고 매력도 있고 똑똑한 사람이었다. 그럴 수만 있다면 그를 향한 나의 마음을 보여 주기 위해 같이 잠도 잤을 것이다. 그런데 어쩌다가 그만 그가 내 침대에 뛰어든 적이 있었다. 순간 섹스 생각이 번쩍 들었지만 에릭한테서 나는 냄새 때문에 곧장 흥미가 달아나 버렸다. 에릭이 악취나 풍기고 다니는 사람이라는 건 절대 아니다. 그냥 에릭에게서 남자 냄새가 났다는 얘기다. 남자들은 하나같이 그런 냄새가 났다.

똑똑한 에릭은 단번에 자기가 할 일을 알아차렸다. 하지만 연인 사이로 공개 석상에 처음으로 등장하는 일은 정말로 사람 신경을 바짝바짝 말리는 일이다. 나도 누구랑 레드 카펫 위를 걸어 본 적이 없었고 에릭도 연예 매체는 안 좋게 보는 편이라 내 초조함을 달래 줄 수 없었다. 에릭에게 티브이 카메라는 잘난 체할 수 있는 수단이었다.

한번은 이런 얘기를 한 적도 있었다. 만약 자기가 데이비드 레터맨 쇼에 나갈 일이 생기면 흑인 방청객 한 명 한 명에게 안부 인사를 할 거라고. 나는 평소처럼 빈틈없이 준비했다. 예상 질문에 대한 답을 전부 외워 버렸다. 오늘은 누구 드레스를 입었냐고요? 몸매 유지 비결요? 미모를 가꾸기 위한 필수품요? 베벌리 힐스 로데오 드라이브의 행사장까지 우리를 안내해 줄 스트레치 리무진 안에서 에릭과 나는 예상 질문에 대한 답을 미리 연습했다.

"그러니까, 만약에 '사귄 지 얼마나 됐어요?'라고 하면 그냥 '글쎄 요, 몇 달쯤?' 정도로만 하면 돼요."

"이리로 오는 동안 차 안에서 처음 자 본 사이라고 하면 더 재미있 지 않을까요?"

"에릭! 나 농담 아니라니까요! 마초 흉내는 안 돼요."

에릭한테는 이 모든 일이 웃기는 일이었다. 그는 아무것도 거리낄 게 없었다. 동성애자가 아니니까 이성애자인 척할 필요도 없었다. 이런 행사에 그냥 구경꾼으로 와서 안드레아 보첼리의 노래도 감상하고 할리우드의 기괴하고 가식적인 쇼도 구경하고 살 찔 걱정 없이 마음껏 먹고 마시면 그걸로 끝이었다. 기자들을 상대할 필요도 없고 진지한 체 연기할 필요도 없었다. 그냥 가볍게 대꾸해 주거나 아예 아무 말 안 해도 상관없었다.

"차라리 입 좀 다물어 줄래요?"

에릭은 덥수룩한 금발 아래로 장난스런 윙크를 해 보이며 리무진 에서 내렸다. 에릭은 재킷 매무새를 가다듬고 동상처럼 내 앞에 우뚝 선 채 내가 팔짱을 낄 수 있게 팔을 내밀었다. 내가 부탁한 신사의 모습 그대로였다. 에릭은 레드 카펫 위에서 몇 마디 잘난 체를 하기는 했지만 연예 기자들을 경멸하는 티는 드러내지 않았다. 내 계획대로였다. 에릭이 남자 친구가 맞느냐는 질문에 나는 얌전을 빼며 '그냥 친구예요'라고만 했다. 애인이라는 대답보다 더 구미를 돋운 것 같았다. 내 생각대로였다. 그 대답은 진실이기도 했다. 에릭 덕에 그날 행사는 일이라는 기분이 덜 들었다. 에릭은 내가 몸담은 세계에 물들지 않은 사람이었다. 에릭이 곁에 있어 줘서 그날 나는 여배우라는 것을 자각하게 됐고 음료 대접이나 쏟아지는 관심도 즐겁게 받아들일 수 있었다. 여자 연예 기자들은 에릭을 내 애인으로 봤다. 나도 최선을 다해 그렇게 오해하게 만들었다.

내게도 한때는 에릭이라는 남자 친구가 있었다. 똑똑하고 잘생겼고 키도 컸다. 게다가 그는 내 것이었다. 하지만 에릭에게도 여자 친구가 생겼다. 그래서 그는 날 떠났다. 그녀는 에릭의 남자 냄새가 싫지 않았고 따라서 그와 섹스를 할 수 있었기 때문이다. 그가 날 떠났다. 내가 그의 것이었던 적이 없었으므로 떠났다고 할 수도 없었다. 정말로 끔찍한 이별이었다.

먹고 토하는 투쟁

"포샤, 어서 와요. 어때요, 한 주 잘 보냈어요?"
수잰은 뭐가 묻은 접시를 손에 쥔 채 문을 열어 주었다. 거실을 거쳐 현관으로 문을 열러 오면서 자기도 그걸 쥐고 있다는 건 알고 있었을 것이다. 그렇게 날씬한 여자가 그렇게 지저분하게 산다니 정말 놀라웠다. 인사를 하면서 나도 참 웃긴다는 생각이 들었다. 날씬함과 깔끔함을 동일시하다니. 문득 학창 시절 미술 시간이 떠올랐다. 칸딘스키의 그림에 대한 질문을 받았다. 칸딘스키는 맘에 들지 않는다고 했더니 선생님이 왜 그런지 설명해 보라고 했다. "칸딘스키 그림은 뚱뚱한 사람이 그린 그림 같아요." 내가 할 수 있는 대답은 그것뿐이었다. 칸딘스키의 그림은 어수선하고 경계도 불분명하고 지저분했다. 몬드리안과는 정반대였다. 몬드리안은 칸딘스키와 동시대 화가였지만 최소한의 색채를 사용해 그렸고 선도 깔끔했다. 몬드리안은 질서가 있고, 깔끔하고, 날씬했다.

미술 수업 생각을 떨치고 수잰의 거실 소파에 앉았다. 처음에는 겁을 먹었지만 나는 이제 수잰을 믿게 되었고 내가 살아온 이야기도 하고 싶어졌다. 치료 첫날부터 내가 어렸을 때부터 식이가 비정상이었다는 것을 알게 되었고, 털어놓고 이야기하고 나면 기분도 좋아졌다. 멜과 나의 결혼 생활이 끝장났다는 걸 깨닫게 해 준 심리 치료사에게 다시 가 볼까 싶기도 했지만, 음식이나 식이 습관은 부부 심리 치료사가 아니라 영양사의 전문 영역인 것 같았다. 그래서 수잰에게 속 얘기를 다 털어놓았다. 이제는 수잰이 충격을 받든 말든 신경 쓰지 않았다.

내게는 열두 살 때부터 굶고 폭식하고 토하는 것이 목표 체중에 도달하는 유일한 방법이었다고 말했다. 눈으로 결과를 확인할 수 있었기 때문에 굶는 건 그다지 어려운 일도 아니었다. 촬영을 마친 뒤나 어디 놀러 갔다 오는 길에는 어디서나 정크 푸드를 쉽게 찾을 수가 있었다. 그러다가 열다섯 살이 되면서 그냥 살만 빼는 게 아니라 뺀 살을 유지하는 방법을 찾게 되었다. 그해 학기가 끝난 뒤 나는 엄마에게 교칙이 너무 엄격해서 '내 공부를 제대로 할 수 없으니' 아예 일 년을 쉬면서 모델 일로 돈을 좀 벌고 싶다, 그 다음에 좀 더 개방적인 사립학교로 전학하고 싶다고 졸라 댔다. 살을 빼야 한다는 사실은 전혀 새로운 일이 아니었다. 모델 일을 시작한 후로 나는 항상 촬영을 위해 '준비'를 해야 했다. 촬영을 앞두고 살을 빼는 건 운동선수가 대회를 앞두고 특별 훈련을 받는 것이나 마찬가지였다. 하지만 아예 휴학을 하고 모델 일만 하려면 체중 문제를 확실히 해결할 수 있는 방법이 필요했다. 그때까지처럼 굶고 폭식하고 토하는 일을 반복할 수는 없었다. 열다섯 살 무렵에는 토하기와 설사약이 내 삶의 필수 요소가 되어 버렸다. 위장을 완전히 망칠 수도 있다는 것까지는 신경 쓰지 않았지만 그것 때문에 화장실에서 너무나 오랜 시간을 보내야만 했다. 게다가 우리 집에는 화장실이 하나밖에 없었다.

엄마에게 도움을 요청했었다는 것도 말해 줬다. 급하게 몇 킬로 빼야 하는 촬영 건이 잡힐 때마다 나는 엄마한테 매달렸다. 제발 다음에는 이렇게 굶는 짓은 하지 않게 좀 말려 달라고. "엄마, 제발 내가 초콜릿 못 먹게 좀 말려 줘." 아니면, "내가 뭘 또 막 먹어 대면 무슨 짓을 겪어야 하는지 좀 일깨워 줘." 하지만 그런 부탁도 엄마에게는 피곤한 일이었다. 중독자들이 늘 그렇지 않은가. 먹는 것 때문에 엄청난 스트레스를 받으면 나는 격분하는 경향이 있었고 엄마가 먹는 걸로 뭐라 하면 악을 쓰며 대들었다. 내가 초콜릿 과자를 입에 쑤셔 넣을 때 엄마는 늘 이렇게 말했다. "그거 먹으면 후회할 텐데?" 엄마 말은 틀렸다. 그 순간 내가 가장 하고 싶은 일이 초콜릿 과자를 먹는 것이었기 때문이다. 그런 순간이 닥칠 때마다 나는 이런저런 식으로 바로 그게 내가 지금 제일 원하는 거라고 호소했다. 제정신이 들면 심한 말을 해서 미안하다고 사과를 했고 앞으로도 날 좀 말려 달라고 사정했다. 차라리 과자를 눈에 안 띄게 숨겨 달라고 한 적도 있었다. 하지만 거실 소파 밑에서 초콜릿 과자를 발견하고 미친 듯이 그걸 씹어 삼키면서 엄마한테 따진 적도 많았다. "엄만 내 살 빠지는 것만 신경 쓰지?" 나한테 제대로 신경 쓰는 게 뭐 있느냐고 따졌다. 엄마가 신경 쓰는 건 오직 내가 모델을 계속하는 것뿐이라고도 말했다.

"당신이나 당신 어머니나 참 힘들었겠네요."

"그랬죠."

폭식을 막을 수단으로 엄마의 감시에만 의지한 것이 아마도 가장 잘못한 일일 것이다. 내가 늘 폭식을 해 오긴 했지만 그때처럼 엄마가 낙담한 적도 없었다. 모델 일을 하겠다고 휴학은 했지만 살을 빼지 않고 있으니 일거리를 잡기는 힘들어지고, 그러면 학교를 빠지는 이유도 없어지니까 엄마는 걱정이 많았다. 감량한 체중을 유지할 수 있게 도와달라고 했기 때문에 사실 엄마는 내 다이어트를 늘 같이했다고 할 수 있었다. 엄마와 나는 함께 극복해야 하는 문제도 있었다. 먹어서는 안 되는 음식이 많았다. 그전에는 초콜릿 캔디 바 정도나 숨기면 되었지만 이제는 다이어트에 도움이 안 되는 음식은 아예 먹어서는 안 된다는 것을 알게 되었기 때문이다. 아예 딱 끊어야 했다. 음식이 잔뜩 차려진 식탁을 놓고 엄마의 낙심한 얼굴을 보자니 내 마음도 찢어졌다. 키도 크고 튼튼해진다면서 엄마가 권했던 음식들을 더 이상 먹지 못하게 된 것이다. 오빠나 엄마나 할머니가 먹는 그 별것 아닌 음식을 나는 절대 먹을 수가 없었다. 모델들은 감자를 으깨 버터로 버무린 건 절대 먹지 않는다. 그리고 엄마가 늘 지적한 것처럼 모델이 되고 싶어한 사람은 바로 나였다.

그래서 나는 엄마 앞에서는 아예 아무것도 먹지 않았다. 엄마 앞에서는 삶거나 데친 채소만 먹었다. 결국에는 음식점 뒤편에 놔두는 커다란 쓰레기통들 사이에 앉아서 먹고 싶은 걸 몰래 닥치는 대로 먹는 지경이 되었다. 집에 엄마가 없고 용돈도 별로 없을 때는 아쉬운 대로 주방 찬장에 있는 걸 꺼내 먹었다. 거실에 있는 할머니를 흘깃흘깃 보면서 빵 반 덩어리에 살구 잼과 버터를 발라 급하게 먹어 치웠다. 그 다음에 슈퍼로 가서 빵, 버터, 살구 잼, 버터나이프를 사 와 먹은 만큼만 잘라 내 원래 빵 크기로 만들고 버터와 잼도 먹은 만큼 다시 덜어 넣어 원래대로 복구해 놓았다. 적어도 엄마 눈에는 그렇게 보이게끔 해 놓았다.

엄마는 식욕 억제제 같은 체중 조절용 약을 처방받는 것도 생각했다. 호주에서는 듀로마인을 많이 먹는다. 듀로마인은 살 빼는 약인 펜터마인과 같은 종류다. 펜터마인의 '펜'은 펜펜이라는 살 빼는 약에서 따왔다. 체중 조절 효과는 둘 다 비슷하다고 했다. 나는 병원에서 검사를 받고 듀로마인 처방을 받아서 복용하기 시작했다.

살이 빠졌다. 살이 막 빠지더니 아예 마르기 시작했다. 이제 아무런 근심 없이 모델 일을 할 수 있었고, 학교 친구들한테는 부러움의 대상이 되었다. 딱 하나 문제는 잠을 제대로 못 잔다는 거였다. 아침에 차 한 잔과 같이 삼키면 하루 종일 심장이 벌렁벌렁했다. 어떨 때는 쿵덕쿵덕하기도 했다. 그렇게 하루 종일 안절부절못하고 초조하던 기분이 밤까지 이어졌다. 결국 복용한 지 2주 정도가 지났을 때 잠시 약을 끊어야겠다고 생각했다. 듀로마인은 꾸준하고 지속적인 다이어트에 도움을 주기는커녕 그것 자체로 요요가 되어 버렸다. 언제 뒤집어질지 모르고 폭주하는 마차가 되어 버렸다. 내 의지력은 보잘 것 없이 허약하구나. 그것 하나 제대로 견뎌 내지도 못하는구나. 나는 나에게 또 실망했다. 하지만 그 마차는 도저히 다룰 수가 없었다. 어떻게 다이어트를 해야 하는지 도무지 알 수가 없었다. 나는 공부에 방해가 되고 몸도 안 좋아진다는 핑계를 대고 듀로마인을 끊었다. 하지만 진짜 속마음은 먹고 싶어서였다. 씹고 맛보고 꿀꺽 삼킬 때의 그 평화로움이 간절히 그리웠다. 뱃속이 따뜻하고 그득해지는 기분이 절실히 그리웠다. 듀로마인을 먹으면 나는 불완전했다. 나는 음식을 먹어야 완전해졌다.

수잰과 치료 상담을 하면서 누구한테 얘기하느냐가 아니라 이야기를 한다는 것 그 자체가 더 중요하다는 것을 깨달았다. 내가 말을 하면 수잰은 귀를 기울였다. 수잰은 다음 일주일 동안 지켜야 할 식단을 짜 주었고 다가오는 휴가를 어떻게 잘 보낼지 조언도 해 주었다. 나를 다시 바깥세상으로 내보낼 땐 숙제도 안겨 주었다.

이도 저도 아닌

어떤 출연자가 제작진과 다른 출연자 모두에게 '나, 〈앨리 맥빌〉 시즌 2에서 살아남았어요!'라는 문구가 찍힌 티셔츠를 돌렸다. 나도 살아남았다. 하지만 겨우 살아남았다. 뭐라 표현하기는 힘들지만 그 드라마에 출연하기 시작했을 때부터 줄곧 압박감 같은 걸 느꼈다. 책임 제작자를 실망시켰다는 분명한 증거는 없었다. 하지만 언제 잘릴지 모른다는 불안감이 늘 따라다녔다. 촬영 환경도 좋고 같이 일하는 사람들도 대부분 좋았지만 어딘지 모르게 불편한 정적과 적막이 있었다. 바람 한 점 없는 여름 한낮이 꼭 그와 같을 것이다. 벌레한 마리 찾아볼 수 없는 촬영장이니 새 소리도 물론 들리지 않았다. 시즌 2의 마지막 네 회를 찍는 동안에는 매번 촬영이 끝나고 밤에 떠날 때마다 머리와 메이크업을 해 준 사람들에게 꼬박꼬박 잘 가라는 인사를 했다. 맨해튼 비치 스튜디오스를 떠나 우회전해 로즈크랜스 대로를 올라타면 울음이 터졌다. 엉엉 운 건 아니고 훌쩍훌쩍 울었다. 어릴 때도 성질이 나면 그렇게 흐느꼈다. 〈왈가닥 루시 Love Lucy〉에서 루시 리카도를 맡았던 배우 루실 볼이 울 때와 비슷했다. 루시가 울면 남자 주인공 리키 리카도는 쩔쩔매면서 뭐든지 다 들어 줄 테니 울지 말라고 달랬다. 하지만 나는 흐느껴도 들어 줄 사람이 아무도 없었다. 누가 들어 주기를 바라며 운 건 아니었다. 마음을 가라앉히기 위해 울었다. 왜 눈물이 나왔는지는 모르겠다. 배심원들 앞에 홀로 서서 두 장짜리 분량의 대사를 치는 연기를 했더라도 울었을 것이다. 법률 사무소의 배경이 되어 대사 한마디 없이 사무실에 앉아 있기만 하는 연기를 한 날 그렇게 운 것처럼 말이다.

시즌 2가 끝나자 휴가였다. 나는 사샤와 세인트 바스로 여행 가기로 했다. 사샤와 함께 시간을 보내는 오랜 꿈이 곧 이루어진다는 생각에 들뜨기도 했지만, 결국 여행도 끝이 있다고 생각하니 초조했다. 사샤와 아무리 낭만적인 여행을 떠난다 해도 언젠가는 그 여행도 끝날 것이다. 그리고 낭만적인 상상도 사라질 것이다. 그런 상상 덕분에 편하게 잠들 수 있었고 공허한 시간을 때울 수 있었다. 그러나 고통과 외로움마저 잊게 해 준 그런 편안한 생각들도 결국 날아가 버릴 것이었다. 촬영 막바지에 이르자 불안감과 기대감이 겹쳤다. 잘되든 못되든 어쨌든 우리의 낭만 여행은 곧 현실이 될 참이었다.

하지만 세인트 바스에서 맞닥뜨린 현실은 충격 그 자체였다. 성가신 막내 남동생 같은 존재 때문에 우리의 낭만 여행은 망가져 버렸다. 사샤의 남자 친구 이야기였다. 대화할 때마다 사샤는 남자 친구 얘기로 빠져 버렸다. 정말 짜증이 났다. 사샤는 매트와 결혼할 생각이었다. 적도의 천국 같은 세인트 바스에서 우리끼리만 행복하게 보내려고 했는데. 그 시간이 서로를 갈망하는 눈빛과 열정적인 사랑으로 가득 채워지기는커녕 각자 들고 온 책에 머리를 처박고 있거나 말다툼하는 걸로 꽉 차 버렸다. 내가 읽던 책으로 시작된 이야기도 결국 또 입씨름으로 끝났다. 나는 현실이라는 주먹으로 얼굴을 한 방 세게 얻어맞았다. 공상은 나가떨어졌다.

"너 읽는 거, 그건 무슨 책이야?"

"엘런 디제너러스의 엄만데, 베티라고, 그 사람이 썼어. 레즈비언 딸을 둔 엄마의 이야기야."

"엘런 디제너러스가 누군데?"

호주에 사샤의 약혼자가 있다고 해서 내가 사샤를 포기한 건 아니었다. 하지만 벌써 2년 전에 자기 토크쇼에서 커밍아웃을 해 세상을 발칵 뒤집어 놓은 엘런 디제너러스를 아직 모르다니, 아무래도 사샤에게 동성애는 자기와는 아무 상관도 없는 일 같았다. 한 번씩 댄스 클럽에서 나와 춤추며 어울리는 걸 내켜 했더라도 말이다. 그 순간 깨달았다. 가상의 연인을 만들지 않으면 앞으로도 나는 계속 외톨이로 살 거라는 것을. 나는 요리사가 차려 준 크림소스와 피냐 콜라다와 빵을 삼키며 쓰디 쓴 꿈에서 깨어났다. 사샤를 레즈비언의 세계로 끌어들이기 위해 특별히 고용한 요리사였다. 그는 이제 〈앨리맥빌〉을 찍느라 죽을 고생을 한 나를 마구 먹이는 일밖에 할 게 없었다. 나는 세인트 바스에서 완전히 풀어져서 먹고 또 먹었다. 그리고 엄청나게 살이 쪘다.

살이 그렇게 많이 찌니까 큰일이었다. 휴가가 끝나고 2주 뒤에 호주 판 『롤링 스톤*Rolling Stone*』 표지 촬영이 잡혀 있었기 때문이었다. 멜버른의 엄마 집으로 갈 때 내 심정은 전쟁 영웅이 아니라 탈영병 같았다. 호주에 가면 나는 우리 집이 있는 캠버웰을 개선장군처럼 행진할 줄 알았다. 미국에서 최고 인기 드라마를 찍고 왔으니 그럴 만도 하잖은가. 솔직히 말하면 엄마랑 그렇게 길거리를 활보하기도 했다. 캠버웰의 가게를 돌아다니면서 가게 주인들에게 미국에서 겪은 재미있는 이야기를 해 주었다. 하지만 기분은 엉망이었다. 살이 찐 건 스트레스를 받았다는 확실한 증거였다. 살쪘다는 생각에 짓눌려서 에미상 시상식에 입고 간 드레스나 캘리스터의 성격이 어떤지와 같은 얘기를 함부로 떠벌렸다. 사람들은 내가 우울해하고 어딘가 불편한 구석이 있다는 걸 눈치챘고, 그러면 분위기가 싸늘히 식어 버렸다. 엄마는 할 수 없이 예전처럼 초콜릿 쿠키를 숨겨 버렸고, 나는 쫄쫄 굶은 채 엉엉 울면서 예전 1980년대에 에어로빅을 하러 다녔던 헬스클럽만 왔다 갔다 했다.

포샤 드 로시를 따라다니는 소문이 두 가지 있다. 그녀는 무슨 소문부터 해명해 줄까? 스물여섯 살의 여배우는 호주 억양이 묻어나는 미국 영어로 받아친다.

"어머, 참, 재밌네요. 진실 게임 하자는 건가요?"

들켜 버렸다. 첫 번째 소문은 포샤의 머리다. 진짜 금발이기는 하다. 포샤의 엄마가 어릴 적 사진을 보여 주었기 때문에 포샤의 머리는 천연 금발이 맞다. 네 살짜리인데도 백금색에 가까운 머리카락이 길고 아주 탐스럽다. 그러므로 첫 번째 소문은 건너가자. 두 번째는 드 로시가 얼마 전 멜버른의 나이트클럽에서 여자들과 어울리는 걸 봤다는 소문이다. 그럼 양성애자였나? 아님 레즈비언이었나? 포샤는 전화기 너머로 우스워 죽겠다는 듯이 한참을 웃었다.

"아유, 나 참, 진짜 웃겨요! 정말 재미있는 질문이네요!"

포샤의 목소리가 커졌다.

"요새는 스타라면 전부 그런 소문이 따라다니던데, 그럼 나도 이제 스타인가요? 우와, 만세!"

— 호주 판 『롤링 스톤』, 1999년 10월호(566호)

진짜 만세였다. 내가 '주목'받고 있어서만은 아니었다. 엄마는 사람들이 호시탐탐 엿보다가 내 비밀을 폭로할지도 모른다며 '주목'이라는 말을 썼다.『롤링 스톤』에 실린 사진으로 내 또 다른 끔찍한 비밀이 까발려졌다. 그건 내가 동성애자라는 것보다 더 끔찍한 비밀이었다. 온 세상이, 아니 적어도 호주에서만큼은 내가 뚱뚱하다는 것을 알게 돼 버렸다. 살을 빼려고 온갖 짓을 다해 봤지만 2주 만에 63.5킬로그램 아래로 살을 빼는 건 미친 짓이 분명했다. 나의 벼락치기 다이어트도 통하지 않았다. 사샤가 날 사랑해 주기만 했어도 이런 일은 일어나지 않았을 것이다. 쇠사슬 장식이 달린 튜브 톱에 가죽 핫팬츠를 입고 표지에 실린 나는 뚱뚱한 창녀 같았다. 불과 반년 전만 해도 어떤 남성 잡지가 실시한 투표에서 '섹시한' 여배우 상위권에 올랐다는 얘기를 들었는데! 드라마에서 차갑고 함부로 할 수 없는 캐릭터를 맡은 것이 이유일 것이다. 그런데 실제로는 레즈비언이면서 남성 잡지 표지에 남자를 홀리는 섹시한 젊은 여배우처럼 나오다니, 이보다 더한 거짓이 어디 있단 말인가? 내게는 정말 어울리지 않는 역할이었다. 나는 내가 어떤 존재인지를 알아내려고 애썼다. 그러면서도 내가 절대 될 수 없는 여자의 이미지를 퍼뜨리려고 기를 쓰고 있었다.

이번 호 표지 모델의 의상으로 고른 가죽 핫팬츠와 사슬 장식 튜브 톱, 수갑, 지스트링 팬티를 보더니 포샤 드 로시가 딱 한마디 했다. "어머, 나 망했어!" 하지만 담배를 몇 대 피우고 엄마와 그웬 이모(촬영장에 같이 왔다)의 위로를 받고 나더니 섹시한 클럽 여성 역할을 즐겁게 해냈다.

⋮

"엄마, 이거 너무 변태 같지 않아?" 엄마가 딸에게 말하길, "아냐, 너 정말 예뻐."

　사진 촬영을 마친 뒤 바로 공항으로 갔다. 엘에이에서 〈로레알〉의 고위 간부와 만나기로 되어 있었다. 〈로레알〉의 헤어 제품 모델을 제안받았다. 사람들은 내 머릿결이 좋다고 했다. 내 머릿결이 특별한 건 확실했다. 성공한 것도 머릿결 덕이라는 말을 많이 들었다. 질롱에서 중학교를 다닐 때 학교 연극 〈이상한 나라의 앨리스〉의 주연을 맡은 것도 머리카락 때문이라고 했다. 모델 일을 할 때도 오직 머릿결 덕에 광고에 뽑힌 적이 있었고, 〈앨리 맥빌〉도 이번 시즌이 끝날 때까지 넬 포터 역할 자체보다 머릿결의 공이 더 컸다. 머릿결 덕에 법정 장면을 찍을 때는 여자들이 일터에서 성적 매력을 발휘하는 법을 보여 줄 수도 있었고 내 캐릭터를 분명히 각인시킬 수 있었다. 머리카락이 재주를 부린 적도 몇 번 있었다. 소심한 존 케이지는 넬이 머리를 푼 모습을 보고 싶어한다. 그래서 마음속으로 신호를 보낸다. 꽁꽁 쪽 진 머리야 풀어져라! 샴푸 광고가 들어왔을 때 놀라지 않은 것도 그래서였다. 어떻게 나한테까지 그 광고가 왔는지 짐작할 수 있는 유일한 이유가 머리카락이었다. 하지만 정작 나는 숱이 많고 손질하기 어려운 내 머리카락을 좋아하지 않았다. 물론 그건 하나도 중요하지 않은 일이었지만.
　이번에는 공항 터미널에서 사샤에게 편지를 쓰지 않았다. 먹기만 했다. 할 말도 없었고, 천국 같은 열대의 섬에서 얼마나 행복했는지 따위를 종이에 쓸 정도로 환상이 남아 있지도 않았다. 그래서 그냥 먹기만 했다. 잉글리시 머핀에 버터와 잼을 발라 먹었다. 포테이토칩과 과자를 먹었고 콜라를 들이켰다. 그러고는 화장실에 가서 토했다. 일등석 승객 휴게실에서 나와 먹을 걸 사러 돌아다녔다. 〈맥도널드〉 햄버거와 바닐라 밀크셰이크와 프렌치프라이를 사 먹었다. 또 토해 냈다. 그리고 비행기에 탑승했다.

"드 로시 씨, 마실 것 좀 갖다 드릴까요?"

미국인 승무원이 립스틱을 진하게 바른 입술로 유난히 또랑또랑하게 말했다. 미국 사람들 발음이 저렇다. 호주에서 미국식 발음을 들으니 이상했다. 나도 호주식 억양이 강하게 배어 나오게 말을 한다는 사실이 떠올랐다. 호주에서 태어난 어맨다 로저스가 이제는 미국 사람 같은 포샤 드 로시라는 게 새삼 와 닿았다. 잡지에서 굳이 들추지만 않으면 사람들은 내가 양키인 줄 알았다. 미국 사람을 양키라고 부른 건 아빠였다. 어릴 때는 그 말이 재미있었다. 나를 재울 때면 아빠는 음정은 안 맞았지만 '해 뜨는 집'을 열창해 주었다.

"혹시 베일리 아이리시 크림이 있다면 좀 가져다주겠어요?"

비행기에 그게 있다는 것 정도는 알고 있다. 내 말은 너무나 조심스럽게 들렸고, 좀 엉뚱한 소리였다. 저녁 후식으로 나오는 크림 리큐어를 식사 전에 찾는다는 것은 이상했고, 승무원이 그렇게 느낀다는 것도 알고 있었다. 그래서 나는 승무원에게 나도 그게 이상한 소리인 줄은 안다는 내색을 할 필요가 있었다.

"베일리 생각이 간절했거든요. 비행기만 타면 항상 그게 당겨요."

이렇게 말하니 좀 나은 것 같았다. 저녁은 안 먹는다고 했고, 베일리 리큐어 주문만 여섯 잔째가 되자 그 승무원의 표정이 또 이상해졌다. 물론 리큐어는 가져다 줬다. 나는 일등석 승객이었으니까. 하지만 입구가 좁은 잔에 리큐어를 따르면서 그 승무원이 무척 조심스러워하는 게 눈에 보였다. 단순히 난기류 때문에 잔이 떨어지거나 리큐어를 쏟을까 봐 그러는 것 같지 않았다. 날 흉보고 있는 게 분명했다. 정말 역겹다는 표정이었다. 나를 신경 쓰고 있었다. 신경 쓰이는 게 당연했다. 나는 비행기를 타면 대부분의 시간을 혼자서 질질 짜며 보낼 때가 많았다. 여기서 저기로 떠다니는 내 신세가 너무나 싫어서였다. '이도 저도 아니다.' 혼란스럽고 못 올 데 온 것 같은 기분이 들 때 우리 할머니가 쓰는 말이었다. 비행기는 내게 그런 것이었다. 예전에는 하늘에 열네 시간을 떠 있는 동안 내내 사샤 생각만 하거나 멋진 몸매로 인기 잡지의 표지 모델이 되는 상상을 했었다. 그런데 이제는 그 긴 시간을 채워 줄 게 아무것도 없으니 진한 크림 맛이 느껴지는 리큐어만 홀짝일 수밖에 없었다. 엘에이도 아니고 멜버른도 아니고, 이성애자도 아니고 동성애자도 아니고, 유명한 것도 아니고 그렇다고 무명도 아니었다. 뚱뚱하지는 않지만 그렇다고 날씬하지도 않다. 확실히 성공한 것도 아니고 그렇다고 실패라고 할 수도 없다. 그런 생각에 빠져 있는데 내 디스크맨에서 너바나의 희귀곡이 흘러나왔다. 커트 코베인이나 나나 엉뚱한 곳에서, 이해도 사랑도 받지 못한 채 '이도 저도 아닌' 신세였다. 커트 코베인은 죽은 것도 산 것도 아니었다. 살아 있을 때도 죽은 후에도 그렇다. '자살을 하면 행복해질지도 몰라'라는 가사를 들으니, 죽음을 눈앞에 두고 있다면 더는 이런 끔찍한 경주를 하지 않아도 될 거라는 생각이 들었다. 완전히 폭삭 늙어 버리거나 죽을 때가 다 되면 새 시즌 준비를 하지 않아도 되고 표지 모델을 하지 않아도 될 텐데. 어쩌면 성공한 배우로, 스타로 사람들 기억에 남을 수 있을지도 모른다. 절호의 기회를 잡고도 그걸 살리지 못했다. 모든 면에서 남보다 뛰어난 모습을 보여 주려고 자신에게 너무 스트레스를 주다 보니 내 인생은 끝없이 이어지는 장애물 경주가 되어 버렸다. 허들을 뛰어넘으며 허덕허덕 50년을 보내리라는 생각을 하니, 그 경주를 바로 내가 해야 할 거라고 생각을 하니 또 베일리 생각이 났다.

일곱 잔째를 마신 뒤에 토했다. 일부러 토했기 때문에 시간도 많이 걸렸다. 취한 상태라 대충 토했다. 나는 비행기 화장실은 원래 싫어했고 생각만 해도 역겨웠다. 그래서 더럽고 악취 나는 변기를 보자마자 욕지기가 치밀어 올랐다. 욕지기가 치미면서도 이 정도로 토해서는 공항에서 먹은 것과 비행기에서 마신 술이 아직 뱃속에 많이 남아 있을 거라는 생각이 들었다. 더 나오지도 않는데 한참을 웩웩거리고 기침도 해 보았다. 손가락을 어찌나 쑤셔 넣었던지 목젖 근처가 찢어졌다. 이제는 침만 질질 흘러나왔다. 쓸개즙 같았다. 피도 나왔다. 노크 소리가 여러 차례 들렸다. 무시해 버렸다. 될 대로 되라지. 나도 당신들처럼 이 비행기 승객이고 이 화장실을 쓸 권리가 있다고. 화장실에서 나오니까 남자 승무원이 서 있었다. 뭔가 참견할 태세였고 화가 난 것 같기도 했다. 그래서 나도 화가 치밀었다. 아니, 세상에, 이 비행기에 화장실이 이거 하나뿐인가?

"드 로시 씨, 승무원들이 몸이 안 좋아 보인다고 해서요. 제가 뭐 좀 도와드릴 일이 있습니까?"

"아뇨, 괜찮아요."

토하느라 머리가 깨질 것 같았다.

"아스피린 좀 주실래요?"

통로를 걸어가는데 웬 희한한 물건이 눈에 띄었다. 그것은 내 좌석 옆에 턱하니 놓여 있었다. 은색이고 바퀴도 달렸고 원통형 실린더 모양이었다. 그 물건 옆에 서 있던 승무원이 내 표정을 읽었는지 곧 설명을 시작했다.

"산소통이에요. 필요하실 것 같아서요."

반전이었다. 그 승무원은 나를 비난하고 혐오하는 게 아니라 나를 걱정하고 있었다. 좀 전에 화가 난 것만 같은, 괜한 참견의 남자 승무원도 아스피린을 가져와서는 살짝 웃으며 건네주었다. 승무원 복장을 한 두 명의 간호사가 다정한 얼굴로 나를 걱정하는 모습을 멍하니 보기만 했다. 나는 조용히 내 좌석에 앉아 얼굴에 산소마스크를 썼다. 이윽고 잠에서 깨니 비행기는 착륙 준비를 하고 있었고 그 은색의 산소통과 두통은 함께 어디로 사라지고 없었다. 엘에이였다.

내 이름은 포샤 드 로시. 미국 여배우다. 최고 인기 드라마의 다음 번 시즌도 따냈. 내가 있을 곳은 여기이지 저기가 아니다. 내가 속한 곳은 여기다.

잿빛 지옥

엘에이에는 예술계 인사들이 술 한 잔 하며 광고계와 교류하는 장소가 몇 있다. 〈포 시즌스〉 호텔 바도 그런 곳이다. 로비를 지나 들어서니 테이블마다 연극이 한창이었다. 배우나 작가나 감독들은 자기가 투자할 가치가 있는 대상이라는 걸 과시하는 연기를 하고 제작자나 중역들은 그들을 재어 보고, 사들이거나 퇴짜를 놓고 있었다. 세일즈 자리에 매니저나 에이전트가 보호자로 따라붙은 테이블도 있었다. 매니저는 어색함도 깨고 분위기를 우호적으로 띄우기 위한 윤활유 역할을 한다. 음식과 음료 값도 대고 제작자의 아이들 이야기를 꺼내 어색한 침묵을 깨려고 노력한다. 제작자나 매니저의 애들은 같은 축구 클럽 소속이거나 같은 학교에 다니는 경우가 흔하다. 할리우드는 하나의 클럽이다. 그렇게 한두 명의 소개를 받아 나도 지원서에 이름을 써 넣었다.

바를 걸어가 꽃무늬 의자가 놓인 곳으로 갔다. 성공의 자리도 실패의 자리도 될 수 있는 곳이었다. 오늘 〈로레알〉의 중역들을 만나기로 되어 있었다. 나는 그들에게 가능성 있는 신상품이었다. 한 주 내내 뭘 입을까 머리를 쥐어짜며 고민한 끝에 드레스를 고르고 하이힐을 신었다. 이 정도 드레스면 내가 그들을 얼마나 존중하는지, 내가 얼마나 들떠 있는지 전할 수 있을까? 내가 얼마나 필사적인지는 가려 줄까? 혹시 진실이 까발려지지는 않을까? 내 자존심이 그들의 결정에 달려 있다는 진실 말이다. 너무 짧은가? 아니면 너무 긴가? 몸에 너무 딱 붙는 건 아닐까? 그들의 환심을 사려고 내가 가진 걸 너무 싼 티 나게, 목숨 걸고 내보이는 건 아닐까? 손으로 머리카락을 목 뒤로 살짝 넘겨 어깨로 흘러내리게 했다. 숱이 많은 금발이라는 내가 가진 '상품'이 돋보여야 하고 그래야 그들이 잘 살펴볼 수 있을 테니까. 싼 티야 났겠지만 그래도 효과 만점이었다.

"반갑습니다. 포샤라고 합니다."

악수가 한 차례 돌았다. 그들은 관심을 보였다. 눈앞의 상품이 마음에 드는 것 같았다. 속으로 잘되기를 빌었다. 나를 뽑아 주었으면 하고 빌었다.

나는 그 광고를 꼭 찍어야 했다. 진심으로 원했다. 〈앨리 맥빌〉을 찍으면서 내 역할이 점점 밀린다는 느낌을 받았다. 처음에는 새로 등장한 넬 포터에게 힘이 실리는 듯했지만, 곧 드라마에 합류한 링우에게 관심이 쏠려 버렸다. 도대체 이게 무슨 상황인가 싶었다. 데이비드 켈리는 처음에는 냉정하고 치밀한 성격의 여성 캐릭터 한 명을 설정했다가 그걸 갈라 두 명의 각기 다른 캐릭터를 만들어 버렸다. 그래 놓고는 나와 루시 리우에게 반씩 맡아 연기하게 했다. 넬이 정곡을 찌르는 대사 한마디를 하면 링도 꼭 한마디씩 했다. 넬이 케이지 앤드 피시의 대표 변호사 한 명과 연애를 하면 링은 나머지 한 명과 잠을 잤다. 내가 또 뭘 잘못했지? 나는 늘 그런 식으로 내 잘못을 찾았다. 켈리의 마음에 들 정도로 냉혹한 모습을 보여 주지 못해서 그런 걸까? 겉으로는 오만 방자해 보여도 속은 물러 터진 게 빤히 드러났나? 수완 좋은 변호사로 설정했는데 맡기고 보니 그 정도로 섹시하지는 않더란 말인가? 그냥 성질만 더러운 변호사로 보인 걸까? 나름대로는 기를 썼지만 침대 위에서 교태가 넘치고 섹시한 분위기가 나지 않아서 그런 일이 벌어졌는지도 모르겠다. 나는 출연 계약서에 도장을 찍을 때 똑똑한 전문가 역할인줄 알았지 섹시한 암고양이 역할인 줄은 몰랐다. '얼음장'이라는 허울을 벗어던지니 나는 새끼 고양이일 뿐이었다. 물러 터진 데다 약하고, 버림받을까 두려워하면서 누가 손 내밀어 주기만을 바라는. 아니다. 속옷 장면에서 뚱뚱한 게 들통 나서 그런 것인지도 모른다.

하지만 〈로레알〉 광고만 잡으면 그 모든 걸 만회할 수 있을 것 같았다. 미용 광고는 잃어버린 자존심과 개성을 되찾을 기회가 될 것이다. 미용 광고만큼 좋은 광고는 없다. 『보그』표지 모델로 우아하게 등장하는 것 다음이 미용 제품 광고다. 이런 광고를 찍으면 내 가치를 증명해 보일 수 있다. 미용 광고를 찍으면 사람들이 알고 보니 내가 참 매력적이라고 생각할 게 틀림없다. 모델 일도 그랬으니까. 샴푸 광고를 찍으면 나라는 배우가 매력이 있는지 잘 모르겠다는 세간의 의문에 확실한 답이 되어 줄 것이다. 아름다운 얼굴이란 바로 이런 것이다, 〈로레알〉 샴푸를 광고하는 배우니까 당연히 예쁜 것 아니냐, 그렇게.

사람들의 인정을 받는 것만큼 중요한 건 없다. 내게는 그것이 절실히 필요했다. 법대에 간 것도 결국 그것 때문이었다. 그게 바로 객관성이라는 것이다. 사회 구성원 대다수가 대체로 인정하는 생각, 즉 모델은 예쁜 사람이다, 변호사는 똑똑한 사람이다, 같은 것 말이다. 사회란 것은 그런 객관성에 뿌리내리고 있다. 우리는 그렇게 규칙을 세우고 그래서 그 원칙을 존중한다. 내가 법대에서 배운 것이 있다면 바로 그 객관성이라는 것이다. 다른 건 모르겠다. 모델 활동을 하느라 학교에는 별로 나가지 못했으니까.

〈로레알〉에서 나온 고위 간부는 유쾌하고 잘 웃는 사람이었다. 그는 하이네켄 맥주를 주문했다. 거물이라는 걸 대번 알아볼 수 있었다. 호화로운 꽃무늬 의자에 앉은 사람들 중에 뻔뻔스럽게도 회의 자리에서 술을 주문하는 사람은 그 사람밖에 없었으니까. 살짝 기분이 상했다. 나와 만나는 자리가 그다지 중요하지는 않다는 의미로 읽혔다. 나한테 좋은 인상을 주려고 노력할 필요가 없다는 뜻이었고, 나에게 어쩌면 비슷한 제안을 했을지도 모를 〈가니에르〉나 다른 경쟁사 헤어 브랜드와 경쟁할 필요가 없다는 의미이기도 했다. 그런데 맥주 때문에 거슬렸던 건 따로 있었다. 차가운 녹색의 하이네켄을 집어 들면서 다른 손 집게손가락으로 그걸 가리키며 이렇게 말했기 때문이었다.

"포샤, 당신은 이제 이거 안 돼요."

미국에 온 뒤로 나는 맥주를 즐겨 마시게 되었다. 특히 하이네켄이 좋았다. 그런데 주제넘게 누가 나더러 그런 말을 하니 기분이 좋을 수가 없었다. 술을 너무 많이 마시면 간부전에 걸린다고 의사가 경고를 하는 거라면 그러려니 할 것이다. 어렸을 때 여름마다 상상했던 것처럼 내가 금메달을 따러 외국으로 떠나는 운동선수고, 만약 출발 전날 밤에 파티에 갔다가 그런 말을 들었다면, 역시 수긍했을 것이다. 흔쾌히 받아들이지는 못해도 최소한 알아듣기는 했을 것이다. 그런데 왜 저 작자가 나더러 앞으로 맥주는 안 된다고 하는 거지? 맥주는 살이 잘 찌니까? 술을 마시면 노화가 빨리 와서? 술 취하면 멍청이가 되니까? 도대체 알 수가 없었다. 하지만 알아들은 것도 있었다. 바로 〈로레알〉 광고를 따냈다는 사실이었다.

그날 모임이 있고 일주일 뒤에 의상 피팅이 잡혔다. 그 다음에는 대박을 터뜨린 것을 축하하는 파티를 열어 맥주를 실컷 마실 참이었다. 광고 촬영을 위한 의상 피팅도 〈포 시즌스〉에서 한다고 했다. 뉴욕 본사 외부에서 일을 볼 때 〈로레알〉은 〈포 시즌스〉 호텔을 베이스캠프로 쓰는 것 같았다. 〈로레알〉의 중역들은 호텔 바에서 회의를 하고 호텔 회의실에서 계약을 하고 호텔 스위트룸에서 잠을 잤다. 그들은 새 광고 모델에게도 크게 한 턱 써서 프레지덴셜 스위트룸을 잡아 주고 방 안에 가득한 화려한 의상을 입어 보게 했다. 같이 온 매니저와 나는 완전히 흥분했다.

스타일리스트와 그의 조수, 재단사와 일단 인사를 주고받았다. 다음으로 프레지덴셜 스위트룸의 제일 큰 침실을 둘러보았다. 눈이 휘둥그레지고 입이 떡 벌어졌다. 객실 가구를 모조리 들어낸 뒤 정장을 걸어 놓은 행어를 벽을 따라 빈틈없이 세워 놓았다. 정장은 수백 벌이나 되었다. 서쪽, 남쪽, 북쪽 벽으로 붙여 놓은 행어에 걸린 정장은 단 한 벌의 예외도 없이 모조리 회색이었다.

"대단하네요. 안 그래도 회색 정장 한 벌 사려고 했는데, 어쩐지 없더라고요. 여기 다 모아 놨군요."

그런데 방 안 분위기는 가라앉아 있었고 그다지 활기차 보이지 않았다. 나는 재치 있는 농담을 즐기는 내 본성을 감추고 모델 일을 시작할 때부터 써먹기 시작했던 쾌활하고, 말 잘 듣고, 까탈을 부리지 않는 모델의 자세를 잡았다. 이런 광고주는 익숙했다. 그들은 하나하나 꼬투리를 잡는다. 모델 일을 하면서 수도 없이 겪은 일이다. 이 정도 거물급 회사와 겪는 게 처음일 뿐이었다. 그때까지 내가 상대해 본 광고주들은 쇼핑몰에서 임의로 선정한 소비자들에게 꼼꼼하게 제품 평가를 받는 호주의 소규모 회사들이었다. 베벌리 힐스 〈포 시즌스〉 호텔 프레지덴셜 스위트룸에 비슷비슷한 정장을 200벌씩이나 갖다 놓는 것만 봐도 '여기는 노는 물이 달라'라는 걸 확실히 보여 주었다.

그중 한 벌을 살펴보니 짧은 상의에 트임이 있는 펜슬 스커트 정장이었다. 다른 정장도 깃 모양만 살짝 다르고 역시 짧은 상의에 펜슬 스커트로 구성되어 있었다. 그 바로 전에 본 정장은 이것보다 깃이 좀 넓고 포인티어가 있는 재킷에 트임은 반대쪽에 있는 펜슬 스커트였는데 말이다. 얼핏 보기에는 다 비슷해 보여도 면이나 모를 비율을 달리해 섞어 짜서 옷감의 질감도 정장마다 다 달랐다. 정장에 대한 내 생각이나 취향은 전혀 감안해 주지 않는다는 게 분명했다. 그래서 아무 말 없이 그들이 건네준 정장 몇 벌을 들고 드레싱 룸으로 들어가 입었다.

매니저 앞에서 옷을 벗으려니까 좀 당황스러웠다. 지스트링 팬티에 맨발로 서도 당당할 정도로 내 몸매가 날씬하다는 생각을 한 것은 아니었지만 매니저더러 나가 달라고 말할 마음은 들지 않았다. 어쨌든 매니저는 이 정장의 바다를 헤쳐 나갈 수 있게 도와주려고 여기까지 따라온 것이었고, 매니저도 저런 거물 광고주를 여기가 아닌 다른 곳에서 상대하고 싶을 게 뻔했다. 그녀도 바쁜 사람이었고 시간은 소중했다. 그래서 거실로 나가서 기다려 달라는 말은 못 했다. 더구나 가구를 다 치워 어디 앉을 데도 없었다. 생산성을 위해 안락함을 희생시켜 버린 것이다. 사이즈가 맞지 않았다. 치마가 한 장, 두 장 드레싱 룸 밖에 서 있는 스타일리스트의 조수를 거쳐 스타일리스트로 그 다음에는 재단사에게 갔다가 다시 스타일리스트 조수에게 되돌아와 옷걸이에 쌓였다. 공장의 생산라인이었다. 그것도 아주 비생산적인 공장의 생산라인 같았다. 그렇게 갈아입어 보았지만 내게 맞는 치마가 없었다. 치마 지퍼가 아예 올라가지 않는 것도 있었고 겨우 올라가도 라이크라나 합성섬유인 천이 함께 땅겨 가는 바람에 줄이 잡히는 게 선명하게 드러났다. 줄은 완만한 높이의 두 산 가운데 자리한 호수에 잔물결이 이는 것처럼 보였다. 내 양쪽 허벅지가 두 개의 산이었다. 치마는 맞지 않았다. 하나도 맞지 않았다. 하나하나 입어 볼 때마다 스타일리스트와 재단사는 확실히 알게 되었다. 일단 치마부터 입혀 보아야 한다는 것을. 치마가 작아서 지퍼가 올라가지 않으면 상의는 입어 볼 필요도 없었다.

정장 사이즈는 하나같이 4사이즈였다. 내 모델 프로필상의 신체 사이즈가 34, 24, 35로 되어있는데 그게 바로 4사이즈라는 뜻이었다. 비싼 정장일수록 몸에 딱 붙는 것 같았다. 프라다의 4사이즈 정장은 〈앨리 맥빌〉 촬영 때 입는 정장으로 치면 2사이즈짜리에 해당했다. 유럽식 사이즈라 다르다면서 괜히 까탈을 부려 볼 만도 했지만 연속으로 열다섯 장의 치마가 지퍼가 올라가지 않으니 그런 핑계가 통할 리가 없었다. 내가 무슨 말을 해도 씨가 먹힐 수가 없었다.

뻔뻔스레 뻗대는 것도 어느 정도다. 거의 세 시간 동안이나 그 짓을 하다 결국 치마 한 벌의 재봉선이 뜯어졌다. 세 시간째가 되자 결국 나는 입을 다물어 버렸다. 할 말이 없었다. 모두가 상황을 파악했다. 나는 프로의 자격이 없었다. 나는 〈로레알〉 광고 모델 자격이 없었다. 내 매니저는 기운이 다 빠져 의자에 철퍼덕 주저앉아 이마를 짚었다. 더 이상 내 편을 들어 줄 힘이 없는 것 같았다. 처음 만났을 때부터 인상이 안 좋았던 스타일리스트는 네 시간이 다 되어 갈 때쯤 치마 하나를 골라냈다. 분위기가 아주 안 좋았다. 스타일리스트는 나한테는 아예 말도 붙이지 않았다. 사람을 바로 앞에 세워 놓고도 자기 보조나 재단사한테 말했다. "돌체 스커트 가져와. 그거는 맞나 한번 보자고.", "폭을 최대한 내면 어떨까? 그러면 어찌어찌 될 것 같기도 한데."

노크 소리가 나면서 스위트룸 문이 열렸다. 스타일리스트는 입을 꾹 다물었다. 도대체 무슨 시간이 이렇게 오래 걸리나 싶어 〈로레알〉의 중역들이 와 본 거였다. 그들은 호텔 회의실에서 회의를 하면서 포샤 드 로시가 걸쳐 본 회색 정장 사진을 기다리던 참이었다. 입어 보고 그중 몇 벌을 폴라로이드로 찍어서 가져다주기로 했었다. 그런데 여태 한 장도 주지 않으니 직접 온 모양이었다.

"잘돼 가요?"

나는 웃지도 않았고 그들을 맞아 주지도 않았다. 내 매니저는 의자에서 일어나지도 못했다.

"여기 왜 이래요?"

여자 중역이 웃으면서 묻기는 했지만 영 불편한 기색이었다. 힐러리 클린턴이 누가 자기를 속이려 한다고 의심하며 열은 받지만 최대한 점잔 빼며 물어보는 것 같은 목소리였다.

몹시 난감한 침묵이 이어졌다. 희망이 뒤틀려 버린 뒤 퀴퀴한 냄새만 남은 침묵이었다. 스타일리스트는 중역들이 기다리던 대답을 딱 잘라 해 주었다. 정말 알아듣기 쉬운 설명이었다.

"왜 아무도 8사이즈이란 얘기를 안 했죠?"

　나는 매니저와 같이 호텔 주차장으로 내려갔다. 노예선에 끌려가
는 사형수 기분이었다. 아침에 차를 타고 호텔에 오니 직접 주차해
도 되고 발레파킹을 해도 된다고 했었다. 솔직히 말해 뭘 해야 더 세
련되어 보이는지 몰랐다. 발레파킹을 사양하면 나라는 사람이 어떤
사람인지 잘 보여 줄 수 있을 거라는 생각을 했던 것 같다. 포샤 드
로시는 뭐든 자기가 알아서 하고 간계 따위는 부리지 않으며, 남들
의 꾐에 넘어갈 타입이 아니라고 생각해 줄지도 몰랐다. 지금으로서
는 발레파킹을 하지 않은 게 천만다행이었다. 엄청나게 넓은 잿빛
의 주차장에 나와 내 매니저를 빼면 사람 하나 보이지 않았다. 매니
저와 내 하이힐이 또각거리는 소리만 울려 퍼졌다. 내 차까지 가는
길이 얼마나 멀게 느껴졌는지 모른다. 가까운 자리는 전부 발레파
킹 차량이 차지하고 있었다. 문득 그런 생각이 들었다. 건물의 나머
지 공간은 모조리 주차장이다. 그러니까 주차장이야말로 건물의 진
정한 성격을 보여 준다고 할 수 있다. 마찬가지로 고급 호텔의 꽃무
늬 고급 의자나 할리우드식 거래도 배우를 치장해 주는 의상이나 배
우에게 덧씌우는 캐릭터라 할 수 있다. 결국 배우도 실력 있는 스타
일리스트나 어떤 목적이 있어야 하는 공허한 존재에 불과한 것 아닐
까? 이틀 뒤에 피팅을 다시 하기로 하고 시간과 장소를 휘갈겨 쓴 종
이 쪼가리를 건네받았다. 그동안 스타일리스트는 나한테 맞는 빅 사
이즈 옷을 찾아내겠지. 두 번째 피팅 장소는 스타일리스트가 임대해
서 쓰는 사무실이었다. 할리우드의 중심가라 할 수 없는 곳이었다.

147

'이게 다 네가 맥주를 퍼마신 대가야.'

매니저는 엘리베이터까지만 따라왔다. 거기까지도 억지로 따라왔다. 엘리베이터에서 나와 계단을 내려가서는 내 차가 어디 있나 살피며 걷기 시작했다. 주차장 제일 구석에 있는 것 같았다. 나는 방향치다. 처음 가 보는 곳에서는 꼭 헤맨다. 운전할 때도 늘 정확한 경로로 다니지 않으면 반드시 길을 잃었다. 그런데 틀린 길이란 걸 이미 알고 있었다는 걸 확인하려고 틀린 길로 가는 이상한 구석도 있었다. 일단 가 봐야 그게 틀렸다는 걸 확실히 알 수 있으니까.

매니저는 엘리베이터에서 내리자마자 날 얼른 보내고 애지중지하는 자기 재규어를 몰고 대서양의 미풍이 불어오는 사무실로 내빼려고 했지만, 그 순간 나는 내 속의 커다란 잿빛 공간을 드러내고야 말았다. 일부러 그런 건 아니었다. 좋은 모습만 보여 주고 싶었던 사람을 실망시킬 때 나오는 버릇이었다. 참고 참았던 울음이 막 터질 것 같았다. 결국 쏟아 냈다. 허리를 꺾고 몸을 숙인 채 울었다. 몸을 제대로 가눌 수가 없었다. 무릎 사이에 머리를 처박고 헉헉거리며 흐느끼느라 하이힐을 신은 상태로 상체의 무게를 가누기가 힘들었다. 결국 차가운 회색 콘크리트 바닥에 주저앉아 버렸다. 나는 완전히 밑바닥이었다. 아주 잠시였지만 그 순간 나는 〈포 시즌스〉 호텔의 가장 밑바닥까지 추락해 버렸다고 할 수 있었다. 〈포 시즌스〉 호텔의 프레지덴셜 스위트룸에서 그 호텔 지하주차장 맨 밑바닥까지 떨어지는 데는 네 시간밖에 걸리지 않았다. 매니저는 엄청난 팔 힘으로 날 잡아 일으켰다. 남우세스러워 그랬을 것이다. 백화점에서 자식이 떼를 쓰면서 구르면 애를 잡아채 일으키는 엄마하고 똑같왔다.

"조안, 나 이거 못 해. 너무 뚱뚱하다고. 그 사람들은 날 싫어해. 딴 모델이랑 하고 싶을 거야. 지금이라도 그만두는 게 낫겠어. 이제 더는 이런 짓 못 하겠어. 봐, 나 너무 뚱뚱하지 않아? 헤더 로클리어는 제로 사이즈고 앤디 맥도웰은 2사이즈라잖아!"

매니저는 누가 볼까 싶어 주위를 휘휘 살폈다. 같은 축구 클럽에 다니는 자식들을 둔 제작자 친구들이 이 소동을 구경하고 있지는 않나 확인을 마친 뒤에, 이렇게 말했다.

"자기야, 자긴 하체 비만 타입이잖아."

눈물이 쏙 들어갔다. 너무나 충격을 받아 그 자리에 얼어붙어 버렸다. 모델이 되고 나서 그런 소리는 정말 처음이었다. 나는 바보 등신이었다. 나는 매니저가 그 망할 스타일리스트가 사이즈를 여러 가지 가져왔어야지, 어떻게 내 키의 여자가 2사이즈 옷을 입을 수 있느냐, 그런 소리를 해 주기를 바랐다. 하지만 매니저는 진실을 말했다.

그래. 맞다. 나는 하체 비만이다. 몸무게가 얼마가 나가든 허벅지가 굵어서 치마란 치마는 모조리 다 꽉 낀다. 이제 알겠다. 나더러 도마뱀처럼 눈이 찢어졌다고 했던 앤서니 그 자식도 내 다리가 미식축구 선수 다리 같다고 했었다. 도대체 내가 그 동안 어떻게 그 얘기를 잊어 먹고 살았지?

매니저는 경멸하듯 손짓까지 하며 방금 한 말을 한 번 더 반복했다. 못이라도 박듯이, 명백한 진실은 단서 조차 필요 없고 반박도 허용하지 않는다는 식으로.

"그냥 인정하라고. 하체 비만이란 걸."

— • —

"자기 몸에서 어디가 마음에 들어요?"

제니크레이그 센터의 상담원이 명랑해 보이는 여자에게 물었다. 집단 상담에 참여한 사람들은 둥글게 모여 앉았다. 질문을 받은 여자는 두 시 방향이었다. 칙칙한 갈색 머리에 엄청 뚱뚱한 여자였다.

"머리?"

사람들이 전부 웃었다.

"글쎄요, 잰. 머리칼도 몸이라고 할 수 있을까요?"

모여 앉은 사람들은 열두 명 정도였고 나는 여섯 시 방향에 앉아 있었다. 잰이 자기 몸에서 좋아하는 부분을 말하는 동안 나는 내 앞에 놓인 종이를 물끄러미 보면서 나는 뭘 좋아하나 생각해 보았다. 손? 천만에. 나는 내 손이 정말 싫다.

"저는 손이 좋아요."

잰이 통통하고 밀가루 반죽같이 허여멀건 자기 손을 보면서 말했다. 도대체 저 손의 어디가 좋다는 거지? 뭐, 오른손은 모양도 괜찮고 길쭉하다고 생각하나? 하지만 왼손에 낀 결혼반지는 살덩이에 묻혀서 제대로 보이지도 않는데. 그러니 저 손이 붙은 몸은 도대체 얼마나 거대하고 뚱뚱할지 안 봐도 뻔하잖아? 잰이 통통한 두 손을 써 가며 자기가 손을 좋아하는 이유를 말했다. 저 손에 반지를 끼워 주며 뚱뚱하든 날씬하든 평생 사랑하겠다는 언약을 한 사람은 도대체 어떤 사람일까? 지금은 그 약속도 흐릿해지지 않았을까? 반지 가장자리의 은이 제대로 보이지 않는 것처럼 말이다. 처음 끼워 줄 때

는 굵었겠지만 지금은 금반지가 가늘게 보였다. 한때 행복했던 신부
는 이제 결혼에 실패해 살이 뒤룩뒤룩 쪘다. 하지만 잰의 오른손만
보고 잰의 웃음소리를 들으면 그래도 행복한 것 같기도 하다. 어쩌
면 잰의 남편도 뚱뚱한지도 모른다.

세 시 방향에 앉은 여자는 자기 눈이 좋다고 했다. 나도 눈은 맘에
든다고 할 수 있을 것 같았다. 눈에는 살이 찌지 않으니까. 하지만 나
는 눈도 싫었다. 너무 작고 눈 사이가 좁다. 네 시 방향 여자는 종아
리가 맘에 든단다. 바지를 입어서 볼 수는 없지만 튼튼하고 살집도
별로 없어 보이기는 했다. 그러려니 할 수밖에. 나는 종아리가 내 몸
에서 제일 미운 구석이었다. 우리 동네 발레 교습소에서 몇 년 동안
발레를 배우다가 그만 엄청나게 굵어져 버렸다. 거기가 무슨 호주
발레 컴퍼니라도 되는 것처럼 피나게 연습하다가 그 꼴이 되어 버
렸다. 어차피 다리가 안 보이니까 내가 그렇다고 하면 그런 거다. 다
섯 시 방향 여자는 팔이 좋단다. 진짜?

"포샤?"

"여러분, 포샤를 소개할게요. 오늘 새로 왔어요. 우리 제니크레이
그 센터 회원 중에 나이가 제일 어려요. 포샤, 어디가 제일 마음에
들어요?"

아직 떠올린 게 없는데. 머리도 멍했고 여전히 생각하는 중이었다.
나는 열다섯 살이고 59킬로그램이다. 방에 같이 있는 사람들은 전
부 나이도, 몸무게도 내 두 배는 거뜬히 넘는다. 아직도 아무 생각이
안 난다. 나는 발끝이 휘어서 발도 못생겼고 발목은 너무 가는데 종
아리는 너무 굵다. 무릎은 살집 때문에 울룩불룩하고 허벅지는 너무

굵고 엉덩이는 축 처진 데다 펑퍼짐하다. 뱃살도 잡힌다. 갈비뼈는? 그것도 아니다. 갈비뼈는 아래쪽이 너무 벌어져서 상체가 넓어 보인다. 가슴은 절벽이라 몸에 비해 비율도 맞지 않는다.

"포샤?"

"어, 잘 모르겠어요."

팔이나 등은? 어깨는? 손목은? 손목도 아니다. 팔이나 손에 비해 가는 편이라 오히려 팔과 손이 엄청 커 보일 뿐이다.

"좋아하는 데가 하나도 없어요."

상담실에 싸한 침묵이 흘렀다. 조금 전까지만 해도 깔깔 웃어 댔던 사람들이, 세 시 방향 여자의 눈이 엘리자베스 테일러의 보랏빛 눈하고 비슷하게 생겼다며 칭찬을 퍼붓던 사람들이 전부 입을 꾹 다물어 버렸다. 열두 시 방향부터 한 바퀴 돌아 열한 시 방향까지 앉은 뚱보 아줌마들이 전부 여섯 시 방향에 앉은 나만 멀뚱히 바라보았다. 무슨 생각을 하면서 그렇게 쳐다보는지 알 만했다. 잘난 체하는 인간을 보면 누구나 그런다. 어린 것이 누굴 놀리나, 진짜 밥맛이네.

"아이, 그러지 말고. 찾아보면 그래도 있을 텐데?"

상담원 목소리에 살짝 짜증기가 묻어났다. 대답을 안 하니까 참여하기 싫은 것으로 비칠 수도 있었을 것이다. 하지만 사실 나는 마음속으로 열심히 대답을 찾는 중이었다.

"아유, 네가 네 몸에서 괜찮은 데를 못 찾아내면 우리는 도대체 뭐니!"

그러자 사람들이 와아 하고 웃음을 터뜨렸다.

후반전

나는 예전부터 거식증에 걸린 사람들을 마음속으로 존경했다.
그 사람들은 엄청난 자기 절제 끝에 거식증에 걸렸다. 거식증은 뭔가 아주 멋지고
완벽한 것이라고 생각했다. 물론 거식증에 걸리고 싶지는 않았다.
거식증에 걸릴 정도로 마른 것도 절대 아니었다.
난 그냥 다이어트에 성공하기만 바랐을 뿐이다.

새로 태어나다

눈을 뜨니 이상하게 고요했다. 블라인드 틈으로 햇빛이 방 안에 쏟아져 들어오고 있었다. 햇빛 때문에 먼지 입자가 아주 잘 보였다. 평소에도 실내 공기는 텁텁하고 먼지도 많았겠지만 햇빛이 들이치니까 눈에 잘 보인다. 평소와 다르게 아주 차분한 상태로 잠에서 깼다. 〈로레알〉샴푸 광고 때문에 엄청 울었던 일이 떠올랐다. 눈구멍이 뒤틀린 것 같고 물에 퉁퉁 분 느낌이었다. 눈이 건조하고 쓰라려서 금방이라도 튀어나올 것만 같았다. 마지막으로 한 번만 더 울고 자자, 두 번 다시는 안 울어야지 하며 밤새 펑펑 울고 난 기분이었다. 머리도 무겁고 두통에다 코도 꼭 막혔지만 어쩐지 홀가분하고 가뿐했다. 이 머리 때문에 지금까지 살아온 세상이 천국이 되기도 했고 지옥이 되기도 했다. 그런데 지금은 머릿속의 모든 것이 훌쩍 가벼워지고 조용해졌고 심지어 나풀거리는 기분이었다. 마음이 너무나 평안했다. 오늘은 완전히 새로운 날 같았다.

일어나서 바로 스트레칭을 시작했다. 깨자마자 스트레칭을 하는 편은 아니었다. 하지만 내 몸을 느껴 보고 싶었다. 내 몸을 '확인'하고 내 몸을 알고 싶었다. 스트레칭을 하다 보니 몸이 사랑스러웠다. 근육이 이완되고 수축되는 것에 고마움마저 들었다. 발가락을 만지고 등을 쭉 펼 때의 느낌이 참 좋았다. 문득 내가 완전하게 느껴졌다. 내 안에서 답을 찾은 기분이었다. 이제는 내 몸을 있는 그대로 받아들일 수 있을 것 같았다. 그래야 맞을 것 같았다. 남들이 뭐라 떠들든 이제는 내 알 바 아니었다.

옆구리 스트레칭을 하면서 빛 속으로 손가락을 뻗어 보았다. 햇빛에 드러난 먼지가 침실 안을 풀풀 떠다녔다. 방은 어수선했고, 그 안에는 아름다움이 있었다. 여름 공기를 한껏 들이마셨다. 〈로레알〉 광고 의상 피팅을 가기 전에 입어 보고 벗어 던진 옷들이 바닥에서 나를 올려다보고 있었다. '도대체 우리한테 왜 그래요?' 어지럽고 먼지도 많지만 방에서는 좋은 냄새가 났다. 숨을 들이쉬는데 미소가 번졌다. 이렇게 좋은 냄새를 풍기는 노란 플라스틱 병에 든 이탈리아제 수입 텔컴파우더는 나를 위해 산 것이었다. 단순히 여배우를 상징하는 소품이 아니라 진짜 내가 쓰기 위해 산 것이다. 칠을 입힌 침실 콘크리트 바닥을 맨발로 걸어 욕실 체중계 앞으로 갔다. 이제 곧 보게 될 숫자가 오늘 하루를 행복하게 만들어 줄 거라고 자신했다. 속은 텅 비고 몸은 가벼웠다. 체중계에 어떤 숫자가 뜰지 신경 쓰지 않았다. 숫자로 오늘 내 인생을 한정 지을 생각은 없었다. 오늘 몸무게가 얼마로 나오든 별 상관없었다. 오늘부터는 새 인생을 시작할 거니까.

이제 내 체중 문제의 해답을 얻었다.

이제 나는 항상 준비된 여배우가 될 거다.

이젠 모든 게 전보다 쉬워질 거다.

예상한 대로였다. 59킬로그램. 아무리 살을 빼도 다시 59킬로그램으로 원상 복귀했다. 옛날에는 그놈의 59라는 숫자 때문에 항상 절망으로 곤두박질쳤었다. 무슨 수를 써도 그 59라는 숫자 때문에 절대로 살은 못 빼겠다는 생각이 들었다. 내가 목숨을 부지하고 생존하려면 뼈랑 내장이랑 혈액만 쳐도 그 정도 몸무게는 나가 줘야 했다. 억지로 토하고 굶는 고문으로 살을 빼도 59킬로그램이라는 몸무게는 날 미워했고 전부 바보짓이라고 놀렸다. 몸무게는 언제나 그 숫자로 되돌아갔다. 아무리 기를 써도 결국에는 다시 그 숫자였다. 그게 59킬로그램이었다.

오늘은 햇살 가득하고 텁텁한 실내 공기 속에서 완전히 새로 태어난 첫날이다. 그리고 내 몸무게는 59킬로그램, 멋진 무게였다. 그게 내 몸무게였다. 그 몸무게의 주인은 올 에이를 받는 모범생 포샤다. 포샤는 호주 최고의 명문 법대에 입학했고 어릴 때부터 모델 활동을 했으며 외국에서 연기 생활을 할 정도로 용감한 여자다. 59킬로그램은 여배우로 성공했고 돈도 많이 벌었고 독립적인 성격의 어떤 여자의 몸무게였다. 태어나서 처음으로 내 몸을 원수로 대하지 않기로 했다. 오늘부터 내 몸은 친구다. 앞으로 내가 걸어갈 성공의 길에 동반할 존재다. 체중계에서 내려왔다. 벗어 던진 옷더미를 지나 마루를 깐 바닥을 걸어 식사 일기장을 펼쳐 둔 커피 탁자로 갔다. 가는 동안 몸에 힘이 넘쳤다. 런지를 깊이 하면서도 균형을 잘 잡으니 행복감이 몰려왔다. 허벅지는 불타는 느낌이었고 배는 팽팽하게 당겼다. 팔을 쭉 뻗어 식사 일기장을 넘기다가 전에는 일기장에 한 번도 적어 본 적이 없던 걸 기록했다. 나는 큼직하고 동글동글한 필체로 적었다. 내 몸무게를.

59kg

배가 고팠지만 희한하게도 그 느낌이 두렵지 않았다. 냉장고와 찬장을 뒤져 아침으로 먹을 수 있는 모든 음식을 싱크대 위에 늘어놓았다. 싱크대 위에 줄줄이 늘어놓은 음식들은 〈더 프라이스 이즈 라이트〉 쇼에 나오는 게임 아이템처럼 보였다. 모두 수잰이 먹어도 된다고 한 음식들이었다. 아침에 먹어도 되는 건 오트밀, 달걀흰자(요새는 흰자만 따로 판다), 브랜 머핀, 호밀 토스트, 요거트다. 그것들이 날 올려다보았다. 전부 당장 먹어도 되는 것들이었다. 수잰은 아침으로는 오트밀과 달걀흰자가 더 좋다고 했다. 그 두 가지를 같이 먹으면 탄수화물과 단백질을 정량으로 먹기에 딱 좋단다. 게다가 오트밀과 달걀흰자는 조리하는 과정 때문에 포만감도 느낄 수 있을 거라고 했다. 달걀흰자와 오트밀을 먹기로 했다. 1회분으로 포장된 오트밀 봉지를 보니 100칼로리였다. 100칼로리면 내 몸에 어느 정도의 영향을 미치는 걸까? 100칼로리면 촬영장까지 운전해서 갈 수 있는 열량일까, 아니면 차를 몰고 가서 메이크업과 머리 손질을 받고 한 씬 정도까지는 촬영할 수 있는 열량일까? 100칼로리를 다 소비하면 바로 허기가 질까? 몸에 들어간 음식이 에너지가 되어 채 소비되기도 전에 음식을 내 놓으라고 아우성치는 건 아닐까? 만약 몸이 똑똑해서 건강과 생존에 필요한 에너지가 얼마인지 안다면 비만인 사람들은 왜 배고픔을 느끼는 걸까? 그냥 저장한 지방만 써 가면서 버티면 당뇨병이나 심장 발작은 예방이 되어야 하는 것 아닌가? 몸이 그렇게 똑똑하다면 뚱뚱한 사람들의 머리를 지배해서 뇌에서 허기가 아니라 토하라는 신호를 내보내게 해야 할 것 아닌가? 더는 몸을 망가뜨리지 않도록 말이다. 그래서 앞으로는 몸이 아무리 먹을 걸 넣으라고 아우성쳐도 싹 무시하기로 결심했다. 앞으로는 몸이 달라는 대로 주지 않을 생각이었다. 이제부터 내 몸은 내가 통제할 것이다. 나는 내 몸의 주인이다. 내 몸에 대해서는 내가 결정한다.

그런데 100칼로리짜리 오트밀 한 봉지를 꼭 다 먹을 필요가 있을까? 100칼로리는 보통 사람들이 먹는 보통의 양이 확실하다. 하지만 살을 빼야 하는 사람을 위한 양은 절대 아니다. 살 뺄 생각이 없는 보통 사람들이 아침으로 100칼로리 오트밀 한 봉지를 먹는다면 나는 그것보다는 적게 먹어야 마땅하다. 지금까지 그런 생각을 못 했다니 정말 바보였다. 퀘이커 오트밀 봉지에 적힌 대로 한 끼 분량을 설정하면 살은 못 뺀다. 다 새로 정해야 한다. 나는 주방 저울로 딱 80칼로리가 되게 오트밀 양을 다시 달아 정확하게 그릇에 옮겨 담았다. 따뜻한 물을 붓고 스플렌다를 조금 쳤다. 오트밀 낱알과 진득한 시럽의 식감을 음미하며 천천히 씹었다. 다음에는 달걀흰자였다. 하지만 기름을 두르고 달군 팬에 대강 붓지 않고 계량컵부터 꺼냈다. 흰자를 반 컵만 계량해서 팬에 기름 대용품으로 칼로리가 없는 팸을 둘러 부었다. 그리고 미시즈 대시와 소금을 조금 뿌렸다. 다음은 커피다. 옛날에는 아무 생각 없이 칼로리를 섭취했지만 이제는 꼼꼼하게 계산을 해서 섭취해야 한다. 커피에 칼로리를 더해서 먹느냐 줄여 먹느냐는 남은 식사에 달려 있다. 어쩌다 배가 몹시 고파 오트밀에 곁들인 흰자의 양이 늘면 커피는 블랙이었다. 아침으로 할당해 놓은 칼로리보다 적게 먹은 날은 커피에 크림 대용품인 모카 믹스 한 큰 술을 넣어서 마실 수 있었다. 예전에는 커피 한 잔을 마실 때도 정말 아무 생각 없이 열량을 들이부어 마셨다. 모카 믹스 한 스푼의 열량이 50칼로리나 되는데 말이다. 50칼로리면 아침 식사 총 열량의 3분의 1보다도 많다. 커피를 마시고 달걀흰자와 오트밀도 먹고 나면 포만감이 몰려왔다. 배가 불렀다. 난 정말 똑똑하지 않나? 아침으로 섭취할 열량을 반이나 줄였다! 다이어트 계획을 완전히 새로 짜기로 했다. 이제 음식 일기장은 반드시 지니고 다니면서 입에 들어가는 모든 칼로리를 꼭 기록하기로 했다. 수잰은 수학자가 방정식을 푸는 것처럼 음식 무게를 달고 칼로리를 계산하고 기록하라고 가르쳐 주었다. 이제 제대로 배웠다. 나는 내 몸무게라는 어려운 문제를 풀 만반의 준비를 갖추었다.

수잰은 내가 최대한 살을 뺄 수 있도록 하루 섭취 열량으로 1,400칼로리를 정해 주었다. 나는 그걸 1,000칼로리로 조정했다.

드디어 문제가 풀렸다.

여배우는 펜트하우스에 산다

"안녕하세요? 당신이 나오는 드라마 왕팬인데, 만나서 정말 반가워요."

그랜빌 타워스 건물 안내 데스크에 앉아 있던 중년의 백발 남성이 남부 억양이 살짝 묻어나는 친절한 목소리로 환하게 맞아 주었다. 정말 신이 나 있고 행복한 표정이었다. 그래서 그런지 내 기분까지 좋아졌다. 악수를 하면서 나도 모르게 활짝 웃었다. 그러고 보니 최근에는 제대로 웃어 본 적이 없었다. 이 사람은 멍하게 살아온 나와는 딴판이었다. 활기가 넘치는 사람이었다. 그랜빌 타워스는 하나하나가 다 마음에 들었다. 선셋 대로와 크레센트 하이츠 교차로에 위치해 최상의 입지 조건을 갖추고 있었고 건물 자체도 나름의 역사가 있었다. 멋진 건물이었다. 나는 1920년대 건축양식을 제대로 보여주는 그랜빌 타워스의 펜트하우스를 보러 온 길이었다. 이리로 이사 오려면 대출을 받아야 하지만 이제 집을 살 때가 되었다. 그리고 엘에이에 뿌리를 내리려면 돈도 좀 써야 한다. 내 명의로 된 집이 필요했는데, 선셋 대로에 있는 올드 할리우드 양식의 펜트하우스라면 여배우가 살기에 맞춤한 곳이었다.

그렇게 그랜빌 타워스 로비에서 부동산 중개인을 기다리는데 거기 수위가 책상을 돌아 나한테 온 것이었다. 제프라고 했다. 몇 달 만에 처음으로 사람을 본 것처럼 반가워했다.

"미키 루크도 여기 살았어요. 이사 나간 지가, 보자. 두어 달 된 것 같네요. 강아지를 세 마리나 키웠죠. 치와와였을 거예요."

유명인을 직접 본 게 너무 신기한 나머지 꼭 다른 사람한테 얘기해 줘야 직성이 풀리는 사람들을 만나면 짜증이 난다. 더구나 그런 이야기에 귀가 솔깃해지는 게 더 짜증이 났다. 하지만 유명한 배우가 살았다는 이유로 아파트가 더 괜찮아 보인 건 사실이었다.

"미키 루크가 살았던 아파트를 보여 드릴 수도 있어요. 그래도 부동산 사람한테는 아무 말 마세요. 좀 곤란해지거든요."

로비에는 들을 사람도 없는데 제프는 지나치게 목소리를 낮추는 티를 냈다. 참 희한한 광경이었다. 대개는 그럴 때 짜증이 치민다. 하지만 우리 둘만 알고 넘어가자고 하는 것 자체가 어쩐지 기분 좋았다. 나를 따스하게 맞아 주는 느낌이었다.

"지상층이기는 해도 드 로시 씨가 보러 온 펜트하우스보다 더 좋아요. 천장의 격자 장식이 정말 멋지거든요."

제프는 미키 루크가 살았던 아파트로 가는 길에 그랜빌 타워스에서 살았던 유명인사 여럿을 알려 주었다. 브렌던 프레이저, 데이비드 보위, 에이미 로케인이 거기 살았고, 지금은 〈이알ER〉에 나오는 마이클 미셸이 산다고 했다.

"이 아파트는 1929년에 완공되었는데 그때는 볼테르라고 불렀어요. 원래 호텔로 지었는데 어쩌다 보니 나중에 아파트가 된 거죠. 그리고요, 사실 증거는 없지만요. 마릴린 먼로가 살았던 적도 있답디다. 조 디마지오랑."

제프는 재킷에 타이를 갖춰 입었다. 하나부터 열까지 다 옛날식이었다. 제프는 지나간 시대에 속한 사람이었다. 옛 시절을 얘기해 주는 게 좋은 모양이었다. 꼭 흑백영화 속에서 튀어나온 사람 같았다. 영화배우 자랑으로 침이 마르지만 않았으면 남북전쟁 전 남부 지방에 살았던 사람으로 착각했을 것이다. 조지아 주의 플랜테이션 농장 지주처럼, 황록색으로 마감한 서재는 천장까지 이어진 책장으로 가득 메워지고 책장마다 가죽 장정을 한 서적이 그득한 그런 곳에 어울리는 인물로 보였다. 하지만 제프는 할리우드를 너무나 좋아하고 자기 직업에 갖는 애착도 대단했다. 그는 그랜빌 타워스의 안내인이자 수위였다. 그리고 날 보고 저렇게 좋아하는 걸 보니 나도 어쩌면 그가 좋아하는 영화배우 리스트에 오를 수도 있겠다 싶었다. 미키 루크와 그의 치와와 세 마리와 멋진 천장 장식이 제프의 평생 자랑 거리가 된 것처럼.

펜트하우스는 그리 대단해 보이지는 않았다. 벽체 밑부분의 몰딩 도 안 되어 있고 천장에 격자 장식도 없었다. 그렇다고 공간이 아주 넓은 것도 아니었다. 동쪽 창으로 보이는 풍경은 볼만했지만 북쪽 창은 시야가 가로막혔다. 아파트 건물 바로 옆에 지은 쇼핑몰인 선 셋 5번가 버진 메가 스토어 때문이었다. 이 아파트는 일층부터 꼭대 기 층까지 통유리로 창을 냈는데, 그리로 북쪽을 내다보면 이글거리 는 사막을 보는 것 같은 착시 현상이 일어났다. 쇼핑몰 외벽에 칠한 노란색 페인트가 꼭 사막의 모래색 같았고, 건물 지붕에 설치한 에 어컨 실외기에서 뿜어 나오는 열기가 구불구불 하늘로 올라가면서 열파를 만들어 내기 때문이었다. 펜트하우스를 둘러보니 주방은 좁 지만 침실과 거실은 그럭저럭 괜찮았다. 그런데 공용 엘리베이터 옆 으로 난 계단을 올라가니 펜트하우스 위의 다락으로 통했다. 부동산 중개인은 펜트하우스 실내에서 다락으로 바로 갈 수 있는 계단을 설 치하려면 돈을 더 내야 한다고 했다. 개조 비용은 예상하지 못한 것 이었지만 천장이 높고 탁 트인 다락방에서 바깥 풍경을 내려다본 순 간 다른 생각을 할 수가 없었다. 그렇게 가슴이 두근거린 적은 처음 이었다. 북쪽 벽에는 서른 개 가량의 커다란 창이 세 줄로 나 있었고 위로 가면서 줄어들어 전체적으로 에이 모양이었다. 그 창 너머로 는 펜트하우스에서 본 사막 풍경 대신 선셋 5번가의 거대한 공장 지 붕이 보였다. 금속 굴뚝에서 피어오르는 연기가 바람을 타고 구름처럼 하늘로 올라갔다. 연기가 한 번씩 걷히면 직각으로 교차한 거대한 강철 튜브가 드러났다. 어릴 때 오빠가 엘이디 전등에 전선을 연결하려고 몇 시간씩 끙끙대며 매달리던 복잡한 회로판 같기도 했다. 이 다락방은 지금은 어떤 인물 사진가가 스튜디오로 임대해 사용 중이라고 했다. 시-스탠드에 텅스텐 조명과 종이 가림막이 설치되어 있어서 다락같은 분위기가 물씬 풍겼다. 필라델피아처럼 오래된 도시에 사는 어느 예술가의 다락방으로 순간 이동해 온 기분이었다. 물론 여기보다 거기 진짜가 훨씬 더 멋지겠지만. 내가 현실에서 속해 있는 곳은 앞날이 뻔히 내다보이는 곳이다. 하지만 펜트하우스를 둘러보고 나니 데이비드 켈리의 드라마에 나오는 여배우의 인생을 넘어, 더 충실하게 사는 길도 있겠다는 생각이 들었다. 거기서 예전에는 내가 어떤 사람이었는지 생각해 보았다. 멜버른에서 법대를 계속 다녔으면 어디서 살고 싶어했을까? 나는 멜버른의 허름한 브런즈윅 거리의 예술가 촌에서 살고 싶었다. 거기서 살면 아주 행복해질 것 같았다. 브런즈윅에서는 동성애자로 살 수 있기 때문이다. 한때 거기서 잠시 살았을 때는 오토바이 부츠를 신고 머리는 가벼운 레게 스타일로 땋고 손목에는 가죽 끈을 매고 다녔다. 프로빈셜에 들러 맥주를 마시고 마리오 식당에서 아마트리치아나 소스를 뿌린 펜네 파스타를 먹고 제일 친한 친구였던 빌과 인디 밴드의 연주를 들었다.

"계약할게요."

나는 공단 지역에 위치한 새 아파트를 서둘러 나섰다. 수위인 제프 옆을 쏜살같이 지나쳤다. 저녁을 준비하려면 핸콕 파크의 아파트에 제시간에 도착해야 한다. 하루 섭취 열량을 1,000칼로리로 낮추어 잡았기 때문에 저녁 먹기 딱 좋은 시간은 정각 여섯 시였다. 그러면 칼로리 소비에 훨씬 유리했다. 여섯 시에 저녁을 먹으면 여섯 시간 동안 꼼짝 않고 누워 잠을 자기 전에 대여섯 시간은 움직일 수 있었다. 여섯 시보다 늦게 먹으면 소모하지 못한 칼로리가 잠을 자는 동안 지방으로 바뀔까 봐 겁이 났다. 하루 섭취 열량을 1,000칼로리 이하로 잡고 싶지는 않았다. 그렇게 하면 벼락치기 다이어트가 될 게 뻔했다. 운동량을 늘리거나 제때 식사만 해도 체중 감량 속도를 높일 수 있었다. 한 번씩 어쩌다가 힘이 남아돌면 자기 전에 조금이라도 운동할 짬을 냈다. 굳이 러닝머신을 타지 않더라도 침대 옆 방바닥에서 윗몸일으키기나 레그 리프트라도 했다.

집에 오면 지방을 제거하고 갈아 놓은 칠면조 110그램을 팸을 둘러 살짝 구운 뒤 케첩을 뿌리고 아이 캔트 빌리브 잇츠 낫 버터 스프레이를 뿌려서 저녁 준비를 했다. 버터 스프레이 이름 치고 어지간히 길어 발음하기 귀찮기도 한데, 뿌릴 때마다 참 기발한 이름인 것 같아 그 회사 마케팅 팀을 속으로 칭찬해 주었다. 그게 버터가 아니라니 정말로 신기했다. 더구나 그렇게 맛있는데 칼로리가 없다는 것도 신기했다. 나는 모든 음식에 그걸 뿌려서 먹었다. 아침으로 먹는 오트밀에 뿌려 먹어도 맛있고 점심으로 먹는 참치와도 잘 어울렸다. 갈아 놓은 칠면조 살에 케첩과 같이 쳐서 먹으면 환상적인 궁합이었다. 젤로와 스플렌다, 그리고 그 버터 스프레이를 섞어서 직접 디저트를 개발하기도 했다. 맛이 기막히게 좋았다. 한 번 먹는 양의 칼로리가 10칼로리에 불과했고 단 걸 좋아하는 내 입에도 잘 맞아서 내가 개발한 음식 중 최고였다. 내가 요리를 한다는 건 상상도 안 해 봤다. 하지만 그 디저트는 내 생각에도 정말 예술이었다. 맛있으면서 칼로리도 낮은 흔치 않은 음식을 만들어 먹다니, 나는 정말 대단하지 않은가?

수화기를 들었지만 누구한테 걸어야 좋을지 판단이 서지 않았다. 칼리한테 걸까, 에릭한테 걸까? 아파트를 산다고 하면 누가 관심을 보일까? 원래는 에릭하고 같이 살고 싶었다. 아파트가 꽤 넓어서 에릭과 공간을 나눠 쓰면 좋을 것 같았다. 그런데 주방 찬장에 들여놓을 음식에 생각이 미치자 곧 그럴 의향이 사라져 버렸다. 에릭은 분명히 먹을 걸 부지런히 사다 나를 것이다. 참치 캔을 꺼내려고 찬장을 열 때마다 에릭이 쟁여 놓은 음식들이 떼로 덤벼들 것이 뻔했다. 냉장고를 열 때도 마음속으로 단단히 준비를 해야 할 것이다. 냉장고에 꽉 들어찬 음식이란 음식은 전부 폭식의 방아쇠를 당길 게 분명했다. 에릭은 일요일이면 친구들을 불러 모아서 게임을 하다가 피자를 먹자고 할 것이다. 그러면 나는 설거지를 하면서 남은 피자 조각을 먹어야 하나 그냥 쓰레기통에 처박아야 하나를 고민하며 머리를 쥐어뜯을 게 눈에 선했다. 다행히 쓰레기통에 버렸다 해도 그게 끝이 아닐 것이다. 밤새 그 피자 생각을 하다가 결국 벌떡 일어나 쓰레기통에서 식어 빠진 피자를 집어 내 담배와 맥주 냄새가 진동하는 그걸 먹을지도 모른다. 아니, 확실히 그럴 것이다. 나는 자다가도 일어나 먹어 치우려 할 것이다. 전에도 그런 적이 있었다. 그걸 알면서도 또 그럴 것이다. 에릭이 먹고 남긴 건 어떤 것이 됐든, 포테이토칩

한 조각마저 모조리 다 먹어 치울 게 분명했다. 중국 음식, 아침에 먹은 시리얼, 마음에 위안을 준다는 초콜릿 과자까지 모조리. 주방은 치명적인 요부로 둔갑할 것이다. 그 요망한 것은 게으른 뚱보처럼 잠시도 날 내버려 두지 않고 색기를 부릴 것이다.

새 아파트로 이사하면 냉장고는 아예 텅 비워 놔야지. 찬장도 마찬가지야. 그러면 집에선 안전해질 수 있어.

뉴욕에 사는 앤에게 전화를 걸었다. 앤과 통화하면 아파트 잘 샀다고 축하를 받기보다는 권투 경기의 제2 라운드로 돌입하는 셈이 될 것이다. 그 속옷 장면 얘기를 한 뒤로 앤과는 거의 통화를 하지 않았다. 그냥 속옷을 입은 평범한 보통 여자일 뿐이라는 앤의 평가를 곰곰이 되새김질 해 봤다. 일부러 내 기분을 상하게 하려는 의도가 있었던 것은 아니었다. 하지만 앤은 무턱대고 칭찬할 생각도 없었던 게 분명하다. 앤은 자기한테는 외모나 몸무게가 그다지 중요하지 않다고 했다. 그러면서 나오미 울프Naomi Wolf의 『아름다움이라는 신화The Beauty Myth』 같은 페미니즘 계열의 책을 읽어 보라고 추천했다. 맞다. 앤에게 무슨 속셈이 있었던 건 아니다. 하지만 이번에도 그렇게 무심한 소리만 하면 나도 가만있지는 않을 거였다. 이번에도 그렇게 둔하게 나오면, 권투 장갑도 꼈겠다, 한방 먹여 줘야지.

"에이시, 나야, 피디아르."

"피디아르!"

앤과 처음 친구가 되었을 때, 다른 자리에서 앤 이야기를 할 일이 있으면 나는 특별한 이유도 없이 이름에 성까지 붙여 앤 캐트리나라고 꼬박꼬박 말했는데, 그러다 보니 앤과 직접 얘기할 때도 앤 캐트리나라고 부르게 되었다. 나중에는 성가셔서 머리글자만 따서 에이 시라고 불렀고 그러자 앤도 나를 피디아르라고 불렀다.

나는 신이 나서 새 아파트 얘기로 마구 수다를 떨며 컵에 다이어트 콜라를 네 잔째 따랐다. 저녁 식사 때 마실 와인 대신 저칼로리 음료로 고른 것이 다이어트 콜라였다. 술을 마시지 않는 것도 식단과 운동을 진지하게 받아들인 후 일어난 변화였다. 나는 앤에게 세인트 바스에서 사샤와 있었던 얘기를 했다. 앤은 나를 진정 사랑해 줄 괜찮은 동성애자 여성이 반드시 저기 어딘가에 있을 거라면서 괜찮다고 했다. 내가 아무리 사샤를 쫓아다녀도 사샤가 남자를 좋아하면 결국에는 동성애자인 걸 부끄러워하지 않는 어떤 대단한 여자를 바로 옆에서 놓치게 될 수도 있다는 말도 했다. 하지만 앤도 딱 부러지게 하지는 못한 말이 있었다. 그렇게 당당하고 행복하게 사는 그 동성애자 여성이 나 같은 은둔형 동성애자를 어떻게 만나게 된다는 건지, 그 여성은 내 비밀스러운 여자 친구 노릇을 하기 위해 다시 숨어 살아도 전적으로 좋다는 것인지, 거기에 대해서는 내놓고 말하지 않았다. 나는 도대체 어디서 그런 여자를 만나야 하나? 슈퍼마켓? 우연찮게 쇼핑 카트가 부딪히는 순간, 텔레파시를 통해 서로가 동성애자에다가 애인이 없는 상태이며, 게다가 서로에게 호감이 있다는 그런 정보를 주고받아야 하나? 앤 캐트리나는 그 문제에 관한 한 자기도 별 뾰족한 수가 없다는 걸 인정할 필요가 있었다. 그만 닥치라는 뜻에서 나는 내 발등에 떨어진 불을 이야기했다.

"그런데 〈로레알〉 광고 계약서에는 도의적 책임 항목이 있어."

"도의가 뭐 어쨌다고?"

"내가 만약 〈로레알〉의 이미지를 해칠 수 있는 어떤 짓을 하다 발
  각되면 돈을 다 토해 내야 한다는 조건이야. 선금으로 받은 것까
  지, 모조리."

내 에이전트와 매니저는 피팅하러 가기 전에 계약서를 잘 읽어 보
라고 미리 전화로 알려 주었다. 전화를 받았을 때는 마침 운전 중이
어서 마음을 진정시키기 위해 차를 세워야 했다. 그때 얼마나 기분
이 나빴는지 모른다. 앤한테 그 얘기를 하다 보니 처음 그 말을 들었
을 때처럼 또 기분이 나빠졌다. 계약서에는 대중 앞에서 술 취한 모
습을 보이는 거나 체포되는 장면을 노출하는 것 등이 예시되어 있
었다. 하지만 동성애도 포함되는 게 당연했다. 그런 단서를 적어 놓
은 문장도 모호했고, 구체적으로 계약 파기가 되는 사항이 뭔지, '도
의적'이라는 게 도대체 어떤 걸 말하는지도 확실하게 와 닿지 않
았다. 그런 모든 상황 때문에 구역질이 났다. 도의적 책임이라는 항
목 때문에 또 겁이 나서 이제는 말하기도 싫어졌다. 앤이 제발 내가
동성애자라는 걸 밝히고 살면 오히려 훨씬 더 편해질 거라는 소리만
안 했으면 싶었다. 동성애의 '동'자도 꺼내지 말았으면 싶었다.

앤이 그걸 잡고 또 뭘 묻거나 설득하려고 하기 전에 내가 먼저 선
수를 쳤다. 영양사 얘기를 꺼냈다.

"그 여자가 하루에 1,000칼로리를 섭취하라 했다고?"

"응. 아, 아니, 내가 좀 줄인 거지. 수잰은 살을 빼려면 하루에
  1,400칼로리를 섭취하면 된다고 했는데 살이 안 빠지는 것 같아서
  이것저것 조금씩 줄여서 1,000으로 맞췄어."

"너더러 살 빼라고 하대?"

"웅. 아, 아니, 글쎄. 어, 그런 이야길 한 건 아닌데."

"지금 네가 무슨 얘기를 하는 건지 모르겠다."

"제대로 건강하게 챙겨 먹는다는 소리야. 여태까지처럼 뺐다 쪘다
하는 다이어트 말고."

통화가 길어질수록 앤의 목소리에 걱정기가 더 짙게 묻어났다. 또
짜증이 났다. 앤은 아무것도 몰랐다. 여배우 노릇이 얼마나 스트레스
를 받는 일인지, 화보 촬영용 의상이란 게 수갑이랑 사슬이 주렁주
렁 달린 탱크 톱 쪼가리라는 것도, 골든 글로브 상 시상식에 입고 갈
드레스 고르기가 얼마나 어려운지도 몰랐다. 우람한 체격 탓에 표준
사이즈 드레스로 입을 수 있는 건 한 벌밖에 없을 때 그 심정이 어떤
지도 전혀 알지 못했다. 좀 날씬하게 보였으면 싶어서, 친구들이 부
러워해 주기를 기대하며 몇 주씩 굶었는데도 보통 사이즈 몸매로 보
인다는 소리를 들으면 기분이 어떤지 앤은 죽어도 모를 것이다. 진
짜 날씬하다는 말을 들으려고 죽을 고생을 하며 다이어트를 했는데
겨우 '보통'이란 말을 듣는 건 너무 잔인한 일 아닌가.

"앤, 이제 끊어야겠어."

"그래, 와인 한 잔 하고 기분 좀 풀어. 피디아르, 넌 언제나 예뻐. 걱
정할 거 하나도 없다니까."

그래, 듣기 좋은 소리다. 〈로레알〉 촬영이 내일 모레인데 와인을
마시라니, 제정신이야?

"웅, 에이시, 또 걸게."

"아, 잠깐만. 두 주 정도 뒤에 네 아파트에서 며칠 묵어도 될까? 엘
에이에 며칠 있어야 하거든. 유시엘에이 시절 친구가 얼마 전에 약

169

혼을 했어. 약혼 파티에 오래."

아아, 안 돼, 안 된다고! 그때가 로레알 광고 촬영이 끝난 뒤라 해도 안 돼. 이제 겨우 이 다이어트 방법이 효과를 보이고 있다고. 그래서 앞으로도 계속 해야 한다고. 저녁은 매일 정확히 여섯 시에 먹어야 하고 옛날처럼 너랑 술도 못 마셔. 외식도 안 되고. 하루 이틀 밤새 놀면서 먹고 싶은 걸 맘대로 먹을 수도 없어. 태어나서 처음으로 제대로 살이 빠지고 있단 말이야. 게다가 생전 처음으로 요요가 생기지 않았다고. 그러니까 며칠밖에 안 된다고 해도 다이어트를 빼 먹으면 안 돼. 예전처럼 먹고 마시면 결국 다시 살이 찔 거야. 더더구나 널 재워 줄 방도 없어. 손님방? 거기는 러닝머신을 가져다 놨어. 밤 열 시랑 아침 여섯 시에 거기서 운동해야 한다고.

"어, 물론이지. 언젠데?"

"아마 15일? 메일로 알려 줄게."

전화를 끊었다. 15일이면 열이틀이 남았다. 나는 새로운 목표를 세웠다. 남은 열이틀 동안 하루에 800칼로리를 먹기로 했다. 미리 대비를 해 두면 막상 앤이 왔을 때 좀 느슨해져도 살찔 걱정을 덜 수 있을 것이다. 원래 계획보다 살을 더 빼 놓으면 앤이 가고 난 뒤에 다시 체중 조절을 할 수 있을 테다. 너무 급하게 빼도 요요가 잘 일어난다. 음식 일기장을 펼치고 오른쪽 상단, 날짜가 적힌 곳에 앞으로 열이틀은 800칼로리만 먹겠다고 적어 넣었다. 앤이 올 때쯤에는 대비가 잘 되어 있어야 했다. 이제는 앤이 오는 게 기대가 될 정도였다.

일어나면 제일 먼저 몸무게부터 쟀다. 54.5킬로그램이었다. 실제로는 500그램 정도 더 나갈지도 모른다. 체중계 속이는 법을 가르쳐 준 사람은 엄마다. 체중계 바늘을 약간 만져서 영점 아래로, 500그램이나 1킬로쯤 뒤로 가게 해 놓는 거다. 특히 서서 내려다 볼 때 살짝 속아 넘어갈 정도로만 손대야 한다. 바늘이 영점 아주 조금 아래 오도록 해 놓으면, 거기가 맞는 자리라고, 거기서 시작하지 않으면 체중을 정확하게 읽을 수 없다고 머리가 착각해 버린다. 하지만 발끝으로 체중계를 살짝 건드리면 바늘이 영점으로 돌아갈 때도 있다. 그래서 바늘을 정확하게 영점에 맞추는 일은 울타리에 올라타는 일과 비슷했다. 울타리에 올라탄 채 이쪽이냐 저쪽이냐 선택을 해야 했다. 체중계 눈금을 조금 올려놓고 재면 당연히 체중은 많이 나온다. 하지만 실제로는 더 가볍다는 것을 안다. 그걸로 마음의 위안을 삼는 게 더 나을까, 아니면 실제 몸무게보다 덜 나오게 바늘을 조정해서 조마조마하지만 계속 다이어트를 할 수 있는 자극제로 삼는 게 더 나을까?

나는 영이라는 숫자가 너무나 싫었다. 체중계 눈금에서 제일 꼴 보기 싫었다. 거기에는 앞으로 보게 될 숫자에 대한 나의 기대와 흥분이 고스란히 담겨 있었다. 운동만 열심히 해. 그러면 원하는 대로 될 수 있어. 네 운명은 네가 만드는 거야. 그렇게 속살거린다. 하루하루가 새로운 시작이라고 꾀이기도 한다. 하지만 지금까지 내게는 들어맞지 않았다. 아무리 기를 쓰고 살을 빼도 늘 원상 복구였다. 체중계에 올라서면 툭 튀어나온 아랫배와 퉁퉁한 허벅지 아래로 보이는 체중계 눈금은 늘 59킬로그램 언저리였다.

그런데 그날은 54.5킬로그램이었다. 〈로레알〉 광고를 찍기로 한 날이었다. 당연히 기뻐야 했지만 혼란스러웠다. 배가 심하게 튀어나와

171

보였다. 가스가 차서 빵빵해 보였다. 엄마는 내 배가 그 모양이면 술배 같다고 했다. 그런 엉터리 같은 말만 떠오르는 것도 진짜 싫었다. 아무 때나 쓸데없는 생각이 툭툭 떠오른다. 배는 땡땡 부었는데 다른 부위는 살이 빠진 것 같아서 특히 기분이 나빴다. 이렇게 중요한 날에 배가 볼록 나오다니 그동안 열심히 다이어트 한 게 다 무슨 소용이람?

샤워하러 가면서 바보 같은 뱃살을 탕탕 두드렸다. 뭣 때문에 이러는 걸까? 어젯밤에는 참치에 버터 스프레이랑 겨자만 쳐서 200칼로리만 먹었다. 도대체 그런데 왜 아직도 뱃살은 이 모양인 거지? 샤워를 하면서 물줄기가 가슴을 지나 배로 흘러내려가다가 툭 튀어나온 뱃살을 따라 배꼽 주위에서 폭포처럼 흩어져 욕실 바닥에 떨어지는 모양을 바라보았다. 손가락으로 뱃살을 잡아 보았다. 부은 건 아니었다. 살이었다. 기름 덩어리였다. 물을 많이 마시거나 사우나를 아무리 해도 뺄 수 없는 기름 덩어리였다. 이 지경인데도 54킬로그램대가 되면 군살이 사라질 거라고 태평스럽게 생각했다.

기분이 나빴다. 지난번 일 이후로 〈로레알〉의 중역들과 그 스타일리스트를 아무렇지 않게 바라볼 엄두가 나지 않았다. 사이즈는 맞는다고 쳐도 배가 이렇게 볼록하면 또 다른 문제가 생기지 않을까? 이번에도 정장이 맞지 않으면 어쩌지? 울음이 터져 버렸다. 바보 천치 같으니, 몸뚱이도 퉁퉁한 주제에 이제는 눈까지 퉁퉁 붓게 만들려고? 샴푸질을 다 하고 나서야 엉뚱한 샴푸를 썼다는 걸 알아차렸다. 울며불며 뱃살 생각만 하다가 그만 촬영을 위해 쓰기로 한 〈로레알〉 제품이 아니라 다른 싸구려 샴푸를 써 버렸다. 큰일이다. 눈은

너 어젯밤에 뭐 먹었어?

통통 부었지, 똥배는 툭 튀어나왔지, 머리는 짚단인데 이 꼴로 촬영 장에 가게 생겼다. 피식 웃음이 나왔다. 〈로레알〉 샴푸 신제품을 광고하기로 한 모델이 〈로레알〉의 광고 문구를 믿지 않기 때문에 무의식적으로 엉뚱한 샴푸를 쓴 건 아닐까? '나는 소중하니까요'라는 그 유명한 카피 말이다.

"나는 소중하니까요." 거울로 턱에 난 뾰루지를 보면서, 세상에 대고 자기들은 소중하다고 외치는 지난 〈로레알〉 모델들의 말투를 큰 소리로 흉내 내어 보았다. 광고에 나오는 꼭 그런 투로. 좀 웃겼다. 나는 집안을 걸어 다니며 계속 말했다.

"나는 소중하지 않으니까요." 예쁜 속옷을 찾아보았지만 서랍장에는 보기 싫고 늘어난 속옷밖에 없었다. 촬영을 앞두고 예쁜 속옷을 사 놓을 생각도 안 했다는 게 어처구니가 없었다.

"나는 소중하지 않으니까요." 중얼거리면서 블랙커피를 마셨다. 아주 날씬해서 크림을 듬뿍, 마음껏 타서 마실 수 있으면 얼마나 좋을까. 블랙커피가 너무 진해서 썩은 행주 냄새가 났고 혀도 얼얼했다. 아침은 건너뛰자. 나는 소중하지 않으니까.

핸드폰을 집어 들고 현관으로 가다가 그날 아침 처음으로 지금 몇 시지 하는 생각이 들었다. 늦었다. 벌써 촬영장에 가 있어야 할 시각이었다. 그런데 촬영장이 어디라고 했는지 생각도 안 난다. 아드레날린이 마구 치솟았다. 쏜살같이 현관을 나와 계단을 내려가면서 머릿속으로 촬영 장소를 떠올려 보았다. 광고 모델이 지금 촬영에 지각한 것이다. 관계자들은 벌써 다 나와서 기다리고 있을 텐데. 〈로레알〉 간부들, 광고 촬영감독, 헤어 스타일리스트, 메이크업 아티스트, 전부 하나같이 유명한 데다 자기 이름으로 책도 낸 사람들이며 자신들만의 제품 라인도 있는 사람들이다. 그런데 그들이 나를 기다리고 있다. 아니다. 어쩌면 그것도 괜찮은데? 원래 스타는 그런 사람이잖아. 남들을 기다리게 만들어서 자기 힘을 과시하는 사람. 그런 사람이 바로 스타 아니던가? 연달아 두 번이나 빨간불에 걸렸다. 차라리 둘 중 하나가 되자. 안절부절못하면서 겁에 질려 미친 듯이 차를 몰고 가는 사람, 아니면 아르앤드비의 디바나 록 스타처럼 남들을 기다리게 해 놓고도 태평한 사람. 문득 '페니로열 티'의 가사가 떠올랐다. '누구랑 약속해도 난 시간을 잘 지켜요.' 그런 캐릭터 연기가 더 쉬웠다. 남 눈치나 보며 사는 캐릭터보다는.

앤은 아무것도 몰라

마침내 앤이 왔을 때는 목표 체중에 도달하지 못한 상태였다. 그동안 열심히 운동했고 앤이 오면 같이 먹고 마시려고 마음의 준비까지 했지만 살은 더 빼야 했다. 그때는 52킬로그램까지 뺐는데 목표는 50킬로그램이었다. 허벅지 살은 여전했다. 거울로 보면 허벅지 살이 둥글게 툭 튀어나와 보였다. 50킬로로 내려가도 그 둥그런 부분이 사라지지 않으면 어쩌지? 쭉 곧은 허벅지를 볼 수 있다면 거기서 몇 킬로 정도는 더 빼 볼 만하다는 생각이었다. 내가 바라는 건 그냥 쭉 뻗은 허벅지뿐이었다. 그래도 앤 캐트리나랑 술도 한 잔 마시고 싶었다. 친구들을 만난 지 오래 되어서 좀 어울리며 놀고 싶기도 했다.

더구나 우울해지면 살이 찐다고 하지 않은가. 기분이 안 좋으면 무슨 화학물질이 나와서 신진대사 능력을 떨어뜨린다고 했다. 코르티솔이랬나?

하루에 800칼로리만 먹는 건 쉬운 일이 아니었다. 양이 너무 적어서 그렇다는 게 아니라 양이 너무 많아서 힘들었다. 하루 1,000칼로리는 세끼 분량으로 딱 맞게 나눌 수가 있었는데 하루 800칼로리는 계산기를 아무리 두드려도 깔끔하게 나눠떨어지지 않았다. 그래서 아침 식사에서 달걀흰자를 빼고 오전 간식이 당길 때나 먹기로 했다. 결국 아침은 오트밀이 전부였다. 1회분으로 포장된 오트밀 양을 줄여 먹는 데 익숙해져서 이제는 한 끼 60칼로리에 딱 맞춰 먹었다. 거기에 블루베리, 스플렌다, 버터 스프레이, 모카 믹스 한 작은술을 더하면 아침으로 정확히 100칼로리였다. 오전 열 시쯤에는 달걀흰자 60칼로리를 먹었다. 참치 150칼로리에 토마토, 피클, 레터스를 합쳐 50칼로리를 추가해 먹으면 점심으로 충분했다. 저녁은 칠면조 고기 85그램에 버터넛 스쿼시를 곁들이면 약 300칼로리고, 그밖에 껌이나 크리스털 라이트, 커피 등을 더하면 모두 700칼로리로 하루 총 섭취 열량이 되었다. 촬영이 있어서 달걀흰자 먹을 짬이 없으면 600칼로리를 조금 넘길 때도 자주 있었다.

운동 계획도 꼼꼼하게 세웠다. 촬영이 없는 날은 아침 정각 여섯 시에 운동을 시작했다. 일이 있는 날에는 새벽 네 시 15분에 일어났다. 경사도를 1로 하고 속도는 6으로 맞춰서 45분 동안 러닝머신 위에서 달리기를 했다. 나는 오르막 달리기가 싫었다. 다리 뒤쪽이 당겼다. 하지만 강도는 높여야 한다고 생각했기 때문에 다들 그렇게 하듯 배에 힘을 꽉 주고 달렸다. 달리기를 다 하면 윗몸일으키기 차례였다. 정확하게 백 다섯 번을 했다. 백 번이면 족하다고 생각했지만, 십 회씩 열 번 할 동안 대충대충 한 게 있을 테니 그걸 벌충할 생각으로 다섯 번을 더 했다. 시간이 남으면 레그 리프트도 했다. 그것도 왼쪽, 오른쪽 각각 백 다섯 번씩이었다. 여기까지는 집에서 하는 운동이었다. 마리 윈저 필라테스에서 필라테스도 했다. 드라마에 같이 출연하는 배우 하나가 거기를 다녔다는 소리를 듣기도 했고 잡지에서 필라테스 기사를 읽은 적도 있어서 한번 해 보기로 했다. 유명한 사람들은 다들 필라테스를 하는 것 같았다. 필라테스라는 게 원래 무용하는 사람들을 위해 개발된 거라는데, 나도 한때 발레를 했고, 체형을 아름답게 가꾸는 데도 딱 좋을 것 같았다. 하지만 조금 주눅이 들기도 했다. 같이 수업 듣는 사람들이 하나같이 너무 날씬하고 피부도 탄력이 아주 좋았기 때문이었다. 같이 필라테스를 하는 여자들 중에서 제일 날씬하고 근육도 제일 잘 발달한 사람이 되자고 새롭게 목표를 세웠다. 내 주특기가 운동으로 경쟁하는 것이니까 결국은 잘 생각한 거였다. 거기 와서 돈 내고 운동하는 사람들 중에서는 내 몸매가 최고라는 자신감이 생긴 뒤에는, 필라테스 강사들을 경쟁자로 삼았다.

3회전이다. 나는 청 코너, 앤은 홍 코너. 뉴욕 출신의 페더급 앤 선수와 햇빛 찬란한 남부 캘리포니아 출신의 미들급 포샤 선수의 한판이다. 앤이 먼저 주먹을 날렸다.

"그래, 좋아. 너 살 빼고 싶은 거 안다고. 하지만 아무리 그래도 살을 얼마나 뺄지는 정해야지. 단순히 몸무게 숫자가 다가 아니잖아. 나도 살이 찌면 옷이 꽉 끼고 살이 빠지면 헐렁해져. 그거야 너도 당연히 그렇겠지. 스키니 진이 딱 달라붙기는 해도 불편하지는 않다거나 약간 헐렁해졌다 싶으면 살 빠진 거 아냐?"

앤은 와인을 홀짝거리면서 무릎에 올려놓은 빈을 쓰다듬으며 내 반응을 기다렸다. 이런 대화를 힘들어한다는 게 눈에 다 보였다. 그걸 감수할 정도로 나를 신경 써 주는 것이 고맙고 기쁘기는 했지만 차라리 입을 좀 다물어 주었으면 싶었다.

앤의 원칙에 의하면 나는 생각이 없는 애였다. 하지만 원래 뚱뚱하게 태어난 사람한테 생각은 무슨 생각? 청바지가 헐렁해졌다고 좋아할 게 뭐가 있나? 허리가 28인치나 되는 청바지인데. 물론 앤한테 그 말은 하지 않았다. 요새 내가 화면에 어떻게 비치는지, 그리고 앞으로는 '보통' 체중으로 '보통'의 인생을 살 수는 없다는 얘기를 하려던 참이었기 때문이다. 티브이에 좀 나온다고 인생이 얼마나 달라졌는지 앉아서 떠벌리기만 할 수는 없었다. 구구절절 설명을 안 해도 그냥 좀 이해해 주면 얼마나 좋을까.

어쨌거나 나는 살이 빠지고 있었다. 허리둘레 26인치짜리 바지를 주문해 놓고 4주를 기다려 받았는데 세상에나, 커도 너무 컸다. 적어도 한 사이즈, 아니 두 사이즈 정도 컸다. 그것 때문에 신경질이 났다. 4주 전에 그 바지를 주문할 때만 해도 그 정도 사이즈면 입었을 때 딱 보기 좋겠다고 생각했기 때문이다. 세상에나, 4주 전에는 『플레어Flair』에 실릴 사진도 촬영했다. 그리고 그 잡지는 아직 나오도 않았다. 사람들이 잡지에 실린 사진을 보고 현재 내 몸이 그 정도

⋮

라고 생각하겠다 싶으니까 기분이 나빴다.

내 쪽에서 아무런 반응 없이 시간이 흐르자 앤이 다시 말을 이었다. 앤은 대화가 끊기는 걸 싫어했다.

"내 말 좀 들어봐."

또 시작이군. 술을 너무 많이 마신다고 잔소리하려는 거지. 맞아. 너무 마셔서 네 잔소리가 곱게 들리지 않는다고!

"넌 너무 말랐어."

웃지 않으려고 안간힘을 썼다. 진짜로. 웃음을 참기가 어려웠다. 하지만 꾹 참았다. 앤의 표정이 너무나 심각했던 것이다. 내가 너무 말랐다니! 듣기 좋은 소리였다. 웃기지 않은가? 내가 너무 말랐단다. 오늘 오전 촬영에는 법률 사무소 장면이 있었다. 전신이 나오는 장면을 찍을 때 엉덩이에 힘을 꽉 주고 걸었다. 평소처럼 걸으면 엉덩이와 허벅지가 만나는 부분이 걸음을 뗄 때마다 리듬을 타며 불룩불룩 삐져나오기 때문이다. 왼쪽 비곗살이 불룩, 오른쪽 비곗살이 불룩, 왼쪽 불룩, 오른쪽 불룩. 그러고는 대사, "절 보자고 하셨어요?" 그런데 지금 앤이 나더러 너무 말랐단다. 앤은 내 팔에 힘줄이 다 불거졌고 핏줄도 파랗게 보인다며, 열한 살짜리 어린애 같아서 여성적인 매력이 사라졌다고 했다. 하지만 나는 그냥 웃고 싶었다. 아, 이 비현실적인 순간을 그냥 즐기고 웃기만 하면 안 될까? 웃음을 참느라 얼굴이 좀 일그러졌을 정도였다. 나는 속마음이 얼굴에 그대로 드러나는 타입이다. 감추는 게 있으면 얼굴 표정 때문에 다 들통난다. 결국 웃어 버렸다. 아주 시원하게 웃어 젖혔다.

"아, 아, 미안. 네 말이 우스워서 이러는 게 아냐. 그런데 왜 우스운

지 나도 모르겠어. 웃겨서가 아니고 그냥. 아이 참, 너, 너무 심각
하다!"

"당연히 심각해야지! 너 오늘 저녁도 안 먹더라. 그리고 피디아르,
너 어디 아픈 사람 같아. 다이어트가 너무 지나친 것 같아."

웃음이 쑥 들어갔다. 앤 말이 맞아서가 아니었다. 그거였구나. 옷
이나 앉은 자세 때문에 말라 보인 거였구나. 그랬구나.

틀렸어. 나는 진짜 마른 게 아냐. 옷을 걷어 배에 살이 얼마나 많은지 보여
줘? 아니면 그냥 이 자세 그대로 꼼짝 않고 앉아서 앤이 내가 너무 말랐다고
착각하든 말든 내버려 두고 이 기분이나 즐기고 말아?

나는 그 행복한 기분을 한동안 느끼고 싶었다. 자리에서 일어서
면 앤의 착각도 사라질 것이다. 이 마법 같은 청바지를 벗고 파자마
로 갈아입으면 앤도 자기가 잘못 봤다는 걸 알게 될 것이다. 나는 몸
을 움직여 쇄골이 살짝 드러나게 하고 팔을 몸에서 뗐다. 그러면 앤
도 자기가 잘못 봤다고 생각하지는 않을 것이다. 자고 일어나면 어
제 잘못 봤구나 싶겠지만 지금 당장은 자기가 맞다고 믿게 놔두자.
나도 말랐다는 소리를 듣는 게 좋다. 그래서 나는 못 먹어 비쩍 마른
불쌍한 부랑아 같은 자세로 계속 앉아 있었다. 결국 앤이 입을 다물
었다.

"도대체 내 말이 이해는 되는 거니?"

나더러 어쩌라는 거지? 솔직하게 말해 줄까? 천만에, 에이시, 네
말은 전부 엉터리야. 왜냐고? 거짓말이니까. 넌 내가 말랐다고, 진
짜 말랐다고 생각할지 모르겠는데 그건 너한테나 맞는 말이고 네 관
점일 뿐이야. 이 사회는 그렇게 보지 않아. 의상 디자이너도 그렇게

보지 않아. 이 세상이, 디자이너들이 만약 너랑 같은 생각이라면 모델들은 몸이 둥글둥글해야 하고 여배우들도 얼굴이 달덩이 같아야 하고 디자이너들이 들고 오는 샘플 드레스는 사이즈가 훨씬 더 커야 한다고. 네가 도대체 뭘 알아? 앤은 뉴욕 대학교에서 경영학인지 뭔지 석사 학위를 밟는 학생일 뿐이다. 더구나 요새처럼 내 몸매가 좋다고 주목을 받은 적은 한 번도 없었다. 바로 얼마 전에는 『인 스타일In style』에 '이주의 패셔니스타'로 뽑혀 기사도 나갔다. 〈폭스〉 티브이가 주최한 파티에 릭 오언스 드레스를 입고 갔더니 『유에스 위클리US Weekly』는 나한테 베스트 드레서 상을 주었다. 베라도 저번 주에는 나더러 옷걸이가 최고라고 하지 않았나? 몸매 좋다는 칭찬을 요즘처럼 많이 받은 적은 한 번도 없었다. 전부 내 몸매가 환상 그 자체라고 했다.

"피디아르, 난 그냥 걱정이 돼서 그러는 것뿐이야."

"그야 알지, 고맙고. 하지만 걱정할 건 하나도 없어. 나, 저녁도 먹었다고."

"그게 저녁이니?"

나는 분명 저녁을 먹었다. 구운 채소를 먹었다. 하지만 먹다 말았다. 입에 대어 보니 올리브 오일을 너무 많이 썼다는 걸 알았기 때문이다. 나는 립 밤도 안 바른다. 립 밤을 바르지 않아야 외식할 때 기름을 많이 두르고 조리한 음식인지 아닌지 제대로 분간할 수 있기 때문이다. 입술에 립 밤이나 립글로스 같은 걸 바르면 음식에 기름이 얼마나 들어갔는지 알 수가 없다. 더구나 립 밤에 포함된 시어 버터에도 칼로리가 있을지 누가 알겠는가? 잘못해서 그걸 삼킬 수도 있다. 제대로 알지도 못하고 쓸데없이 열량을 섭취하거나 나도 모르게 열량이 있는 걸 먹을까 봐 늘 걱정이었다. 기름에는 열량이 엄청 많고 음식에는 기름이 알게 모르게 아주 많이 들어간다.

지금 내게 제일 큰 문제는 기름이다.

"이건 안 보여? 나 지금 와인 마시고 있잖아! 여기 칼로리가 얼마나 많은데!"

나는 와인 잔을 앤의 얼굴에 디밀었다. 세상에나. 술로 살을 찌우고 있는데도 앤은 내가 너무 말라 문제라고 말한다. 앤이 무릎 위의 빈을 고쳐 안더니 방을 둘러보았다. 거실 구석구석을 열심히 훑어보는 모양이 얘기를 다른 데로 돌릴 구실을 찾는 것 같았다. 열린 주방 문 쪽으로 앤의 시선이 고정되었다. 한동안 앤의 눈이 움직이지 않았다. 그때야 나는 앤이 주방 저울과 칼로리 계산표를 보고 있는 걸 알았다. 정말로 앤이 내가 말랐다고 생각할 리는 없다 싶으면서도 좀 전에는 혹시 앤이 날 질투하나, 그런 생각도 했다. 샘나는 게 당연하지 않을까? 그렇게 마른 건 아니지만 이제는 적어도 뺀 살을 유지할 정도는 된다. 그것만 해도 질투심이 폭발할 만한 일 아닌가. 누구나, 언제나, 날씬한 몸을 갖고 싶은 법이니까.

"그런데 〈로레알〉 촬영은 어땠어?"

"좋았지. 아니, 굉장히 재미있었다고 해야겠지. 꽤 괜찮은 광고가 될 것 같아. 그 왜, 〈로레알〉의 전형적인 샴푸 광고 장면, 그거 그대로 찍었어. 바람에 머리카락이 찰랑찰랑하게 만드는 장면 말이야. 좀 뻘쭘하긴 했지만 나중에 보니까 괜찮더라."

나는 와인을 한 모금씩 홀짝거렸다. 광고 의상이 몸에 맞았던 건

물론이고 대부분이 헐렁했다는 말도 하고 싶었지만 참았다. 보통 때면 그 얘기만 한참을 했을 텐데 내가 너무 말랐다고 저렇게 잔소리를 해 대니 괜히 기분만 상하게 뭐 하러 그 얘기를 꺼내나 싶었다. 촬영장에서 사람들이 프로덕션 어시스턴트를 시켜서 뭐 먹고 싶은 거나 마시고 싶은 건 없는지, 점심이나 커피는 어떤지 하고 물으며 계속 나를 시험에 들게 했다. 하지만 그 시험을 무사통과했다는 얘기도 해 주고 싶어 입이 근질거렸다. 광고 촬영을 하면서 하루 종일 아무것도 먹지 않았다. 사람들은 정말로 놀라는 것 같았다. 계속 먹을 것 얘기를 꺼내면서 묻고 또 물었기 때문이다. 〈로레알〉 간부들한테 내 사이즈가 8이라고 큰 소리로 일러바친 그 못된 스타일리스트도 한방 제대로 먹여 주었다는 얘기도 하고 싶었다. 그 여자가 바리바리 챙겨 온 의상 대부분이 나한테 너무 컸던 것이다. 폭을 줄여야 할 치마가 마구 늘어나자 재단사의 허둥지둥하던 얼굴 표정이라니! 그것도 얘기해 주고 싶었다. 그 여자도 지난번에 날 조롱했었다. 더는 폭을 늘릴 '여분이 없다'고 했었다. 물론 이 이야기도 하지 않았다. 그냥 촬영이 재미있었고 사람들도 다 좋았다고만 했다. 인터뷰할 때 기자에게 대답하는 기분이었다.

제일 친한 친구한테도 그렇고, 다른 사람들한테도 거짓말을 해야 하다니 나도 참 처량하다 싶어지던 참에 앤도 재미있어할 것 같은 이야기가 떠올랐다.

"아, 진짜 재미있었던 일이 생각났어. 촬영 중에 메이크업 아티스트랑 그 사람 보조가 이러지 뭐야. 〈로레알〉 샴푸 모델을 했으니까 〈로레알〉 화장품 모델도 할지 모르겠다고. 나 참, 내가 이 얼굴로 무슨 화장품 모델을 한다고."

"그거 잘됐네.〈로레알〉이 널 화장품 모델로도 기용한대?"

앤이 내 말을 잘랐다.

"아니, 그 소리가 아니고. 아니, 앤, 내 말은 우스웠다는 뜻이야. 그 사람들이 나를 앞에 세워 놓고 얼굴을 하나하나 뜯어보면서 이러는 거야. '입술은 어때?' 그런 식으로. 메이크업 보조가 이러더라. '음, 입술은 참 예쁜데, 이가 약간 고르지 않네요. 그렇게 하얗지도 않고.' 그 다음엔 눈을 뜯어보는 거야. 둘 다 마스카라 광고는 되겠다고 하더라. 내가 속눈썹은 진짜 숱이 많잖아. 그런데 둘 중 하나가 하는 말이, 눈이 너무 작아서 안 되겠대."

나도 눈이 작다는 걸 알고 있었다. 『유에스 위클리』 기사에서도 그랬다. 참 다행이라 해야 할까? 그 기사를 읽기 전에는 내 눈이 아주 정상이라고 생각했고 늘 그런 줄로만 알았다. 하지만 잡지 기사로 내 눈이 작다는 걸 확실히 알게 되었기 때문에 결점을 커버할 수 있는 괜찮은 방법도 알아냈다. 그 기사는 미용 기사였다. 독자가 유명인의 얼굴에서 결점을 찾아내고 그걸 가려 줄 수 있는 비법을 제보하는 기사였다. 거기서 내 눈이 '작고 쏠린' 모양이라고 했다. 나는 충고를 받아들였다. 그 뒤로는 눈꼬리 부분을 진한 색 아이라이너로 올려 그렸다. 그러면 얼굴 가운데로 몰려서 작고 동그란 느낌을 주는 눈을 커버할 수 있었다.

"어쨌든 웃기지 않니."

"하나도 안 웃겨."

앤의 이마에 주름이 잡히는 걸 보니 이 방을 나가야 잔소리를 면하겠다는 생각이 들었다. 다음에는 〈로레알〉 중역이면 중역이지 자기들이 뭐 전문가냐, 너는 지금 그대로 완벽하게 아름답다, 그런 소리를 늘어놓을 것이다. 그러면 나는 고개를 끄덕이면서 그 말이 옳다는 시늉을 해 줘야겠지. 그러나 앤도 나도 내 얼굴이 완벽하지도 않을 뿐더러 〈로레알〉은 당연히 전문가들이라는 걸 잘 알고 있었다.

"에이시, 정말 미안한데 내일 일찍 일어나야 해서 지금 자러 가야 해. 뭐 더 필요한 거 없어? 괜찮아?"

"응. 나도 자야지. 그럼 내일 너 못 보고 가겠네. 근데, 혹시 할 말 있으면 밤에도 괜찮아. 그리고 아무 때나 전화하고, 응?"

"알았어. 잘 자."

몸을 숙여 앤을 안아 주었다. 나는 에이시가 참 좋았다. 앤은 그저 내가 잘되기만을 바라는 친구였다. 〈앨리 맥빌〉에 출연하기 전에 잘된다는 것과 현재 잘된다는 것의 의미가 이미 달라졌다는 걸 이해하지 못한다는 사실이 안타까울 뿐이었다.

손님방 문을 나와 욕실로 가다가 러닝머신을 흘긋 봤다. 러닝머신 타야지. 와인 석 잔의 칼로리가 도대체 얼마나 될까? 머릿속에서 목소리가 왕왕 울렸다. 넌 게을러터졌어. 네가 무슨 자격으로 운동을 빼먹어. 하지만 내가 할 수 있는 일은 없었다. 이를 닦고 침대로 들어갔다.

자려고 침대에 누울 때가 하루 중 제일 힘들 때였다. 해야 할 일을 제대로 하지 않은 날은 누운 채 내 몸 안에서 도대체 무슨 일이 벌어지고 있을지를 생각했다. 자려고 꼼짝도 하지 않고 누워서 천장을 뚫어져라 바라보면서 어릴 때 학교 과학 시간에 도표에서 본 것처럼 내 몸의 분자 에너지가 육각형의 지방 덩어리를 몸속에 축적시키는 장면을 그렸다. 허벅지에 벌집 모양으로 들러붙은 기생충 같은 지방 덩어리 말이다. 프라이팬이 식으면 기름이 굳어 들러붙는 것처럼 살아가는 데 꼭 필요한 기름이 서서히 굳어서 차갑고 허연 지방 덩어리로 바뀌어 바이러스처럼 내 몸의 빨간 살을 뒤덮는 상상도 했다. 몸에서 소모되지 않은 칼로리 때문에 초조해졌다. 침대에 가만히 누워 남은 칼로리가 지방으로 바뀌는 걸 무기력하게 내버려 두고 있으니 말이다. 이러면 예전에 살을 뺐다가 59킬로그램으로 되돌아가는 걸 손도 쓰지 못하고 방치할 수밖에 없었던 것과 뭐가 다른가? 와인을 마셨더니 게을러진 거다. 운동을 못 해서 초조하면서도 와인 때문에 몸이 늘어져서 운동으로 칼로리를 소모할 의지가 생기지 않았다. 토하면 안 될까? 하지만 와인을 토하다가 앤이 소리를 듣기라도 하면 절대 그냥 지나가지 않을 것이다. 내가 토하면 앤은 역시 자기 생각이 맞았다고 확신할 것이다. 나 역시 두 번 다시 토하는 짓은 하지 않겠다고 결심했다. 만약 토하면 바보짓을 했다고 후회할 것 같았다. 나는 요사이 정말 건강하다. 의지도 강해져서 벼락치기 다이어트 뒤에 폭식하거나 토하는 일도 그만두었다. 나는 내 문제를 해결했다.

일어나서 바닥에 앉아 윗몸일으키기를 시작했다. 침대에 가만 누워서 와인 속의 설탕이 지방으로 바뀌게 내버려 두는 건 체중이 널뛰는 문제를 해결하는 게 아니라고 생각했다. 크런치를 하는데 앤이 이제 잘 준비를 하는 것 같았다. 핸드폰으로 음성 메시지를 확인하는 소리가 들렸다. 아주 흐릿했지만 남자 목소리였다. 앤이 불을 끄고 러닝머신 때문에 벽에 붙여 놓은 침대로 들어가는 소리가 들렸다. 차라리 내가 앤이면 얼마나 좋을까. 뉴욕에서 대학을 다니고 놀기도 하는 학생 신분이면 얼마나 좋을까. 먼 데로 여행을 갔다가 친구 집에 신세를 지면서 뭘 먹어야 할지 아무 걱정도 하지 않으면 얼마나 좋을까. 배가 고팠다. 이럴 때 뭐든 먹을 수 있으면 얼마나 좋을까. 외모에 목숨을 걸면서 살고 싶지는 않았다. 하지만 내 외모가 이렇게 싫으니 난들 어쩌란 말인가? 나와 결혼할 수 있는 사람을 만날 수 있는, 그런 삶을 살고 싶었다.

러닝머신과 말라깽이

너 어젯밤에 뭐 먹었어?

문득 잠이 깼다. 이사 온 지 한 달이 지났지만 집은 아직도 낯설었다. 어제 먹은 걸 하나하나 떠올리며 마음을 가라앉히다가 침실 천장에 금이 가 있는 게 눈에 들어왔다. 천장에 난 금은 벽을 타고 내려왔다가 창으로 이어졌다. 그 창은 노란 사막 같은 선셋 5번지 건물 외벽을 마주하고 있다. 침실만 낯선 게 아니었다. 아래층에서는 먹고 잠자는 것밖에 하지 않았고 깨어 있을 때는 대개 위층 다락방에서 보냈기 때문에 거실도 주방도 낯설었다. 다락방에 있는 러닝머신이 어서 오라고 하는 것 같았다. 섭취한 칼로리와 소모한 칼로리를 맞춰 보고 나면 늘 그랬다. 위층에는 사실 방 한가운데에 러닝머신 말고는 아무것도 없었다. 마주보는 양쪽 창으로는 선셋 5번지 건물 지붕인 공장이 보이고 동쪽으로 난 창으로는 시내로 이어지는 길이 훤히 내다보였다. 공장 굴뚝과 마주한 벽은 게시판 삼아 메모지를 덕지덕지 붙여 놓았다. 곧 회칠을 하고 페인트도 칠할 예정이라 상관없었다. 벽은 내 생각을 메모해 붙여 놓는 게시판 이상의 가치는 없었다. 메모지에는 내가 해야 할 일들을 좀 부풀려 적어 놓았다. '부풀렸다'는 건, 일상적인 메모가 아니라 장차 이루고 싶은 목표를 적었다는 뜻이다. 제일 큰 종이에는 굵은 글씨로 이렇게 적어 놓았다. "나는 크리스마스 전에 47.6킬로가 된다." 이렇게 적은 것도 있다. "내년 여름에는 대작 영화 주연을 맡는다."

바로 얼마 전부터 영화 주인공으로 캐스팅되는 게 중요해졌다. 루시 리우가 〈미녀 삼총사Charlie's Angels〉의 주연을 꿰찼기 때문이다. 어느 날 갑자기 〈앨리 맥빌〉에 짠하며 나타난 걸로는 성에 차지 않았나 보았다. 〈앨리 맥빌〉에 출연하는 배우들은 전부 영화 대본도 받아 보고 오디션도 보러 간다. 나도 때로는 러닝머신 위에서 오디션에서 연기할 대사를 외운다. 경사도 1에 5.5의 속도로 달리면서 기계음과 쿵쿵거리는 내 발소리에 질세라 큰 소리로 대사를 외웠다. 러닝머신 앞에 텔레비전과 비디오 플레이어도 설치해서 달리면서 영화를 보기도 한다. 소파에 가만 앉아서 보는 것보다 훨씬 좋다. 알고 보니 러닝머신 위에서 달리기를 하면서 할 수 있는 게 참 많았다. 책이나 대본도 읽을 수 있고 심지어 뜨개질도 할 수 있었다.

아침 운동을 시작하면서 해야 할 일 목록 왼쪽에 붙여 놓은 카드를 바라보았다. 카드는 바닥부터 천장까지 길게 이어져 있다.

50.5

50

49.5

49

48.5

48

47.5

　지금은 50.5킬로그램이다. 500그램씩 빠질 때마다 카드 한 장씩을 뗐다. 그렇게 하면 집중이 더 잘 된다. 또 한 단계씩 내려갈 때마다 그 전 체중을 알려 주는 카드를 없애 버리면 두 번 다시 이전 체중으로 돌아가지 않겠다는 다짐도 될 수 있었다. 과거의 체중은 영영 사라졌다. 나는 이제 과거의 내가 아니다. 살이 빠질수록 살 빼기는 점점 힘들어졌다. 그래서 더욱 힘을 낼 수 있도록 인센티브도 있어야 하고 동기도 부여해야 했다. 몸무게를 적은 카드를 러닝머신 바로 내 눈앞의 벽에 붙인 건 정말 잘한 일이었다. 안 그랬으면 잊어 먹었을 것이다. 달리는 대신 그냥 걸으려고 했을 것이고 빠르게 걷기보다 퍼져 앉아 있으려 했을 것이다. 전에 어떤 유명한 작가가 사는 다락방을 구경한 적이 있었다. 그 집 벽은 집필 중인 소설을 위해 연구하고 취재한 자료들로 뒤덮여 있었다. 그 작가는 지금 쓰는 책이 평생의 역작이며 걸작이 될 거라고 했다. 내게는 체중 조절이 평생의 걸작이 될 것이다. 내 머리로 만들어 낼 수 있는 가장 중요한 작품을 기필코 만들어 내기 위해 그깟 벽 하나쯤이야 얼마든지 바칠 수 있었다.

아파트 바로 옆에 크런치라는 헬스클럽이 있었다. 하지만 나는 다락방에서 아침 운동하는 게 좋았다. 처음 이사 왔을 때 크런치에 가보기는 했지만 남들에게 내 몸을 드러내기가 싫었다. 내가 그 사람들 몸을 뜯어보는 것처럼 그들도 내 몸을 뜯어볼 거니까. 사람들이 날 알아보는 것도 싫었다. 사람들이 자기 친구들한테 넬 포터가 똥배가 나왔고 허벅지 옆 살도 튀어나왔더라고 수근거리는 것도 싫었다. 무엇보다 싫었던 건 운동하고 집으로 오는 길에 파파라치의 카메라에 찍힐 가능성이 있다는 거였다. 퉁퉁 부은 얼굴에다가 운동복 하의는 엉덩이에 착 달라붙어 있을 텐데 말이다. 그래서 대중들과 카메라에 노출될 걱정을 하느니 차라리 다락방 러닝머신을 활용하거나 엘리베이터 옆 계단을 오르내리며 운동하기로 했다. 어쩌다 유난히 활력이 넘치는 날에는 6층 계단 전체를 오르내리며 시간을 재어 보기도 했다. 지상 층부터 꼭대기 층까지 계단을 뛰어서 오르내리기를 반복할 때도 있었다. 하지만 다른 입주자들 눈에 띈 적은 거의 없었다. 게으른 사람들이라 주로 엘리베이터만 타기 때문이었다.

하지만 다락에서 러닝머신으로 운동을 하면서 혹시 내가 너무 편집증적으로 구는 건 아닌가 싶을 때도 있었다. 맞은편 공장 지붕에서 파파라치가 사진을 찍을 수도 있겠다는 생각 때문이었다. 물론 그럴 가능성은 매우 낮지만. 포샤 드 로시가 텅 빈 방에서 러닝머신으로 달리기를 하는 선명한 사진 한 장을 굴뚝 연기 사이로 찍을 수도 있지 않을까? 방에서 이쪽저쪽을 런지로 이동하는 장면이 비디오로 찍힐 수도 있지 않을까? 그냥 걷는 것보다 런지로 이동하면 칼로리 소모를 최대로 늘릴 수 있고 다리 근육도 예쁘게 잡히겠다는 생각에 늘 하는 행동이었다. 다락방에서 운동하는 모습이 파파라치한테 찍히면 제일 끔찍한 일은 속옷 차림이라는 거다. 집에서는 속옷만 입고 지냈다. 웬만하면 속옷만 입고 춥게 살았다. 그래야 칼로리 소모에 도움이 된다. 또 집에 있을 때는 거의 운동만 하기 때문에 운동복을 갖춰 입는다면 빨랫감이 엄청 나올 것이었다. 타블로이드 신문에 그런 사진이 실린다고 생각하니 소름이 끼쳤다. 포샤 드 로시가 속옷 차림으로 러닝머신에서 달리기를 하는 사진, 런지를 하며 엉금엉금 왔다 갔다 하는 사진, 목표 몸무게가 적힌 카드가 벽에 잔뜩 붙은 사진이라니!

그렇게 편집증에 가까운 생각에 빠져 있는데 어디서 빈이 날카롭게 짖는 소리가 들렸다. 빈이 짖건 말건 내버려 두고 운동부터 끝내고 싶었지만, 어서 와서 자기를 구해 달라는 소리가 분명했다. 달리기 시작한 지 겨우 45분밖에 안 되었고 곧 촬영장으로 출발해야 할 시간이었다. 어쩔 수 없이 러닝머신에서 내려와 아래층으로 가서 옷을 입고 빈을 데리러 갔다. 속옷 차림으로 외부 계단을 통해 아래층으로 내려가는 일은 스릴 있었다. 원래는 아파트를 산 뒤에 곧 개조 공사를 해서 다락방을 잇는 실내 계단도 만들고 내부 장식도 취향에 맞게 고칠 생각이었다. 하지만 촬영하랴, 운동하랴, 시간이 없어서 괜찮은 실내장식 전문가를 여태껏 찾지 못했다. 아파트와 다락이 연결되지 않은 것도 나름대로 괜찮았다. 다락에 있으면 내가 집에 있다는 걸 아무도 모른다는 점이 맘에 들었다. 가사 도우미조차 내가 다락에 있는 걸 몰랐다. 나는 다락에 숨어 있을 수 있었다. 아파트의 베이지색 카펫이나 예전 주인이 쓰던 침대 프레임이나 싸구려 식탁은 마음에 들지 않았지만 어차피 내 것도 아니고 내 취향을 보여주는 것도 아니므로 책망할 일도 없었다. 내 소유지만 개성이 드러나지 않는 공간에서 사는 일은 어쩐지 자유롭다는 느낌마저 주었다. 언제라도 내가 되고 싶은 존재가 될 수 있었다. 가구나 벽의 칠이나 침구, 스테인리스스틸 주방 도구같이 예전의 내 모습이 반영된 과거의 결정에 따라 거기에 둘러싸여 살 필요가 없었다. 좀 낡고 더럽기는 하지만 아무것도 그리지 않는 캔버스에서 사는 셈 쳤다. 언젠가는 그 캔버스에 고급스러운 취향의 걸작을 그릴 생각이었다. 하지만 그런 공간을 만들기 위해 기다리는 동안에는 가구를 거의 들여놓을 수가 없다는 건 문제였다. 의자도, 소파도, 커피 탁자도 없었다. 여기 사람이 산다는 걸 알려 주는 유일한 표시는 거실 벽을 따라 죽 늘어 세워 둔 골동품 마네킹들뿐이었다. 여성스러운 몸매를 잘 보여 주는 마네킹이 옛날부터 좋았다. 또 내 몸의 치수를 마네킹과 비교해 볼 수도 있어서 나름 쓸모도 있었다. 몸의 치수를 재기 시작한 것은 얼마 전부터다. 살이 빠진 걸 좀 더 정확하게 알 수 있었다. 마네킹은 이상적인 몸을 보여 준다. 내 몸과 마네킹의 몸체를 비교해 보면 마네킹이라는 이상형에 견줘 내 몸이 어떻게 보이는지 있는 그대로 알 수 있었다. 어쨌든 마네킹의 날씬하고 탄탄한 팔다리 그 자체가 그냥 좋았다.

  아파트 주차장에서 차를 빼면서 시계를 보니 아홉 시 2분이었다. 맨해튼 비치 스튜디오스는 엘에이 어디서 가든 시간이 많이 걸린다. 시내에서 한참 떨어져 있기 때문이다. 결국 계획한 운동 시간을 다

채우지는 못했다. 빈이 이층 가든 테라스 잔디에서 욕실로 가는 길에 이상하게 버티면서 시간을 잡아먹었기 때문이다. 그냥 거기 놔뒀다가 주차장으로 가는 길에 데려가도 되지만 꾹 참고 빈을 기다려 주었다. 뜰이 벽으로 둘러쳐져 있고 안전한 곳이기는 해도 혹시라도 없어질까 봐 걱정이 됐다. 빈은 내 제일 친한 친구였다.

크레센트 하이츠 대로를 따라 늘어선 모든 교차로마다 신호가 걸리는 것 같았다. 신호가 바뀌기를 기다리면서 날 도로에 묶어 놓은 빨간불을 뚫어져라 쳐다보다가 문득 멍해졌다. 손에서는 땀이 났다. 불안하고 초조했지만 시간을 넉넉하게 잡고 나섰기 때문에 촬영 시간에 늦어서는 아니었다. 그 순간, 불안을 느끼는 이유가 오로지 움직이지 않고 있어서라는 걸 깨달았다. 신호등이 파란불로 바뀐 뒤에도 계속 속이 울렁거렸다. 손바닥이 땀 때문에 핸들에서 살짝 미끄러졌다. 손에 땀이 나서 핸들을 꽉 잡기가 어려웠다. 안전벨트로 운전석에 온몸이 꽁꽁 묶인 상태로 있자니 갇힌 기분이 들었다. 숱이 많은 머리를 대충 틀어 올리고 꼬챙이로 찔러 고정해 놓았는데, 그게 인조 스웨이드를 붙인 차 지붕에 닿을 것만 같았다. 조수석에 앉아 있다가 뒷좌석으로 건너간 빈을 보려고 오른쪽으로 고개를 돌리다가 그만 머리에 꽂은 꼬챙이가 운전석 창을 긁어 버렸다. 그 소리가 얼마나 자그러웠는지, 입에 쇳내 나는 침까지 고였다. 그 느낌을 털어 내려고 머리를 흔들었다. 손도 털고 팔도 마구 흔들었다. 왼쪽 발목도 빙빙 돌렸다. 쇳내도 없앨 겸 진정도 할 겸 담뱃불을 붙였지만 차 앞 유리를 타고 올라가는 푸르스름한 담배 연기를 보니 사람 잡을 것만 같았다. 어쩌다가 밀폐된 공간에서 담배를 피울 때 내

가 내뿜은 건데도 담배 연기가 그렇게 느껴질 때가 있었다. 운전대
와 차 앞 유리 사이에 갇힌 담배 연기는 처음에는 아주 파랗게 보
이다가 이내 하얘지더니 빈이 있는 뒷좌석으로까지 건너갔다. 끄기
싫었지만 담배를 끄고 완전히 꺼졌는지 확인까지 했다. 그러다가 아
침 운동이 원래 한 시간인데 다 못 채웠으니 아침으로 먹은 칼로리
를 언제 다 소비할 수 있을까 싶었다. 재떨이에서 마지막 담배 연기
한줄기가 올라와 조수석 창에 부딪혀 흩어졌다. 창밖으로 가로수가
멋지게 서 있는 거리가 보였다. 코모도어 슬로트라는 이름의 길이
었다. 특이했다. 코모도어 슬로트라니. 여기 내가 사는 엘에이 윌셔
남부보다는 런던 어디쯤에나 있을 법한 이름 아닌가. 시계를 보니
아홉 시 20분이었다. 갑자기 아주 좋은 생각이 떠올랐다. 아직 시간
이 충분하니까 차를 세우고 좀 내려도 될 것 같았다. 어디 갇힌 것만
같고 맥 빠지고 늘어지는 이 불안한 기분을 떨쳐 내고 싶었다. 이 길
을 따라 왔다 갔다 얼른 달리기를 해도 될 것 같았다.

"포샤, 안녕하세요?"

피팅 룸으로 들어서자 베라가 웃으며 인사했다. 머리를 저으면서
또 웃었다.

"여기서 더 빠질 수도 있을까? 어머나, 진짜! 볼 때마다 자긴 점점
더 멋있어지네. 얄미워 죽겠어!"

베라는 웃으면서 행어를 끌어당겼다. 나는 베라 앞에서 옷을 다
벗었다. 지스트링 팬티와 통굽 구두만 신은 채 베라 앞에 당당하게
섰다. 이게 자유롭다는 거다. 남들 눈에 내 몸이 어떻게 보일까, 몸이

옷에 들어가 줄까, 나 같은 게 인기 드라마에 출연할 자격이 있나, 이제 더는 그런 걱정은 하지 않는다. 이제는 남들이 날 놓고 뭐라 하든 아무런 걱정도 하지 않는다. 누구든 날 보면 내가 프로라고 생각할 테니까.

처음 입어 본 의상은 너무 컸다. 두 번째도, 세 번째도 컸다. 의상 피팅을 하면서 요즘처럼 행복한 때도 없었고 피팅 룸이 이렇게 편한 적도 없었다. 정말이지 지금처럼 행복한 적은 내 인생에 단 한 번도 없었다.

"이제부턴 우리 스키니 미니한테 2나 4사이즈를 입혀야겠어."

베라가 자기 보조에게 말했다.

"치마 길이도 더 짧은 걸 가져오고. 다리가 이렇게 길고 날씬한데 안 보여 주면 섭하지."

스키니 미니라니. 웃기는 이름이기는 하지만 남이 날 그렇게 불러 주니 기분은 정말 좋았다. 베라는 재킷보다는 스웨터를 입히려고 했다. 베라 말대로 재킷은 입혀 봐야 모조리 헐렁하기만 했으니까. 정말 놀랍고도 신 나는 일이었다. 모든 옷이 커도 너무 컸다. 그리고 내일 피팅할 시간이 정해졌다. 베라는 또 다시 머리를 저었다.

"내가 당신의 10분의 1이라도 노력하는 인간이면 얼마나 좋을까."

"나도 혼자 한 건 아니에요. 영양사가 있어요."

베라의 몸에 눈길이 갔다. 살덩어리. 왜 전에는 그걸 몰랐을까.

"당신이 살 뺄 데가 어디 있다고 그래요? 지금 딱 보기 좋아요."

몸무게에 대한 얘기는 사실 정해져 있는 거나 마찬가지다. 몸무게 타령을 하는 여자에게 해 줄 수 있는 말은 별로 없다. 좀 전에 내가 베라에게 해 준 말이 제일 무난한 말이다.

"무슨 말을! 적어도 10킬로는 빼야 한다니까! 나한테 비결 좀 가르
처 줄 수 없어, 자기? 도대체 뭘 먹는데? 평소에 말이야, 응?"

베라는 이제 날 숭배했다. 진짜 내가 존경스럽다는 표정이었다. 나
한테서 살 빼는 비결을 배울 수 있다고 생각하나 본데, 말도 안 되는
소리였다. 자기 절제라는 건 절대 배워서 되는 게 아니다. 상식도 배
워서 가질 수 있는 것이 아니듯이 말이다.

"나도 그러고 싶지만 사람마다 자기한테 맞는 방법이 다 달라요.
내 방법이 당신한테도 맞을지는 잘 모르겠네요."

절대 내 비밀을 알려 줄 수는 없지. 나만 알고 있어야 하는 비결
이다. 나는 이 세상 모든 사람이 비결을 알고 싶어하는 것, 바로 그
다이어트란 것에 성공한 사람이다. 더구나 내가 뭘 먹고 사는지 말
해 줄 수 없었다. 이 정도로 살을 빼려면 아침에는 한 회 분량 오트
밀의 3분의 2봉지, 점심으로는 버터 스프레이를 친 참치, 저녁은 갈
아 놓은 칠면조 고기 한 스푼에 버터 스프레이 뿌린 것, 별식으로 가
끔 버터 스프레이를 친 젤로만 먹어야 한다고 하면 베라 표정이 어
떻게 바뀔지 눈에 선했다.

"알았어, 알았다고요, 스키니 미니 아가씨. 어쨌거나 이제 다이어
트 끝난 거네. 지금이 딱 완벽해요. 여기서 더 빠지면 너무 말라 보
일 거야."

"그렇죠. 제일 힘든 시기는 지났어요. 이제부터는 유지가 문제죠."

아니다. 아직 살 빼기는 끝나지 않았다. 나도 지금이 딱 보기 좋다
고 생각하지만 조금만 더 빼면 더 예뻐 보이지 않을까? 거울로 내 옆

모습을 보면 허벅지 앞쪽이 무릎부터 엉덩이 위치까지 꼭 바나나 같았다. 목표 체중인 47.5킬로그램이 되면 그 부분이 완전히 일자가 될 것이다. 아직 3킬로나 더 빼야 한다.

"이제 가 볼게요. 촬영장에서 다들 기다릴 거예요. 내일 봐요."

잔뜩 들뜬 채로 의상실을 나왔다. 담배 생각도 안 났다. 촬영장으로 가면서 마음이 차분하게 가라앉았고 기분도 통제할 수 있었다.

"안녕하세요?"

남녀 공용 화장실로 들어서자 피터 맥니콜이 반겨 주었다. 오늘 내 분량은 대본 반쪽 정도고 배경은 남녀 공용 화장실이다. 대사는 없었다. 점점 출연 분량이 줄어드는 것 같았다. 요새처럼 화면발이 좋을 때도 없는데, 정말 짜증나는 일이었다. 여배우로서 이렇게 화면발이 좋을 때가 언제 또 있다고.

"안녕하세요. 별 일 없죠?"

"뭐, 늘 그렇죠. 이번 회에도 법정 장면이 있어요."

피터가 슬쩍 눈을 굴렸다. 피터는 늘 법정 장면이었다.

"나보단 당신이 더 어울리니까요."

그건 빈말이었다. 데이비드 켈리는 피터에게 늘 기가 막히는 반대 심문 장면을 주고 최종 변론 대사도 끝내주게 써 주었다. 정말 부러웠다. 나는 지난 시즌에서 변호사 역할을 제대로 했다고 생각했는데 분량은 오히려 줄어 버렸다. 변호사 사무실 배경으로나 한 번씩 나올 정도까지 줄어들었다. 속옷만 걸치고 노출까지 하면서 찍었던 섹시하고 고고한 연애 상대 역할도 다시는 돌아오지 않았다. 그때는 준비가 되어 있지 않았지만 지금은 언제라도 찍을 수 있게 하루 몇 시간씩 투자해 몸을 만들어 놨다. 그런데 이제는 아예 그런 장면을 찍을 기회도 오지 않는다니, 얼마나 웃기는 일인가.

남녀 공용 화장실 장면에는 피터도 나온다. 하지만 피터와 같이 연기하는 건 아니었다. 나는 촬영 스태프처럼 피터의 연기를 구경하는 거나 마찬가지였다. 피터는 화장실에 왔다가 넬을 연기하는 나를 보고 "엇" 하고 황급히 돌아 나가 버린다. 다른 각도로 여러 차례 찍었는데 그 때마다 피터는 활력이 넘쳤다. 나는 아무것도 한 게 없었다. 그냥 꼼짝도 하지 않고 서 있기만 했다. 내가 선 곳은 화장실 거울에서도 비치지 않아 카메라 렌즈에 잡힐 가능성이 전혀 없는 곳이었다. 만약 화면에 잡혔다면 오히려 극의 재미를 떨어뜨릴 뻔했다는 말을 나중에 들었다.

그날 아침 딱 한 장면 있는 촬영이 끝난 뒤에 오빠랑 만나 〈쿠쿠루〉에서 점심을 먹기로 했다. 점심은 보통 혼자 먹었다. 드레싱 룸에서 남들 눈에 띄지 않고 혼자 통조림 참치와 버터 스프레이를 먹는 게 더 좋았다. 드레싱 룸 욕실에 간이 부엌을 차려 놓고 거기에 양념 통이랑 브래그 리퀴드 아미노스 몇 통, 참치 통조림, 젤로 따위를 챙겨 놓았다. 통조림 따개, 젓가락, 그릇같이 밥 먹을 때 필요한 것들도 다 갖다 놓았다. 하지만 계량하는 데 필요한 그릇 하나만은 꼭 따로 들고 다녔다. 싸구려 중국제 같은데 굽이 달린 그릇이었다. 안에 둥근 결이 나 있어서 제일 밑의 결에 맞춰 참치를 덜면 딱 내가 먹을 만큼의 양이 되었다. 참치 양은 맞게 덜었는데 어쩌다가 양념이나 버터 스프레이가 좀 많아서 그 선을 넘기게 되면 아예 그릇을 싹 비우고 처음부터 다시 계량했다. 참치 양이 넘쳤다는 건 대개는 너무 배가 고파 눈이 뒤집혀서 허겁지겁 서둘렀다는 얘기였다. 참치 통조림 하나로 보통 세 번을 나눠 먹으니까 한 번 잘못 덜어도 두 번의 기회는 남아 있는 셈이었다.

나는 외식도 싫고 남들과 먹는 것도 싫었지만 오빠를 만난 지 오래 되어 그날은 예외로 하기로 했다. 오빠는 벌써 여러 차례 축하 파티를 하자고 했었다. 전에 다니던 생체공학 회사를 그만두고 〈로스앤젤레스 헬리콥터〉라는 헬기 회사를 창업했기 때문이었다. 식당은 내가 골랐다. 나는 〈쿠쿠루〉에만 갔다. 거기는 음식에 기름을 아주 조금만 썼다. 식당에 들어서자 오빠가 벌써 와 있었고 식탁에는 이미 음식이 잔뜩 차려져 있었다.

"미안해, 시씨. 두 시에 약속이 있어서."

오빠가 음식을 가리키며 말했다. 오빠가 내 가방으로 손을 뻗었다. 보들보들 털이 하얀 강아지가 거기 있다는 걸 알고 있었다.

"비니, 잘 있었어?"

오빠가 강아지에게 인사했다. 그러면 안 되는 걸 알지만 나는 어딜 가든 빈을 데리고 다녔다.

"괜찮아. 거물 파일럿님께서 여동생을 알현해 주시니 황공할 따름이지."

오빠는 조종사, 나는 배우. 호주 출신의 시골뜨기 둘이 엘에이에서 꿈을 현실로 만들고 있었다.

"나도 주문할까?"

내가 오기 전에 오빠가 주문을 해 놔서 속으로는 안심이었다. 맨해튼 비치의 〈쿠쿠루〉 식당에서 칠면조 115그램을 주문하려니 약간 찜찜했다. 전에 살던 아파트 근처 핸콕에 있는 〈쿠쿠루〉에서는 115그램 밑으로 음식을 주문할 수 있었다. 거기는 내가 먹는 양을 잘 알았다. 하지만 이런 데서는 고기를 적게 달라고 했어도 계산할 때는 정량인 115그램 값을 내라고 할 게 뻔했다. 그래서 그냥 115그램 다 달라고 하는 게 더 나을 것 같았다. 음식 값을 놓고 따질 때 참 피곤했다. 식당 사람들도 이 손님이 무슨 수수께끼를 내나 싶어 어리둥절해했다. 〈쿠쿠루〉 체인의 음식은 맛은 좋은데 집에서 제일 가까운 〈쿠쿠루〉는 자주 갈 수 없는 문제가 있어서 거의 가지 않았다. 집 근처 산타모니카의 〈쿠쿠루〉에는 절대 가면 안 되었다. 거기는 동성애자들이 많이 오는 곳이었다. 괜히 갔다가 남들 눈에 띄면 내가 동성애자라는 게 들통 날 게 분명했다. 물론 지나친 생각이라고 할 수도 있지만 최대한 멀찍이 떨어져 있는 게 잘하는 일 같았다. 그 식당에 밥 먹으러 오는 손님들이 전부 동성애자라면 나도 동성애자로 보이는 게 당연하지 않은가? 내가 그 식당 손님 중에서 칠면조 고기를 주문하는 유일한 이성애자 손님이라고 누가 생각해 줄까? 거기 손님들이 나를 보고 깜짝 놀라 저 이성애자 여자는 분명 길을 잃었을 거라고 걱정하며 저기 저쪽으로 가면 이성애자들이 가는 식당이 있다고 가르쳐 주기라도 할까? 주문하는 줄에 선 사람들이 자기들끼리 킥킥거리면서 저 배우 동성애인 줄 알았다고, 내가 원래 촉이 좀 발달했지 하며 자축이라도 할지 모른다.

주문한 칠면조 고기가 나왔다. 85그램만 주문했지만 결국 정량인

115그램이 나왔다. 나는 빈부터 먹이기 시작했다. 빈은 칠면조 고기를 좋아해서 내 몫을 줄여 줄 수 있었다. 빈도 나만큼이나 〈쿠쿠루〉의 음식을 좋아했다. 빈한테 고기 먹이는 데 정신이 팔려 오빠가 한참이나 말없이 나를 빤히 보고 있었다는 걸 까맣게 몰랐다. 오빠가 입을 뗐다.

"넌 안 먹어?"

화난 표정이라서 깜짝 놀랐다. 아예 팔짱까지 꼭 끼고 있었다. 꾹 다문 입술은 평소보다 얇아 보였고, 눈도 가늘게 뜨고 있었다. 오빠는 속으로 방어 태세를 취할 때 저런 자세가 나온다. 그러니까 평소 다정한 오빠의 모습이 온데간데없었다는 얘기였다. 방금 전만 해도 그렇지 않았는데.

"포샤, 왜 네가 먹을 걸 강아지한테 다 주는 건데?"

오빠 말투에 화가 묻어 나왔다. 오빠는 열 받으면 '시씨'라고 부르지 않는다.

"워워, 왜 그래?"

나도 슬슬 화가 났다.

"어떻게 115그램을 다 먹어? 칼로리가 얼마나 많은지 알아?"

"도대체 얼마를 먹어야 하는데?"

"하루 1,400칼로리. 남들도 다 그래."

거짓말을 해야 하는 게 정말 싫었다. 요새는 거짓말을 하지 않고는 하루도 그냥 지나가지 않는다. 이제는 있는 그대로 말할 수 없게 되었다.

"웃기시네. 그만큼 먹는데 그렇게 말랐다는 소리야?"

나는 웃지 않으려고 애썼다. 아침에 베라가 나더러 스키니 미니라고 하더니 오빠는 말랐다고 난리다. 오늘은 정말 끝내주는 날이다.

"이 바보, 지금 내가 칭찬하는 건 줄 알아?"

이런 젠장. 들켰구나.

"나도 알아."

오빠 목소리를 들으니 듣기 좋으라고 한 소리가 아니라는 건 알았다. 하지만 '너무 말라 보여'라는 소리를 칭찬으로 듣지 않을 사람이 어디 있는가?

"알았어, 알았다고. 살 좀 붙일게. 웬 난리야?"

공격에는 거짓말로 방어할 것.

"일부러 그러는 게 아니라니까. 요새 일이 정말 많았어."

오빠 표정이 좀 풀리기는 했지만 그래도 내 입에서 다른 말도 들어야겠다는 것 같았다.

"너무 마른 거 나도 안다고."

이제 됐나 보다. 기분이 풀린 것 같았다. 입도 풀리고 눈길도 좀 푸근해졌다. 팔짱도 풀었다.

"약속 있다고 하지 않았어?"

오빠가 그렇다고 끄덕거렸다.

"그럼, 꺼져 주셔."

나는 오빠 뺨에 입을 맞추고 웃어 주었다. 오빠는 내 가방에 손을 뻗어 빈을 토닥거렸다. 그런데 나가다 말고 나를 돌아보았다.

"말라깽이들이랑 일한다고 해서 너도 말라깽이가 될 필요는 없단 말이야."

가짜 식사 일기

수잰 집 소파에 앉아 있었다. 학생이 숙제를 잘 하고 있다는 걸 보여 주게 되면서 수잰을 만나는 일도 아주 신나는 일이 되었다. 수잰이 만들어 준 식단대로 먹으면서 확실히 살이 빠졌다. 물론 섭취 칼로리를 속이기는 했지만. 하루 1,400칼로리로 돌아간 적은 한 번도 없었다. 그럴 필요가 없었다. 실은 앤이 다녀간 뒤로 하루 1,000칼로리를 다 먹은 적도 없었다. 하루 600칼로리에서 700칼로리만 먹어도 아무 문제가 없는데 양을 늘릴 이유가 없었다. 그런데 체중이 50킬로 아래로 내려서고 난 뒤로는 정체기가 오는 것 같았다. 그래서 저칼로리 식사에 더더욱 매달렸다.

"포샤, 요새는 몇 칼로리 먹어요?"

"1,400이요."

좀 머뭇거리기는 했지만 거짓말로 들리지는 않기를 바랐다.

"식사 일기장 좀 봐도 될까요?"

가방에서 일기장을 꺼낼 때 다른 걸 꺼내지 않으려고 조심했다. 가방에는 늘 식사 일기장을 두 권 넣고 다녔다. 하나는 진짜, 하나는 수잰한테 보여 줄 가짜. 진짜 일기장에는 실제 섭취한 칼로리를 적어 놓은 데다가 정해진 대로 먹고 운동하려고 이것저것 메모해 놓은 것도 있었다. 일기장에 적어 둔 글은 어릴 때 발레 시험에서 일등을 하고 싶었을 때 써먹은 것과 어쨌거나 같은 것이었다. 다만 그때는 '넌 일등 못 해'를 적었고 지금은 '넌 아무것도 아니야'를 일기장 페이지마다 적어 놨다. 왜 그런지는 몰라도 그 말은 겁을 주기도 했고 '무언가'가 되고 싶은 욕망을 부추기기도 했다. 뭔가 이루고 싶은 것이 생길 때마다 나는 내가 아무것도 아니고 뭐 하나 해내지도 못할 거라는 생각을 들춰 내 써먹었다. 법대에 가려고 공부하던 십 대 시절에 소닉 유스의 '카렌의 노래'를 아주 많이 들었다. 거식증으로 죽은 카렌 카펜터를 기린 곡이었다. 그걸 부른 가수 킴 고든은 '네가 뭘 한다고 그래. 내가 뭘 한다고 그래'라는 가사를 되풀이해 부르는데, 내게는 그게 무슨 주문같이 들렸고 그걸 들으면 더 오래 더 열심히 공부할 수 있었다.

물론 그런 식의 동기부여는 평범한 것이 아니었고 수잰한테 털어놓을 수 있는 것도 아니라는 것쯤이야 나도 알았다. 더구나 일기에는 동성애 이야기도 적어 놨는데 수잰은 내 동성애에 대해서는 아무것도 몰랐다. 실수로 진짜 일기장을 꺼내 주는 바람에 "너는 뚱뚱하고 못생긴 레즈야"라는 문구가 페이지마다 잔뜩 적힌 걸 보게 되면 얼마나 끔찍해할지 훤히 보였다. 레즈비언은 처음 본다고 할지도 몰랐다. 지금 자기 집 거실에 레즈비언이 드나든다는 걸 알면 수잰이 어떤 표정을 지을지 생각만 해도 비죽 웃음이 나왔다.

나는 가짜 일기장을 주었다. 먹은 걸 무게와 칼로리가 '제대로' 들어맞게 거짓말로 꾸미려면 정말 시간이 많이 들었다. 칼로리 계산표가 얼마나 고마웠는지 모른다. 하지만 가짜 일기장도 나름대로 변화를 주며 꾸며야 한다는 것이 정말 성가셨다. 실제와는 달리 음식을 이것저것 다양하게 먹는 척해야 했다. 남들도 대개 그럴 것이다. 우리 엄마만 해도 매일 먹는 건 사실 거의 똑같았다. 나는 딱 일곱 가지만 먹었다. 칠면조 고기, 레터스, 참치, 오트밀, 블루베리, 달걀흰

자, 요거트. 여기다 젤로를 더하면 여덟 가지가 되지만 수잰이 일기
장을 검토하는 동안 나는 시험 때 부정행위를 한 학생같이 건너편에
앉아 있었다. 수잰이 일기장을 되돌려 줄 때까지 나는 숨까지 참고
있었다.

"포샤, 운동은 어떻게 하고 있어요?"

"그것까지 쓰라고 하지는 않았잖아요."

아무리 수잰에게 자랑삼아 운동량을 말하고 싶어도 그걸 일기장에
적으면 큰일이었다. 특히 수잰에게만 보여 줄 가짜 일기장에는 절대
적어 놓을 수 없었다.

"아, 그냥 궁금해서요. 어떤 운동을 주로 해요?"

"주로 달리기죠. 필라테스도 가끔 하고요. 대개는 달리기예요."

나는 러닝머신 위에서 달리기를 얼마나 하는지 얘기해 주었다. 촬
영 날 점심시간에 달리기를 해도 메이크업이 망가지지 않는 방법을
찾아냈다는 것도 얘기해 주었다. 촬영장 가는 길이 너무 멀어 중간
에 내려서 달리기를 한다는 얘기도 했다. 수잰은 내가 얼마나 대견
할까. 내담자가 너무 게을러서 운동도 안 하면 영양사 일이 정말 힘
들어질 것이고 속도 무지 상할 것이다. 그래 놓고는 살이 안 빠지는
걸 영양사 탓으로 돌리겠지.

"차를 몰고 가다가 가로수가 늘어선 멋진 거리를 찾아냈지 뭐예요.
윌셔 바로 남쪽인데, 거기서 뛰어요. 차에 너무 오래 앉아 있다 보
면 죽을 것 같거든요."

"차에 오래 앉아 있으면 어떻게 될 것 같은데요?"

"수잰, 그야 당연히 살이 찌죠! 식이요법은 다이어트의 절반밖에

안 되잖아요?"

수잰은 걱정하는 것 같았다. 그다지 놀랄 일은 아니었다. 내 얘기를 들을 때 수잰 표정이 항상 그렇기 때문이다. 수잰 얼굴이야 늘 저 모양일 거라고 생각하는 게 편했다. 이제는 무시할 수도 있었다.

"포샤, 그런데, 저기, 생리는 규칙적으로 해요?"

그런 걸 물으려니 좀 난처한 것 같았다.

"당연하죠."

그러고 보니 한 번도 그 생각을 안 해 보았다. 임신 걱정 따위야 남 일이었기 때문에 생리는 거의 신경도 쓰지 않고 살았다. 지난 몇 달간 어쨌나 싶어 되짚어 보니 마지막으로 한 게 언제였는지 기억이 나지 않았다.

"어, 그러고 보니 아니네요. 지금 보니까 마지막으로 한 게 언제였는지 모르겠어요."

수잰은 고개를 끄덕끄덕했지만 알아차리기 힘들 만큼 작은 움직임이었다. 수잰의 얼굴을 똑바로 마주하고 있지 않았다면 아마 몰랐을 것이다. 수잰이 입을 다물고 있으니까 나도 신경이 쓰였다. 무슨 말을 할까 싶어 거의 숨도 못 쉬고 기다렸다. 내가 왜 이렇게 긴장하는지 알 수 없었다.

"포샤, 혹시, 그러니까, 카운슬러 같은 사람 만나 본 적 있어요? 체중 문제를 도와주는 그런 사람."

이건 또 무슨 소리일까? 지금 내 체중 문제를 도와주고 있는 사람이 본인 아닌가?

"옛날에 그런 적 있느냐는 소리예요?"

"네. 십 대 시절에 엄마가 그런 데 데려간 적 없어요?"

제니 크레이그 센터나 글로리아 마셜 센터. 그 얘기를 하라는 것일까?

"열다섯 살 때 일 년 간 휴학하고 모델 활동을 했어요. 그때 체중 감량 센터 두 군데를 다닌 적이 있어요."

펜펜 같은 식욕 억제제가 나한테 안 맞으니까 엄마와 나는 아예 다이어트를 전문으로 관리해 주는 곳에 가 보기로 했다. 맨 처음 간 데가 제니 크레이그 센터였다. 거기는 뚱뚱한 여자들이 둥그렇게 둘러앉아 그룹으로 상담을 하고 나와서 식단표를 받고 카운터에서 깡통에 든 음식을 샀다. 하지만 살은 빠지지 않았다. 오히려 살이 쪘다. 깡통에 든 걸 먹는 건 곧 포기했고 거기 스케줄에 따라 숙제를 하느라 바쁘기만 했다. 그러다가 글로리아 마셜 센터란 데를 알게 되었는데 거기는 스케줄이 좀 융통성이 있었고 헬스클럽 같은 분위기라서 그리로 옮겼다.

우리 집에서 제일 가까운 글로리아 마셜 센터는 기차로 두 정거장 정도 떨어진 곳이었다. 역에서 조금만 걸으면 돼서 가고 싶을 때는 언제든지 갈 수 있었다. 헐렁한 옷을 가방에 챙겨 넣고 모델 일을 마치고 집에 오는 길에 거길 들르곤 했다. 운동을 하기 전에 옷을 갈아 입고 몸무게를 쟀다. 나무로 된 트런들 기계 위에 허벅지를 걸쳐 놓고 한쪽 무릎을 꿇은 채 운동을 시작했는데, 운동기구라기보다 실짜는 바퀴처럼 생긴 기계였다. 나무로 만든 물레같이 생긴 것이 허벅지를 퉁퉁 치는 동안 라디오에서는 '이름 없는 말'이라는 노래가 흘러나왔다. 항상 그랬다. 노랫말의 주인공이 정 붙일 사람도, 집도 없는 떠돌이라서 그 노래를 들으면 우울해졌다. 그렇다고 그 사람이 특별히 자유로운 영혼이라 남들은 대개 알면서도 괜찮다며 가는 길을 일부러 포기한 건 아닌 것 같았다. 노래의 주인공은 길을 잃어버린 것이 아닐까? 그의 생존은 자기 말에 달려 있었다. 그런데 말을 사랑하면서도 애착을 느끼지 않았다. 그런 게 겁이 나기도 했고 허무하기도 했다. 내가 원래 노래 가사에 깊이 파고드는 경향이 있기는 하다. 여덟 살 때 오후 휴식 시간에 운동장에서 놀다 보면 수업을 알리는 노래가 나왔는데, 그게 바로 '그 시절이 좋았지, 친구야, 영원할 줄 알았어'라는 가사로 유명한 '도우즈 워 더 데이즈'였다. 나는 해가 저물 때마다 이제는 영원히 사라져 가는 그날 하루를 몹시 아쉬워했다. 사랑하는 부모님과 아무런 책임도 질 필요 없이 마냥 즐겁게 살 수 있는 여덟 살 때로 다시는 돌아갈 수 없고, 앞으로는 더 많은 걸 알아야 하는 짐을 지게 될 거라는 것을 알았기 때문이었다.

글로리아 마셜 센터 사람들도 제니 크레이그 센터 사람들과 마찬가지였다. 나를 깔보는 태도였다. 다만 다른 게 있다면 거기 사람들은 나를 이용했다. 그들은 나를 자기들 프로그램이 살 빼는 데 효과만점이라는 걸 보여 주는 본보기로 써먹었다. 내가 회원들의 희망이자 존경의 대상이 되게 했다. 하지만 그들에게 58킬로그램은 필사적으로 도달하고 싶은 '목표' 체중이었을지 몰라도 나에게 그 몸무게는 다이어트를 시작해야만 하는 이유였다는 사실을 알지 못했다. 나는 아무 한 것도 없이 글로리아 마셜 센터에 가입하자마자 그곳의 모범생이 되어 버렸다.

수잰의 얼굴 표정을 보니 자기 귀를 의심하는 것이 분명했다. 나는 음식이나 체중 문제와 관련해서 내가 비정상이라고는 한 번도 생각해 보지 않았다. 십 대 초반부터 내 주위에는 촬영 이틀 전부터는 수박즙만 마시거나, 아니면 저녁을 엄청 먹고 마약까지 한 뒤에 칼로리를 태우려고 나이트클럽에 가서 미친 듯이 춤을 추는 모델들밖에 없었다. 굳이 모델이 아니어도 다이어트 강박증에 걸려 몸이 망가진 사람들은 사방에 널려 있었다. 학교에도 그런 애들 천지였다. 충격을 먹은 수잰의 표정을 보니 저 여자는 나와는 다른 세상에서 컸거나 외계에서 온 건 아닐까 싶었다. 십 대 여자애들이 신이 만들어 준 대로 자기 몸을 사랑하고, 엄마가 집에서 해 준 음식을 먹고 행복하게 자라 어른이 되고, 하고 싶은 일을 거리낌 없이 할 수 있는 그런 세상 말이다. 여자는 외모보다 자기가 이루어 낸 일이 훨씬 더 중요하다고 생각하는 그런 세상. 물론 그런 세상이 있기는 할 것이다. 비록 나는 가 본 적도 없고 살아 본 적도 당연히 없지만. 수잰과 상담하다 생각이 옆길로 새 버렸다. 법대는 외모가 아니라 오직 시험 점수에만 목을 매는 곳이다. 그래서 거기서는 얼굴이나 몸매보다는 인간성이 점수를 받는 데 더 도움이 될지도 모른다고 생각했다. 모의재판에서 냉소와 재치를 발휘하면 정말 재미있다며 승소할 수 있을지 누가 알겠는가. 거기다가 머리도 만지고 화장도 하고 옷도 세련되게 입으면 몇 점은 더 얻을 수도 있을 것이다. 광고를 찍다가 분장도 안 지운 채 롤러블레이즈 강의에 들어가면 교수가 총애하는 학생이 되어 개인 지도를 받았을지도 모를 일이다. 하지만 실제로 그런 일은 일어나지 않았다. 나는 수업 시간에 멍하게 있거나 쓸데없이 나대는 백치 금발에 불과했다. 아무도 나를 끼워 주지 않았다. 모델

일과 롤러블레이즈 강의를 왔다 갔다 하는 재수 없는 계집애한테서
는 귀여운 구석이라고는 눈곱만큼도 찾아볼 수 없었던 것이다. 그때
생각이 떠오른 것만으로도 부끄러워졌다.

갑자기 이상한 기분이 들었다. 여기 이 소파에 앉아서 내가 다 까
발려지고 아주 비정상인 사람이 된 것 같았다. 말을 너무 많이 했나?
그래 봤자 수잰은 영양사일 뿐이다. 나는 뭘 먹어야 하는지, 다이
어트를 어떻게 하면 계획대로 잘 해낼 수 있는지를 배우러 거기 간
것이다. 어린 시절이나 불안정한 심리 상태를 털어놓으려고 간 것
이 아니다. 아까 시작할 때 수잰이 예전에 체중 조절 때문에 상담받
은 적이 있냐고 물었는데 그게 무슨 뜻이었는지를 이제야 깨달았다.
한 차례 수다가 지나간 뒤 침묵이 이어졌다. 수잰이 그럴 줄 알았다
는 표정을 지었다. 내가 처음부터 잘못 왔다는 걸 수잰이 확인한 것
이다.

"포샤, 나는 당신이 건강하고 행복하게 살았으면 좋겠어요. 하지만
　내가 제대로 돕고 있는 건지 모르겠어요. 나로서는 역부족인 것 같
　아요."

남자같이 투박한 내 손이 무릎에 놓여 있었다. 나는 그 아래로 카
펫의 얼룩을 멍하니 바라보기만 했다.

당연하지. 네가 뭘 할 줄 안다고. 살은 이제 나 혼자서도 뺄 수 있어.

가짜 식사 일기를 썼다는 사실 자체가 살 빼는 문제만큼은 내가 수
잰보다 더 많이 안다는 걸 여실히 보여 주는 증거 아닌가!

나는 수잰에게 다정하게 웃어 주었다.

수잰은 전문가한테 가 보라고 했다. 식이 장애 관련 치료 전문가를

알아봐 주겠다는 말도 했다. 수잰은 마지막으로 엄마의 호주 집 전화번호를 물었다.

어느 저녁의 지랄 발광

나에게는 개인 비서가 없었다. 그래서 필요한 게 있으면 촬영을 마치고 돌아오는 길에 그 끔찍한 베벌리 쇼핑센터 주차장에 차를 세워야 했다. 그런 잡다한 일을 처리해 줄 사람을 하나 구할까 생각해 봤지만 어딘가 좀 허세 같았다. 물론 그럴 능력은 됐지만 가까운 친구들이나 식구들이 뭐라고 할지 신경이 쓰였다. 나보다 훨씬 더 잘나가는 배우들도 개인 비서를 둔 사람은 거의 없는데 나를 어떻게 생각하겠는가? 시간이 흐르고 에피소드가 지나갈수록 내가 출연하는 장면이 줄어드는 게 눈에 띌 정도였기 때문에 사실 넬 포터 역은 시간을 거의 잡아먹지 않았고 쇼핑할 시간은 넘쳤다.

하지만 나는 쇼핑이 싫었다. 쇼핑하러 갈 때마다 외로웠다. 빈을 가방에 넣어서 데려가도 마찬가지였다. 사람들은 많지만 물건을 파는 사람을 빼면 내가 물건을 고를 수 있게 도와주는 사람은 하나도 없다는 게 너무나 싫었다. 판매원들이 하나라도 더 팔려고 필사적으로 매달리는 게 불편했다. 또 내가 물건을 사느냐, 사지 않느냐에 따라 달리 떨어지는 수당 때문에 그 사람들이 기뻐하기도 하고 슬퍼하기도 한다는 것이 정말 싫었다. 사람들이 나를 쳐다보는 것도 싫었고, 애들이 꽥꽥거리며 돌아다니는 것도 싫었고, 시끄럽고 정신 사나

운 음악도 싫었고, 뜨거운 유리 장 속에 병든 강아지들을 가둬 놓은 애완견 가게도 싫었다. 무엇보다 나 자신이 싫었다. 쇼핑센터에 가면 내가 참 한심하다는 생각이 들었다. 나는 내가 사는 물건에서 내 모습을 보았다. 사려는 물건이 검은색도 있고 분홍색도 있으면 검정을 살지 분홍을 살지 20분씩이나 망설였다. 나한테 '검정'이 더 잘 어울린다고 생각하면서도 검정으로 된 걸 고르는 건 너무 평범하다는 생각이 들었다. 그래서 '분홍'이 어울리지도 않으면서 '분홍'이 어울리는 사람이면 좋겠다고 생각했다. 옷 가게에 가면 그런 생각은 극에 달해서 갈 때마다 정신이 멍해졌다. 나라는 인간은 그런 데는 갈 자격이 없다. 〈바니스〉 매장에는 티셔츠나 카고 바지는 눈 씻고 찾아도 없다. 그래서 나는 환영받는 손님이 아니라는 기분이 든다. 〈바니스〉의 상품들은 계층 상승 욕망이 있는 어린 여자들의 패션 욕구를 충족시킨다. 그래서 그런 여자애들의 구미에 맞는 옷만 가져다 놓기 때문에 나 같은 사람은 무시당하는 기분이 든다. 거기 가면 잘못 들어왔다는 기분이 들었다. 〈바니스〉의 젊은 여자 고객들은 미니스커트와 하이힐, 하늘하늘한 상의, 가느다란 끈, 섬세하고 자그마한 목걸이를 걸치고 입는 사람들이었다. 〈바니스〉 매장의 젊은 여자 손님들은 하나같이 우아하고 세련된 매너에 아름다운 체형을 가진 사람들뿐이었다. 그 여자들은 우월한 미모를 가진 자기 엄마한테서 우아하고 늘씬하고 가느다란 몸매의 유전자를 물려받았고, 20년 전에 그들의 엄마들도 돈 많고 사회적 지위가 높은 남자의 유혹을 받아 그 딸들을 낳았다. 〈바니스〉에 옷을 사러 오는 여자들은 굵은 끈이 달린 셔츠나 부츠, 카고 바지 따위는 살 필요가 없는 몸매의 소유자들이었다. 〈바니스〉 매장은 이런 메시지를 나 같은 사람들에게 보내고 있었다. "저쪽 〈갭〉 매장에 가면 평범한 보통 사람들이 입는 옷이 많아요. 거기 가면 당신이 입을 만한 옷이 꽤 있을 거예요."

에스컬레이터를 타고 베벌리 쇼핑센터의 제일 아래층으로 내려오는데 혹시 파파라치들이 나를 찍고 있지는 않나 하는 불안감이 점점 커졌다. 뭘 잘못하다 걸릴까 봐 겁이 나는 게 아니었다. 이런 평범한 모습이 찍힐까 봐 겁이 났다. 파파라치라면 학을 뗄 정도로 싫었다. 파파라치는 나를 무슨 보험 사기라도 저질러 뒷조사를 받는 범죄자로 만들었다. 증거를 수집하려고 몰래 뒤를 밟아 내 사진을 찍는 것 같았다. 파파라치는 궁극의 사냥꾼이라 할 만한 존재들이다. 파파라치는 진득하고, 준비돼 있고, 정확하다. 사냥꾼과 사냥감 사이에는 말은 없어도 교감 비슷한 것이 있다. 사냥꾼은 사냥감을 놓치면 이번에는 요행히 달아났지만 언젠가는 꼭 잡아 주겠다고 말한다. 파파라치는 환상을 깨 버리는 존재들인데, 그 환상이라는 게 실은 우리 같은 사람들에게 씌워진 가짜 인생이다. 우리는 우리의 진짜 인생은 몰래 숨겨 놓고 세상에는 가짜의 삶을 보여 준다. 파파라치와 우리는 이 모든 것이 시간문제에 불과하다는 것을 안다. 그들은 끈질기게 따라다니다가 언젠가는 우리의 진짜 모습을 까발려 버린다. 파파라치들은 내가 동성애자고 헐렁한 셔츠 아래로 살이 두두룩하게 찐 데다가 보잘 것 없는 촌뜨기 어맨다 로저스라는 걸 한눈에 알아봤다고 말한다. 하지만 개인 비서가 있다면, '잡을 테면 잡아 봐' 하고 게임을 하다가 진짜로 잡힐 수도 있는 위험을 줄일 수 있다. 개인 비서를 두면 경계를 좀 풀 수도 있다. 그러면 난 너무 바보같이 자의

식이 강한 것뿐이고, 사람들은 그냥 내 사진을 찍고 싶을 정도로 날 좋아하는 것뿐이라고 생각할 수 있을 것 같았다. 실제로 그랬다. 사람들은 나를 좋아하니까 사진을 찍고 싶어했다.

적어도 내가 보기에는 베벌리 쇼핑센터에 파파라치는 없었다. 검정색 운동용 매트와 누드 속옷을 사고 나서 차로 돌아갔다. 뱃속에 먹을 걸 넣어 준 지 몇 시간이 지났고 오늘 열량 섭취량도 아주 적었기 때문에 엑스트라 껌 하나를 씹기로 했다. 나는 껌 정도는 늘 씹는 편이지만 하나에 5칼로리나 되기 때문에 그것도 하루 섭취 허용량에 포함시켰다. 그렇게 꼼꼼하게 기록하지 않고 섭취하면 결국 칼로리가 몸에 쌓이고 살이 찐다. 안전벨트를 매고 가방을 뒤져 껌을 꺼내 입에 넣었다. 달콤하고 청량한 껌 맛이 온몸에 엄청난 기쁨을 몰고 왔다. 단물의 홍수가 입과 배를 가득 채웠다. 하지만 씹은 지 몇 초도 안 된 것 같은데 처음에 몰려왔던 단맛이 사라져 버렸다. 엔도르핀이 텅텅 빈 내 몸의 암흑으로 서서히 되돌아가면서 제발 살려달라고 악다구니를 쓰는 것 같았다. 우울증보다 더 끔찍한 기분이었다. 엔도르핀이 쏟아져 나왔다가 사라져 버리면 걸귀 들린 것 같은 허기가 찾아와 머리와 뱃속을 잡아 뜯는 기분이다. 처음 느껴 보는 고통이었다. 나는 최면에라도 걸린 사람처럼 다시 가방을 뒤졌다. 기계적인 동작으로 포장지를 벗기고 껌 하나를 더 입에 넣었다. 그리고 또 하나를 넣었다. 단물 빠진 껌을 재떨이에 뱉어 내고 다시 하나를 넣었다. 다음에는 한꺼번에 두 개를 까서 입에 쑤셔 넣었다. 단물이 다 빠지자 뱉었다. 까서 입에 넣고 씹고 뱉는 짓을 미친 듯이 반복했다. 윈터프레시 껌 한 통이 그렇게 사라졌다. 서서히 정신이 돌아왔다. 순식간에 60칼로리나 섭취했다! 시동을 거는 것도 잊어 버렸다. 방금 내가 무슨 짓을 저질렀지? 엄청난 공포가 밀려왔다. 도 대체 이럴 이유가 없었다. 옛날에 한 번씩 폭식을 한 건 속상한 일이 있어서였다. 오늘은 그런 일도 없었는데, 하루 섭취량을 일부러 한꺼 번에 해치우려고 한 것도 아니었는데 도대체 왜 이런 짓을 했지? 오 늘은 그냥 평범한 날이었다. 오히려 기분이 좋은 날이었다. 아무런 예고도 없이 다시 또 이러면 어쩌지? 이런 일이 하루에 한 번씩 일어 나면 어떻게 해야 하지? 내가 내 삶에서 유일하게 통제할 수 있다고 생각한 것을 통제하지 못하다니 도대체 어떻게 된 일이란 말인가?

정신을 어디다 팔아먹고 있었나. 자제력을 잃어버렸다. 어쩌면 앞 으로도 영원히 이렇게 불안하게 살다가 한 번씩 완전히 정신이 나가 멍해질지도 모른다. 지독한 무력감과 의심 속에서 헤매다 또 다시 자제력을 잃을지도 모른다.

공포와 분노가 내 몸을 철저히 뒤흔들어 놓았다. 안전벨트를 거 칠게 풀고 차 밖으로 나왔다. 사람이 많은 베벌리 쇼핑센터 주차장 에서 마구 달리기 시작했다. 껌으로 섭취한 열량을 지금 당장 배출 하지 않으면 또 이런 일이 벌어져도 아무 조치도 취하지 못할 것 같 았다. 나는 할 수 있어. 달리기를 하면 열량을 소모할 수 있어. 속력 을 내 달렸다. 주차장 끝의 콘크리트 벽까지 있는 힘껏 달렸다. 그리 고 수영 선수들이 턴을 할 때 벽을 치는 것처럼 주차장 벽을 손바닥 으로 치고 그 반동으로 방향을 바꿔 다시 맹렬하게 팔다리를 흔들 며 냅다 달렸다. 내 차 옆을 지날 때 빈이 짖는 소리가 들렸다. 그 소리는 주차장 벽 끝으로 갈수록 작아졌다. 주차 구역에서 빠져나오는 차들을 이리저리 피해 가며 벽까지 전력 질주를 했다가 벽을 치고 반동으로 다시 달리기를 반복했다. 차들이 내 옆을 지나칠 때 차바퀴가 주차장 바닥 위로 미끄러지며 날카로운 소리를 질러 댔다. 주차장 이쪽 끝에서 저쪽 끝을 왔다 갔다 미친 듯이 달리는 나를 치지 않으려고 반대 차선으로 뛰어드는 차도 있었다. 그런 것 따위는 안중에도 없었다. 집중해서 계속 달리는 게 급선무였다. 그렇게 달려야 껌으로 섭취한 칼로리의 반이라도 소모할 수 있으니까.

"제발 그만해요!"

산소호흡기를 단 할머니를 부축하고 있던 어떤 젊은 남자가 소리를 꽥 질렀다. 의료용 차량에 할머니를 태우기 위해서는 나를 가로질러 가야 했다. 그 남자는 엄청나게 화를 냈다. 내가 달리기를 해서 화가 난 건가? 나는 뭐든 내키는 대로 자유롭게 할 수 있는 사람이지만 자기는 산소호흡기에 발이 묶여 꼼짝 못 하는 신세다 이건가? 평생 호흡기에 의지해 살아야 하는 사람이 그 할머니가 아니라 바로 자기라도 되는 것처럼 말이다. 그렇게까지 크게 소리를 지르다니 참 무례했지만, 그 목소리에는 나를 놀라게 하고 내 발걸음을 늦추게 만드는 뭔가가 있었다. 그리고 일단 한 번 속도를 늦추니 다시 올리기란 쉽지 않았다.

그때서야 내가 12센티미터짜리 통굽 구두를 신고 달렸다는 것을 알아차렸다. 도대체 그걸 신고 어떻게 그 정도 속도로 달릴 수 있었을까? 촬영장에서 오프 카메라용으로 신으려고 산 구두였다. 카메라가 상반신만 찍을 때 신는 신발이라는 말이다. 사실 그 통굽 구두는 나름대로 꽤 중요한 임무를 띠고 있었다. 〈페이레스〉 매장에서 산 평범한 구두지만 그걸 신으면 다리가 가늘어 보였다. 굽이 12센티가 넘어서 몸의 비율이 완벽해진다. 그래서 아침에 눈을 뜰 때부터 저녁에 잠자리에 들 때까지 오로지 그것만 신었다. 운동을 하러 갈 때도, 가벼운 산행을 할 때도, 그 구두만 신었다. 집에서도 벗지 않았다. 그걸 신지 않으면 창에 비치는 내 모습을 보기가 두려웠다. 그런데 그걸 신고 전속력으로 달렸다니. 그게 가능하리라고는 상상도 하지 못했다.

그 바보 같은 간호사 때문에 집중력이 떨어진 게 못내 속이 상했다. 지금 내게 들이닥친 끔찍한 시련을 이겨 내기 위해 얼마나 필사적으로 달렸는데 그걸 훼방 놓다니. 죽기 살기로 살을 빼 보지 않은 사람은 지금 이 일이 얼마나 중요한지 절대 이해하지 못한다. 하지만 남들이 들으면 뭐라고 하겠는가? 그래서 누구에게도 말을 못 했다. 내 배우 인생이 살을 빼느냐, 못 빼느냐에 달려 있다는 것을 아무도 알지 못했다.

다시 차를 몰고 집으로 향했다. 화가 났고 너무나 불안했다. 껌으로 섭취한 열량을 완전히 태워 없애지 않고 그냥 놔두면 열량은 지방으로 변할 것이다. 빨간불에 걸리자 운전대에서 손을 떼고 두 팔을 맹렬히 흔들었다. 배에는 힘을 빡 주었다. 교대로 발을 바꿔 브레이크를 밟으면서 왼 다리와 오른 다리를 골고루 굽혔다 폈다 하며 운동했다. 집에 오는 내내 머리를 마구 흔들면서 큰 소리로 노래를 불렀다. '몬스터 마그넷'은 별로지만 운전하면서 열량을 소모하는 데는 도움이 되기 때문에 차에서 늘 틀어 놓는 노래가 있었다. 집까지 그렇게 빨리 온 적은 없었던 것 같았다. 베벌리에서 크레센트 하이 츠로 방향을 틀면서, 과다 섭취한 열량을 어떻게 하면 더 효과적으로 태울 수 있을지 생각해 보았다. 일단 주차하고 엘리베이터로 후딱 올라가서 빈을 내려놓고 운동복으로 갈아입은 뒤 근처 헬스클럽에 갈까? 아니다. 우선 주차부터 하고 빈은 아파트 정원에 떨구어 놓는다. 그 다음에 6층까지 계단으로 달려 올라갔다가 엘리베이터로 내려와 빈을 데리고 다시 계단으로 달려 올라간다. 그러고 나서 집에서 러닝머신으로 운동한다. 그래, 그게 더 낫겠다!

주차를 하자마자 빈을 데리고 최대한 빨리 정원 쪽으로 달려갔다. 서둘러 빈을 정원 담장 너머로 내려 주고 계단을 뛰어 올라갔다. 잠시 동안은 빈도 괜찮겠지. 담장이 있으니까 빈도 거기서 다리를 좀 풀고 있으면 된다. 계단은 한 번에 두 개씩 뛰어 올라갔다. 그래야 허벅지가 불타는 느낌이 온다. 5층까지 올라갔다가 내려올 때는 한 계단씩 내려왔다. 하지만 아주 빨리 달렸기 때문에 꼭 제자리 달리기를 하는 것 같았다. 이 정도로 균형 감각과 운동신경이 발달했다는 게 정말 자랑스러웠다. 그런 속도로 계단을 달려 올라가는 건 절대 쉬운 일이 아니다. 더구나 12센티짜리 통굽 구두를 신고서 말이다. 그래도 그걸 신고 달리기를 하니 좋았다. 발목을 삘까 봐 조심하느라 칼로리 소모가 더 늘어나는 것 같았다. 발을 내딛을 때 엄지발가락과 새끼발가락까지 앞 발바닥에 고르게 힘을 주어 체중을 분산하려면 완벽한 균형 감각이 필요했다. 필라테스를 배우면서 균형을 완벽하게 잡기 위해서는 에너지가 많이 소모된다는 걸 배웠다. 몸에 아무짝에도 쓸모없는 열량을 60칼로리나 채워 넣었기 때문에 내게는 남아도는 에너지가 있었다.

　7층 다락방까지 올라가자 계단은 끝났다. 한 가지 결정할 것이 있었다. 2층 정원에 두고 온 빈을 데리러 갈 때 계단으로 갈 것인가, 아니면 엘리베이터를 타고 단번에 내려갈 것인가? 계단으로 내려가 봤자 칼로리 소모가 크지도 않으니까 내려갈 때는 엘리베이터를 타고, 아낀 시간만큼 다시 계단을 뛰어 올라오면 칼로리가 소모되어 배와 허벅지에 축적되는 걸 막을 수도 있다. 엘리베이터를 탔다. 혼자 5분이나 정원에 내버려 둔 걸 빈도 이해해 주겠지. 나도 어쩔 수 없었단 말이다. 엘리베이터에서 홀로 조용히 서있다 보니 좀 전에 일어난 일이 조금씩 이해되기 시작했다. 아무 이유도 없이 폭식을 했다. 자제력을 잃었다. 한 번 자제력을 잃고 폭식을 했으니까 아무 예고도 없이 또 이런 일이 벌어질 수 있다. 자제력을 다시 잃어버리면 전처럼 살이 찔 수 있다. 그러면 이 짓을 처음부터 다시 시작해야 할지도 모른다. 내게 있는 유일한 능력인 자제력을 또다시 잃어버릴 수도 있다.

　다시 맨 아래층까지 내려갔다. 거기서부터 한 번에 두 계단씩 뛰어 올라갔다. 빈이 있는 2층을 그냥 지나쳤다. 숨이 턱까지 차올라도 무시했다. 쇼핑센터 주차장에서 일어난 일도 떠올리지 않았다. 계단 난간도 잡지 않고 오직 두 다리의 힘으로만 원통형의 계단실을 달려 올라갔다. 계단의 벽지도, 카펫도 눈에 들어오지 않았다. 꼭대기까지 올라가면 되돌아서 엘리베이터 단추부터 누르고 제자리 뛰기를 했다. 울었다. 울면 울지 않는 것보다 칼로리 소모가 더 될 것 같았다. 엘리베이터 문이 열리자 얼른 달려 들어갔다. 엘리베이터를 탄 뒤에야 내가 탈 때 어떤 남자가 거기서 내렸던 게 생각났다. 이 아파트 주민인가? 처음 본 사람이었다. 문이 닫히자 울음소리는 더 커졌다. 갇힌 기분이 들어서 울었는지, 엘리베이터 안에서 제자리 뛰기를 하다 낡은 엘리베이터가 추락할까 봐 겁이 나서 울었는지 나도 모르겠다. 손을 마구 털고 상체를 옆으로 쭉쭉 비틀어 주었다. 아차, 이제 곧 저녁 먹을 시간이다. 밖은 이미 어둠이 내리기 시작했을 텐데 어두워지기 전에 저녁을 먹어야 자기 전까지 먹은 걸 다 소화시킬 수 있다. 하지만 달걀흰자만, 그러니까 순수 단백질만 먹으면 괜찮을 거야. 그래도 지금 당장 먹어 줘야 한다. 얼른 달리기를 마치고 가서 저녁 준비를 해야겠다.

다시 계단을 달려 올라갔다. 이번에는 좀 힘이 들어서 한 번에 한 계단씩 뛰어 올라갔다. 그래도 소파에 앉아 걱정만 하는 것보다는 훨씬 낫지. 뛰어 올라가면서 호흡 운동도 같이 했다. 들이쉬면서 네 계단, 내쉬면서 네 계단. 들이쉬고 네 계단, 내쉬고 네 계단. 그렇게 하니까 속도를 유지하며 2분만에 7층 꼭대기까지 올라갈 수 있었다. 두 번째로 뛰어 올라올 때 제일 아래층에서 꼭대기 층까지 시간이 그 정도 걸린다는 걸 알았다. 마지막 올라올 때까지도 처음 속도를 그대로 유지하며 뛸 수 있었다. 확실히 처음 생각만큼 힘들지 않아서 한 번만 더 하기로 했다. 5분 정도는 늦게 먹어도 된다. 이번에는 엘리베이터 안에서 오늘 낮에 먹은 음식의 칼로리를 떠올려 보았다. 심장이 갈비뼈를 뚫고 튀어나오는 줄 알았다. 달리느라 산소 펌프질을 너무 열심히 해서가 아니었다. 나는 공포에 사로잡혔다. 맙소사! 음식 일기장이 차 안에 있다! 가방도 놔두고 왔다! 차 열쇠를 어디

됐더라? 혹시 가방에 놔뒀으면 큰일인데!

엘리베이터가 맨 아래층에 서자 총알처럼 튀어 나가 가방을 찾으러 주차장으로 달렸다. 옆으로 제프가 휙 지나갔다. 주차장의 묵직한 강철문을 열자 내 검은색 포르셰 운전석 문이 활짝 열려 있는 게보였다. 완전히 당황한 상태로 허겁지겁 가방을 챙기고 차 문을 닫았다. 아무도 없었기 때문에 그렇게 당황할 필요까지는 없었다. 하지만 멍청이가 된 기분이었다. 차 문 닫는 것도 잊어 먹고 가 버리는걸 분명 누가 봤을 텐데. 이 아파트에 사는 사람들은 검은색 포르셰가 누구 차인지 다 안다. 이제 내가 '덜렁이'라는 걸 이웃 사람들도다 안다. 엄마한테 내가 덜렁이라고 일러바친 사람은 초등학교 2학년 때 담임 선생님이었다. "어맨다는 똑똑하고 우등생이 될 자질이있어요. 그런데 수업 시간에 집중을 잘 못하고 덜렁대는 문제가 있습니다." 나는 덜렁대고 집중을 잘 못하고 잘 까먹는 애였다. 나는 연기를 하겠다고 법대를 중퇴하고, 열쇠는 차에 꽂아 놓고 가방은 운전석에 내 버리고 차 문을 활짝 열고 가 버리는 그런 여자였다. 그리고 살을 못 빼서 쩔쩔 매는 여자였다.

지상 주차장 창살 너머로 바깥이 이미 어두워진 것을 알 수 있었다. 무거운 가방을 들고 계단을 뛰어 오르면 더 힘들겠지만 저녁먹기 전에 운동할 수 있는 마지막 기회가 되겠다 싶었다. 다시 계단을 두 개씩 뛰어 올라갔다. 이번에는 가방 무게 덕분에 운동에 부하가 더 걸렸고 통굽 구두로 균형을 잡기는 더 힘들어졌다. 양손으로가방을 잡고 팔을 앞으로 쭉 뻗은 채 어두컴컴한 조명과 더러운 벽지가 발린 계단을 뛰어 올라갔다. 이번에는 속도를 좀 늦추었지만 가방 무게 때문에 팔이 불타는 것 같았다. 그래서 마지막으로 한 번만 더 갔다 오기로 했다. 그때가 유산소 운동에 근육 운동을 처음으로 접목해 본 때였다. 한 번만 더 뛰어갔다 오면 껌 때문에 벌어진 재앙은 잊을 수 있을 것 같았다.

드디어 내 아파트 현관문까지 왔다. 30분 동안 여섯 번이나 계단을 뛰어 올라왔더니 어서 들어오라고 손짓하는 것 같았다. 결심한 대로 열심히 운동을 했으니 당당하게 현관문으로 들어설 수 있었다. 집에 들어설 자격을 얻었다. 이제 쉬어도 된다. 가구 하나 없는 싸늘한 아파트에 들어서서 불을 켜고 가방을 바닥에 던졌다. 천장에 달린 갓도 없는 전등 불빛 아래로 빈의 오줌 자국이 카펫 위에 여기저기 묻은 게 보였다. 예전에 빈이 화장실을 제때 못 가서 묻힌 거였다. 그렇다고 빈을 꾸짖을 수는 없었다. 어쨌든 그 카펫은 내다 버릴 거였다. 빈은 착한 개다. 내가 제때 빈을 화장실에 데려다주지 않아서 그런 일이 벌어졌을 뿐이다.

세상에! 빈을 안 데리고 왔다!

문을 박차고 나가 미친 것처럼 계단을 달려 내려갔다. 30분 전에 2층 정원에 고이 내려놓은 그대로 빈이 있기를 바라고 또 바랐다. 빈! 내 사랑스러운 친구가 혼자서 30분이나 방치돼 있었다! 누가 훔쳐 갔을지도 모른다. 울타리를 넘어 차가 씽씽 달리는 바깥으로 나갔을 수도 있다. 거기다 빈을 두고 오다니 정말 바보 천치다. 맙소사! 나는 도대체 왜 이 모양인가? 복도를 달려 정원으로 이어지는 유리문 쪽으로 가니 빈이 보였다. 털이 희고 눈이 까만 빈이 겁에 질리고 추위에 떨면서 유리문을 긁어 대고 있었다. 그렇게 하면 문 안쪽의

221

따뜻하고 안전한 복도로 갈 수 있는 줄 알고. 마음이 놓이고 긴장이 풀린 나머지 복도 바닥에 거의 미끄러지듯 주저앉았다. 빈을 안아 올려 가슴에 꼭 품었다. 이렇게 사랑스러운 아기를 버려 두고 가 버렸다니. 살 빼는 데 정신이 팔려서 내게 가장 소중한 것들을 잊어버리고 있었다. 나에게 무한 신뢰를 보내는 빈의 커다란 눈을 들여다보고 매끄러운 흰 털을 쓰다듬으며 말했다.

"비니, 정말 미안해. 다시는 안 그럴게. 빈, 사랑해."

빈의 눈 주위 얼룩이 눈에 들어왔다. 처음 발견한 건 몇 주 전이었지만, 이제 보니 상태가 심각해 보였다. 털도 좀 뭉친 데가 있었다.

"자, 집에 가자."

뺨에는 눈물이 줄줄 흐르는 꼴로 빈을 안고 또 선택의 갈림길에 섰다. 계단으로 가느냐, 엘리베이터로 가느냐. 그러고 보니 사람들 몇몇이 엘리베이터를 기다리고 있었다. 나를 알아본 사람들이 괜찮으냐고 물었다. 엘리베이터를 타는 편이 빈에게 더 좋았다. 그때는 정말 빈만 생각해야 했다. 편안하고 안전하게 데려가야 한다. 계단을 뛰어 오르면서 이리저리 뒤쳐선 안 된다. 하지만 계단으로 가면 더 빠르다! 지금 빈한테 필요한 건 얼른 밥을 먹고 얼른 안락한 자기 잠자리에 들어가는 것 아닌가! 그래서 나는 계단으로 일곱 개 층을 다시 뛰어 올라가기 시작했다. 계단을 달려 올라갈 때 빈의 고개가 아래위로 수도 없이 마구 흔들렸다. 마음이 불편했다. 하지만 금방이다!

드디어 아파트에 왔다. 문을 활짝 열었다가 쇼핑센터에서 쇼핑한 걸 트렁크에 넣어 두고 그냥 왔다는 생각이 났다. 검정색 운동용 매트를 차 트렁크에 두었었다. 나라는 인간은 운동기구를 사 놓고도 한 번도 제대로 쓰지 않는 인간이다. 운동기구를 사서 집에서 개인 트레이너와 운동하기로 해 놓고 그걸 잊어 먹고 올라오다니, 정말 나다운 짓이다. 내 개인 트레이너는 내일 아침 제일 먼저 우리 집에 오기로 되어 있었다.

이러니 개인 비서가 꼭 필요하단 말이다. 당장 해야 할 일이 너무 많아 정신이 아득할 지경이다. 우선 빈을 좀 챙겨 달라고 해야 한다. 빈을 데리고 애견 숍에 가야 하고 산책도 시키고 아래층 화장실에도 데려가 달라고 해야 한다. 그래야 카펫에 오줌을 안 싸지. 먹을 것도 좀 사다 달라고 하고 운동도 안 빼먹게 일러 달라고 해야겠다. 하지만 제일 급한 건 날 대신해 베벌리 쇼핑센터에 가서 쇼핑을 해 오는 일이다. 그래야 두 번 다시 오늘 같은 일이 벌어지지 않을 테니까!

본능과의 싸움

헬스클럽에 운동을 하러 가는 사람들이 에스컬레이터를 타고 있었다. 에스컬레이터의 기계음은 참 이상했다. 미세하지만 둔중한 소음이었다. 냉장고 소리처럼. 그래도 배경음악 수준에 불과하다. 버즈 커피 매장에서 나는 정말 거슬리는 원두 가는 소리나, 쇼핑객을 삼키고 뱉는 버진 메가스토어의 유리 출입문이 열리고 닫힐 때 터져 나오는 음악 소리에 비하면 말이다. 개인 비서 면접을 보려고 버즈 커피 매장에 앉아서 기다리는 중이었다. 에스컬레이터는 헬스클럽에 한번 와 보라며 점잖지만 집요하게 나를 끌어당겼다. 이제 나도 살이 꽤 빠졌으니까 헬스클럽에서 운동하는 다른 여자들이 쳐다봐도 괜찮지 않을까 싶었다. 이제는 지방층에 근육이 묻혀 있지 않으니까 어디 한번 마음대로 뜯어보라고 무시할 수 있을까? 만날 사람을 기다리면서 사람이 타든 안 타든 쉬지 않고 올라가고 내려오는 에스컬레이터를 바라보았다. 헬스클럽으로 사람들을 실어다 나르는 에스컬레이터는 한 번씩 빈손이 되었다. 영화관도 2층에 있었다. 대낮에 영화를 보러 가는 사람들은 도대체 어떻게 생긴 사람들인가 싶었다. 영화관 안의 어둠은 그 공간의 허전함을 채워 주는 걸까, 아니면 허전함을 무한으로 확장시키는 걸까? 화요일 오후 시간대에 영화를 본 적은 한 번도 없었다. 평일은 일하라고 있는 거라는 건 누구나 다 안다.

헬스클럽에 들어가는 사람들을 꼼짝도 하지 않고 앉아서 구경만 하는 것이 슬슬 불안해지기 시작했지만, 개인 비서에게 당장 부탁할 일거리 몇 가지가 떠올랐다. 나는 불안감을 털어 내기 위해 다리를 아래위로 움직였다. 마침내 캐롤린이 왔을 때 나는 그녀에게 내 불안감을 힘껏 떠밀었다. 야외의 고정 테이블에 빙 둘러 배치해 놓은 불편하기 짝이 없는 철제 의자에 캐롤린이 미처 앉기도 전에 앞으로 할 일을 마구 늘어놓았다. 캐롤린은 동작 빠르게 응했다. 잽싸게 수첩과 펜을 꺼내더니 내 조급한 성미에 걸맞은 속도로 서둘러 메모했다. 그러면서 계속 이랬다. "다른 건요?" 쇼핑광의 쇼핑 목록이라고 할 수도 있을 정도의 메모와 해야 할 일 목록을 다 적을 때까지 우리가 눈이나 제대로 마주쳤는지 잘 모르겠다.

"〈랠프스〉에 가서 요거트 좀 사다 줘요. 내가 먹는 요거트는 거기 밖에 없거든요."

"다른 건요?"

"빈을 데리고 애견 미용실도 좀 가주고."

"다른 건요?"

"필라테스 강좌 시간 조정도 좀 해 주면 좋겠어요."

"다른 건요?"

"아파트 리모델링 하는 것도 옆에서 좀 감독해 주면 좋겠고."

"다른 건요?"

"같이 등산도 가면 좋겠어요. 혼자 가는 건 싫거든요."

"다른 건요?"

나 동성애자인데 그래도 괜찮아요? 다른 건요? 동성애자라도 괜찮으면 그걸로 됐어요. 다른 건요? 내가 동성애자라는 거, 비밀 지켜 주고 내가 별 볼일 없는 가짜라는 것도 어디 가서 말하지 않으면 좋겠어요.

"이게 다예요?"

내 비즈니스 매니저가 초안을 잡아 준 비밀 보장 각서에 캐롤린이 서명했다. 비즈니스 매니저는 나한테 왜 개인 비서가 필요한지 진짜 이유는 전혀 모른다. 그렇게 캐롤린은 내 개인 비서가 되었다.

"나는 운동하는 거 좋아하는데, 당신은 어때요?"

"저도 좋아해요."

마침내 캐롤린과 내가 한숨 돌리고 뒤로 물러앉았을 때 우리는 이미 서로를 신뢰하는 사이가 되어 있었다. 캐롤린에게는 아주 튀는 구석이 몇 군데 있었다. 캐롤린은 무채색의 여자였다. 머리숱도 많았고 머리가 백발도 아니었지만 그래도 무채색이었다. 얼굴도 핏기 없이 창백했다. 손도 깡말라 뼈가 튀어나왔는데 그 손도 무채색이었다. 새끼손가락에서 시작해 손등을 돌아 손목으로 이어진 파랗고 가는 정맥을 빼면 말이다. 깡마른 손은 깡마른 몸매에 어울렸다. 에스컬레이터를 타고 오르내리거나 버즈 커피에서 커피를 마시는 사람들은 하나같이 둥글둥글한 곡선이었지만 캐롤린만은 직선으로 이루어진 사람이었다. 그렇다고 캐롤린이 샘난 것은 아니었다. 그냥 그런 몸이 좋았다. 나 말고도 체중 감량에 그토록 신경 쓰는 사람이 있다는 걸 내가 알아본 것이다. 캐롤린이 한두 번 살을 빼 본 게 아니라는 건 대번 알아차렸다. 그래서 캐롤린이 체중 유지에 그렇게 신경 쓰는 것도 인정해 줄 수 있었다. 우리는 뺀 체중을 유지한다는 목표 아래 단번에 하나가 될 수 있었다. 캐롤린이 도와주면 내 금발도, 손톱 길이도, 빈의 청결도, 내 차의 세차 상태도 잘 관리할 수 있을 것 같았다. 의상 관리도 잘 할 수 있을 것이고 때맞춰 칼리나 에릭에게 편지를 보내 스케줄이 맞지 않아 디너파티에 못 가게 됐다고 모양 좋게 사과도 할 수 있을 것 같았다. 캐롤린이 음식을 사다 주고 개인 트레이너와 운동할 시간표도 짜 주면 감량한 체중을 유지하는 것도 그다지 어렵지 않으리라.

캐롤린을 만난 뒤 집으로 와서 방 안에 들어서는데 열린 창문 틈새로 새어 든 한기에 깜짝 놀랐다. 신선한 공기를 들이는 게 좋아서 항상 창문을 조금 열어 놓고 다녔다. 솔직하게 말하면 신선한 공기 말고 다른 이유도 있었다. 선셋 대로의 차 소리와 선셋 5번지 공장 건물 꼭대기의 에어컨 소리가 듣고 싶었다. 주방에 앉아 혼자 끼니를 때울 때 그런 소리를 들으면 내가 세상과 연결되어 있다는 기분이 들었다. 여배우들이 오디션을 보러 서둘러 가다 선셋 대로와 크레센트 하이츠 교차로에서 신호에 걸리면 파란불로 바뀌기를 기다리면서 대사를 외우는 모습도 눈에 선하게 그려졌다. 그 생각을 하다 보니 내가 좋아하는 매 웨스트의 말이 떠올랐다. 할리우드에 진출한 젊은 여배우들에게 조언 한마디 해 달라고 하자 매 웨스트는 담배 연기를 내뿜으며 이렇게 말했다고 한다. "파운틴 도로를 타요." 내 아파트 쪽에서는 선셋 대로가 막히는 일이 거의 없었다. 여배우들이 매 웨스트의 충고를 기억해 주면 좋으련만.

주방으로 가서 식사 준비를 했다. 달걀흰자 50칼로리를 먹을 생각이었다. 다이어트를 하다 보니 점심으로 달걀흰자와 참치를 번갈아 먹으면 살을 빼는 데 도움이 된다는 걸 알게 되었다. 흰자는 점심 칼로리 섭취를 반으로 줄여 준다. 그래서 요사이는 참치보다는 흰자를 훨씬 더 많이 먹는 편이다. 게다가 나는 요리하는 게 좋았다. 전에는 전혀 그렇지 않았는데 밥 먹을 준비를 하고 음식을 만들어 먹는 일이 참 좋았다. 나는 음식에 심하게 집착했다. 온종일 먹는 생각뿐이었다. 그러다가 폭식으로 이어질까 봐 걱정되기도 했지만 음식 만드는 걸 좋아하는 사람이 음식에 집착하는 경향이 꽤 있다는 말을 듣고 마음이 좀 놓였다. 요리도 하나의 취미이자 예술적 표현이다. 내게 요리는 뱃속에 집어넣는 음식을 궁극적으로 통제하는 일이다. 달걀흰자는 검정 소용돌이무늬가 있는 겨자색 작은 접시를 씻어 거기 담아 먹었고 먹기 전에는 접시를 모조리 깨끗하게 씻었다. 식기세척기에서 꺼낸 접시에 기름기가 묻은 것 같은 기분이 들 때가 있어서였다. 접시에 남아 있을지도 모르는 기름은 절대 먹고 싶지 않았다.

접시나 주방 도구는 아주 중요하다. 나는 아무 그릇에나 담아 먹지 않았다. 내가 쓰는 접시는 하나하나 나름의 의미가 있었다. 완벽한 몸매를 갖고 싶어서 피나게 노력하는 나를 도와주는 접시들이었다. 먹는 일로 불안해질 때마다 연두색 꽃무늬가 그려진 흰 그릇을 보면 금방 진정이 되었다. 그릇에 난 실금으로 내가 먹을 적정량을 알 수 있기 때문이었다. 그릇 바닥에 난 실금이 보일 정도로만 음식을 담으면 된다. 음식에 손대고 싶지 않을 때에 그 실금이 특히 도움이 되었다. 밥 먹을 때는 반드시 젓가락을 썼다. 젓가락은 내가 두 번째로 좋아하는 주방 도구다. 젓가락은 확실한 용도가 있었다. 나는 아시아 사람도 아니고 친구 중에 아시아인도 없다. 그래서 젓가락은 낯설고 어색한 도구다. 하지만 바로 그 이유 때문에 젓가락 사이로 음식을 자꾸 흘려 먹는 속도가 느려진다. 천천히 먹으면 조금 먹게 된다.

겨자색 달걀흰자 접시를 놓아 둔 식탁에 앉았다가 다시 일어나 창을 닫았다. 바람이 점점 세지면서 방 공기가 더 차가워졌다. 마음을 달래 주기도 하고 세상과 연결된 기분도 들게 해 주는 선셋 대로의 소음도 이제는 거슬리고 신경을 갉아 대는 기분이었다. 경적 소리와 대형차들이 가속하는 소리를 들으니 꼭대기 층의 내 아파트 저 아랫동네의 조바심과 허세와 공격성이 떠올랐다. 나는 이 아파트에서는 안전했다. 체중계도 있고 운동 일정도 정해져 있었다. 창은 닫았지만 실내 온도는 15도 정도로 맞춰 두었다. 그게 맞는 소리인지는 나도 모르겠지만, 추위에 떨면서 체온을 유지하다 보면 몸은 칼로리를 계속 태운다고 한다. 말이 되는 소리 같았다. 그리고 그래야만 했다. 달걀흰자를 먹기 전에 혹시 내 몸이 지금은 칼로리가 아니라 지방을 태우고 있는지도 모른다는 생각이 퍼뜩 들었다. 아침으로 섭취한 100칼로리를 오전 필라테스 운동으로 다 써 버렸을 수도 있다고 생각했다. 기분이 좋아졌다. 이제는 살을 더 뺄 필요는 없지만 몸에는 분명 없애야 하는 지방이 남아 있었다. 허벅지는 여전히 굵었다. 배에도 아직 지방이 남아 있었다. 호주의 크리스마스는 여름이므로 이번에 집에 갈 때는 완전히 납작해진 배로 가고 싶었다. 배가 납작해지지 않으면 지금까지 들인 그 모든 노력이 헛수고가 될 수도 있다. 이번에 크리스마스 휴가를 보내러 호주에 가면 내가 얼마나 단단히 결심을 했는지, 내가 얼마나 자제력이 강한지 엄마가 알아주면 정말 좋겠다. 하지만 똥배로는 내 마음이 전해질 리가 없다. 똥배는 내가 아무리 기를 써 봤자 결국 저를 못 이긴다고 말하고 있었다. 나는 졌다. 이대로 다이어트를 끝낼 수는 없다.

달걀흰자를 먹지 않기로 했다. 먹을 필요가 없었다. 달걀흰자가 쓰레기통으로 쑥 떨어지자 아드레날린이 치솟는 기분이었다. 내가 정말 강해지고 단단해진 느낌이었다. 달걀흰자를 먹지 않는 건 상상을 초월할 정도로 힘든 일이다. 하지만 그걸 먹지 않음으로써 나는 내가 인간의 본능을 넘어설 정도로, 본능을 거부할 정도로 강해졌다는 걸 스스로 입증했다. 나는 먹으려는 욕구에 질 생각이 없었다. 먹고 싶은 욕구에 지는 건 뚱뚱한 사람들이나 하는 짓 아닌가? 뚱뚱한 사람은 결국 욕구에 굴복한 사람들 아닌가? 뚱뚱한 사람들도 달달한 브라우니를 먹으면 안 된다는 것 정도는 잘 안다. 하지만 그걸 이겨 내지는 못한다. 태어나서 처음으로 내가 나 자신을 구해 낸 기분이 들었다. 여기서 살을 더 뺄 마음은 없었지만 다시 쪄서도 안 될 일이 었다. 특히나 크리스마스 전에는. 나는 엄마가 기대하는 자랑스러운 딸의 모습으로 호주에 가고 싶었다. 악마와 싸워 마침내 이긴 걸 꼭 보여 주고 싶었다. 야수는 엄마와 날 미치게 만들었고, 엄마와 나 사이를 멀어지게 했고, 우리의 자존감을 짓밟았다. 그런데 그 야수와 싸워 이겼다. 엄마와 나는 이제 더는 기분이 상하고 푹 가라앉은 상 태로 촬영장에 가지 않아도 된다. 이번에는 좀 더 잘 찍어야 할 텐데 하고 조바심하지 않아도 된다. 제발 이번에는 좀 더 날씬하게, 좀 더 예쁘게, 좀 더 모델같이, 좀 더 탤런트처럼, 좀 더 관심을 받아야 할 텐데 하고 안달하지 않아도 된다. 이제 이렇게 주목을 받아 보니 내 게도 그럴 자격이 있다는 걸 알 수 있었다. 내가 얼마나 열심히 노력 을 했는데!

유행의 첨단을 걷는 패션 잡지부터 슈퍼마켓 전단까지 나에게 관 심을 보인 곳은 꽤나 다양했다. 지면을 뚫고 나올 것처럼 굵다란 글 자로 '다이어트 지옥에서 탈출한 스타들!'이라고 제목을 뽑은 타블 로이드 신문 기사에 나는 단골이었다. 어디를 가든 파파라치들이 내 앞에 불쑥불쑥 튀어나왔다. 다 내가 살이 빠져서 그런 거였다. 날씬 한 여배우를 다룬 커버 기사에는 내가 꼭 들어갔다. 빤한 내용을 어 떻게 매번 요리조리 바꿔 기삿거리로 만드는지 참 신통했다. 이 세 상은 날씬한 몸이라면 사족을 못 쓴다. 나를 포함해 몇 안 되는 날씬 한 여배우들은 운동만 열심히 하면 누구나 그렇게 될 수 있다는 걸 보여 주는 살아 있는 증거였다.

내가 거식증에 걸렸다는 얘기가 떠돌았다. 무슨 소리. 45킬로그램이나 나가는데 거식증이라니? 거식증 걸린 사람치고 나는 너무 많이 나간다.

이틀 전에 드디어 45킬로그램이 되었다. 정말이지 미칠 것처럼 기분이 좋았다. 발가벗고 사진을 찍어서 기록으로 남기고 싶었지만 여기서 더 빠져 최저 몸무게를 경신할 수도 있으니까 미뤄 두기로 했다. 괜히 찍어 놓았다가 살이 더 빠지면 보고 싶지 않을 것 같았다. 왜냐하면 그건 진짜 내 모습이 아니니까. 나중에 그 사진을 보면서 '지금은 더 말랐는데' 하고 싶지는 않았다.

내가 거둔 성공을 기록으로 남기고 싶은 진짜 이유는, 실은 죽을 때까지 이 몸무게로 살 수는 없다는 걸 알고 있었기 때문이다. 언젠가 사진을 보면서 내가 이때는 참 날씬했었지 하고 과거형으로 말할 때가 올 것이다. 재탄생한 것이나 다름없는 지금의 이 깨끗하고 새로운 몸 아래에는 생리를 하고, 땀을 질질 흘리고, 쿰쿰한 몸 냄새나 풍기는 뚱뚱하고 게으르고 폭식하는 더러운 몸뚱이가 있다는 걸 나는 너무나 잘 알고 있었다.

점심과 젤로 간식 사이에 비는 세 시간 동안 선셋 외곽에 있는 발레 학원을 둘러보기로 했다. 지난주에 선셋 대로를 달리는 차들의 눈을 피해 담배를 피우려다 정원을 발견하고 들어갔는데, 거기에 발레 학원이 있었다. 창문 너머로 나이 든 러시아인 남자 발레 선생이 음악에 맞춰 막대기로 바닥을 땅땅 치는 게 보였다. 수강생들을 가르치느라 크게 벌어진 입과 팽팽한 목 근육도 보였다. 살찌고 굼뜬 데다 화장은 떡칠을 하고 타이츠를 신은 중년 여자들이 학생이었다. 검은 옷을 입은 나이 든 여자가 수강생들의 통듀와 플리에 자세에 맞춰 이도 화음 피아노 곡을 쾅쾅 연주하며 박자를 맞춰 주고 있었다. 가서 얘기해 보고 발레 수업을 들어 볼까 싶었다. 운동도 되고 사람 사귀기도 딱 좋을 것 같았다. 발레 수업을 들으면 우선 행복했던 시절, 사는 게 단순하고 하나도 복잡할 것 없던 시절이 떠오를 것 같았다. 다시 여덟 살 때로 돌아갈 수 있을 것 같았다. 레오타드를 신은 비쩍 마르고 마냥 행복하던 계집아이가 발레 선생님 몰래 단짝 친구와 장난이나 치고 성적 욕망에 더럽혀지지 않은 순수한 우정을 나누던 그 시절 말이다. 내가 최고라는 소리만 듣던 시절이 떠오를 것 같았다. 이 정도 수준의 학원이라면 당연히 내가 최고로 훌륭한 학생이 될 것이고 가장 날씬한 학생이 될 것이다.

네 뱃살은 잊어 먹었어?

옷을 갈아입다가 학원에 등록하는 걸 포기해 버렸다. 옷을 벗자 뱃살이 드러났다. 레오타드 위로 드러난 뱃살을 사람들에게 보여 주는 건 상상도 할 수 없었다. 그 발레 학원의 아줌마 학생들에 비하면 당연히 내가 더 날씬하지만, 아니 가장 날씬하겠지만, 그래도 뱃살이라는 결점이 남아 있었다. 그걸 다른 여자들한테 드러내 보여 주고 싶지는 않았다. 그 몸을 하고 수영복을 입고 이웃집 풀장에서 딱 걸리는 상황은 생각만 해도 끔찍할 텐데, 그 여자들은 어떻게 발레 학원에서 반은 벌거벗은 몸으로 굵다란 다리를 공중에 쳐든 채 마루를 경중경중 뛰어다닐 수 있는 걸까? 너무나 괴상했다. 그딴 것에는 전혀 신경을 쓰지 않는 걸까? 그런 것에 신경 쓰는 건 나밖에 없는 걸까? 어쨌거나 발레 학원에 다니려면 아라베스크 동작을 할 때 엉덩이와 허벅지 뒤쪽의 살이 접힐 걱정을 하지 않을 정도로 살이 빠져야만 할 것 같았다. 유리 상자나 다름없는 촬영장에서 아주 고약한 파파라치한테 걸려도 전혀 꿀릴 게 없다는 확신이 들 때, 그때 등록을 하는 게 나을 것이다. 그때는 파파라치가 내 엉덩이뼈 바로 위를 찍어도 군살 한 점 못 찾아낼 거다. 파파라치가 내게 할 수 있는 최악의 말이 너무 말랐다는 소리밖에 없다는 확신이 설 때 학원에 가는 게 낫겠다.

　다음 식사 시간까지 시간을 보내려고 런지 자세로 러닝머신 쪽으로 가다가 문득 너무 말랐다고 할 정도로 진짜 말라 본 적이 있었던가 싶었다. 타블로이드 신문 머리기사에서 어떤 여배우가 '너무 마른' 것 같다며 아무리 떠들어도 내가 보기에는 시기하는 것으로밖에 보이지 않았다. 기사 내용은 결국 부러워서 입이 떡 벌어진다는 소리에 불과했다. 그런 기사를 읽는 사람들도 샘이 나서 기사를 읽고, 결국 우리 같은 사람이 되고 싶어 안달을 내는 게 분명하다. 타인이나 다른 수단 없이도 결단력 있고, 자제력이 강하고, 자신이 특별하고 성공한 사람이라 느낄 수 있는 그런 우리 같은 사람 말이다. 우리 같은 사람들은 오직 제힘으로 최종적인 성공을 거둔 사람들이다. 우리 같은 사람들은 세상 사람들이 죽기 살기로 싸우는 싸움에서 승리한 사람들이었다.

뜻밖의 반응

"드 로시씨, 마실 것 좀 가져다 드릴까요?"

아주 나직한 음성으로 승무원이 말했다. 힘을 비축하는 중인가? 멜버른까지 열네 시간을 가야 하니 당연히 그래야 할 것이다. 아직 이륙도 안 했는데 얼굴은 벌써 지친 기색이었다. 늙어 보였고, 뚱뚱했다.

"네, 물이요."

나는 내가 너무나 자랑스러웠다. 이제는 폭식이나 하고 베일리 아이리시 크림을 들이붓다가 결국 기내 화장실에 가서 토하는 덩치 크고 역겨운 돼지가 아니었다. 앞으로도 그럴 일은 없다는 것이 참으로 기뻤다.

물을 주면서 견과류 간식도 주기에 손사래를 쳤다. 물을 달라고 했지 '물하고 견과류'를 달랬나? 좌석을 뒤로 젖히고 식사 일기장을 꺼냈다. 오늘은 비행기에서 울 일은 없을 것이다. 나는 개선장군이 되어 멜버른에 입성할 터였다. 일기장을 펴고 1999년 12월 19일이라고 적었다. 날짜 아래에 큼직하고 동글동글한 필체로 숫자를 적었다. 정말 나 스스로도 놀랐다. 내가 드디어 해냈다.

43kg

오늘, 12월 19일. 드디어 43킬로를 찍었다. 진짜 절묘한 일 아닌가! 집에 가는 그날 바로 이 놀라운 고지를 점령한 것이다. 크리스마스에 맞춰서 가니까 할 수 없이 가족이랑 먹고 마셔야 하는데 43킬로면 상당한 완충 작용을 해 줄 것이다. 가족들도 43킬로라면 정말 놀라겠지. 물론 좀 걱정하는 사람도 있을 것이다. 나도 최근에 알아차렸지만, 43킬로가 되니까 몸에서 좀 이상하게 보이는 데가 없지 않았다. 하지만 그게 뭐 대수라고. 내 삶이 끝없이 이어지는 할리우드의 파티 같은 것이라고 생각해서는 안 된다. 돈이 거저 나오는 줄 알아서는 안 된다. 그 돈을 벌려고 내가 정말 애쓰고 있다는 것을 알아야 한다. 전에는 호주에 있는 가족이나 친구들이 내가 성공한 것을 두고 질투하지 않을까 싶어 걱정도 했었다. 내가 정말로 열심히 일하고 나름대로 대가도 치른다는 것을 좀 제대로 알려 주면, 오빠보다 수입이 더 많다거나 호주의 친구들은 꿈도 못 꾸는 황홀한 인생을 산다 해서 내가 죄책감을 느낄 필요는 없다고 본다. 하지만 대개는 나의 성공보다는 할리우드에 관심이 더 많은 것 같았다. 유명한 사람 누구누구를 만나 봤는지 얘기해 달라고 어찌나 졸라 대는지 정말이지 지겨웠다. 엄마가 날 할리우드로 보낸 건 유명인의 뒤나 캐는 스파이나 잠복 취재 기자처럼 무엇이 그들을 특별하게 만들었는지 알아 오라는 의도는 아닐까 싶을 정도였다. 정작 내가 바라는 건 엄마가 나를 특별한 존재로 봐 주는 것이었다. 어쩌다가 내가 배우 누구누구는 굉장히 무례하고 제멋대로더라는 얘기를 할 때가 있다. 그러면 엄마는 아니라면서, 타블로이드에서 그 사람이 이러이러한 좋은 일을 했다는 기사를 읽었다고 하기도 하고 다들 그 사람을 좋아한다고 하기도 했다. 그러면 나는 가십 기사만 읽으면서 나보다 그 배우를 더 잘 안다고 생각하다니 너무 우습지 않느냐고 하고 그러면 엄마도 웃으면서 맞는 말이라고 한다. 하지만 엄마 말에는 경고가 숨어 있었다. 기사가 되어 버리면 그것이 어떤 말이든 엄청난 힘을 얻는다는 경고. 어떤 사람의 이미지는 그 사람의 진짜 모습보다 더 중요하다. 사람들은 자기들 생각대로 남을 평가한다.

아까 그 나이 든 그 승무원이 자기 수첩을 들여다보며 내 쪽으로 왔다. 난기류 때문에 비행기가 요동치는데도 균형을 잘 잡고 있었다.

"점심 식사 주문하시겠어요?"

비행기가 이륙하니 엉뚱한 생각이 들었다. 비행 중에는 칼로리를 수량화하기가 불가능하다. 그 말은 기내에서 먹는 음식에는 에너지도, 물질도 들어 있지 않기 때문에 아무거나 다 먹어도 된다는 뜻일 수도 있고 물론 아닐 수도 있다. 칼로리가 수량화 불가능하다는 건 아무것도 먹어서는 안 된다는 뜻일 수도 있다. 또 다른 변수는 시간이다. 24시간 동안 300칼로리 소비를 와이축으로 잡으면 시간 축인 엑스축은 어떻게 잡아야 하지? 비행시간은 총 열네 시간, 저녁 열 시에 로스앤젤레스를 떠나 이틀 뒤 아침 여섯 시에 멜버른에 도착한다. 그러면 칼로리와 날짜를 도대체 어떻게 계산해야 하나? 결국 내가 선택할 수 있는 건 아무것도 먹지 않는 것이었다.

"오늘 점심은 건너뛸래요. 아침에 좀 많이 먹었거든요."

아침을 많이 먹었다는 말은 뭐 하러 했는지 모르겠다. 내가 이렇게 구는 게 정말 싫다. 그 승무원은 승객들에게 식사 서빙을 하러 왔다가 나한테 점심 안 먹을 거냐고 재차 물었다. 따끈한 소고기 냄새를 맡으면 이 여자 승객이 자기 몫은 없다는 생각이 퍼뜩 들어 광기를 부릴지도 모른다고 생각했나? 나는 안 먹는다고, 진짜 아무것도 먹고 싶지 않다고 했다. 접시에 담긴 저 썩은 쇠고기 따위에는 흔들리지 않는다.

점심 식사가 끝난 뒤에 그 승무원이 쿠키와 아이스크림을 담은 은접시를 카트에 싣고 다가왔다.

"후식 드릴까요? …… 후식 드시겠습니까? …… 후식 드려요?"

승무원은 승객들 사이 통로를 걸어오며 그렇게 물었고 내 자리 쪽으로 점점 다가왔다. 설탕과 라드를 잔뜩 얹은 카트를 내 앞에 딱 세우더니 이번에는 후식 먹겠느냐고, 평범하게 묻지 않고 이번엔 살짝 변화를 주어 물었다.

"저, 안 드실 것 같기는 한데……."

승무원은 말을 다 잇지 않았다. 다른 사람은 전부 맘껏 기내식을 즐기는데 나만 빠지니까 참으로 유감이라는 표정이었다. 여배우라서 쿠키와 아이스크림이 주는 즐거움을 누리지 못하다니 안됐다는 표정이었다. 승무원의 내리깐 눈이 이렇게 말하는 것 같았다. "이 맛있는 걸 못 드신다니 정말 안됐어요. 여배우들은 쿠키는 안 먹죠?" 내가 점심을 거르니까 쿠키도 안 먹을 거라고 확신했는지도 모르겠다. 아니, 내가 점심은 건너뛰는 대신 쿠키를 맛있게 먹어야지라고 생각했는지 안 했는지 자기가 어떻게 안다고 저러지? 내가 뭘 먹고 싶은지 자기가 어떻게 안다고 저러는 거야?

저녁이 나올 때는 자고 있었다. 실은 자는 체했다. 열네 시간을 비행하는 동안 아무것도 먹지 않았다는 걸 누가 눈치채는 게 싫었다. 그런 이야기는 밖으로 새어 나가서 타블로이드 신문에 실리기 딱 좋다. 정작 나는 살이 빠져서 좋기만 한데 남들은 내가 어디 아픈 거라고 생각하는 게 싫었다. 남들이 나를 끈기 있고 자제력이 강한 사람으로 인정해 주기를 바랐지, 쫄쫄 굶으면서 여배우 몸매를 만드는 불쌍한 인간으로 보는 건 싫었다.

밤새 뜬 눈으로 비행기 엔진 소리에 시달리며 버텼다. 지루했다. 승무원은 30분 간격으로 와서 예쁘장하게 웃으며 "이제 뭣 좀 드실래요?"라고 물었다. 간격이 두 시간, 세 시간으로 벌어졌다. 갈수록 승무원의 눈썹이 치켜 올라가더니 급기야 내 눈치를 살폈다. 아침 식사 시간에는 블랙커피를 주문했다. 마침내 블랙커피가 승무원의 인내심을 시험했다. 무슨 말이 하고 싶어서 입이 근질근질하다는 표정이었다. 기내 웨이트리스 경력이 20년인데, 식사를 안 하겠다는 손님은 처음이라는 말이 당장이라도 튀어나올 태세였다. 확실히 내가 아주 특이한 손님인 건 분명해 보였다. 그리고 내가 가장 피하고 싶었던 게 바로 그런 시선이었다. "애, 있잖아, 〈앨리 맥빌〉에 나오는 그 '바짝 마른' 호주 출신 여배우 있지? 아니, 캘리스터 말고, 다른 애! 걔가 비행 내내 쫄쫄 굶는 거야. 확실히 어디 문제가 있어!" 정말 걱정이었다. 그런데 말을 걸려고 몸을 숙인 승무원의 표정이 놀랍게도 살짝 바뀌어 있었다. 지치고 걱정 가득하던 얼굴에 가벼운 미소가 스쳤다. 축 처진 눈가에도 생기가 돌아왔다.

"이제 괜찮으신가 봐요!"

그럼요. 저는 원래 이게 정상이에요.

"아, 그런 게 아니에요. 저도 먹는 거 좋아해요. 그런데 배탈이 좀 나서요. 비행기 타면 그 왜, 더 힘들잖아요."

너 어젯밤에 뭐 먹었어?

승무원이 웃었다. 화장실과 그 안에서 벌어지는 일이 화제가 되면 왜들 하나같이 웃기다고 생각하는 걸까?

"네. 얼른 나으시면 좋겠네요."

승무원은 내 잔에 커피를 부어 주었다. 배탈 난 사람이 커피는 먹어도 되는 건가? 괜히 들통 나 버린 건 아닐까? 음식 일기장을 꺼내 먹은 걸 적었다. 기내에서는 음식에 손도 대지 않았다. 만약 호주에서 45킬로보다 더 나가면 그건 체내 수분 때문이다. 비행기를 타면 체내 수분이 증가한다. 나중에 기억하기 쉽게 기록을 해 두면 좋다. 호주 집 욕실에 있는 분홍과 검정색 체중계에 올라섰다가 숫자를 보고 공포에 사로잡히면 이 기록이 도움이 될 것이다.

잽싸게 움직였다는 말이 과장은 아닐 것이다. 비행기에서 내린 뒤 터미널을 빠져나올 때까지 나는 느리기는 해도 일정한 속도로 달렸다. 뭐가 문제가 되겠는가? 어차피 환승 비행기를 타러 가는 길인데 열네 시간이나 운동도 못 하고 꼼짝없이 앉아 있었으니 이때 운동을 하면 좀 좋은가. 공항 화장실로 달려가 얼굴을 예쁘게 다듬었다. 엄마한테 갈 때는 늘 이 절차를 거쳤다. 엄마한테는 머리 모양, 화장, 옷 하나하나 멋있게 보였으면 했다. 내가 멋지게 꾸미고 나타나면 엄마가 정말 좋아하기 때문이었다. 하지만 이번에는 아주 특별했다. 살을 뺐기 때문이다. 엄마가 보기에도 내가 태어나서 이렇게 날씬했던 적은 없을 것이다. 그래서 이웃집에 사는 평범한 몸매의 여자처럼 보이지 않게 머리나 화장에 특별히 공을 들일 필요는 없을 것 같았다. 나라는 소포에는 '스타'라는 주의 표시가 붙어 있으니 이제 내 몸 자체가 그 메시지를 전달할 것이다. 헐렁한 옷을 벗고 스키니 진과 몸에 딱 붙는 티셔츠로 갈아입은 뒤 집으로 출발했다.

"엄마!"

택시에서 내려 엄마 품으로 달려들었다. 트렁크에 실린 짐은 택시 기사가 꺼내 주었다.

"우리 버블즈!"

버블즈는 어릴 때 엄마가 지어 준 별명이다. 아직도 한 번씩은 그렇게 부른다. 나도 그 별명이 좋다.

"우리 딸."

엄마가 팔을 풀고 나를 위아래로 훑어보다 한마디 툭 던졌다.

"왜 이렇게 말랐어!"

엉겁결에 나온 말 같았지만 어쩐지 미리 준비한 말 같기도 했다. 엄마는 그런 사람이었다. 신경질을 부릴 때도 몇 시간이나 속으로 꼭꼭 담아 두고 연습했다가 결국 발작적으로 폭발하는 식이었다.

뭔가를 숨긴 채 날 기다리고 있었던 게 분명했다. 엄마는 증거를 잔뜩 수집하고 나를 맞을 준비를 하고 있었다. 한 달 전에 수잰이 엄마한테 전화를 해서 내가 살이 심하게 빠졌다는 언질을 주었다는 걸 알게 되었다. 수잰은 엄마한테 내가 살이 너무 빠졌는데 자기는 식이 장애 쪽 자격증은 없어서 혹시 나한테 식이 장애가 생긴 것이 자기 잘못이 아닌지 책임을 느낀다고 했단다. 나는 엄마한테 수잰이 식이 장애 쪽 자격증도 없으면서 내가 식이 장애인지 아닌지 자기가 어떻게 아느냐고 했다. 집 앞 차로까지 오자 짜증이 치밀어 올랐다. 엄마의 행동은 상식적이지가 않았다. 엄마는 내 실제 모습을 보고 걱정하는 게 아니라 단지 자기가 들은 내용을 가지고 걱정을 하고 있었다. 아무리 수잰이 잘못 아는 거라고 해 봤자 엄마는 내가 굶으면서 살을 뺐다는 타블로이드 신문 기사만 믿는 게 분명했다. 엄마는 날 책망하려고 기다린 것이었다. 일단 아래위로 훑어보고 안아서 등뼈를 만져 본 뒤 역시 타블로이드 기사가 이번에도 맞았다는 결론을 재빨리 내린 것이다. 이런 반응을 기대한 건 아니었다. 그냥 안아 주고 내 모습을 찬찬히 살핀 뒤 정말 예뻐졌다고, 그 말만 하면 될 일이었다. 우리 딸이 정말 열심히 했구나, 너랑 나랑 예전에 살 빼는 일로 엄청 고생했는데 결국은 뺐구나, 그런 말만 해 주었으면 했다. 기대와는 달리 엄마 표정은 겁에 질려 있었다.

"아가씨?"

택시 기사는 얼른 짐을 들고 가라고, 요금을 달라고 기다리고 있었다.

"아, 미안해요. 여기요."

엄마가 50달러짜리 노란색 지폐를 기사에게 쥐어 주고 손을 흔들며 잘 가라고 인사했다. 엄마가 내 쪽으로 몸을 돌렸다. 우리 집 진입로 철문 앞으로 난 큰 길로 전차가 덜컹거리며 지나갔다. 왕복 차선으로 차들이 소음을 내며 씽씽 달리니 꼼짝 않고 서 있는 엄마의 침묵이 현실 같지 않았다. 한참이나 나를 이상하게 쳐다보고 있었다는 걸 깨달았는지 엄마가 시선을 돌렸다. 나를 제대로 살펴보고 싶지만 그러면 안 된다고 생각하는 것 같았다. 도로에서 교통사고 현장을 목격하면 그렇지 않은가? 엄마는 팔을 축 늘어뜨리고 아무 말도 없이 그냥 서 있었다. 어린애 같았다.

엄마가 엄청나게 걱정하는 게 분명했다. 이제는 짜증도, 화도 나지 않고 실망스럽지도 않았다. 그냥 충격이었다. 내가 그렇게 아파 보이나? 거울을 볼 때 너무 마른 건 아닌가 싶을 때도 있었지만 대개는 더 빼야 할 부위만 눈에 띄었다. 허벅지와 엉덩이에 아직도 빼야 할 살이 남아 있는데 무슨 걱정을 하고 있는지 모르겠다. 그런데 엄마의 반응을 보니 내 기분도 이상해졌다. 지금까지 엄마가 걱정하는 모습은 별로 본 적이 없었다. 혼자 두 아이를 키우면서 분명 엄마도 이 걱정 저 걱정을 하며 살았겠지만 한 번도 오빠나 내가 눈치채게 하지는 않았다. 아빠가 돌아가시고 남은 식구가 혼란에 빠졌을 때 엄마는 입을 앙다물고 다시 일어섰다. 엄마는 내가 똑똑하니까 내 걱정은 안 한다고 했다. 나도 엄마한테 걱정 끼칠 일은 하지 않을 거라고 약속했다. 십 대 때 친구들이 마약을 하고 밤에 몰래 집을 나와 나이트클럽에 드나들 때에도 나는 엄마한테 나도 마약을 해 봤지만 끔찍해서 다시는 안 할 것이고 나이트클럽에 가도 엄마한테 알리고 갈 거라고 했다. 나는 엄마에게 걱정을 안기는 자식이 아니었다. 나는 철이 든 아이, 알아서 잘하는 아이, 시험 치면 일등이고 달리기를 하면 우승하는 아이였다. 나는 엄마를 즐겁게 해 주는 딸이었다. 모델 일과 연기로, 바다 건너의 세상을 개척해 엄마의 인생을 행복하게 만들어 주는 딸이었다.

그런데 스물다섯이나 먹은 딸이 이제 와서 엄마를 걱정하게 만든 것이다. 나는 숨을 깊이 들이쉬었다. 눈물이 차올랐다. 엄마가 저렇게 힘들어하고 시선을 어디 둬야 할지, 무슨 말을 해야 할지 몰라 허둥대는 모습이 너무나 싫었다. 그런데 이상하게 그게 좋기도 했다.

수천 킬로미터를 날아오면서 이런 반응은 전혀 예상하지 못했지만, 꼭 나쁘지만은 않다는 생각이 들었다. 엄마의 걱정은 따스했고 편안했다. 엄마는 아주 소중한 것을 잃어버릴지도 몰라 걱정하는 것 같았다. 그리고 그 소중한 건 바로 나였다. 나는 언제나 강인하고 독립적인 딸이었다. 그래서 오늘 이전에 엄마가 내 걱정을 했다면 그건 내가 이루어 내야 하는 일, 모델이나 광고 계약 같은 일 때문이었다. 이렇게 힘들게 살을 뺀 것도 다 이런 반응을 기대해서였던 건 아닐까 싶을 정도로 행복한 기분이었다. 나는 엄마의 관심을 받을 자격이 있는 존재라는 느낌이 들었다. 나야말로 엄마가 걱정하는 존재였다. 몸이 약하고 아픈 아이를 돌보려면 남다른 사랑이 필요하다. 집 앞 진입로에 서 있던 바로 그 순간 내가 그토록 갈망했던 사랑이 바로 그런 사랑이었다는 걸 깨달았다.

나도 엄마를 사랑해요.

소리 내어 말하지는 않았다. 하고 싶었지만 그 말은 너무나 추상적이고 너무나 거대했으며, 또 감상적이었다. 그냥 행복한 대로, 그냥 피상적인 대로 내버려 두는 게 더 좋을 때도 있는 법이다. 엄마도 나와 같은 생각인 게 분명했다. 몸을 쭉 펴더니 좀 전 일은 없었다는 듯이 얼굴에 웃음을 피워 올렸다.

"우리 버블즈가 집에 왔구나!"

엄마는 몇 주 전부터 내가 돌아오기를 기다리면서 크리스마스 분위기를 내려고 꽃밭에 피튜니아를 심어 놓았다. 오빠랑 내가 엘에이로 떠난 뒤 크리스마스는 엄마한테 특별한 날이 되었다. 엄마는 일단 근심을 내려놓고 딸이 집에 왔다는 것만 생각하고 싶은 모양이었다.

"자, 들어가서 할머니한테 인사드려야지. 네가 오기를 손꼽아 기다
리셨어."

주방 뒤쪽으로 난 계단을 통해 집으로 들어갔다. 녹색 체크무늬 장
판이 깔린 주방에 짐을 내려놓았다. 거실 흔들의자에 할머니가 앉아
있었다. 달려가 꼭 안아 주었다.

"저기, 잠깐만."

엄마가 나를 흘깃 보더니 저쪽으로 갔다. 아주 중요한 말을 해야
하니까 마음을 좀 가다듬어야겠다는 것 같았다. 한바탕하려고 할 때
나오는 목소리는 아니었다. 엄마는 밝고 또박또박하게 할 말을 했다.
엄마의 목소리가 그렇다는 이야기는 내가 엄마의 말을 심각하게 받
아들이든, 무시하든 내게 선택권이 있다는 뜻이다.

"도대체 뼈만 남을 정도로 살을 빼다니 이게 무슨 멍청한 짓이니?
제발 이제 바보짓은 그만해, 이제 그만하고 남들처럼 먹어, 응?"

굶어서 텅 빈 뱃속에 쓰디쓴 위산 같은 분노가 치밀어 올랐다.

바보짓? 네 피나는 노력을 엄마는 '바보짓'이라고 하는 거야? 엄만 네 걱정
을 한 게 아니었어. 네가 관심이나 끌려고 그랬다고 생각하는 거야. 넌 엄마한
테 사람 진이나 빼는 딸이야. 동정을 구하는 한심한 인간이란 소리야. 엄마가
네 걱정을 하는 줄 알았어? 엄마는 널 역겨워 해.

"몸 좀 풀고 와야겠어요."

문을 박차고 나와 버렸다. 자기 집 앞 진입로를 나서는 차들을 요
리조리 피해 가며 통행량이 많은 캠버웰 거리를 따라 달렸다. 곧 내
속도를 찾아 오르막을 달려 올라갔다. 양로원과 교회를 지나쳤다.

내리막에 접어들면서는 배에 힘을 주고 허리를 이리저리 틀면서 달렸다. 저 아래 캠버웰 네거리에 늘어선 가게들이 보였다. 필라테스 강사는 허리를 이쪽저쪽으로 트는 걸 수건을 비틀어 짜는 것에 비유했다. 죽을힘을 다해 살을 뺐는데 엄마는 그걸 바보짓이라고 무시했다. 그때 뱃속에서 분노로 가득한 위산이 쥐어짜여 나오는 기분이었다. 통행량이 많은 네거리에서 신호등이 바뀌기를 기다리며 제자리 뛰기를 했다. 몸을 계속 데울 필요도 있었고, 이제 그만 달릴까 아니면 어차피 화가 나서 흥분 상태인데 차라리 계속 뛸까, 자꾸만 머리를 굴리게 되니까 그 생각도 떨쳐 버리고 싶었다. 죽 늘어선 상가 앞 복잡한 인도를 따라 계속 달렸다. 빵집을 드나드는 사람들을 지나쳤고 카페도 지나쳤다. 야외 테이블에 묶어 놓은 개들을 이리저리 피하며 계속 달렸다. 내가 자주 가던 서점도 지나쳤다. 이 책을 읽어 보세요, 도움이 돼요, 재미있어요, 인생을 알려 줍니다 하고 장담하는 책 광고 전단을 꿈쩍도 하지 않고 선 채로 읽는 사람들도 지나쳤다. 거리에 즐비한 상점에서 쇼핑을 하던 사람들은 전부 웬 바보 같은 여자 하나를 눈을 휘둥그렇게 뜨고 쳐다보는 것 같았다. 청바지를 입고 통굽 구두를 신고 달리니까 그럴 만도 했다. 그런 차림으로 달리기를 하는 나를 못마땅하게 쳐다봐도 나는 멈추지 않고 달렸다. 그 사람들 옆을 휙휙 스쳐 지나갔다. 더 이상 달릴 수 없을 때까지 달렸다.

예전에 엄마가 일했던 개인 병원 건너편에 있는 기차역에 와서야 달리기를 멈추었다. 스탠호프 그로브 모퉁이에 서서 기차들을 바라보았다. 굉음을 내며 역으로 진입했던 기차들은 사람들을 내려놓았다가 이내 다시 태우고는 힘겹게 길을 나섰다. 녹색 전차가 오르막을 꾸물꾸물 올라오는 것도 보였다. 십 대 아이들이 〈맥도널드〉에 드나드는 것도 보였다. 나는 기억을 더듬어 갔다. 택시 승차장 옆 나무 벤치에 앉았다. 어린 나는 파마를 한 머리에 군청색 교복을 입고 기차역에서 나와 길을 건너 엄마가 일하는 병원으로 간 뒤 엄마 일이 끝나기를 기다렸다. 그 생각을 하니까 웃음이 나왔다. 왜 거기서 한 시간씩이나 엄마를 기다렸다가 같이 차를 타고 집에 갔을까? 기차역 하나만 지나면 집인데. 어른이 된 지금으로서는 이해하기 어려웠다. 기다리는 동안 〈맥도널드〉에 가서 프렌치프라이와 바닐라 밀크셰이크를 먹을 수 있어서 그랬던 걸까? 누구를 기다리는 체하면서. 〈맥도널드〉는 다른 학교 애들로 꽉 차 있어서 혼자서 뭘 먹는다는 게 무척이나 어색스러운 일이었다. 모델이 되었으니까 앞으로는 절대 친구들과 〈맥도널드〉에 가면 안 될 것 같았다. 모델은 〈맥도널드〉에서 파는 걸 먹으면 안 돼서가 아니라 내가 살쪄서 고민이라는 소리를 입에 달고 살았기 때문이었다. 남들 보는 앞에서는 아무것도 먹을 수가 없었다. 증거가 될 수도 있었다. 친구들은 내가 살을 빼려는 노력도 하지 않으면서 불쌍한 체한다고 생각할 게 뻔했다. 살쪄서 스트레스 받는 사람을 위로한답시고 〈맥도널드〉에 데려가 프렌치프라이나 먹고 기분 전환하자고 하는 사람이 있다면 미친 거다.

나무 벤치에 앉아 있자니 엉덩이가 너무나 아팠다. 아무 생각 없이 다리에 걸쳤던 손을 들어 손바닥으로 벤치를 밀면서 엉덩이를 살짝 들어올렸다. 그랬더니 금세 괜찮아졌다. 딱딱한 나무 벤치에 몸무게를 다 싣고 앉았으니 엉덩이가 얼마나 아팠겠는가. 문득 내 몸무게가 많이 나가서 내 엉덩이뼈가 상체를 감당하지 못해 아픈 건 아닐까 하는 의심이 들었다. 하지만 정신 나간 생각 같아서 집어치웠다. 원래 딱딱한 바닥에도 잘 앉아 있는 사람은 뚱뚱한 사람들 아닌가. 딱딱한 곳에 계속 앉아 있기도 그렇고 손으로 벤치를 밀어 엉덩이를 살짝 들어 올리고 있기도 벅차서 그만 일어섰다. 어차피 서 있어야 했다. 서 있는 게 앉아 있는 것보다 칼로리 소모가 더 크다. 잠시 향수에 젖어 있느라 그 법칙을 깜박해 버렸다. 그런데 문제가 있다. 이미 상당한 거리를 달려왔기 때문에 집에서 꽤 멀어졌다. 돈을 가지고 나왔으면 기차나 전차를 타면 되는데 나올 때 아무것도 안 가지고 나왔기 때문에 집까지 걸어갈 수밖에 없었다. 장시간 비행을 하면서 아무것도 먹지 않았으니까 다시 집까지 달려서 가는 건 불가능에 가까웠다. 달리다가 멈추지 말았어야 했는데. 이제 화도 가라앉아 버렸다. 미친 듯 달릴 동기가 없어졌으니까 걸어갈 수밖에 없었다. 지금은 살 빼는 것도 동기부여가 되지 않았다. 엄마의 반응 때문에 혼란스러웠다. 내가 너무 멀리 와 버린 건 아닐까? 다시 집을 향해 멀고 먼 길에 나섰다. 길 건너 병원 대기실 책상에서 엄마가 날 기다리고 있으면 얼마나 좋을까 하고 생각하면서. 그러면 엄마가 날 집으로 데려가 줄 텐데.

집에 돌아왔을 무렵에는 엄마를 거의 용서한 상태였다. 살 뺀 걸 보고 엄마가 왜 그랬는지 여러모로 생각해 보니 이해 못 할 것도 없었다. 엄마는 마릴린 먼로가 미의 기준이던 시대에 살았고 여자 몸이 풍만한 곡선을 그리는 걸 좋아했다. 내 몸매가 좋게 보일 리가 없었다. 내가 살 빼려고 그렇게 애를 쓴 걸 가지고 뼈만 남을 정도로 살을 뺀 건 바보짓이라고 했다. 엄마도 자기가 과민 반응하고 있다는 걸 알고 있지 않는 한 그렇게까지 말할 리가 없었다. 내가 기운이 없다거나 어디 아픈 걸로 오해했다고 쳐도 왜 엄마가 자기 감정을 숨기고 아무렇지도 않은 척했는지 이해가 되었다. 엄마가 털어 내고 싶어한 건 걱정하는 마음이지 내 병이 아니기 때문이었다. 엄마는 심각한 일을 가볍게 생각하려는 경향이 있었다. 어릴 때 무릎에 상처를 내서 오면 엄마는 별 거 아니라고 했다. 너무 아파서 학교에 못 가겠다고 해도 그건 그냥 내가 그렇게 생각하는 것뿐이라며 차라리 학교에 가면 나을 거라고 했다. 그냥 가라고, 학교에 가서도 많이 아프면 그때 집에 오라고 했다. 대체로 엄마 말이 맞았다. 일단 등교하면 아픈 것도 잊어버렸다. 아파도 무시해 버리는 게 결국은 옳은 일이었다. 무시해 버리면 잊어버렸기 때문이다.

집에 돌아오니 할머니가 엄마는 장 보러 슈퍼에 갔다고 알려 주었다. 할머니는 귀가 어두워서 말할 때 목소리가 크다. 크게 말해야 자기 귀에도 들리기 때문에 할머니는 남한테 말할 때도 소리를 질러야 한다고 생각했다.

"뭐 살 거 있으면 그리로 오면 된다고 하더라!"

"네, 할머니!"

나도 소리를 꽥 질렀다. 나는 걸칠 옷을 들고 엄마를 찾으러 슈퍼로 갔다. 옷을 걸치니 가느다란 팔이 가려졌다. 팔을 가리니까 고생고생해서 얻은 끝내주는 몸매의 증거도 가려졌다. 보기와는 달리 내가 말랐다는 걸 보여 주는 유일한 부위가 팔이었다. 허리랑 다리는 아직도 도저히 못 봐 줄 정도였다. 사람들이 날 보고 원래부터 마른 사람이라고 착각할 수도 있지만 사실 다리만 보면 절대 날씬하지 않았다. 그냥 평균적인 굵기였다. 그 정도 평균적인 굵기의 허벅지라도 갖기 위해 나는 극단적인 다이어트를 해야 했다.

그 스웨터를 걸친 건 일단은 대립을 피하고 한 발 물러나야 할 것 같아서였다. 화를 내면서 집에서 나가 버렸다. 내놓고는 못 하더라도 사과하고 싶었다. 같이 쇼핑하면서 엄마가 사람들에게 딸을 자랑하게 해 주고 싶었다. 다른 쇼핑객들이나 가게 주인들이 내 팔을 보면 엄마는 딸을 자랑할 마음이 생기지 않을 것이다. 대놓고 그런 말을 하지는 않았지만 나는 안다. 이미 동네방네 딸 자랑을 했으니 딸도 엄마가 퍼뜨려 놓은 이미지에 맞춰 줘야 했다. 사람들은 애써 꾸미지 않아도 자연스럽고 당당하게 아름다운 사람을 좋아한다. 내가 읽은 모든 대본마다 여자 주인공들은 하나같이 이렇게 묘사된다. "자신이 아름답다는 것을 깨닫지 못하는 여주인공", "원래 날씬하고 군살이 없어서 굳이 운동하지 않아도 되는 몸매." 타고났다는 것, 그건 정말 대단한 축복이다. 하지만 타고난 것처럼 보이려면 죽을힘을 다해야 한다. 내가 제일의 원칙으로 삼는 말이 바로 '죽도록 운동한 티를 내지 말라'이다. 그래서 나는 좋은 인상을 주고 싶은 사람들에게는 내가 실은 아주 열심히 운동하고 다이어트 한다는 걸 비밀로 했다. 좋지 않은 이미지와 숨겨야 할 것들의 목록은 점점 늘어갔다. 이제 그 목록에 하나 더 추가되었다. 내 두 팔이다.

엄마는 양념 코너에서 땅콩버터를 고르고 있었다. 엄마는 아주 작아 보였다. 갑자기 엄마가 나를 보지 않았으면 하는 마음마저 들었다. 내가 꼭 거인 같았다. 나는 슈퍼 안에 있는 다른 모든 사람들보다도 키가 크고, 덩치도 큰 것 같았다. 심지어 진열대 사이의 통로보다 내가 더 큰 것 같았다. 몸집이 작은 호주 사람에 비하면 나는 덩치 크고 뚱뚱하고 식탐 많은 미국 사람이나 마찬가지였다. 여기는 쇼핑 카트마저 작았다. 선반에 진열된 식품 포장 용기도 애들 소꿉장난에나 어울릴 것 같이 작았다. 잼 병은 작은 유리잔만 했고 패밀리 사이즈 포테이토칩 한 봉지는 미국에서는 일반 사이즈에 불과했다. 엄마가 통로 끝에 서 있던 나를 알아보고 웃으면서 오라는 손짓을 했다. 엄마는 아까 걱정했던 것, 내가 보인 반응, 엄마의 반응, 해골처럼 마른 나 따위는 완전히 잊어버린 것 같았다. 스웨터가 이런 놀라운 일을 해냈다.

"이리로 와, 버블즈! 너 뭘 좀 먹일까 생각 중이었지. 네가 뭘 먹고 싶어할지 모르겠더라."

같이 통로를 왔다 갔다 하면서 엄마는 이것저것 권했다.

"키시밍 만들어 줄까? 너 옛날에 그거 되게 좋아했잖아. 팀탐 좀 살까? 팀탐이라면 사족을 못 썼잖니."

팀탐은 쿠키에 초콜릿을 씌운 과자인데 엄마는 식구들 먹으라고 사 놓고 나는 못 먹게 숨겨 놓곤 했었다.

"엄마, 내가 먹고 싶은 건 내가 고를게. 됐지? 나 요새는 그런 거 안 먹어."

나는 겨우겨우 여배우가 되려면 남들처럼 먹으면서 살 수는 없다는 걸 받아들였다. 엄마는 그걸 이해 못 하나? 팀탐도 못 먹고 캐서롤도 못 먹고 식구들과 함께하는 행복한 저녁 식사도 포기해야 엄마에게 자랑거리인 딸이 될 수 있다는 걸 나는 이제야 배웠는데, 그걸 엄마는 이해하지 못하는 걸까? 캐서롤과 팀탐을 포기해야 성공하고 돈도 벌 수 있다는 걸 어린이 모델 시절에 이미 알았다. 성인이 되었고 배우가 되었지만 그 규칙은 변함없었다. 그런데 엄마는 왜 먹으면 살찌는 음식을 먹으라고 하는 거지?

그깟 키시밍, 그냥 먹어 버릴까? 나는 키시밍이라면 사족을 못 쓴다. 하지만 금세 포기했다. 반드시 하던 대로 해야 한다. 감히 거기서 벗어나서는 안 된다. 기름에 볶은 야채와 카레라이스를 먹으면 살찔 걱정을 할 게 뻔했다. 500그램 찌는 것보다 더 겁나는 건 500그램이 찌고 난 뒤 또 500그램, 또 500그램이 찌는 거였다. 진짜 겁나는 건 잠시 고삐를 늦추고 말에서 내렸다가 다시는 올라탈 수 없을 것 같다는 것이었다. 내가 성공할 수 있는 유일한 길이 다이어트라는 믿음을 잠시 접어 놓고 키시밍을 먹어 버리면 다이어트를 아예 그만두고 싶은 욕망에 두 손 다 들어 버릴 것 같았다. 키시밍을 입에 대는 순간 나는 완전히 처음부터 다시 시작해야 한다. 뺀 체중을 유지하는 것보다 처음부터 새로 시작하는 것이 훨씬 더 힘들 것이다. 그래도 내게 한 번 정도는 다시 시작할 수 있는 의지가 있지 않을까? 그리고 한 번 멈추었다고 정말 그렇게 다시 살이 찔까? 아니다. 그동안 먹지 못한 걸 보상하기 위해 폭식을 하면 절대 멈추지 못할 것이다.

그동안 내 머리는 못 먹은 음식 생각으로 꽉 차 있었다. 꿈에 먹고 싶은 음식이 나온 적도 있었다. 먹는 걸 참는 건 정말 힘든 일이다. 그래서 다이어트에 성공한 사람이 존경을 받는 거다. 나는 엄마가 내가 철저하게 계산하고 자제해서 살을 뺀 걸 대견하다고 할 줄 알았다. 하지만 엄마는 내가 선을 벗어났다고 생각하는 것 같았다. 칠면조 고기 한 점을 앞에 두고 식탁에 앉았다. 집에 올 때마다 나를 위해 한 상 푸짐하게 차려 놓곤 했던 음식들은 이제 온전히 할머니와 엄마의 몫이 되었다. 엄마 생각이 맞는 것은 아닐까? 내가 정말 선을 벗어난 것은 아닐까? 살찔까 봐 겁이 나서 기름에 볶은 음식 한종지도 못 먹는다면, 내가 정말 자신을 통제하고 있는 거라고 할 수 있을까?

오빠, 나 동성애자야

어젯밤에 뭐 먹었어?

새벽 다섯 시에 깨어 보니 집안이 조용하고 어둑했다. 짐을 뒤져 운동복 반바지와 운동화를 꺼냈다. 달리기를 할 시간이다. 얼른 운동을 해치우고 사샤와 어린 시절 친구 빌도 만나고 오전에 도착할 오빠와도 시간을 보내고 싶었다. 어제 달렸던 길을 따라 뛰면서 사샤도 나를 보면 굉장히 자랑스러워할 거라고 생각했다. 세인트 바스에서 마지막으로 봤을 때 나는 뚱뚱했다. 그리고 발버둥을 치고 있었다. 사샤가 내 마음을 받아 주지 않았기 때문에. 이후에는 살을 빼기 위해서 발버둥을 쳤다. 둘 중에 더 고통스러웠던 것은 살을 빼는 것이었다. 사샤가 나를 거부했지만 그것 때문에 상처를 받지는 않았다. 오히려 사샤가 거부했기 때문에 사샤에 대한 내 감정을 분명히 알 수 있었다. 나는 사샤를 사랑한 게 아니었다. 나는 그냥 내가 여자를 사랑한다는 생각 자체를 사랑했던 것이다. 사샤와 피냐 콜라다를 마시면서 미래의 내 여자 친구는 이성애자가 아니라 동성애자여야 한다는 결론에 이를 수 있었다. 여배우로서 쌓은 경력을 망칠까 겁내지 않을 정도로 돈을 벌면 나도 여자 친구를 사귈 수 있겠지. 하지만 돈을 많이 벌어야 했다. 아파트 개조도 해야 했기 때문이다. 어쨌거나 아파트 수리를 하면 나도 내가 사랑할 사람을 찾아나설 생각이었다.

이번에는 집을 나설 때 운동화 바닥에 돈을 넣어 두었다. 두 번 다시 어제와 같은 난감한 상황은 사양이었다. 내가 좋아하는 야외 카페에서 아침을 먹고 싶었다. 돈 말고 담배도 챙겼다. 달리기를 마친 뒤에 따끈한 커피 한 잔과 담배를 피울 생각이었다. 운동복 차림을 하고 나서면 사람들은 나를 알아보지 못했다. 운동복은 일종의 위장복 노릇을 했다. 스판덱스 반바지와 테니스화를 신은 여자가 복잡한 쇼핑가를 아무리 왔다 갔다 달려도 사람들은 신경 쓰지 않았다. 어제와 달리 서점과 〈맥도널드〉에는 눈길도 주지 않고 지나쳤다. 옷 좀 바꿔 입었다고 이렇게 마음이 달라지다니 참 이상했다.

카페 카운터에 서서 주인이 쳐다볼 때까지 기다렸다. 막상 주인이 나를 보자 망설여졌다. 상냥하게 웃으면서 우리가 구면이라는 표를 내는 게 좋을까, 미소는 건너뛰고 그냥 커피만 받아 자리로 가는 게 좋을까? 그냥 커피만 받기로 했다. 너무 바빠서 내가 누군지 알아채지 못하면 맞받아 웃어 주지도 못할 테고 그러면 내가 너무 민망해질 게 뻔했다. 자주 드나든 카페이기는 해도 통성명한 사이는 아니었는데 카페 주인은 엄마랑 같이 왔던 걸 기억해 낸 것 같았다. 엄마는 우리 식구 중에서 제일 붙임성이 좋은 사람이었다.

"블랙커피로 주세요."

"금방 나옵니다."

등을 돌리고 커피를 따르던 주인이 다시 내 쪽으로 몸을 돌리더니 만면에 큰 웃음을 지었다. 분명히 나를 기억하고 있었다.

"미국에서 돌아온 거군요?"

"네. 크리스마스 쇠러 왔죠."

"하이고!"

카페 주인이 나를 아래위로 훑어봤다.

"할리우드에서는 밥도 안 줘요?"

뭐라고 응수해야 하나? 무슨 말을 해야 하나?

"얼마예요?"

"손님한테는 공짜로 드리죠."

나는 고맙다고 하고 커피를 들고 밖으로 나왔다. 야외 테이블에 빈자리 하나를 찾았다. 철제로 된 테이블과 의자가 놓여 있었다. 회양목 화분을 늘어놓아 주차장과 구별해 놓은 자리였다. 내 자리 바로 옆에는 남녀 한 쌍이 앉아 있었다. 담배를 피워도 되냐고 예의 바르게 물어봐야 할까, 아니면 뭐라고 불평하기 전에 일단 몇 모금이라도 후딱 빠는 게 좋을까? 오빠나 나나 허락이고 뭐고 하고 싶은 건 일단 저지르고 난 다음에 뒷일을 수습하는 스타일이었다. 오빠는 자기가 제일 좋아하는 스웨터를 죽어도 빌려주지 않았다. 그게 입고 싶으면 나는 말도 하지 않고 입고 나갔다가 나중에 되는 대로 일을 수습했다. 그 시절에 비하면 나도 참 많이 성숙했다. 하지만 여기서 담뱃불을 붙이는 건 예전 스타일로 밀고 나갔다. 역시나 내 옆자리 커플은 내가 담배 피우는 걸 개의치 않았다. 그 자리에 앉아 담배 연기와 니코틴을 들이마시자 기분이 들떴다. 아, 드디어 호주에 돌아와 이렇게 느긋한 사람들과 나무들, 그리고 요란하게 지저귀는 새들을 바라보고 있구나! 오늘 오후에는 사샤를 만나야지…….

"맛 좋은 호주식 아침 식사가 몹시 그리웠죠? 달걀 프라이 좀 가져 왔어요. 아가씨, 뼈에다 살도 좀 붙여요!"

카페 주인이 내가 앉은 철제 테이블에 하얀 자기 접시를 불쑥 들이밀며 상념을 깨뜨렸다. 냅킨에 싼 나이프와 포크도 떨구어 놓았다. 접시에는 달걀 프라이 두 개가 놓여 있었다. 오렌지색이 돌 정도로 싱싱한 노른자가 어디 한판 붙어 보자는 듯이 대담하게 나를 올려다 보았다. 너무 놀라고 말문이 막혀서 그 자리에서 사양하지도 못했다. 주인은 돌아가 버렸고 테이블에는 나와 달걀 프라이만 남아 서로를 멀뚱히 바라봤다. 달걀 프라이는 어디 한번 먹어 보라고 내게 대들었다. 회양목을 심어 놓은 화분을 쳐다봤다. 저기다 버리면 달걀이 흙 속으로 스며들까? 흙이 부드러우면 달걀을 흙으로 덮어서 증거를 은폐할 수도 있지 않을까? 나는 머리를 굴렸다. 하지만 흙을 만져 보니 너무 단단하게 다져져 있는 데다 거의 화분 위까지 꽉 차 있었다. 게다가 조각조각 잘라서 버린다 해도 다들 쳐다볼 텐데 어떻게 그럴 수 있겠는가? 그때 카페 주인이 야외 테이블로 다시 나왔다. 다른 테이블에 음식을 갖다 주러 나온 모양이었다. 주인이 내게 윙크를 했다. 그리고 다른 손님이 듣지 못하게 살짝 "그것도 공짜예요"라고 말했다. 아주 잠깐이기는 했지만 주인이 갖다 준 달걀을 먹어 버릴까 싶기도 했다. 손님이 자기네 음식을 맛있게 먹는 걸 보는 게 행복인 카페 주인의 오지랖 넓은 마음에 상처를 주지 않도록 말이다. 하지만 그건 바보 같은 생각이었다. 저런 사람 때문에 내 다이어트를 포기할 수는 없었다. 조금 전까지만 해도 혹시나 못 알아 볼까 봐 내가 아는 체도 못 했던 사람 아닌가? 저런 사람 때문에 내 다이어트 규칙을 깰 수는 없다.

화분에 달걀을 버리는 건 불가능했고 근처에는 쓰레기통도 없었다. 남은 방법은 달걀을 조각조각 내서 접시에 이리저리 흩어 놓아 조금이라도 입을 댄 것처럼 만들어 놓거나, 손도 대지 않고 그대로 둔 채 달걀을 먹지 못하는 핑계를 찾아내는 것이었다. 제일 확실한 핑계는 내가 달걀을 주문하지 않았다는 것이었다. 내가 부탁한 것도 아닌데 주제넘게 후한 카페 주인의 인심 때문에 골치 아픈 상황이 길어지자 점점 화가 치밀었다. 이런 식으로 내 입에 먹을 걸 들이미는 건 사실 너무나 무례한 짓이다. 나는 아이가 아니다. 나는 내 뱃속에 뭘 넣을지 정도는 알아서 정할 수 있는 성인이다. 저 카페 주인을 기쁘게 만들어 주는 일 따위는 시도도 안 할 테다. 달걀에는 손도 대지 않고 일어서기로 했다. 오렌지색에 가까운 노른자는 날 뻔뻔스레 빤히 쳐다보는 괴물의 눈 같았다. 그 따위 달걀 프라이야 주인이 알아서 처리하라지. 내가 감당할 문제는 어떻게 하면 보통 사람처럼 보이게 행동하느냐는 것이었다. 보통 사람들은 대개 먹는 걸 밝히고 공짜를 좋아한다. 이 상황을 어떻게 모면하지? 공짜 음식이 싫다는 사람이 어디 있나? 공짜 커피에, 신선하고 맛 좋은 공짜 달걀

프라이를 마다하는 사람이 어디 있나? 주인이 내게 다가왔을 때 나는 마침 멋진 정답을 떠올렸다.

"달걀 정말 고마워요. 그런데 저 채식하거든요. 동물성은 입에 안 대요."

"채식한다고요?"

카페 주인은 채식이라는 말을 처음 듣는 사람처럼 그 말을 몇 번이나 중얼거리더니 머리를 절레절레 흔들었다.

"하이고, 할리우드 배우들은 하나같이 이상하네요."

나는 재미있는 농담이라도 들은 것처럼 웃어 주고 테이블에서 일어났다. 먹기 싫은데 억지로 먹어야 하고 비쩍 마른 괴짜 같다는 소리나 들어야 하는 이 불편한 상황을 얼른 끝내고 싶었다. 그냥 조용히 앉아 집에 오니 행복하다는 생각이나 더듬고 싶었는데, 내게 필요한 걸 나보다 더 잘 안다고 생각하는 괴상한 호주 사람의 매복 공격을 받을 줄이야. 뛰어서 집에 막 도착하는데 마침 택시 한 대가 섰다. 오빠였다. 오빠도 공항에서 내려 이제 집에 도착하는 참이었다. 십 대 시절, 서로를 못 잡아먹어 안달하며 지냈던 바로 그 집으로.

"왔네!"

나는 짐을 챙기는 오빠를 껴안았다.

"어머, 오빠, 냄새 나!"

"너도 나."

아니거든. 이젠 아니거든. 요샌 생리도 안 하거든. 머리를 안 감아도 어지간하면 떡 지지도 않아. 나는 땀도 안 흘려.

오빠가 나를 아래위로 훑어보았다.

"포샤, 너 왜 이래?"

"흥, 오빠는 어떻고."

"농담 아니야. 너 완전 해골이야."

사람들이 말랐다고 한마디씩 할 때면 대부분 듣기가 좋았다. 하지만 해골 소리에는 마음이 상했다. 오빠랑 나는 항상 장난으로 서로를 놀려 먹었고 가끔씩 정도가 지나칠 때도 있기는 했다. 보통 때였으면 너무 심하다며 한 소리 했을 것이다. 지금은 그냥 오빠가 제발 신경 좀 꺼 주었으면 하는 생각밖에 없었다. 다른 이야기로 오빠의 관심을 돌려놓고 싶었다. 요새 나는 누구한테나 비위를 맞추며 산다.

"운동복을 입으니까 그래 보이는 거지 뭐."

"벌써 달리기를 했다고, 이 새벽에? 집에 왔으니까 좀 쉬지 그래? 그 정도면 마를 만큼 마른 거야. 무조건 마르는 게 네가 신경 쓰는 거라면 말이지."

그냥 날 좀 내버려 두라는 의미에서 계속 거짓말을 해야 한다는 것이 갑자기 너무 이상했다.

"나도 알아. 그래서 요새는 살을 찌우는 중이야. 시차 때문에 달리기를 했어. 누워서 자려고 하니까 미치겠더라고. 오빠 침대가 그렇게 편한데도 말이지."

"뭐?"

"먼저 차지하는 사람이 임자라고, 브러더."

뒷문으로 들어갔더니 엄마가 주방에 있었다.

"잘 잤어, 버블즈? 아침 먹을래?"

맙소사.

"아니. 엄마랑 자주 가던 카페 주인 아저씨가 달걀 프라이를 해 줬어."

이건 거짓말이 아니다.

"오빠 왔어."

엄마가 주방 문으로 달려가 오빠를 껴안았다.

"세상에, 네가 왔구나! 어머니, 마이클 왔어요! 마이클요!"

엄마가 할머니를 향해 소리 질렀다.

"잘 지냈죠? 엄마."

주방을 빠져나가 홀로 향하는데 오빠 말소리가 들렸다.

"엄마, 엄마가 재한테 내 침대에서 자라고 했어?"

고맙게도 오빠가 오는 바람에 엄마의 관심은 내 아침 식사에서 오빠한테로 넘어갔다. 나는 얼른 침실로 내뺐다. 십 대 시절 나는 거기서 큰 소리로 음악을 들으며 담배를 피웠다. 시끄러운 음악 소리도, 담배 연기도 밖으로 새어 나가지 않을 거라 생각하면서 말이다. 역시 그 방은 가족들의 성화에서 마법처럼 나를 숨겨 주었다. 긴팔 옷과 다리를 다 덮는 풍성한 치마를 입고 나오니 다들 아침 식사를 마치고 편안하게 웃으며 나를 맞아 주었다. 내가 새벽부터 달리기를 하는지, 뭘 먹기나 하는지, 별로 신경 쓰지 않는 눈치였다. 화장을 좀 짙게 했더니 그것도 도움이 된 것 같았다.

"포샤, 쇼핑 갈래?"

"진짜? 또?"

무슨 소리인가 싶었다. 오빠한테는 참 부러운 능력이 있었다. 오빠는 크리스마스 직전까지 가족 선물은 생각도 하지 않고 있다가 이브가 되어서야 나를 질질 끌고 가서 선물 좀 골라 달라고 한다. 하지만 막상 가 보면 내 도움이 별로 필요하지 않았다. 그것도 참 희한했다. 선물을 살 수 있는 마지막 순간에 받을 사람을 하나하나 잘 배려해 딱 맞는 선물만 골라내는 재주가 비상했다. 그래서 오빠가 짜증 났고 그래서 오빠가 부러웠다. 하지만 나도 대개는 그런 행사를 좋아했다. 선물을 고르고 나면 둘 다 좋아하는 술집에 들렀기 때문이다. 선물 고르기 행사에는 나름의 절차가 있었다. 일단 내가 성질을 내면서 이번에는 내 마음대로 고른다고 선언한다. 그러면 오빠는 알았으니 제발 한 번만 도와 달라고 사정한다. 그럴 필요가 없는데도 그런다. 나는 못 이기는 체하며 알았으니 맥주나 한 잔 사라고 한다. 다음에는 오빠 차례다. 선물 포장을 도와 달란다. 물론 나는 그것 때문에 진짜 열 받는다. 우리는 늘 이런 식이었다. 그런데 오늘은 정말 나 스스로도 놀랄 정도로 엄청나게 화가 치밀었다. 아니, 안절부절못하고 안달이 났다. 쇼핑을 가면 도대체 나더러 언제, 어떻게 밥을 먹으라는 건가? 실은 엄마가 외출하기만 기다렸다. 그래야 내가 먹을 칠면조 살을 저울에 달아 놓을 수 있기 때문이다. 칠면조 고기의 무게를 다는데 누가 참견하는 게 싫었다. 칠면조 고기를 달아 놓은 뒤에는 달걀흰자를 부쳐 먹고 〈하얏트〉 호텔에 갈 생각이었다. 나는 크리스마스이브에 맞춰 〈하얏트〉 호텔 프레지덴셜 스위트룸을 예약할 생각이었다. 거기서 크리스마스에 온 가족이 모여 같이 저녁을 먹을 수 있도록 오빠랑 크리스마스트리를 장식하고 방도 꾸밀 계획이었다. 좁아터진 주방에서 크리스마스 저녁 식사 준비를 하는 게 엄마에게는 보통 힘든 일이 아니었다. 그래서 호텔 스위트룸을 하루 빌리는 것이 우리 가족을 위한 나의 크리스마스 선물이었다. 하지만 오빠 때문에 계획보다 일찍 집을 나서는 건 어려워졌다. 여행도, 다이어트도 힘들었지만 하루 종일 주방에 갈 수가 없으니까 내 밥을 언제 먹어야 할지 몰라 초조해지기 시작했다.

"남들처럼 올 때 그냥 다 사가지고 오지 그랬어? 나도 오늘 일이 있다고. 사샤 만나기로 했단 말이야."

"그 많은 선물을 어떻게 엘에이에서 여행 가방에 다 담아가지고 오냐? 자, 한 시간이면 충분할 텐데, 뭐."

"어지간히도 그럴라."

나는 가방을 쥐고 차에 올라타 씩씩대며 짜증을 부렸다. 거래가 끝나지 않았다.

"오빠가 맥주 사."

그렇게 말하고 나니 재미있는 농담 같았지만 진짜 사라는 뜻은 아니었다. 설사 빅토리아 비터 맥주라 해도 한 잔이면 내 하루 총 섭취량에 육박하는데 그걸 한 번에 홀랑 마실 수는 없었다.

"야, 이거 어때?"

멜버른에서 제일 큰 마이어 백화점의 한 매장 전신 거울 앞에서 오빠가 가방을 매고 물었다.

"누구 줄 건데?"

나는 제대로 눈길도 주지 않고 대꾸했다. 정말 신경 쓰기도 싫었다. 나는 쇼핑을 싫어한다. 특히 백화점에 가는 게 아주 싫다. 그런데 그놈의 백화점에서 벌써 몇 시간째 오빠와 같이 있었다. 벌써 선물을 열 가지나 샀기 때문에 이제 다 샀나 하던 참이었다.

"응, 내가 쓸려고. 이것저것 담아 가지고 다닐 가방이 필요해서."

그래서 쳐다봤다. 오빠는 거울에 비친 자기 모습을 아주 진지하게 들여다보고 있었다. 검정색 광택이 나는 사각형 가죽 파우치에 가늘고 짧은 끈이 달린 가방이 오빠의 오른쪽 어깨에 걸려 있었는데, 끈이 짧아 허리께에 닿았다. 나는 얼굴에 아무 표정도 짓지 않고 오빠를 빤히 바라봐 주었다.

"하긴 요새는 남자들도 백을 들고 다니더라고. 그거『인 플라이트*In Flight*』에서 본 것 같다. 비행기 타고 오면서 봤어."

오빠가 나를 향해 몸을 돌리고 모델처럼 폼을 잡았다. 뽐내는 걸 보니 자기가 봐도 멋있어 보이는 모양이었다. 우리가 들른 백화점 일층에는 신발과 액세서리 매장도 있었다. 한쪽은 여자 액세서리 매장이고 또 한쪽은 남자 액세서리 매장인데 두 매장 사이에는 통로가 있었다. 오빠는 분명히 새첼 타입의 커다란 남성용 가방이 두어 개 진열된 곳 옆에 서 있으면서도 매고 있는 가방은 반대쪽에서 집어 든 모양이었다. 나는 그냥 가만히 서 있었다. 조금만 있으면 자기가 실수한 걸 알아차리겠지. 내 무표정한 얼굴을 잠시 빤히 보던 오빠가 얼른 와서 조언 좀 해 달라고 손짓했다.

"그거 여자 건데."

공포감이 어린 얼굴로 오빠는 획 돌아서서 거울에 자기 모습을 비춰 보았다. 거울 속의 자기 모습을 살펴본 오빠는 진정이 된 것 같았다. 그 가방은 아직 오빠 어깨에 걸쳐진 상태였다. 오빠는 침착하게 가방에 붙은 태그를 읽었다.

"그러네. 네 말이 맞네."

오빠의 말은 그게 다였다. 그리고 터져 버렸다. 어찌나 심하게 웃었는지 코로도 웃음이 나올 지경이었다. 근처에서 크리스마스 선물을 고르던 사람들도 우리가 웃는 걸 보고 따라 웃었다. 백화점을 나와 주차장으로 가면서도 계속 웃음이 나왔다. 결국 배를 잡고 웃느라 쇼핑백까지 떨어뜨렸다. 몇 분 뒤에 겨우 진정이 되었지만 술집으로 가다가 헬기 조종사인 우리 마초 오빠가 여자 가방을 맨 모습을 떠올리자 또 웃음이 터졌다. 나 때문에 오빠도 다시 웃음보가 터졌다. 그렇게 오빠랑 웃으면서 빅토리아식 테라스가 달린 붉은 벽돌 주택가와 유칼립투스 나무가 늘어선 고향의 거리를 차로 달렸다. 그때서야 집에 왔다는 게 진짜 실감 났다.

그레이트 브리튼에 왔다. 우리는 그 술집을 그냥 줄여 지비라고 부른다. 오빠와 나는 지비에 들어가서 키가 높은 테이블에 앉았다. 호주를 떠나기 전에 자주 왔던 지비 내부를 죽 둘러보았다. 바 위쪽에는 낡은 흑백 티브이 수상기에 든 금붕어 그림과 작은 거실 그림들이 걸려 있었고, 빈티지 풍의 전기스탠드가 낡은 소파와 소파에 어울리지 않는 테이블을 비추고 있었다. 그 오래되고 후줄근한 술집에 오니 비로소 진짜 나 자신으로 돌아온 것 같았다. 학교 다닐 적부터 친했던 친구 빌은 밤에 외출할 때마다 항상 같이 붙어 다녔다. 빌은 나를 지비까지 태워다 주곤 했고 거기서 사샤나 다른 법대 친구들을 만났다. 때로는 여자들을 소개받기도 했다. 숫기가 없어서 실제로는 제대로 사귀지도 못했지만 오늘 밤에는 멋진 사람과 사랑에 빠질지도 모른다며 옷을 차려입고 외출하는 생각만으로도 마음이 들뜨곤

했었다. 배우가 되기로 목표를 정한 뒤에는 누구와 사랑에 빠지고 싶다는 바람은 접어야 했다. 꼭 사랑에 빠지지는 않더라도 남의 눈에 띄는 것을 걱정하지 않고 사람들 속에 섞여 긴장을 풀 수나 있었으면 싶었다. 내가 꼭꼭 숨기고 있는 비밀을 들킬 걱정 없이 아무하고나 얘기를 나누고 싶었다.

별다른 이유가 있어서 오빠한테 내가 동성애자라는 걸 털어놓지 못한 건 아니었다. 정말이지 특별한 이유는 없었다. 당시에는 내가 사귀는 사람도 없었고, 오빠 친구들 중에 날 동성애자로 의심하는 사람도 전혀 없었다. 그래서 오빠가 내게서 직접 듣지 않고 다른 사람 입으로 그 사실을 알게 될까 봐 겁이 나지도 않았다. 엄마는 오빠한테 절대 말하지 않을 사람이었다. 엄마는 그것만은 아무도 모르기를 바랐다.

오빠가 바텐더에게 이제 막 엘에이에서 왔다고 하는 소리가 들렸다. 오래된 금전등록기가 땡 소리를 내며 2달러짜리 금화를 삼키는 소리도 들렸다. 담배 한 모금을 빨아들였는데 목으로 연기를 넘기기가 힘들었다. 긴장한 탓인지 목구멍이 수축되어 폐에서 담배 연기가 빠지지 않았다. 오빠한테 털어놔야 할 것 같았다. 오빠는 멍해져서 이것저것 물어보겠지. 그동안 내가 얼마나 외로웠는지, 얼마나 많은 오해를 샀는지, 다 털어놓아야 했다. 더는 오빠에게 숨길 수가 없었다. 오빠가 나를 이해해 주기를 바랄 수밖에 없었다.

오빠가 맥주를 받아 들고 와 테이블에 내려놓았다. 오빠가 자리에 앉아 맥주를 한 모금 들이켰다.

"오빠, 오래 전부터 하고 싶은 얘기가 있었어. 사실은 어릴 때부터 알고 있었던 거야. 아마, 십 대 때부터였던 것 같아……."

나는 숨을 깊이 들이쉬고 오빠의 눈을 똑바로 쳐다보았다.

"오빠, 나 동성애자야."

그때 당구대가 있는 쪽에서 폭소가 터졌다. 누가 검은 공 뒤로 흰 공을 빠뜨려 게임을 망친 게 틀림없었다. 이긴 남자가 오른손에 당구대를 쥐고 양팔을 쫙 벌린 채 뒷걸음질 치며 환호성을 질렀다. 우리 테이블 쪽으로 자꾸만 물러나는 바람에 부딪힐 것만 같았다. 그런데도 오빠는 전혀 의식도 하지 않고 있었다. 놀라웠다. 더 놀라운 건 오빠 표정이 화난 사람 같았다는 것이다. 오빠는 테이블만 뚫어져라 내려다보았다. 내게는 영원처럼 긴 시간이었다. 나는 아주 잠깐, 혹시 오빠가 내 말을 못 들은 게 아닌가 싶었다.

"포샤, 내가 무슨 말을 해 주기를 바라는 거야? 내가 그런 거에 신경이라도 쓸 줄 알았어? 오빠가 그렇게 속 좁은 사람 같았어? 그렇게 오래 숨기고 살게? 넌 도대체 날 뭐로 생각한 거야?"

내가 동성애자란 걸 오빠는 어떻게 받아들일까, 얼마나 많이 생각했는지 모른다. 하지만 오빠가 배신감을 느낄 줄은 상상도 못 했다. 나는 오빠가 날 인정하지 않을까 봐 오빠에게 내 진짜 모습을 숨겼다. 그런데 그게 오빠를 배신한 셈이 됐다. 오빠가 동성애자를 차별하고 동성애에 편견이 있을 거라고 의심했다. 그게 오빠를 모욕한 셈이 됐다. 오빠의 반응이 너무 놀라워서 그동안 오빠를 그렇게 생각했던 내가 부끄러워 죽을 지경이었다. 하지만 그토록 행복할 수가 없었다. 오빠 표정을 보니 내가 그동안 비밀을 털어놓지 않아서 화난 것만 풀리면 더 할 얘기도 없을 것 같았다. 오빠는 혼란스러워하지 않았고 내게 물어볼 것도 없었다. 왜냐고 묻지도 않았고 어떻게 그럴 수 있냐고 묻지도 않았으며 여자 애인이 있냐고 묻지도 않았다. 지금은 그냥 지나가는 단계일 거라는 말도 하지 않았다. 오빠는 내가 동성애자인 걸 또 누가 아는지, 누가 모르는지도 묻지 않았다. 그게 알려지면 배우 인생이 끝나는 거 아니냐고 묻지도 않았다. 나는 오빠의 여동생일 뿐, 내가 이성애자든, 동성애자든 오빠에게는 상관없는 일이었다. 진짜 아무 상관도 없는 일이었다. 나는 오빠가 내 말을 믿지 않을까 봐 걱정했는데 오빠는 그딴 것은 아예 묻지도 않았다. 오빠를 괴롭힌 유일한 문제는 내가 그렇게 힘들게 비밀을 안고 괴로워하면서 자기에게 도움을 청하지 않았다는 사실이었다.

오빠의 전화기가 울렸다. 엘에이에서 일 때문에 온 전화였다. 거기는 아직 크리스마스이브가 아니었다. 12월 23일, 다른 날과 다름없는 평일이었다. 오빠는 아주 사무적인 어조로 통화했다. 목소리에는 화가 났다거나 배신감에 괴로워하는 느낌은 없었다. 밝고 친절했을 뿐 어떤 감정적 동요도 느껴지지 않았다. 오빠가 맥주를 한 모금 꿀꺽 삼키면서 말했다.

"일어날까?"

오빠는 손도 대지 않은 내 맥주잔에 눈길도 주지 않았다.

"응, 가자."

여름, 늦은 오후의 열기에 달구어진 멜버른의 거리를 오빠와 나란히 걸었다. 오빠는 내 어깨에 한 팔을 둘렀다. 오빠는 나를 이해해 주었다. 그리고 여전히 나를 사랑했다. 우리는 까치 소리를 들으며 시내를 느릿느릿 걸었다. 까치가 어찌나 시끄럽게 우는지, 하고 싶은 얘기가 있었다 해도 도저히 얘기할 분위기가 아니었다. 실제로 우리는 아무 얘기도 하지 않았다. 그냥 우리가 집에 왔다는 것, 우리가 태어난 곳으로 돌아왔다는 것, 적어도 며칠은 성공을 위해 다른 나라에서 살지 않아도 된다는 것을 말없이 확인하는 것만으로도 충분했다. 지금 이 모습 이대로 우리는 다 좋았다. 그렇게 오누이는 렌터카 리모컨 키 소리에 침묵이 깨질 때까지 말없이 걸었다. 오빠는 오빠답지 않게 신사 흉내까지 내며 조수석 문을 열어 주었다. 그런 용기를 보여 줘서 고맙다고 막 말하려는 순간, 오빠가 말했다.

"근데, 너 선물 포장 잘하지?"

메리 크리스마스

크리스마스 아침이 밝았다. 멜버른에 온 뒤로는 내내 컴컴한 새벽에 일어났다. 이날도 마찬가지였다. 시차도 그렇고, 몸에 맞지 않는 침대도 그렇고, 배도 고파서 새벽 네 시나 다섯 시 사이에 잠에서 깼다. 침실 두 개짜리 호텔 스위트룸의 제일 큰 방 침대에 누워 어둠 속에서 전날 섭취한 칼로리와 소비량을 계산했다. 이렇게 속으로 칼로리 계산을 하는 게 일과가 되었다. 눈을 뜨면 제일 먼저 꼼꼼하게 칼로리 계산부터 했다. 칼로리 계산을 정확하게 하고 나야 안심이 되어 하루를 시작할 수 있었다. 욕실에는 체중계도 있었다. 전날 밤 투숙했을 때 봐 두었다. 그 체중계는 디지털 방식이고 파운드

267

단위였다. 킬로그램 단위인 호주식과는 달랐다. 저 체중계에 올라설 수 있을까? 올라가서 체중을 달아 볼 수 있을까? 비행하는 동안 마신 물 때문에 호주에 온 뒤로는 체중을 달아 보기가 겁이 났다. 혹시 늘었으면 너무나 속상할 것 같았다. 하지만 크리스마스 아침에 침대에 누워 있다 보니 어쩐지 날씬해진 것 같기도 했다. 골반뼈와 갈비뼈가 만져졌다. 살이 얼마나 빠졌는지 최종적으로 체크해 보기 위해 모로 누워서 한 다리를 반대쪽 무릎에 얹고 살짝 구부려 보았다. 위에 얹은 다리의 허벅지가 아래쪽 다리 허벅지에 닿지 않으면, 그러니까 누운 상태에서도 두 허벅지 사이에 틈이 있으면 허벅지가 날씬해졌다는 증거다. 허벅지 사이에 넓은 틈이 있었다. 집에 가면 틈이 어느 정도나 되는지 잊지 말고 줄자로 꼭 재어 봐야지. 이제 디지털 체중계에 올라가서 체중을 재어 볼 수도 있을 것 같았다. 바라는 숫자가 나오면 크리스마스 선물이 될 텐데. 내가 얼마나 열심히 살을 뺐는지를 보여 주는 숫자 아닌가. 여덟 달 동안 다이어트를 해서 마침내 성공한 것을 축하해 줄 수 있는 숫자 아닌가.

지난 여덟 달 동안은 단 500그램도 찌지 않았다. 한 번씩 며칠에 걸쳐 정체기가 있기는 했어도 찌지는 않았다. 원래 목표 체중은 52킬로그램이었다. 하지만 목표 체중을 설정하면서 52킬로 정도가 되면 실제 느낌과는 다를 거라고 생각한 것이 실수였다. 52킬로가 되자 뱃살은 빠지고 팔의 살도 보기 좋게 빠졌지만 허벅지에는 여전히 살이 많았다. 51.5킬로그램이 되자 정말 기분이 좋았다. 내 몸은 보기에도 딱 좋았다. 거기서 살을 더 뺀 건 감당할 수 없는 폭식이 언제 또 들이닥칠지 몰라 미리 대비 삼아 빼기로 했기 때문이었다.

완충 역할을 할 쿠션이 필요했다. 껌 정도는 폭식이라 할 수 없었다. 나를 유혹한 건 아이스크림과 사탕, 포테이토칩 따위였다.

지금 내 유일한 관심사는 여기서 더 살이 찌지 않는 것이다. 다시 살이 찌지 않는 한 체중을 빼는 건 이제 그렇게까지 중요하지는 않았다. 체중계에 올라갔을 때 숫자가 더 내려간 걸 보면 엄청난 희열을 느꼈다. 숫자가 작으면 작을수록 희열은 더 커졌다.

욕실로 가서 볼일을 봤다. 그리고 숨을 참고 세면기를 단단히 붙잡고 체중계로 사뿐히 올라갔다. 숫자가 빠르게 올라가는 동안 어떻게든 체중계에 몸무게가 덜 실리는 방법이 없을까 궁리했다. 팔을 옆으로 내리고 가만히 섰다. 호텔 욕실에서 무방비로 발가벗은 채 눈을 감고 기도했다. 내 두 발 사이 바로 앞에 찍혀 나올 빨간 디지털 숫자가 올해 크리스마스를 행복하게 만들어 줄 수도 있고 비참하게 만들어 줄 수도 있었다. 꼬집어 누구를 향한 건 아니지만 나는 그냥 큰소리로 간청했다. "제발 44킬로그램만 넘지 않게 해 주세요. 43킬로도 좋아요. 이건 욕심이 아니잖아요. 그냥 45킬로그램만 넘지 않게 해 주세요. 45킬로그램이 넘으면 차라리 죽어 버릴 거예요. 제발, 제발, 제발, 제발요." 너무나 걱정이 돼서 눈물이 다 나왔다. 하지만 얼른 마음을 가라앉혔다. 울다가 몸을 떨면 숫자가 치솟아서 다시 내려가지 않을까 봐 겁이 났다. 계속 걱정이 되니까 아예 처음부터 다시 시작하는 게 좋겠다 싶었다. 체중계를 원상 복구시킬 수 있는 가장 쉬운 방법이었고 그래야 측정값을 신뢰할 수 있겠다 싶었다. 체중계에서 내려왔다. 거울에 비친 내 모습을 정면으로 응시했다. 오줌을 한 번 더 누면 쓸데없는 수분이 더 빠져나갈지도 모른다. 나는 볼일을 한 번 더 봤다. 좀 전에 체중계 숫자를 보지 않은 건 역시 잘한 일이었다. 다시 체중계에 올라갔다. 볼일이나 한 번 더 보라고 속삭여 준 신에게 감사했다. 사실과 다른 체중계 숫자를 보고서 겪었을 고통을 면했으니 말이다. 이제 팔을 나란히 늘어뜨리고 체중계 위에 섰다. 속이 완전히 싹 빈 상태였다. 이제 울지도 않았다. 이제 한 해 동안 나를 위해 준비해 온 건강과 자기애의 선물을, 크리스마스 선물을 받을 준비가 되었다. 마음을 완전히 비우고 담담한 마음으로 발치를 내려다보았다.

40.3kg
메리 크리스마스, 포샤.

"메리 크리스마스, 포샤." 그웬 이모와 렌 삼촌이 선물을 들고 스위트룸으로 들어왔다. 명성이 자자한 렌 삼촌의 크리스마스 과일 케이크도 있었다. 프랭크 시나트라의 크리스마스 캐럴이 배경음악으로 잔잔하게 흘러나왔고, 깔끔하게 다듬은 대형 크리스마스트리가 널찍한 거실 한가운데 배치되었다. 트리 앞에는 엄마와 할머니가 나란히 의자에 앉아 이야기를 나누고 있었다. 좀 있다가 사촌들이 왔다. 이제 크리스마스 만찬을 위한 모든 것이 준비되었다. 우리 가족을 위해 이렇게 멋진 크리스마스를 마련하다니, 스스로가 참 대견했다. 자유를 팔아 번 돈으로 준비한 자리였다. 가족들이 아무 걱정 없이 그냥 편안하게 즐길 수 있는 크리스마스를 내가 마련해 준 것이다. 나는 내 힘으로 완벽한 크리스마스를 만들 능력이 있는 사람이 되었다.

내가 봐도 그날은 정말 완벽하게 시작되었다. 윗몸일으키기와 레그 리프트를 하는데 힘과 에너지가 넘쳤다. 40.3킬로그램이라니. 정말 믿기 힘들고 놀라워서 나도 모르게 입 밖으로 내뱉을 뻔했다. 정말 대단한 일이었다. 도대체 어떻게 40.3킬로가 될 수 있단 말인가? 오직 나만, 오직 나만큼 특별한 사람만이 해낼 수 있는 일이었다. 다섯 시 반에 헬스클럽에 갔더니 아직 문이 닫혀 있었다. 홀에서 30분 동안 달리기를 했다. 크리스마스 아침에 헬스클럽에 와서 운동하는 사람은 나밖에 없었다. 나만큼 건강과 몸매 관리를 진지하게 받아들이는 사람은 없었다. 크리스마스 아침에도 헬스클럽에 가서 운동하는 건 반 년 전 다이어트를 시작했을 때 나 스스로에게 물었던 질문에 대한 답이었다. 이건 그냥 지나가는 단계가 되어선 안 되었다. 새로운 삶의 방식이어야 했다. 남들이 전부 게으름을 피우는 날에도 나는 열심히 운동했다. 날씬한 거야 말로 내가 가장 좋아하는 것이기 때문이다. 하지만 운동을 하면서 하나 깨달은 것도 있었다. 외로웠다. 속도가 7이 될 때까지 러닝머신의 속도 버튼을 누르다가 문득 너무 외롭다는 생각이 들었다. 러닝머신이 돌아가는 속도에 맞춰 탕탕 뛰는 내 발소리를 들으면서 그런 생각을 했다. 이 호텔의 다른 투숙객들은 전부 오늘 같은 날 잠에서 깨면, '아직 여섯 시밖에 안 됐어. 아무 생각 말고 한숨 더 자' 같은 다정한 목소리를 들을 텐데, 왜 내 머릿속에는 사람 잠도 못 자게 깨워서 일어나 달리라고 무섭게 다그치는 목소리가 들어앉았단 말인가.

"포샤, 샴페인 좀 마실래?"

"엄마, 나 이제 술 안 마시잖아."

"에이, 그러지 말고. 안 죽어."

엄마는 전통을 따지는 걸 좋아했다. 또 가족은 세대가 바뀌어도 풍습이나 태도나 생각이 똑같아야 한다고 믿었다. 우리 집 전통은 크리스마스 아침을 위해 사촌이 특별히 담근 딸기술과 샴페인을 마시는 거였다. 도저히 물리칠 수 없을 것 같았다.

내가 샴페인을 마시자 엄마 얼굴이 순식간에 활짝 펴졌다. 샴페인의 알코올 성분 때문에 다이어트에 집착하던 마음이 느슨해졌는지 모르겠지만 그렇게 함께 샴페인 한 잔을 마신 것뿐인데도 기분이 날아갈 것 같았다. 지난 여덟 달 사이 이 정도로 행복했던 적은 없었던 것처럼. 그래, 하루만이라도 쿠션 이론은 좀 제쳐 놓자. 샴페인을 마시는 날 보고 가족들이 긴장을 풀게 되니까 에이, 그냥 먹고 마시고 놀자 싶었다. 샴페인을 마신 뒤에는 칠면조 고기를 먹었다. 그걸 본 엄마가 웃었다. 식구들이 계속 먹으라고 해서 감자도 먹었다. 식구들은 안심했고 웃었다. 크리스마스 선물에, 음식 만드느라 고생하지 않아도 되는 것, 오늘이 크리스마스라는 것 따위는 제쳐 두고 내가 감자를 좀 먹은 걸 더 기쁘게 여기는 분위기였다. 그래서 나는 더 먹었다. 40킬로그램이 되니까 겁나는 게 없었다. 어린 시절 이후 정말이지 처음으로 나는 내가 다른 사람들과 똑같다는 느낌을 받았다. 먹는 걸 가려야 하는 모델이나 배우도 아니고, 몸무게 때문에 짜증을 내면서 주위 사람을 지치고 힘들게 만드는 과체중의 여자도 아니었다. 그냥 식구들과 식탁에 둘러앉아 크리스마스를 즐기면서 음식을 나눠 먹는 가족 중의 한 사람일 뿐이었다.

그런데 오빠랑 사촌 미건만 남고 모두 호텔을 떠나자 더는 즐겁고 편한 기분이 아니었다. 충격이 밀려왔다. 세상에, 샴페인을 한 잔 마셨다. 지방이 들러붙은 칠면조 고기도 먹었다. 기름에 볶은 콩도 먹었다. 무엇보다 충격적인 건 감자를 먹었다는 사실이었다. 기름에 볶아 로즈메리와 소금을 친 중간 크기의 감자를 두 개나 먹었다. 공포가 밀려왔다. 주먹을 쥐었다 폈다 하면서 손목을 돌리기 시작했다. 그렇게 하면 뱃속에서 소화되고 있는 음식에 대한 공포가 사라질 거라는 듯이. 몸도 떨려 왔지만 도무지 진정되지 않았다. 온몸에 공포감이 스멀스멀 퍼져 가고 있었다. 어떻게든 진정을 해야 했다. 팔을 머리 위로 뻗치고 손을 마구 흔들었다. 그렇게 하면 칼로리가 소모될 것 같았다. 사촌과 오빠가 아직 거실의 크리스마스트리 옆에 앉아 있었지만 그 둘은 이제 안중에도 없었다. 두 사람이 뻔히 보고 있는 앞에서 나는 팔을 머리 위로 올리고 펄쩍펄쩍 뛰면서 감자로 섭취한 칼로리를 없애려고 했다.

"포샤, 너 지금 뭐하는 거야?"

미건이 물었다. 하지만 대답을 바라는 투는 아니었다. 할 말이 있다는 것 같았다. 미건은 감정이 풍부하다. 원래 호주 사람들이 대체로 감정이 앞서고 이래라저래라 하는 경향이 있다.

"점심 때 돼지처럼 너무 많이 먹었어. 그래서 배 좀 꺼뜨리려고."

거실에서 좀 뛰고 흔드는 게 뭐가 대수냐는 식으로 일부러 무심한 척 웃으면서 말했다. 겁먹은 걸 들키고 싶지 않았다. 미건을 향해 웃으면서 "너도 알잖아" 하며 어깨를 으쓱해 보였다. 여자라면 당연히

이 상황이 이해될 것이다. 하지만 나는 이 상황을 이해하고 있는가? 아무래도 상관없었다. 뱃속에 쑤셔 넣은 쓰레기를 소모하는 데만 정신이 팔려 있었다. 너무나 겁에 질려 멈출 수가 없었다.

"포샤, 감자야, 그냥 감자라고. 그것 먹었다고 살이 찌지는 않아. 도대체 왜 그래?"

아냐, 살 쪄. 내가 먹은 건 그냥 감자가 아니야. 좀 전처럼 먹으면 앞으로 또 먹게 될 게 뻔한 감자라고. 만약 또 감자를 먹으면 예전처럼 요요가 올 거야. 그러면 열두 살 때부터 스물다섯 살 때까지 그랬던 것처럼 또 고통을 당하게 될 거라고. 감자를 먹으면 일자리도, 돈도 사라지고 돈 벌 능력도 사라져. 감자를 먹으면 거지가 된다고. 감자를 먹으면 뚱뚱해진다고. 돈이나 일거리가 없으면 나는 틀림없이 뚱보가 될 거라고.

"나가서 달리기나 할래."

나는 미건과 오빠 옆을 후딱 지나쳐 방으로 갔다. 운동복으로 갈아입고 나와 다시 그들 옆을 재빨리 지나 문으로 갔다. 조금 전까지만 해도 웃고 수다 떨고 노래하느라 왁자지껄하던 스위트룸이 괴괴한 침묵에 잠겼다. 내가 옷을 갈아입는 동안 오빠랑 미건이 무슨 얘기를 나눴는지 알 길이 없다. 호텔 복도를 달리면서 지난 장면을 다시 떠올려 보았다. 멋진 크리스마스를 만들려고 그렇게 노력했건만 결국 이렇게 망쳐 버렸다. 이렇게 될 줄 알았다. 내 이기심과 안하무인 때문에 내가 좋아하는 사람들의 마음을 결국 아프게 해 버릴 줄 알았다. 모두를 행복하게 만들어 주려고 애썼지만 거짓말이 너무 서툴렀다. 거짓말은 정말이지 너무 어렵다. 엘리베이터에서부터 로비까지 달려가는 동안 사람들이 전부 나만 쳐다보는 걸 느낄 수 있었다.

너 어젯밤에 뭐 먹었어?

나는 다른 사람들과 달랐다. 나는 여배우였다. 나는 이름도 바꿨고 말투도 바꿨고 국적도 바꿨다. 나는 동성애자였다. 이제 가면을 벗을 때가 되었다.

이제 그만 인정해

캠버웰 거리는 밤이 되자 고요해졌다. 내가 말을 꺼내지 않는 이상 빌하고 있으면 늘 조용했다. 빌과 나는 할 일들을 끝낸 뒤 〈세븐 일레븐〉 옆에 있는 피시 앤드 칩스 가게의 입구 계단에 앉아 있는 걸 좋아했다. 우리는 좀 낙후된 주택가로 드라이브를 했다. 괜찮은 건물들이었지만 그곳에 사는 주민들은 대체로 가난했다. 우리는 커피를 마시고 맥주를 마시고 당구를 치고 밴드 공연을 봤다. 그리고 중산층이 사는 교외 지역으로 되돌아왔다. 엄마 집이 있는 곳이다. 우리는 캠버웰 거리의 피시 앤드 칩스 가게 계단에 앉아 훈훈한 밤 날씨와 시간에 쫓기지 않아도 되는 자유를 누렸다. 한밤중이라 시간에 전혀 구애받지 않았다. 물론 새벽 두 시를 한밤중이라 할 수만 있다면 말이다. 이렇게 편한 시간이면 나는 대개 빌에게 골칫거리나 앞으로의 계획, 소망 따위를 털어놓았다. 하지만 오늘밤은 할 얘기가 아무것도 없었다. 그냥 앉아 있었다. 그냥 살아만 있었다고 할까. 그냥 살아만 있다는 건 살아갈 날들에 대해 꿈을 꾼다는 것과는 정반대이다. 예전 같으면 빌에게 사샤가 나를 사랑하게 만들 방법이나 내가 만나고 싶은 감독 얘기, 아니면 호주보다 로스앤젤레스에서 사는 게 왜 더 좋은지 같은 얘기를 늘어놓았을 것이다. 이야기를 하는 게 지겨워지면 빌을 걸고넘어지기도 했다. 왜 여자 친구를 안 사귀는지, 왜 직장을 구하지 않는지, 왜 인생을 다르게 살 길을 찾지 않는지 따지기도 했다. 하지만 그 질문은 실은 나한테 왜 여자 친구가 없고 왜 배우를 하려고 하는지 묻는 거나 마찬가지였다. 무엇보다 왜 고향을 벗어나려고 그렇게 애를 썼는지 묻고 있었다고 할 수 있다. 내가 올바른 선택을 했다고 확신하고 싶어서 남한테 왜 호주를 떠나지 않느냐고 물은 것이다. 하지만 오늘밤은 전혀 할 말이 없었다. 아무것에도 흥미가 생기지 않았다. 지금까지 지내 왔던 그 많은 크리스마스와는 전혀 다르게, 무얼 해야 한다는 아무런 충동도, 아무런 이유도 찾지 못했다. 할 말이 하나도 없었다. 빌도 별로 말하고 싶지 않은 눈치였다. 새벽 두 시의 캠버웰 거리는 무거운 침묵만 내려앉아 있었다.

엘에이로 돌아가려면 아직 며칠 더 남았지만 이미 크리스마스 시즌은 끝나 버린 기분이었다. 몇 달 만에 처음으로 가족을 만나고 완전히 새로워진 내 몸을 보여 주게 되었다는 흥분과 스릴은 자취도 없이 사라져 버렸다. 친척들은 하나도 빼지 않고 다 내 몸을 봤다. 하나같이 무덤덤한 표정이었다. 살이 빠졌다거나 멋있어졌다거나 날씬해졌다고 말해 준 사람은 없었다. 친척들이 내 몸에 대해 한마디도 하지 않으니까 이상한 걸 넘어 황당했다. 그래서 나중에는 팔도 아예 드러내 놓고 다녔다. 나는 운동복 상의의 소매를 걷고 사샤에게 전화했다. 사샤는 놀랄 것이다. 이런 몸을 만들기 위해 얼마나 열심히 운동했는지, 사샤라면 알아줄 것이다. 나는 사샤에게 전화해서 사샤가 다니는 헬스클럽에 데려가 달라고 했다. 크리스마스 연휴 동안 나태해진 부분을 운동으로 만회하자고 했다. 난 사샤를 빨리 보고 싶었다. 세인트 바스에서 사샤를 괴롭히기는 했지만 아직도 사샤는 내가 제일 좋아하는 친구라는 걸 알려 주고 싶었다.

운동복을 입고 가방을 어깨에 둘러맨 채 오빠 옆을 지나쳤다.

"어디 가?"

"사샤 만나러. 프라란에 있는 헬스클럽."

순간 오빠 얼굴에 실망감이 번졌다. 오빠는 결심한 듯 말했다.

"태워 줄게."

오빠는 못 이긴다. 특히나 저런 얼굴일 때는. 오빠가 헬스클럽 주차장에 차를 댔다. 그런데 시내에 무슨 볼일이 있다더니 갈 생각을 하지 않고 주차를 하고 시동을 껐다.

"뭐 할 일 있다고 하지 않았어?"

"아니, 너랑 같이 가려고."

"어디, 헬스클럽?"

"응."

망했다. 사샤랑 약속한 시각은 열두 시다. 그런데 지금은 열 시다. 나는 사샤가 올 때까지 두 시간 동안 오로지 운동만 할 생각이었다.

"도대체 헬스클럽에는 왜? 그냥 여기까지 태워 주려고 온 거 아니었어? 나랑 사샤 사이 알잖아? 그냥 우리끼리 시간을 보내고 싶어서 그래."

그냥 같이 시간을 좀 보낼 거라고? 바보. 이제는 오빠가 머리를 굴려서 같잖은 소리를 지어낼 차례다. 그런데 오빠가 왜? 도대체 왜 이러는 거지?

"나도 사샤 한번 만나 보려고. 못 본 지 오래됐잖아."

이런 젠장, 맙소사. 전차를 타고 왔으면 얼마나 좋았어! 사샤가 오려면 앞으로 두 시간은 더 있어야 한다는 사실을 어떻게 얼렁뚱땅 얼버무려야 할지 도무지 생각이 나지 않았다. 오빠를 뒤에 달고 한산한 헬스클럽에 들어섰다. 나는 사샤가 늦는다고 신경질을 부리는 연기를 해 보자 싶었다. 그러면 먹힐지도 모른다.

"여기서 뭐 할 건데? 그렇게 변태같이 서 가지고."

오빠는 청바지에 부츠 차림이었다. 헬스클럽에 온 사람 복장으로는 영 꽝이었다.

"그냥 한번 둘러보는 거라니까. 신경 쓰지 말고 너 할 일이나 해."

나는 오빠 말대로 신경을 끄기로 했다. 이제는 사샤 핑계고 뭐고 다 필요 없었다. 헬스클럽에 등록한 뒤 곧바로 운동을 시작했다. 나는 내 할 일만 했다. 러닝머신에 올라가 20분 동안 빨리 달리기를 설정하고 달리기 시작했다. 다음에는 20분 동안 일립티컬을 하면서 137칼로리를 태웠다. 하지만 100칼로리로 계산했다. 그 어떤 유산소 운동기계라도 20분이면 100칼로리라는 게 내 생각이었다. 운동기계에 뜨는 빨간색 디지털 숫자는 아니라고 해도 내 생각은 그랬다. 나는 기계를 믿지 않았다. 기계마다 칼로리 계산이 다 달랐다. 유산소 운동을 마쳤다. 40분 정도면 할 만큼 한 것 같았다. 이미 아침에 한 시간 넘게 달렸기 때문이다. 바닥에 매트가 깔린 곳으로 가서 필라테스라고 뻥치는 윗몸일으키기를 했다. 오빠는 아직도 헬스클럽

한구석에 서 있었다. 운동을 하느라 오빠의 존재는 까맣게 잊고 있었다.

"아직도 있었어?"

운동기계가 돌아가고 있었고 티브이에서 하는 스포츠 중계 소리도 시끄러워 나는 큰 소리로 물었다.

"어? 어…… 그냥. 그냥 운동해. 기다릴게."

오빠가 좀 이상했다. 오빠는 고개를 숙인 채 눈을 마주치지 않으려고 했다. 평소 오빠답지 않았다. 오빠는 헬기 조종사다. 얘기할 때 상대방의 눈을 똑바로 보며 얘기하는 걸 좋아한다. 지금처럼 눈길을 피하는 자기 모습을 보았더라면 아마 웃었을 것이다. 청바지에 부츠 차림으로 헬스클럽의 어두컴컴한 구석에 어색하게 서 있는 모습은 정말 이상했다. 헬스클럽에서 운동하는 다른 여자들이 내가 오빠랑 일행이라는 걸 몰랐으면 싶었다.

나는 내 할 일을 했다. 매트 위에서 40분 동안 운동했다. 효과를 보려면 반드시 여러 세트를 해야 한다. 다음에는 웨이트 트레이닝으로 넘어갔다. 웨이트 트레이닝은 팔과 등 근육을 다듬을 생각으로 가끔씩 해 주는데, 어쩌다가 근육을 키우게 되더라도 2주 넘게 화보 촬영도 안 하고 있고 드라마도 찍지 않고 있으니까 근육이 빠질 시간은 충분하다고 생각했다. 나는 살이 쪄 보이는 게 참기 힘들었다. 너무 열심히 운동을 하면 고통스럽게 지방을 뺀 자리에 근육이 들어차 버릴 우려가 있었다.

이두근, 삼두근, 삼각근 운동을 다 하고 보니 오빠가 말동무를 찾아낸 것 같았다. 사샤가 왔다. 당장 사샤에게 달려가고 싶었다. 하지만 사샤는 경찰 행세를 하는 오빠랑 어두운 구석 자리에서 무슨 이야기인가 심각하게 쑥덕거리고 있었다. 도대체 둘이서 뭔 이야기를 저렇게 하는 거지? 내가 오빠한테 동성애자라고 털어놓았다는 이야기를 하는 걸까? 그럴 것 같지는 않았다. 내 비밀을 안다는 걸 서로 드러낼 것 같지는 않았다. 내 체중을 가지고 이야기할 리는 없다고 생각했다. 물론 분명히 심하게 마른 부위도 있기는 하지만 저렇게까지 심각하게 얘기할 건 아니었다. 슬슬 걱정이 되었다. 분위기가 저렇게 무거운 게 설마 나 때문일까. 서둘러 두 사람 쪽으로 갔다. 두 사람은 틀림없이 내 얘기를 하고 있었다. 말소리가 들리는 데까지 가자 사샤가 얼른 분위기를 바꾸었던 것이다.

"피이!"

사샤가 나를 애칭으로 부르면서 와락 껴안았다. 어찌나 소리가 큰지 오른쪽 귀가 다 먹먹했다. 오빠는 전혀 웃지 않았다. 아까 표정 그대로였다. 하지만 지금은 내 눈을 똑바로 쳐다봤다.

"포샤, 잠깐 밖에서 볼까?"

오빠가 몸을 돌려 헬스장 밖으로 나갔다. 말투가 하도 심각해서 사샤를 남겨 두고 따라 나갈 수밖에 없었다. 사샤는 그래도 괜찮은 것 같았다. 가슴이 두근두근했다. 전과는 너무나 달랐다. 전에는 한 번도, 아무리 심각한 이야기라도 따로 나와 보라고 한 적이 없었다. 지금까지 오빠에게서 전혀 보지 못했던 모습이라 흥분됐다. 화가 난게 아닌 건 분명해 보이는데 왜 저러는지 도무지 알 수가 없었다. 뭐가 그리 대단한 일이기에 몇 달 만에 제일 친한 친구를 만난 동생을 불러내는지 알 수가 없었다.

오빠 차가 주차되어 있는 곳까지 갔다. 걷는 거리가 길어질수록 점점 더 걱정이 되었다. 오빠가 입을 뗄 즈음에는 뱃속이 배배 꼬일 지경이었다. 오빠는 등을 돌린 채 차 후드에 두 손을 올렸다. 그래서 얼굴을 볼 수 없었다. 이게 도대체 무슨 상황이지? 점점 진짜로 겁이 나기 시작했다.

"포샤."

오빠가 얼굴을 내 쪽으로 돌렸다. 오빠는 울고 있었다. 엄청난 충격이었다. 오빠는 몸을 숙였다. 두 손은 주저앉으려는 무릎을 짚은 채 팔꿈치는 구부러져 있었다. 시선은 땅바닥을 향했다. 너무 놀라 말문이 막혔다. 기다릴 수밖에 없었다. 오빠는 몸을 펴면서 입을 뗐다. 억지로, 아주 힘겹게 말하는 것 같았다.

"나, 지금 네가 너무너무 걱정 돼. 네가 얼마나 말랐는지 눈으로 보고도 믿을 수가 없을 정도야."

저게 지금 도대체 무슨 소리지? 나도 내가 말랐다는 건 안다. 하지만 오빠가 이렇게 나올 정도로 마른 건 절대 아니다. 긴팔 옷을 입고 운동할 걸. 오빠가 내 팔을 못 봤다면 이러지 않을 텐데. 하지만 지금 와서 그걸 설명할 건 아니었다. 게다가 오빠가 우는 걸 보니 속이 뒤집어졌다. 살면서 그렇게 화가 난 적은 처음이었다.

겨우 진정한 오빠는 내 얼굴을 똑바로 쳐다봤다. 나는 여전히 아무 말도 못했다. 오빠도 내가 무슨 말을 하리라고 기대하는 건 아니었다.

오빠 얼굴이 다시 일그러졌다. 이제는 마구 구겨지고 무너졌다. 얼굴이 금세 빨개졌다. 눈물이 뺨을 타고 줄줄 흘러내렸다. 아직 내게 아무것도 묻지 못하면서도 오빠는 애원하는 눈빛으로 나를 보았다. 무척이나 혼란스러웠다.

"포샤……."

오빠는 통곡했다. 숨을 쉬고 말을 하려고 해도 숨이 막혀 말소리가 뚝뚝 끊어져 나왔다.

"너, 지금 산송장 꼴이야."

나는 사정을 설명했다. 그런 뒤 오빠는 바로 돌아갔다. 나는 오빠한테 내가 하는 다이어트와 운동에 대해 설명했다. 만일 효과가 없으면 다시 음식을 먹고 살을 찌우겠다고, 운동을 지나치게 하는 것도 그만하겠다고 했다. 그 얘기를 듣고서야 오빠는 마음을 좀 놓은 것 같았다. 사샤한테 가 보라며 나를 놓아 주었다. 헬스장에 있던 사샤는 깡마른 여자 하나를 가리켜 보였다. 그리고 나를 집까지 데려다 주었다. 내 체중에 대해서는 아무 말도 하지 않았다. 러닝머신 위에서 달리기를 하는 그 빼빼 마른 여자를 가리키며 거식증 환자라며 안 됐다고 했을 뿐이다. 그러고 나서 날 집에 태워다 주더니 그냥 가 버렸다.

오빠가 울 때 나도 많이 울었다. 하지만 나 때문에 운 건 아니었다. 오빠 때문에 울었다. 오빠가 그렇게 심하게 우는 건 도저히 볼 수가 없었다. 살면서 오빠가 우는 걸 본 건 아빠가 돌아가셨을 때가 유일했다. 솔직히 말하면 도대체 왜 오빠가 내가 살 빼는 것 때문에 우는지 이해가 안 됐다. 게다가 사샤는 또 왜 그 여자를 가리키며 거식증 운운했는지 그것도 이해할 수 없었다. 나도 내가 평소보다 많이 마른 건 알고 있었다. 저체중인 것도 안다. 하지만 내가 거식증이라고는 한 번도 생각해 본 적이 없었다. 헬스장에서 본 여자도 거식증 환자로 보이지는 않았다. 거식증은 아무나 걸리는 게 아니다. 거식증은 대단한 성공을 거둔 데다 고상한, 아주 예쁜 여자들이나 걸리는 병이다. 거식증은 모델이나 가수, 아니면 다이애나 왕세자비 같은 사람이 걸리는 병이다.

나는 예전부터 거식증에 걸린 사람들을 마음속으로 존경했다. 그 사람들은 엄청난 자기 절제 끝에 거식증에 걸렸다. 거식증은 뭔가 아주 멋지고 완벽한 것이라고 생각했다. 물론 거식증에 걸리고 싶지는 않았다. 거식증에 걸릴 정도로 마른 것도 절대 아니었다. 난 그냥 다이어트에 성공하기만 바랐을 뿐이었다.

집에 와서 샤워를 하려고 하는데 엄마가 방으로 잠깐 와 보라고 했다. 헬스장에서 있었던 일을 오빠가 엄마한테 벌써 일러바쳤나 보았다. 늘 차분한 사람인데, 분위기가 아주 심각했다.

"잠깐 와 볼래? 너랑 진짜 해야 할 얘기가 있어."

엄마를 따라 거실을 건너 방으로 들어가다가 할머니 옆을 지나쳤다. 할머니는 거실 한구석에 놔둔 의자에 앉아 티브이도 보고 가족의 일상사도 보면서 20년 세월을 보냈다. 모든 것이 할머니에게는 재미있는 일이었다. 그렇다고 할머니가 무심한 사람이라거나 남 일에는 신경도 쓰지 않는 사람이란 건 아니다. 할머니는 세상만사 모든 일의 끝을 이미 다 아는 사람 같았다. 티브이 드라마 속 일이든 우리 가족의 일이든 할머니에겐 이미 여러 번 시청해 익히 알고 있는 일에 불과했다. 우리 집에서 벌어지는 일은 〈골든 걸스The Golden Girls〉에 나오는 이야기랑 똑같았다. 블랜치는 예쁘장한 얼굴이 자신감의 원천이다. 그런 블랜치한테는 마음속에 숨겨 놓은 이야기가 있다. 하지만 아무한테도 털어놓지 못하고 그냥 거친 행동으로 에둘러 표현할 뿐이다. 그러던 어느 날 고민 상담 해결사인 도로시한테 사정을 털어놓게 되었는데, 알고 보니 도로시는 우연히 블랜치의 비밀을 알게 된 로즈로부터 이미 그 내용을 전해 들어 알고 있었던데다가 소피아도 처음부터 그 비밀을 알고 있었다는 게 드러난다. 〈골든 걸스〉는 그런 드라마였다. 할머니 옆을 지나칠 때 할머니 표정이 딱 이랬다. '오라, 이거 어디서 많이 듣던 얘기구나. 보자, 그러니까 네가 동성애자라는 걸 엄마가 받아 주지 않으니까 엄마한테 대들었다 이거지. 그런데 이번에 결국 엄마가 네 진짜 모습을 있는 그대로 인정해 주게 됐다는 거고. 거 참, 얘기 재밌게 돌아가네…….' 물론 할머니가 실제로 내가 동성애자라는 걸 알았다는 말은 아니다. 엄마와 나는 할머니한테는 얘기하지 말자고 합의했다. 할머니 연세를 생각할 때, 진실을 알면 엄청난 충격을 받을 것 같았다. 그런 어마어마한 말을 들으면 충격으로 사망할지도 모른다. "저, 동성애자예요"라고 했다가 그만 할머니 심장이 덜컥 멎어 바닥에 떨어져 돌아가시기라도 하면 큰일이다.

엄마 방은 어두침침했다. 엄마는 창으로 들어오는 빛을 등지고 서 있었다. 이제 엄마의 금발도 흰머리가 늘었고 몇 줌 안 되는 머리칼 사이로 발그레한 두피가 비쳐 보였다. 머리를 한 번 염색하면 얼마나 갈까? 윤기도 하나도 없고 심하게 푸석푸석해서 염색해도 별 소용이 없을 것 같았다. 그래서 정말 나이가 많은 사람들은 염색도 안 하나 보다. 그때까지만 해도 여든이나 아흔 줄에 접어든 사람들은 외모 같은 피상적인 것이 더는 중요하지 않으니까 신경도 안 쓰는 줄로만 알았다. 그런데 만약에, 만약에 그런 사람들도 여전히 금발이나 갈색 머리를 바라는데 염색해도 아무 소용이 없어서 못 하는 거라면? 늙는다는 건 바로 그런 느낌이 아닐까. 욕망과 현실이 죽음 직전까지 결투를 벌이고, 평화를 얻을 수 있는 사람은 아무도 없다는 그런 것이 늙는다는 것 아닐까. 나는 예전부터 늘 얼른 늙어 버렸으면 했다. 그래서 더는 외모에 신경 쓰지 않아도 되는 나이가 되고 싶었다. 하지만 지금은 차라리 늙는 건 아예 건너뛰고 바로 죽어 버리는 게 제일 낫겠다는 생각이다.

"포샤, 너 정말로 너무 말랐다. 끔찍해."

응, 나 말랐어. 근데 어쩌지? 이게 엄마가 바랐던 모습이잖아.

"맞아. 지금 상태라면 엄마가 스와치 시계를 사 줘야 할 것 같은데?"

스와치 시계는 엄마가 내게 내민 당근이었다. 십 대 시절에 엄마는 54킬로그램이 되면 스와치 시계를 사 주겠다고 했다. 당시 54킬로그램은 마법을 부려야 가능한 몸무게였다. 내 몸무게는 늘 57킬로그램에서 60킬로그램 사이를 왔다 갔다 했다. 그래서 54킬로그램은 환상의 세계이자 마법의 세계에 속해 있었다. 완벽한 사람들의 세계, 스와치 시계로 도배를 할 만큼 특별한 사람들이 사는 세계였다. 체중계에 올라 54라는 숫자가 나타나기를 바라며 발버둥 치는 세월을 보내다가 갖고 싶던 스와치 시계의 유행이 하나하나 바뀌는 것만 구경했다. 맨 처음에 가지고 싶었던 스와치는 아주 깔끔한 디자인이었다.

나는 뚱뚱했기 때문에 그걸 갖지 못했다. 다음에는 노란색에 파란 밴드를 한 스와치가 갖고 싶었다. 그 다음으로 원했던 건 검은색이 었다. 하지만 결국 그걸 가질 자격은 주어지지 않았다. 나는 정말로 플라스틱 스와치 시계를 갖고 싶었다. 이제 그 디자인은 나오지도 않지만.

"뭐라도 안 먹으면, 죽을지도 몰라!"

엄마가 한 손으로 침대 모서리를 짚으면서 무릎을 꿇었다. 다른 손 으로는 얼굴을 가리고 조용히 흐느꼈다. 나는 멀거니 서서 엄마를 내려다보았다. 그런 나 자신이 놀라웠다. 하지만 그냥 서서 지켜보기 만 했다. 다음에는 또 어떤 일이 벌어지려나? 오빠도 엄마처럼 괴로 워하면서 울었다. 오빠가 통곡할 때 나를 휘감았던 그 감정은 다 어 디로 가 버렸지? 너무나 두려워서 어떤 말로 오빠를 달래야 할지 몰 라 허둥대던 그때의 감정은 다 어디로 사라져 버렸나? 엄마를 괴롭 힌 걸 그토록 후회했는데, 그때 내 감정이 도대체 어디로 가 버렸단 말인가? 나도 모르게 히죽거렸다. 정말 무서웠다. 엄마는 울고 나는 웃고 있었다. 나는 정말로 엄마를 사랑한다. 도대체 어쩌다가 내가 이렇게 차가운 인간이 되어 버렸을까?

분명하고 명확한 답이 떠올랐다.

난 이제 진짜 동성애자야. 더는 동성애자가 아닌 체하지 않아도 돼. 엄마는 내 존재 자체를 받아들여야만 해.

허리를 구부리고 엄마를 부축해 일으켰다. 우리는 침대에 걸터앉 았다. 엄마 어깨를 감싼 채 울음이 그치기를 기다렸다. 엄마가 울음 을 그쳐야 내가 시작할 수 있었다. 엄마가 조용히 흐느끼는 동안 나는 공격 계획을 세웠다. 엄마한테 말할 거였다. 엄마가 날 동성애자로 인정해 주지 않아서 화가 났었다고. 내 심정이 어떤지, 내가 어떤 애인지, 그런 것보다 남들한테 내가 어떻게 보이는지에 더 신경을 써서 화가 났었다고. 엄마가 생각을 바꾸지 않으면 영영 딸을 잃을 수 있다고. 내 말에 엄마가 상처를 입을 수도 있지만 멀리 내다보면 엄마한테도 그게 나았다. 엄마가 나를 거친 사랑으로 키웠듯, 나도 엄마에게 거친 방식으로 사랑을 보여 줄 생각이었다.

하지만 나는 그러지 못했다. 울음이 터져 버렸다.

"엄마, 동성애자라서 미안해. 엄마가 바라는 딸이 못 돼서 정말 미안해."

엄마를 실망시킨 것 때문에, 나를 실망시킨 것 때문에 울었다. 나는 엄마에게 자랑스러운 딸이 아니었다. 나는 엄마를 부끄럽게 만드는 딸이었다. 아무리 이름을 얻어도 수치심을 떨칠 수 없었다.

"포샤, 네가 왜 미안해? 너는 있는 그대로 너야."

"알아요! 하지만 엄마는 내가 부끄러운 거잖아! 식구들한테도 말 못 하잖아. 나를 사랑하는 우리 식구들한테도!"

"네가 동성애자라는 거, 그걸 왜 얘기해야 해? 그건 사생활이야."

"오빠 애인들 얘기는 사생활이 아니고? 그건 다 얘기했으면서! 엄마는 엄마 생각에 자랑스러운 사생활만 얘기했으면서!"

엄마가 내 쪽으로 몸을 획 돌렸다. 내 어깨에 두 손을 딱 얹고 내 얼굴을 자기 쪽으로 돌렸다.

"잘 들어. 그래, 난 늙다리 노인네라 아무것도 모른다. 됐어?"

엄마가 내 눈을 똑바로 봤다. 엄마가 나를 그렇게 본 건 태어나서 처음인 것 같았다.

"그래, 나도 겁이 났어. 네가 그렇게 고생해서 이룬 걸 한순간에 다 잃어버릴까 봐 걱정이 됐다고. 하지만 내가 틀렸어. 내가 바보짓을 했어."

엄마가 나를 꼭 감싸 안았다.

"내가 너를 얼마나 사랑하는지 알아?"

"엄마, 나도 엄마 사랑해."

나를 짓눌렀던 것이 뚝 떨어져 나가는 기분이었다. 십 대 시절부터 지고 살았던 무게를 드디어 떨구어 버린 것이다. 수치심의 무게는 뼈와 살의 무게보다 훨씬 더 무거웠다.

이내 엄마와 나는 웃으며 수다를 떨었다. 그동안 그렇게 지독하게 살을 뺀 건 정말 다 미친 짓이었다고. 전부 쓸데없는 짓이었다고. 나는 원래 내 모습 그대로 훌륭하다고. 이제는 연애도 하고 '까짓 거 되는 대로' 살기로 했다. 모든 것이 행복해 보였다. 엄마도 맞장구를 쳐주었다. "게다가 말이지, 건강을 잃으면 다 무슨 소용이야?" 엄마와 나는 깔깔 웃으며 서로를 껴안았다. 그리고 인생에서 제일 중요한 건 건강과 행복이니까 이제는 그것만 신경 쓰면서 살기로 했다. 엄마도 그것만 신경 쓸 거라고 했다. 내 건강과 행복. 그게 엄마가 앞으로 신경 쓸 유일한 것이 되었다.

우리는 팔짱을 끼고 주방으로 가서 같이 점심 준비를 했다. 기름 한 작은 술을 넣고 콩과 쌀을 볶았다. 엄마와 나는 수다를 떨고 웃으면서 점심을 먹었다. 할머니는 거실의 지정석에서 그 장면을 지켜보

왔다. 할머니 얼굴에 웃음꽃이 피면서 자막이 올라갔고, '끝'이라는 글자가 나왔다.

끝나지 않은 싸움

체중은 여전히 40킬로그램이었다. 나도 40킬로인 게 좋았다. 오빠가 울던 모습과 엄마가 무너지던 장면은 낙인처럼 기억에서 지워지지 않았다. 오빠랑 엄마한테 살을 찌우겠다고 약속했지만 1월은 살찌우기 좋은 때가 아니었다. 『앤젤리노Angeleno』라는 잡지 표지 사진을 찍기로 했기 때문이다. 그 잡지는 패션과 라이프 스타일을 주로 다룬다. 아주 많이 팔리는 잡지다. 그리고 쓰레기 같은 잡지다. 호주의 날 행사에도 참석하기로 돼 있었다. 그 행사는 미국에서 영화나 티브이에 출연하는 호주 출신 배우들을 위해 엘에이에서 매년 개최되었다. 그 두 행사가 다 끝날 때까지는 체중을 늘릴 수 없었다. 승리자는 나였다. 이제야 겨우 사람들이 결승선에 선 유일한 승자를 알아보고 사진을 찍으려던 참인데, 그런데 이제 와서 나보고 뒤로 물러나라고? 이도 저도 아닌 무리들 속으로 물러나 대체 뭘 하란 말인가? 그런 이기심 때문에 살을 찌울 수가 없었다. 나를 찍던 카메라가 모두 사라지기 전까지, 나는 사태를 파악하지 못했다.

아파트 리모델링에 시간을 허비해 다른 일에는 짬을 내지 못했다. 캐롤린이 소금과 지방이 제일 적게 든 제품을 구하러 슈퍼마켓을 돌아다니는 동안 나는 하루 종일 오로지 운동에만 매달렸다. 그래도 사람들을 좀 사귀어야겠다는 생각을 했다. 예전 기차 화통처럼 목소리가 큰 러시아인 발레 선생과 짙은 화장을 하고 타이츠를 신은 뚱뚱한 여자들이 있던 발레 학원에 등록했다. 40킬로그램이면 레오타드를 입어도 될 정도로 날씬하다 싶었고 다리를 쫙 들어 올리는 데벨로페 동작을 해도 괜찮을 것 같았다. 물론 게으름만 피우지 않으면 발레도 충분한 운동이 된다는 계산도 있었다. 발레 학원에서 나처럼 칼로리를 계산하고 운동을 좋아하는 여자를 알게 되었다. 발레리는 나보다 더 말랐고, 회전도 더 잘하고, 다리도 더 높이 들어 올렸다. 늘 꽥꽥거리는 발레 선생은 데벨로페 동작 시범을 발레리에게 시켰다. 나랑 닮은 구석이 많은 것 같아서 발레리에게 친절하게 대하려고 했다. 하지만 우리의 공통점 때문에 우리는 친구가 되기 어려웠다. 발레리나 나나 은둔자 타입이었다. 또 목숨을 걸고 지키고 싶어하는 일과도 있었다. 그뿐만 아니었다. 동성애자라는 내 자의식이 새 친구를 사귀는 걸 막았다. 몇 달씩이나 나를 이성애자라고 생각하게 만들어 놓고 어느 날 갑자기 동성애자라는 것을 밝혀 모두를 깜짝 놀라게 만드는 것은 공평한 게 아니라고 생각했다. 레즈비언이 자기네들 집에 갔었고, 자기들 성생활을 가지고 수다를 떨었으며 자기들을 껴안고, 또 발레 할 때 다리를 잘 뻗더라는 둥의 이야기를 했다는 사실을 알릴 수 없었다. 결국 발레 수업도 그만두었다. 알고 보니 나는 수강생 중에 제일 가느다란 허벅지를 가진 사람도 아니었다. 발레를 제일 잘하는 사람도 아니었다. 발레 수업을 받는다고 발레에 소질이 있었던 옛 시절을 떠올리게 해 준 것도 아니었다. 여덟 살 때는 잘했을지 모른다. 하지만 이제는 그때만 못하다는 슬픈

현실을 깨쳤을 뿐이었다. 내가 최고였던 건 여덟 살 때였다. 그런데 발레를 계속해서 뭐하자고? 소리나 꽥꽥 지르는 러시아인 발레 선생은 너무 말랐다며 나한테 살 좀 찌라고 했다. 이딴 걸 뭐 하러 계속하나?

『앤젤리노』잡지 표지 사진은 열심히 운동한 보람을 느끼게 해 주었다. 촬영 준비를 열심히 했고 자전거 타는 연습도 제대로 했기 때문에 촬영 당일에는 긴장을 풀고 촬영 자체를 즐길 수 있었다. 자전거를 타고 내려오는 길은 완만한 내리막이어서 아주 부드러웠고 거침없었다. 페달에서 발을 떼고 달리자 바람이 머리카락을 획획 스치고 지나갔다. 들판에 뿌리를 단단히 내리고 자란 야생화들의 향기가 코에 가득 들어왔다. 전혀 두렵지 않았다. 아무런 의심도 들지 않았다. 추하지도 않았다. 그런데 인터뷰는 달랐다. 인터뷰 장소는 〈아이비〉 레스토랑이었다. 〈아이비〉는 내가 제일 좋아하는 레스토랑이다. 거기 채소는 모두 데쳐서 나오고 기름은 한 방울도 치지 않는다. 나는 립글로스도 립밤도, 전혀 바르지 않은 채 채소를 먹었다. 조심해서 나쁠 건 없다. 결혼이니 아이니 하는 기본적이면서도 중요한 개인적 질문을 받으면 적당히 잘 넘어갔다. 남을 속이는 건 참 힘든 일이다. 하지만 인터뷰를 하는 기자도 내게 속이는 게 있었다. 그 기자는 겉으로는 내가 재미있는 사람이라고 했지만 속으로는 나를 좋아하지 않았다. 그녀는 내가 느슨해지도록, 좀 더 속내를 내보이도록 유도했다. 어쨌거나 나답지 않게 편안한 분위기에서 인터뷰를 진행하게 된 데다가 마침 그날은 내 생일이기도 했다. 〈아이비〉의

지배인이 커다란 생일 케이크 한 조각을 서비스해 줬다. 나는 이 새로 사귄 기자 친구에게 윙크를 하며 말했다. "진짜 먹을 듯이 보이게 찍어 줘요!"

호주의 한 타블로이드 신문은 바로 그 인터뷰를 인용해 싣고 이런 제목을 달았다. "포샤와 함께하는 점심."

잡지 표지는 잡지 표지일 뿐이다.

"좋은 소식이 있어!"

주방 창으로 사하라 사막, 그러니까 선셋 5번가 쇼핑몰의 누런 벽을 바라보며 선 채로 새 영화 이야기를 꺼냈다. 신이 나서 죽겠다는 투로 말했다. 엄마는 내가 캐스팅이 되면 굉장히 좋아했다. 더구나 지난번 크리스마스 때 엄마에게 끔찍한 꼴을 보였기 때문에 대형 영화사에서 찍는 영화에서 멋진 역할을 맡았다는 '좋은 소식'을 얼른 전해 주고 싶었다. 엄마한테 영화 이야기를 늘어놓았다.

"제목은 〈다이아몬드를 쏴라^{Cletis Tout}〉고, 리처드 드레이퍼스가 내 아빠 역할이야. 엄마, 그리고 토론토에서 찍는대. 엄마도 나 보러 그리로 와."

들뜨고 활력 넘치는 건 목소리뿐이었다. 나는 기진맥진한 기분이었다. 배역을 땄는데도 전혀 흥분되지 않았다. 그냥 오랜 시간 오디션을 보고 전화를 돌리고 협상하는 길고도 힘든 등반의 끝일 뿐이었다. 그 역할을 얻어 내서 한시름 놓은 건 맞다. 하지만 이제 겨우 산꼭대기에 올라 철퍼덕 주저앉았는데 내려갈 걱정을 해야 하는 것과 비슷했다. 이국 풍경을 경험하기 위해 여행하는 것이 아니라 여행 다녀온 걸 자랑하고 싶을 뿐인 관광객 심정이 아마 그럴 것이다. 영화 촬영지인 토론토와 같이 출연하는 유명 배우들을 생각하면서 내가 느낀 감정이 꼭 그랬다. "올 여름엔 영화를 찍게 됐어요." 이 말을 하고 싶어서 영화를 찍고 싶었던 것이다. 〈앨리 맥빌〉에 같이 나오는 배우들은 전부 영화를 찍기 때문에, 나도 거기에 끼려면 뭔가 특별한 걸 해야 했다.

전화를 끊고 나니 허전하고 공허했다. 뭘 해야 할지 아무 생각도 나지 않았다. 축하는 해야 하겠는데 전화 걸 사람이 마땅히 떠오르지 않았다. 누가 이 이야기에 관심을 보여 줄까? 오빠에게는 걸 수 없었다. 오빠는 분명히 불러내서 멕시코 음식과 마르가리타를 사 주려고 할 텐데, 도저히 핑곗거리가 떠오르지 않았다. 오빠는 드라마로 날 보면서 전보다 더 많이 먹고 다이어트도 좀 느슨하게 하는 줄 알 것이 틀림없었다. 텔레비전 화면으로는 누구나 5킬로그램은 더 나가 보이니까. 넬 포터를 모니터하면서 좋아할 것이다. 우리 포샤가 살이 좀 붙었네 하고. 의상 담당이 결점을 옷으로 멋지게 가려 주었다. 헝겊 쪼가리로 앙상한 팔과 허벅지 사이 휑한 데를 감쪽같이 가려 주었다. 아, 젠장! 샴페인은 못 터뜨려도 와인 한 잔 생각은 들었다. 하지만 그걸 마시면 죄책감이 밀려들 게 뻔했다. 어쨌든 나는 주연이고 상대역은 크리스천 슬레이터였다. 확실히 우리 둘은 연기 호흡이 좋았다. 몸매 변신이 자유자재이고 성적 느낌을 주지 않는 중성적인 여자는 누구하고든 호흡을 잘 맞추는 법이다. 내 인생은 환상을 사랑하는 사람들의 환상에 불과했다. 그리고 나는 머릿속 가짜들과 가짜 대화만 나누었다. 그래서 나는 가짜 남자와 사랑에 빠질 만한 완벽한 후

보였으며 가짜 집에서 가짜 사랑을 완성할 수 있었다. 힘든 건 오히려 현실이었다. 영화를 촬영하던 당시 내가 처한 현실은 금요일 오후 다섯 시였다. 뭘 해야 할지 몰라서 필라테스나 하러 다니는.

동성애자들이 주로 모이는 산타모니카 대로에는 활력과 흥분이 넘친다. 주말이 시작되면 식당들은 야외 테이블에 촛불을 켜 놓아 손님들이 마시고 얘기하면서 주중의 피로를 풀 수 있게 했다. 나는 그 길을 따라 차를 몰다가 〈앨리 맥빌〉을 찍던 시절 자주 갔던 레즈비언 커피숍을 지나쳤다. 선팅을 한 차 유리에 가려 아무도 날 못 알아보기를 바라다가 다시 한 번 허무함을 느꼈다. 이제 살이 빠지는 건 아무런 감동도 주지 못했다. 뺀 살을 유지하는 것이 너무 힘들었다. 하루 종일 기진맥진한 상태면서도 운동 강도는 점점 더 세지고 있었다. 이만하면 됐다 싶어 그만하려고 할 때마다 머릿속에서 어떤 목소리가 툭 튀어나와 다그치고 재촉했다. 계속 해. 계속 뛰어. 아직 멀었어. 아직도 부족해. 그 정도로는 충분하지 않아. 한참을 더 해야 쉴 수 있어!

교관의 목소리는 어디를 가든 따라다니면서 내가 잠깐 앉아 있는 틈도 놓치지 않고 서라, 움직여라, 조금이라도 더 뛰어라 하고 윽박질렀다. 필라테스 학원에 가려고 운전하는 것조차 힘든 일이 되었다. 나는 엘에이의 여기저기 적당한 장소에 차를 세우고 다리 운동을 할 수 있는 곳을 찾아냈다. 항상 달리기만 했던 것은 아니다. 때로는 보폭을 넓게 해 걷기도 했다. 도저히 뛸 힘이 나지 않을 때도 있었다. 몸을 움직여야 한다는 충동에는 반응했지만 운동할 정도의 에너지는 남아 있지 않았다. 하지만 그 목소리는 차에 있는 나를 끌어내렸고, 걸을 때는 안 뛰고 걷는다며, 게을러터진 돼지라고 욕했다. 다시 차로 돌아와서도, 학원에 도착하는 그 순간까지도 목소리가 따라붙었다. 필라테스 학원에 도착하면 칼로리를 태우지도 못한 주제에 지각까지 했다고 나를 놀렸다.

필라테스 학원의 발레파킹 구역에 차를 댔다. 거기는 식당에 가는 차도 주차하게 되어 있었다. 식사가 아닌 운동을 하러 온 사람의 차는 주차 요원이 주차해 준다. 내 머릿속 교관의 목소리가 총알같이 튀어나가서 얼른 칼로리를 소모하라고 다그쳤다. 발레파킹을 할 수 있게 열쇠를 차에 꽂아 둔 채 서둘러 차에서 내렸다.

너 이 영화 제대로 찍기나 하겠어? 주연을 맡을 정도로 네가 예쁘다고 생각해? 그렇다고 마른 것도 아니잖아. 팔다리가 가늘고 길기를 하니? 얼굴도 평범, 몸도 평범. 네 주제에 무슨 주연이야? 너는 동성애자야. 이게 말이 돼? 남들이 네가 동성애자란 걸 알아 봐. 그러면서 크리스천 슬레이터의 연인인 척 연기할 수 있겠어? 도대체 어떻게 그렇게 되겠냐고! 이 바보 멍텅구리 동성애자야, 때려치워! 동성애자 주제에 언제까지 시치미 뗄래? 언제까지 사람들이 속아 넘어가 줄 것 같아?

계단 제일 위까지 올라갔다가 차를 세워 둔 곳을 돌아보았다. 차가 움직이고 있었다. 맙소사, 차가 움직인다!

"여기요! 누가 내 차를 훔쳐 가요!"

나는 큰 소리로 도움을 청했다. 계단을 전속력으로 달려 내려갔다. 심장이 입 밖으로 튀어나올 것만 같았다. 하느님, 맙소사! 내 강아지, 차에 뒀나?

"여기요, 누가 좀 도와주세요, 누가 차를 훔쳐 가요!"

계단을 다 내려간 뒤에는 계단 난간을 몸으로 안 듯이 돌아서 차를 향해 뛰었다. 발목에 무거운 아령이 달린 것처럼 뭐가 내 뒤를 잡아당기는 기분이었다. 악마가 내 등을 잡아끌고 있는데 차는 눈앞에서 도둑맞을 것만 같았다. 그리고 내 강아지는, 아, 하느님 맙소사! 빈! 나는 강아지 이름을 힘껏 불렀다.

"빈!"

차가 섰다. 그리고 누군가가 차에서 내렸다. 검은색 바지와 파란색 조끼를 입은 남자였다. 그 남자는 새파랗게 질린 얼굴로 차 열쇠를 내밀었다. 아무 말도 안 했다. 우리는 그렇게 서서 서로를 빤히 바라보았다. 그는 파란색 조끼 차림, 나는 오프 카메라용 통굽 하이힐과 스판덱스 반바지 차림이었다. 내게 너무 큰 바지 허리춤의 고무밴드는 겨우 엉덩이에 걸쳐져 있었다. 서로를 뚫어지게 바라보던 두 사람 중에서 이제 겁에 질릴 차례는 나였다. 나는 아무 말 없이 열쇠를 건네받아 운전석에 올라탔다. 좌석에 온기가 남아 있었다. 빈은 차 안에 없었다. 나는 입을 꾹 다물고 거기를 빠져나왔다. 메트로놈 소리는 들리지 않았다. 행군 명령도 들리지 않았다. 산타모니카 대로를 되돌아 왔고, 레즈비언 카페도 지났다. 카페에 한눈을 팔았다가 그만 빨간불인데도 멈추지 않았다. 마침 횡단보도를 건너던 한 남자가 가까스로 내 차를 피했고, 후드를 손바닥으로 탕 쳤다. 그제야 나는 빨간불이라는 걸 알았다. 내 차는 횡단보도 한가운데 서 있었다. 내 옆으로 다른 차 한 대가 쌩하니 지나갔다. 싸늘하고 텅 빈 내 아파트로 돌아온 뒤 나는 두 번 다시 밖에 나가지 않기로 맹세했다.

체중계에 37이라는 숫자가 찍힌 걸 보았을 때 숫자 이상의 것을 알아차렸어야 했다. 하지만 그땐 지난번 쟀을 때보다 3킬로 정도 더 빠졌다는 것만 인식했을 뿐이었다. 37이라는 숫자는 그동안 힘들게 한 운동에 대한 보상이자 엄청난 노력에 대한 수긍이었다. 내 자제력을 인정해 주는 반짝이는 붉은색 디지털 신호였다. 그 숫자가 나오자 교관은 입을 닫았다. 저마다 생각도, 의견도 다른 이 주관적인 세계에서 37이라는 숫자는 내가 성공한 것을 입증해 주는 객관적인 지수였다. 성공을 확인할 수 있는 다른 방법도 있었다. 치수를 재는 것이다. 나는 내 몸의 부위와 그걸 둘러싼 공간을 줄자로 쟀다. 기호학에서 그러는 것처럼 흰색과 흰색을 둘러싼 검은색의 치수를 쟀다. 다시 말해 물체를 유지하고 물체에 본질을 부여하는 텅 빈 공간을 줄자로 쟀다. 굵직한 내 다리를 줄자로 쟀다. 허벅지 둘레도 쟀다. 그리고 허벅지와 허벅지 사이의 뜬 공간도 쟀다. 축구 선수 종아리 같은 내 종아리도 쟀다. 살을 빼기 전에는 살이 덕지덕지 붙은 종아리였다. 그 종아리가 조금씩 줄어들더니 발레리나 종아리같이 되었다. 다음에는 어린애 종아리같이 되었고, 이제는 마침내 아직 덜 자라서 그냥 보기에 사람 종아리구나 싶을 정도가 되었다. 얼마나 살이 빠졌는지 좀 더 정확하게 알고 싶어서 매일 체중을 잰 뒤에 줄자로도 치수를 쟀다. 몸 전체를 한 번씩 전신 거울에 비춰 보기도 했다. 옷을 완전히 벗고 거울 앞에 서서 나를 보았다. 거울에 비친 내 모습이 사랑스럽게 느껴질 때도 있었다. 그럴 때 나는 열두 살짜리 남자애 같았다. 삐쭉하니 살점은 하나도 없이 마른 몸에, 징그러운 페니스가 달리지 않은 몸이었다. 진짜 남자애라면 얼마나 더 커졌나 싶어 매일 그걸 재어 봤겠지. 가슴도 없고, 아직 몸에 곡선도 드러나지 않은 십 대 소녀 같을 때도 있었다. 몸의 곡선은 소녀를 욕망을 품은 여자로 만들어 줄 수 있지만, 완벽해 보여도 불임인 삶을 어지럽힐 수 있었다. 거울 속에 사람이 전혀 보이지 않을 때도 있었다. 약간 남은 뱃살과 조금만 더 빼라고 부추기는 허벅지만 보일 때도 있었다. 나는 내가 그렇게 매력적인 외모의 소유자는 아니란 걸 알았다. 그래도 괜찮았다. 대단히 매력적인 사람이 될 필요도 없었다. 누굴 유혹할 일도 없으니까. 아무도 다가오지 않는데 굳이 누굴 물리칠 필요도 없었다. 아예 말도 못 붙이게 곁을 주지 않으면 애써 거짓말을 할 필요도 없었다. 비밀을 품고 홀로 숨어서 가만히 살면 발각될까 봐 걱정할 필요도 없었다.

결국 37킬로그램이 되자 내 모습을 사진으로 남기고 싶은 마음이 생겼다. 내가 거둔 성공을 기록으로 남기고 싶었다. 하지만 그 전에 할 일이 있었다. 아직도 지방이 남았다고, 운동을 계속하라고 재촉하는 교관의 입부터 틀어막아야 했다. 제일 먼저 그것부터 처리해야 했다.

고통의 늪

"게이트 체크해 주세요."

촬영감독이 카메라 필름에 플래시를 비추자 한순간 정적이 감돌았다.

"좋아요."

"자 그럼, 한 시간 동안 점심입니다!"

제작진과 배우들이 흩어졌다. 한쪽에 몰려 있던 배우들이 먼저 당당하게 세트를 빠져나가 곧장 자기들 전용 트레일러로 갔다. 다음으로는 조명이 꺼지고 스태프들이 카메라 트랙을 정리한다. 마지막으로 세트 한쪽 끝에 조감독들을 거느리고 전용 의자에 앉아 있던 감독이 메모지를 주섬주섬 챙겨 식사가 차려진 곳으로 갔다. 그날은 〈다이아몬드를 쏴라〉 첫 촬영 날이었다. 나는 그때까지 촬영이 없었다. 점심시간이 끝나면 내 차례였다. 하지만 아침부터 세트장에 나와 있었다. 의상실로 가서 최종 점검을 하라고 했다. 소도구 담당자와도 상의해 보라고 했다. 내가 맡은 역할은 머리가 좋고 재치도 넘치지만 거칠고 차갑고 까다로운 성격이었다. 그러면서도 어딘가 따분해하고 또 마음이 약해서 조심스레 대해야 하는 도예가 역할이었다. 자기가 만드는 도자기와 꼭 같은 성격이라고 해야 할까.

의상실로 가면서 좀 불안했다. 처음 의상 점검을 했을 때보다 살이 좀 쪘기 때문이다. 체중계에서 37이란 숫자를 본 뒤로는 체중을 재어 보지 않았다. 그래서 얼마나 쪘는지 몰랐다. 죽어도 빠지지 않는 뱃살은 이미 포기했다. 몸 다른 곳에서 일어난 변화 때문이었다. 37킬로그램이 되니까 팔의 핏줄이 불거져 굵은 밧줄 같았다. 손부터 시작해 팔꿈치까지 다 그랬다. 너무 보기 흉해서 손목에 얼음을 대어 보기도 했다. 더우면 핏줄이 더 튀어나왔기 때문이다. 이 영화가 대작은 아니어서 휴식 시간에 얼음을 제공해 줄 것 같지는 않았다. 그래서 차라리 체중을 조금씩 늘리기로 했다. 살을 좀 찌우면 보기에 더 낫다는 건 나도 알았다. 하지만 체중계 숫자가 조금씩 올라가

40을 넘고 45를 향해 가면 그건 감당하기 힘든 일이었다.

도대체 지금 몇 킬로나 나가는지도 모르면서 의상실로 가는 일은 무시무시한 고뇌 그 자체였다. 내가 그토록 없애 버리고 싶어한 불안감이 바로 그런 불안감이었다. 의상이 맞을지 안 맞을지 몰라 두려워하는 것 말이다. 의상 담당에게는 치수가 34, 24, 35라고 이미 일러 주었다. 그렇지만 모델 에이전시에서 들었던 이 이상적 몸매의 치수가 현재도 내게 들어맞지 않는다는 건 역설이었다. 의상 담당이 치수를 물었을 당시 내 실제 치수는 29½, 22¾, 31⅜이었다. 전화로 불러 주기는 참 민망한 치수였다. 촬영 초기에는 보헤미안 기질에 좀 거친 구석이 있는 도예가를 표현하기 위해 레이어드 스타일에 어두운 의상을 입었다. 하지만 주인공의 거친 성격이 점점 사라지고 날카로운 재치도 무뎌지더니 의상도 하늘하늘한 레이어드 스타일로 바뀌고 색상도 파스텔 계통으로 변했다. 영화의 스토리라인으로 보면 '괜찮은' 여주인공의 전형이었다. 처음에는 까다롭게 굴다가 끝날 때는 나긋나긋해지는 여주인공 말이다. 아무도 좋아하지 않는 벌레에서 모두의 입을 떡 벌어지게 만드는 나비로 변태하는 과정이 의상에 잘 반영되었다고 할 수 있었다.

살이 쪘을까 봐 불안해한 건 쓸데없는 짓이었다. 의상실에서 징이 박힌 검정 가죽과 크림색 실크 오간자 천으로 만든 의상을 입어 보니 꼭 맞았다. 처음 피팅했을 때보다는 쪘지만 다행히 그 상태를 유지한 것 같았다. 아, 살았다. 아직도 체중을 유지하고 있다는 얘기였다. 주연 여배우의 의상을 입고 거울을 들여다보면서 〈앨리 맥빌〉의 다음 시즌을 찍을 때는 기성복에 내 몸을 맞추지는 않겠다고 마음먹었다. 베라에게 내 몸에 맞게 의상을 준비하라고 해야지. 디자이너들이 모델에게 입히려고 만든 의상을 정작 모델 대신 입고 잡지 표지용 사진을 위해 포즈를 잡는 사람은 결국 여배우다. 그렇지 않은가? 나는 이제 주는 대로 옷에 몸을 맞춰야 하는 무명 모델이 아니다. 나는 여배우다. 그뿐인가? 모델처럼 뼈만 남은 여배우다. 그래서 모델용으로 만든 어떤 옷도 잘 맞을 수밖에 없다.

토론토에서 촬영하는 동안에는 실내장식이 세련된 〈윈저 암스〉라는 고급 부티크 호텔에서 묵었다. 일거리 때문에 허겁지겁 캐나다에 온 단기 여행자나 마찬가지인 미국 배우들은 모두 거기 묵었다. 스위트룸은 조금 어두웠다. 침실 하나만 따로 분할돼 있는데 유일한 창이 그 방에 있었기 때문이다. 벽체 하나로 침실과 나머지 공간이 나뉘었고 바닥 카펫은 어두운 색이었다. 벽은 마호가니였다. 가구는 어두운 색상의 책상과 회색 소파, 커피 테이블이 있었다. 커피 테이블도 마호가니 재질이었다. 침실은 창이 있어서 방 전체가 흰색으로 환하게 밝았다. 그래서 호텔에 있을 때는 대부분 침실에서 시간을 보냈다. 침실은 침대 하나만으로도 꽉 차서, 침실에서 시간을 보냈다는 말은 침대에서 시간을 보냈다는 말이다. 토론토에서의 촬영 기간은 5주 정도였다. 장기 체류하는 동안 조금이라도 편하게 지내려고 엘에이에서 올 때 짐은 여행 가방 두 개에 몽땅 다 담아 왔다. 하나에는 주방 저울, 아이 캔트 빌리브 잇츠 낫 버터 스프레이 열 통, 낱개 포장된 스플렌다 한 박스, 참치 캔 스무 개, 오트밀 소포장 마흔 개, 미시즈 대시, 엑스트라 껌, 팔러먼트 라이트 담배 한 보루, 마지막으로 체중계를 넣어 왔다. 체중은 한동안 재지 않았고 체중계 무게도 상당했지만 어쩔 수 없이 가져 왔다. 체중을 달고 싶어 안달이 나면 어쩌란 말인가. 호텔 체중계는 정확한 건지 믿을 수 없으니까. 젓가락이랑 참치 캔 따개, 실금이 나 있는 중국제 파란 자기 그릇도 가져 왔다. 프로즌 요거트를 만들 짬이 날지 확실하지 않고, 집에서 늘 먹던 무설탕 저칼로리 요거트를 살 수 있고 호텔에 냉장고가 있을 수도 있다는 생각에 흰색과 녹색의 금이 새겨진 그릇도 챙겼다. 다른 여행 가방에는 운동복, 청바지, 티셔츠, 그리고 어쩔 수 없이 참석해야 하는 '어버브 더 라인' 만찬용 드레스 한 벌을 넣어 왔다. 의무적으로 참석해야 하는 영화사 주관의 만찬은 정말 싫었다. 그런 자리에는 제작 총책임자부터 출연료가 가장 적은 주요 배우까지, 그러니까 꼭대기부터 제일 밑바닥까지 모조리 출동해야 한다. 살을 빼기 전부터도 그런 데는 가기 싫었다. 제작자와 말을 섞는 것도 정말 싫었다. 나는 대개는 바닥 쪽 손님 입장이었다. 그래서 다른 배우들처럼 재미있게 응대하지 못하거나 만찬장 조명에 흠이라도 드러나면 배역을 잃을지 모른다고 생각했다. 제작자들에게 좋은 인상을 주려고 애쓰는 일도 정말 고역이었다. 그 사람들 마음이 변덕을 부려서 나더러 집에 가라고 하면 어떡하나? 내 자리에 나보다 더 예쁜 여자를 데려와 앉힐 수도 있었다. 테이블 건너편으로 보이는 저 여자들처럼, 남자 주연배우 옆에서 아주 멋진 상체를 드러내 놓고 편안하면서도 자신감이 넘치는 매력을 보여 주는 저들로 말이다. 토론토에서는 호텔을 나서는 게 끔찍하게 싫었다. 유일하게 긴장을 풀고 쉴 수 있었던 곳은 호텔 방이었다. 호텔 방에서 온전히 홀로일 때 나는 오히려 덜 외로웠다.

5주 동안 일주일에 하루가 내 촬영일로 정해져 있었고 나머지는 자유였다. 그래서 술을 마시기로 했다. 저번 크리스마스 때 마신 샴페인을 빼면 오랫동안 술을 입에 대지 않았다. 술이 그리웠다. 그래서 저녁 대신 와인 한 잔으로 칼로리를 채우기로 했다. 내게는 그럴 자격이 있었다. 나는 열심히 일했다. 열심히 일했고 거의 먹은 것도 없다. 그러니까 밤에 와인 한 잔쯤 마시는 건 괜찮은 보상이 아닌가. 와인 한 잔 외에는 정말로 아무것도 먹지 않았다. 와인 병 레이블에는 칼로리 정보가 없는 데다 와인마다 칼로리가 다 제각각일 것 같아서 양도 딱 한 잔으로 제한했다. 다른 음식을 먹기도 겁이 났다. 칼로리가 어느 정도인지 알 수 없었기 때문이다. 촬영이 있는 날은 한 번씩 아침에 오트밀 30칼로리에 스플렌다와 버터 스프레이를 뿌려서 먹기도 하고 점심으로는 참치 한 입을 먹기도 했지만, 대개는 호텔 주방에 피클을 주문해 놓고 머스타드를 쳐서 그것만 먹었다. 환상적인 식사는 아니었지만 와인이 있었기 때문에 영화 촬영 중에는 견딜만 했다.

"컷. 다시 원래 자리로."

나는 토론토 외곽의 어느 건물 지붕 꼭대기에 올라서서 숨을 헐떡이고 있었다. '원래 자리'는 내가 출발한 지점이다. 나는 지붕 저쪽 끝에 서 있다가 '액션' 소리가 떨어지면 건물 앞쪽으로 전속력으로 달려온 뒤 무릎으로 주저앉아 기관총을 꺼내 사격을 하게 되어 있었다. 기관총 반동으로 뒤로 자빠지면 골치 아픈 상황에 처했다는 걸 깨닫고 잠깐 그대로 있다가 겁에 질려 기관총을 내던지고 허둥지둥 일어나 탈출하게 되어 있었다. 코미디 영화다웠다. 그런데 비 때문에 연기가 힘들었다. 카메라 렌즈로는 또렷이 잡히지 않아도 가랑비가 계속 내려서 지붕이 미끄러워 위험했다. 손가락도 얼어붙었고 화장과 머리 모양도 망가진 데다 의상마저 축축해졌다.

길에서 잡는 와이드 샷, 크레인으로 찍는 공중 샷, 지붕에서 찍는 근접 샷을 몇 시간 동안 찍다 보니 나는 완전히 기진맥진했고 달리는 게 너무 힘들었다. 그런데 더 큰 문제가 있었다. 관절이 아프기 시작했다. 엘에이에 있을 때도 운동하고 나서 밤에 자려고 누우면 한 번씩 관절이 쑤셨다. 그런데 그날 지붕에서 촬영할 때는 손목과 무릎과 팔꿈치가 너무 아파서 움직일 때마다 끔찍한 고통이 밀려왔다. 그래서 '액션'과 '컷' 사이, 카메라가 돌아갈 때만 움직이려고 했다. 촬영하지 않을 때는 꼼짝도 못할 지경이었다. 심지어 손을 올리면 팔꿈치가 너무 아파 담배도 못 피웠다. 담배를 입에 바짝 당겨 물고 고개를 돌려 연기를 내뿜는 동작만 해도 팔꿈치에 찌릿찌릿한 고통이 전해졌다. 마치 몸을 스캔해서 어디를 움직이는지 지켜보다가 조금이라도 움직이는 데가 나오면 곧장 거기를 급습하는 것 같았다. 장면과 장면 사이, 대기하는 시간이 길어질수록 고통은 더 극심해졌다. 액션 장면은 처음에는 카메라가 근접으로 잡다가 점점 멀어지며 전체 건물을 잡는 식으로 촬영했다. 나는 건물 꼭대기에서 한 마리 까만 개미처럼 바장이는 꼴이었다. 카메라가 멀어질수록 내 동작은 점점 더 커졌고 더 과장되게 달려야 했다. 날이 저물어 갈 무렵에는 카메라를 크레인에 매달아 촬영했다. 지붕에는 나밖에 없었다. 몸이 심하게 떨렸다. 카메라가 돌아갈 때는 프로덕션 어시스턴트도, 날

씌워 줄 우산도 모조리 지붕에서 철수해야 했다. 숨을 데가 전혀 없었기 때문이다. 일분일초가 고통스러웠다.

드디어 촬영이 끝나고 내려오려고 하는데, 계단을 내려갈 수가 없었다. 문제가 생겼다는 것을 알았다. 무릎이 굽혀지지 않았다. 완전히 뻣뻣했다. 사태를 파악한 스태프들이 지붕 위로 몰려들었다. 심각하게 걱정을 하기에 나는 너무 춥고 몸이 얼어 그렇다고 농담을 했다. 재미있는 농담은 아니었지만 너무 아파서 재미 따위에 신경 쓸 여력이 없었다. 남자 둘이 날 부축해서 엘리베이터로 데려갔다. 무기 전문가가 내 왼쪽 팔을 잡고 촬영 현장 의료진이 오른팔을 부축해 주었다. 나는 두 사람에게 이렇게까지 하지 않아도 된다고, 그냥 따뜻한 물에 목욕하면 괜찮을 거라고 했다. 현장 의료진 한 명이 검사를 해 보자고 했는데 그걸 왜 물리쳤는지 모르겠다. 어쩌면 그 사람이 내 팔꿈치를 너무 세게 쥐었기 때문이었을까? 차라리 나 혼자 걷는 게 덜 아프겠다 싶을 정도로 아팠다. 그때 심정은 제발 이 사람이 내 몸에 손을 대지 않았으면, 아무것도 묻지 말았으면, 그냥 혼자 있게 내버려 뒀으면 하는 것뿐이었다. 팔꿈치와 손목 통증을 호소하면 당장 의사한테 보내려고 할 게 분명했다. 하지만 나는 말썽을 피우지 않고 조용히 영화를 끝마치고 싶었다. 이미 문제가 될 여지가 다분한 요주의 인물로 찍혀 버렸지만 정말이지 실제로 그런 일이 벌어지지 않기를 바랐다. 대본까지 나온 장면들을 그저 무사히 찍고 싶을 따름이었다.

프로덕션 어시스턴트가 이번엔 팔 위쪽, 이두박근이 있는 곳을 잡고 객실의 긴 복도 끝에 있는 침실까지 나를 데려다 주고 나갔다. 나는 방문을 닫고 울었다. 너무 아파서 울었다. 그러다가 조용히 흐느꼈다. 그러면 진정이 되니까. 내 흐느낌은 "너무 아파"라는 것 같았고, 조용히 똑똑 떨어지는 눈물은 "알아, 늘 그랬잖아"라고 하는 것 같았다. 욕조에 뜨거운 물을 틀어 놓고 엉금엉금 기어 침실로 가서 와인 한 잔을 따랐다. 촬영하면서 와인을 저녁으로 먹었기 때문에 그때는 아예 와인을 병째로 사서 침대 밑에 숨겨 놓았다. 객실 청소원들한테 미니바에 든 건 다 비우고 방 청소는 하지 말라고 말을 해 놨지만 그 사람들이 막무가내로 들어와 와인 병을 치워 버릴까 봐 겁이 났다. 청소하는 사람들은 방에는 아예 들어오지도 못하게 했다. 청소를 하다가 모르고 젓가락과 접시를 치워 버리거나 훔쳐 갈 것 같아 불안했다. 옛날 〈사이렌스〉를 찍을 때도 쥐 인형을 잃어버린 적이 있었다. 그건 아빠가 돌아가신 뒤로 내가 늘 지니고 다니던 인형이었다. 침대 시트를 간 뒤에 사라졌는데 누구한테 말도 못했다. 아직도 인형을 안고 자느냐고 호텔 사람들이 흉이라도 볼까 봐 부끄러웠다. 객실 청소원들은 내가 있을 때만 침실에 들어왔다. 꽃무늬가 그려지고 실금이 간 흰색과 녹색 그릇을 잃어버리면 못 견딜 것 같았다. 쥐 인형도 잃어버렸는데 또 잃어버릴 수는 없었다.

한 손에 와인 잔을 들고 나머지 한 팔과 두 다리로 기어 욕실로 가니 물이 다 차 있었다. 나는 또 한 번 기다시피 해 담배와 재떨이를 욕실에 가져다 놓고 천천히 힘겹게 옷을 벗었다. 온몸의 관절이란 관절은 다 아팠다. 손가락 마디마디까지 아파서 청바지 단추를 푸는 것도 힘들었다. 지금껏 고맙다는 인사 한 번 못 받으면서 얼마나 중요한 일을 했는지 이제는 좀 알아주고 관심도 기울여 달라는 것만 같았다. 욕조에 몸을 담그니 고통이 온몸을 엄습했다. 뜨거운 물이 관절을 움직이는 산성 용액을 부글부글 끓게 하고 그 용액이 혈관 속으로 침투해 근육과 내장 기관을 마구 공격하는 것 같았다. 머리부터 발끝까지 다 아팠다. 울고 또 울었다. 그렇게 욕조에서 고문이나 다름없는 고통을 겪다가 문득 하루 종일 배고픔을 전혀 느끼지 않았다는 걸 떠올렸다. 소맷자락을 잡고 매달리는 다섯 살짜리 떼쟁이처럼 배고프다고 칭얼대고 짜증을 부리는 허기를, 극심한 고통 때문에 싹 잊고 있었던 것이다. 관절통 덕에 적어도 그 떼쟁이의 입은 틀어막은 셈이었다.

자기 전에 와인을 토했다. 폭식 후에 토하는 사람치고 나는 요령이 없었다. 그래도 와인은 토하기 쉬웠다. 나는 제대로 다 토했는지 확신도 못 하면서 결국 어느 지점에서는 토하는 걸 포기해 버렸다. 폭식과 토하는 과정 전체가 역겨웠다. 폭식은 비참했고 자신을 통제하지 못한다는 기분이 들게 했다. 토하는 건 벌 받는 기분이었다. 구역질이 올라올 때마다 나 자신을 향한 증오는 더욱 커졌다. 눈의 실핏줄이 터지면, 내게 눈길을 줄 만큼 관심이 있는 사람에게 얼마나 내가 한심한 패배자이고 자기 통제도 못 하는 인간으로 비칠지도 알았다. 그런데 와인을 토하는 건 음식을 토하는 것과 다르다. 우선 와인은 특별히 무슨 영양분 때문에 마시는 것이 아니다. 그리고 어차피 술이니까 뱃속에 넣어 두는 것보다는 토하는 게 더 낫다. 남들도 대개 살면서 술을 마시고, 술을 마시면 또 흔히들 토하지 않는가? 그러니까 술 마시고 토하는 짓은 음식같이 한심한 것 때문에 자제력을 잃은 여자들만 하는 짓이 아니다. 술은 적어도 음식과 달리 중독성이 있다. 와인을 토한 건 와인이 토하기 쉬워서이기도 하지만, 몸이 그렇게 아플 정도로 상태가 안 좋은데 와인까지 분해하라고 간에 일을 시키는 건 정말로 몸을 망가뜨리는 짓이라고 생각했기 때문이다. 와인을 토해 낸 건 내 몸이 그동안 너무나 고통을 많이 당했기 때문이다.

나는 밤새 침대에서 실비아 플라스Sylvia Plath의 『벨 자The Bell Jar』를 읽고 또 읽으며 와인을 마셨다. 그리고 토했다. 와인에는 당분이 있어서 총 섭취 칼로리에 포함시키지 않은 칼로리를 나도 모르게 섭취할지도 모른다는 걱정을 하지 않은 것은 아니었다. 하지만 까짓 거 될 대로 되라는 심정이었다. 나는 와인 앞에서 무너졌다. 완전히 자제력을 잃고 미쳐 버렸다. 하지만 그건 좋은 쪽으로다. 칼로리에 대해 좀 느슨해지니까 몸에도 좋고 인간관계에도 좋았다. 감독님과 맥주도 한 잔 할 수 있었기 때문이다. 나는 감독님이 참 좋았다. 다시 사람을 사귈 수 있었다. 대신 호텔 헬스클럽에서 운동을 좀 더 열심히 했고 양치질할 때는 치약 없이 했다. 양치질하면서 어쩔 수 없이 삼키는 치약 때문에 살찔 거라고 생각했을 정도로 내가 미쳤던 건 물론 아니다. 그냥 나도 모르게 섭취할지도 모르는 칼로리를 최소한으로 줄이고 싶었을 뿐이다. 그래서 껌도 덜 씹었고 치약도 쓰지 않았다. 내게는 효과를 본 절충안이었다. 그 정도로 나는 와인이 좋았다.

닷새 뒤에 우리는 토론토 외곽의 한적한 곳에서 밤을 보내게 되었다. 다음 날에는 촬영이 있었다. 그때는 기분도 좋았고 충분히 쉬기도 한 상태였다. 먹을 게 들어가니 좀 나았다. 애드빌을 복용한 것 같은 진통 효과가 있었다. 그래서 평소보다 많이 먹었다. 많이 먹으면 먹을수록 관절의 통증이 줄어들었다. 나는 하루 섭취량 300칼로리로 되돌아갔지만 와인을 끊지는 않았다. 늦어도 오후 두 시 전에는 먹는 걸 끝내야 했다. 그래야 와인을 토할 때 참치까지 올라오지 않는다. 촬영 장소는 오지에 가까웠다. 그래서 수도원 같은 데서 묵었는데 거기는 와인도 없고 담배도 피울 수 없었다. 통나무로 지은 숙소를 둘러보다가 꼭 중독 치료 재활원에 들어온 것처럼 신경이 예민해지고 불안해졌다. 혹시 영화사가 촬영지에서 가까운 유일한 숙소가 거기인 걸 알고 날 재활시키려고 보낸 건 아닐까? 잠깐 그런 생각마저 들었다. 이 사람들이 내가 밤에 와인을 홀짝거리는 걸 눈치챘나? 설마. 머리에 터번을 두른 여자가 나를 스파로 데려갔다. 스파에는 사우나가 있었고 관처럼 생긴 이상한 물건도 있었다.

"온수 치료를 받고 싶으면 말씀해 주세요."

"생긴 게 꼭 관 모양이네요. 이게 뭐 하는 건가요?"

"거기 들어가서 45분 동안 누워 있으면 몸의 독소가 빠져요."

캡슐같이 생긴 것 안에 들어가 45분이나 가만히 있어야 한다니 내키진 않았지만 몸 안의 독소를 제거해 준다니 솔깃했다. 사실 내 몸은 그 자체로 독소 덩어리였다. 내 안의 장기가 독소로 만든 거미줄에 칭칭 감겨 있는 장면이 눈에 선했다. 독성을 띤 거미줄이 위장과 내장과 피부와 근육을 꽁꽁 싸매고 있었다. 몸속의 독소 거미줄은 몸이 흡수하지 못하는 화학 성분이었다. 내 몸에는 인공감미료, 버터 스프레이의 화학 성분, 젤로, 술이나 담배로 흡수한 화학 성분들이 배설되지 않고 남아 뒤엉켜 떠돌아다녔다.

"몸의 독소를 제거하면 저는 남는 게 하나도 없겠네요!"

터번을 쓴 여자는 내 말을 농담으로 들었을 것이다. 웃을 정도로 재밌진 않았지만 말이다. 나는 그 물건을 빤히 바라다보았다. 저건 사실상 내게 관이나 다름없다. 터번의 여인이 뚜껑을 열었다가 내 시체를 보고 비명을 지른다. 내 시체는 피가 다 뽑혀 나가고 바짝 건조된 상태다. 독소와 싸운다는 저 물건한테 내 몸의 독소를 마지막 한 방울까지 완전히 제거하라는 명령을 내리면 저 물건은 내 몸의 모든 체액과 피를 다 뽑아 내야 악랄한 독소를 공격할 수 있다고 판단할 것이 분명하다. 그리고 내 내장 조직 하나하나를 찢어발겨 싹 먹어 치우고 바람 빠진 자루 같은 껍데기만 남겨 놓을 것이다. 그래도 눈알 두 개 정도는 남겨 주지 않을까.

혼미한 꿈

잠에서 깼지만 눈은 뜨지 않았다. 너무나 혼란스러운 꿈이었다. 완전히 의식이 돌아온 상태였지만 몇 분 동안 가만 누워 꿈을 마무리하고 싶었다. 꿈에서 나는 발가벗은 채 톰 크루즈 앞에 서 있었고 톰 크루즈는 비옷을 입고 침대에 누워 있었다. 발가벗고 있었지만 왜 그러고 있었는지는 잘 모르겠다. 성적인 분위기는 아니었고, 불길한 기운도 전혀 없이 그냥 친근한 분위기였다. 그 희한한 일이 벌어진 곳은 콘크리트 바닥에 천장이 높은 널따란 다락방이었다. 꿈에서는 거기가 톰 크루즈가 소유한 여러 채의 집들 중 하나라고 생각했다. 새벽 두세 시 정도 됐을까? 한밤중 같았다. 백화점이나 슈퍼마켓처럼 불이 환하게 켜져 있었고 널찍한 방 한가운데에는 침대가 있었다. 나는 톰 크루즈 앞에 발가벗고 서서 동성애자로 사는 게 어떤 건지 얘기하고 있었다. 발가벗은 몸처럼 내 영혼도 발가벗겨진 상태였다. 나는 톰 크루즈에게 나를 낱낱이 보여 주었다. 내 속을 다 드러내 보였다. 그런데 나를 무겁게 짓누르던 비밀을 털어놓았는데도 가벼워지기는커녕 나는 점점 더 무거워졌다. 아주 무겁고 시커먼 뭔가가 날 짓눌렀다. 톰 크루즈가 내 비밀을 다정하게 다 들어 주는데도 끔찍한 일이 벌어질 것만 같아 공포에 질려 버렸다. 꿈에서 몇 시간은 얘기한 기분이었다. 그러다가 검정으로 칠한 벽에서 그림자 같은 형상이 움직이는 게 보였다. 해가 떠오르기 시작하면서 톰이 누운 침대 뒤쪽과 그 옆이 검정색 벽이 아니라는 게 드러났다. 벽이라고 생각했던 것은 바닥에서 천장까지 이어진 통유리 창이었다. 그리고 그 창으로 수백 명의 사람들이 나를 들여다보고 있었다! 나는 엄청난 공포에 질려 완전히 얼어 버렸다. 내가 있던 곳은 타임스 스퀘어에 있는 어떤 건물 1층의 유리로 된 방이었다! 나는 〈굿 모닝 아메리카Good Morning America〉에 게스트로 나와 있었고 톰 크루즈는 진행자였다.

  잠에서 깼지만 아직 자는 중이라고 생각했다. 그 꿈을 다른 식으로 끝을 내야 꿈이 아니라 현실처럼 느껴지는 이 불안하고 불길한 기분을 없애 버릴 수 있을 것 같았다. 아니다. 이렇게 기분이 나쁜 건 꿈에서 속아서 동성애자인 걸 털어놓아서가 아니었다. 술이 금지된 수도원에 몰래 와인을 들여와 마시고 토해 버렸기 때문에 이렇게 기분이 안 좋은 것이었다. 나는 토론토의 호텔 미니바에서 와인 병따개를 훔쳐 내 식사 도구가 든 여행 가방에 함께 넣어 왔었다. 전날 밤은 무척 힘들었다. 관절통이 너무 심해져서 어떻게 앉거나 누워도 고통스러웠다. 고통을 떨치려고 앉았다가 누웠다가 돌아다니기를 반복했지만 소용없었다. 그나마 효과를 본 건 와인밖에 없었다. 그래서 계속 마셨다. 와인을 토하면 진정 효과가 사라져 버렸기 때문에 반복해 마실 수밖에 없었다. 억지로 토하다 보니 머리가 깨질 것처럼 아팠다. 반 병 정도 마시고 나니 토할 생각이 없는데도 자동적으로 구역질이 났다. 마시고 토하기를 되풀이하다가 욕실 세면대에서 따끈한 물을 틀고 손목을 갖다 댔다. 그곳 욕실에는 욕조가 없었다. 따끈한 물이 도움이 되는 것 같았다. 나 자신에게 미안했다. 한참을 울었다. 엄마한테 전화하고 싶었지만 무슨 말을 해야 할지 몰랐다. 이제 막 제대로 된 할리우드 영화를 찍게 됐는데. 내가 하려고 했던 일을 이제 막 하고 있는 참이었는데. 엄마한테 전화해서 투정을 하면 엄마는 내가 식구들과 함께 평범한 음식을 먹을 수는 없다며 투정하던 때와 똑같은 반응을 보일 게 분명했다. 이기적인 생각으로 내가 지금 얼마나 슬픈지, 몸이 얼마나 아픈지 털어놓으면 엄마는 틀림없이 화를 낼 것이다. 화를 내는 것이 걱정하고 근심하는 것보다 더 쉬우니까. 엄마는 이럴 것이다. "도대체 나더러 어쩌라는 거니? 배우가 되고 싶어한 건 너였잖아."

그러면 나도 이렇게 말하겠지. "그래, 엄마. 나, 배우가 되고 싶었

너 어젯밤에 뭐 먹었어?

어. 모델이 되고 싶었고 배우가 되고 싶었어. 특별한 사람이 되고 싶었고 남들이 예쁘다고 생각해 주기를 바랐어. 그런데 날씬해지고 예쁘다는 소리를 듣고 남들의 관심을 받는 게 이렇게 힘든 일인 줄은 정말 몰랐어. 처음 생각했던 것보다 더 힘들어. 엄마, 내 인생은 보통 여자들보다 더 고달픈 것 같아. 태어날 때부터 다리도 굵고 눈도 작고 얼굴도 동그랗고. 그래서 한쪽 각도로밖에 예뻐 보이지 않는다고."그리고 늘 엄마한테 말하고 싶었지만 무겁고 감정적인 얘기는 하고 싶지 않아서 서로 피하기만 했던 말을 해 버렸을 것이다. "엄마한테 뭐라는 게 아냐. 이건 아빠 탓이야."

아빠, 아빠가 미워. 왜 나한테 예쁘다고 했어? 잘못 생각했던 거라고 죽기 전에 말했어야지. 아빠 때문에 이야기를 지어내며 살았잖아. 환상 속에서 살고, 들어 보지도 못한 말을 지어내며 살았다고. 아빠는 빈칸이었어. 캠프에 오는 애들은 전부 아빠가 있었어. 걔들은 아빠가 사라진 빈칸 따위는 없었어. 하지만 나는 '사랑하는 엄마 그리고⋯⋯'로 시작하는 편지를 꾸며서 써야 했다고. 그런 편지를 쓰게 되면서 처음으로 아빠가 내 곁에서 사라진 걸 깨달았어. 아빠가 죽어 버린 그 다음 해에 그런 일을 겪었다고.

짓궂은 장난을 잘 치는 사람은 만우절에 죽으면 안 된다며? 아빠가 나한테만 윙크를 해 줬기 때문에 아빠 농담을 알아듣는 사람은 나밖에 없는 줄로만 알았어. 부활절 토끼 분장을 한 애가 왔을 때 아빠가 그 애의 토끼 이빨 자국이 난 당근을 먹으면서 나한테 윙크해 줬던 거 기억 나? 우리는 그 농담을 이해했잖아. 우린 똑똑한 사람들이어서 그걸 알아들었잖아.

해가 뜰 때까지 한잠도 못 잤다. 어슴푸레한 새벽이 환한 아침으로 바뀌었다. 악몽에서 시커먼 벽이 유리창으로 바뀐 건 그것 때문이었을 것이다. 눈을 떴지만 꿈을 떨쳐 버리기 힘들었다.

컨실러를 조심스레 발랐다. 메이크업을 받기 전에 완벽하게 맨 얼굴인 것처럼 보여야 했다. 문득 내 무의식과 빈약한 상상력에 대해 생각해 보았다. 내 무의식이 적절한 비유도 제대로 분간하지 못하는 걸 보니 살이 빠지면서 많이 무뎌진 것 같았다. 그래도 꿈의 한 장면이 자꾸 떠올랐다. 교활한 심문관 역할로 톰 크루즈를 등장시키다니! 엄마는 어릴 적부터 나한테 톰 크루즈와 결혼하라고 했다. 유명한 배우 누구누구랑 결혼하라는 게 아니라 톰 크루즈를 콕 집어 그와 결혼하라고 했다. 톰 크루즈는 사생활과 배우로서의 삶을 잘 구별하며 사는 완벽한 영화배우의 살아 있는 표본이었다. 그는 신비스러운 면이 있고 사생활을 중요하게 여기는 스타였다. 엄마가 톰 크루즈를 지목한 건 사생활을 지키려면 대가가 따른다는 걸 강조하고 싶어서였을 것이다. "그걸 사생활이라고 하는 데는 다 이유가 있다니까요." 인터뷰할 때 내가 자주 하는 말이다. 그러나 사생활을 지키는 것과 수치심을 느끼는 것은 종이 한 장 차이였다.

그날은 여느 날과는 다른 날이었다. 11일째 촬영 날이었다. 여주인공의 엄마는 상자에 넣어져 어떤 나무 밑에 묻혔는데 여주인공은 자기 엄마를 사진으로밖에 본 적이 없다. 그리고 상자에는 아버지가 경찰에 잡히기 전 은행을 털어 훔친 돈도 같이 묻혀 있었다. 촬영할 장면은 여주인공이 그 나무를 찾아 자전거를 타고 한참 달려가는 장면이었다. 그 장면은 다정하고 배려할 줄 아는 남자와 정서적으로 파산 상태인 여자가 보물을 찾기 위해 서로 경주하는 것으로 시작해 여자가 남자에게 울면서 자기가 갖고 싶은 건 돈이 아니라 엄마 사진이라고 털어놓고 둘이 사랑에 빠지는 클라이맥스로 이어졌다. 그러니까 정말 중요한 날이었다. 나는 준비를 단단히 했다. 대사도 다 암기했고 의상도 잘 맞았다. 그런데 마음의 준비가 되지 않았다. 아직 하루가 시작하지도 않았는데 이미 너무나 괴로웠다.

"카메라를 전속력으로 지나가세요. 최대한 카메라 가까이 지나가야 해요."

감독은 본론으로 바로 들어갔다. 그날 촬영이 정말 중요했기 때문이다. '본론으로 바로 들어간다'는 건 영화판에서 흔히 그날 촬영할 모든 분량을 완전하게 끝내야 한다는 뜻으로 쓰였다. 오늘은 눈에 웃음기도 없었다. 평소 농담을 잘하던 그답지 않았다. 정말 중요한 촬영이 있는 날 감독들은 엄청난 스트레스를 받는다.

"네. 보스, 걱정 마세요."

나는 크리스 베르 월 감독을 좋아해서 그를 '보스'라고 불렀다. 그리고 감독에게 입술에 침도 바르지 않고 거짓말까지 해 버렸다. 자전거를 빠른 속도로 탄다는 것이 나에게는 엄청난 일이었기 때문이다. 자전거 페달을 밟으면 무릎에 엄청난 통증이 왔다. 속도를 내려고 안장에서 일어나 페달을 밟으면 말할 것도 없이 더 심했다. 최대한 빨리 페달을 밟으며 두 테이크를 찍고 나자 과연 오늘 제대로 마칠 수나 있을지 감도 오지 않았다. 무릎도 아팠지만 발목과 손목과 팔꿈치도 아팠다. 심호흡을 하니 폐까지 아팠다. 그 정도로 운동을 하는데도 몸 상태가 엉망인 게 믿기지 않았다. 토론토에 있는 동안에도 평소처럼 운동했다. 러닝머신에서 속도 7로 한 시간을 달렸고 윗몸일으키기 105회, 레그 리프트 105회를 했다. 달라진 게 있다면 이제 운동이 예전처럼 재미있지 않다는 거였다. 이젠 살을 뺄 필요가 없었기 때문에 동기부여가 되지 않았다. 체중계 숫자가 더 내려가는 건 바라지도 않았다. 그저 올라가지 않기만 바랐다. 그날 아침 체중을 재어 보니 43.5킬로그램이었다. 그 아래로 내려가지 않았다. 아니, 바라지도 않았다. 하지만 살이 찌지 않으려면 도대체 얼마나 적게 먹어야 하나 싶어 정말 겁이 났다. 당시에는 하루 300칼로리를 먹었다. 그렇게 먹으니까 겨우 체중이 유지되었다. 덫에 걸린 기분이었다. 굶어 죽을 지경까지 가면서 겨우 그런 몸을 얻었다. 그런데 그 몸을 유지하려면 그런 극단적인 식단을 앞으로도 계속 유지해야 한다는 소리였다. 정말이지 소화하기 힘든 깨달음이었다.

다음 촬영은 우는 장면이었다. 좀 희한한 일인데, 나는 눈물을 흘리려면 일단 행복을 느껴야 한다. 그리고 불안에 떨고 나약한 연기를 하려면 우선 내가 아주 당당하고 강하다는 기분이 들어야 한다. 우는 장면을 찍을 때는 연기력을 드러내는 거니까 보통은 기분도 좋았다. 하지만 아버지가 돌아가셔서 우는 장면을 찍는 건 하나도 기쁘지 않았다. 내게 아빠의 죽음은 아직도 너무나 생생했고 여전히 그 일을 떨쳐 내지 못했기 때문이었다. 감정이 살아나지 않았다. 몸도 아프고 마음도 아픈 탓이었다. 그런 상태였는데도 어찌어찌 눈물을 흘릴 수는 있었다. 그런데 촬영이 다 끝나갈 무렵이 되어서 엄청 울어 버렸다. 우는 장면은 다 찍었으니까 이제 그만 울어도 되는데 그랬다. 내가 맡은 여주인공은 아버지의 죽음을 완전히 극복하고 이제 크리스천 슬레이터와 사랑에 빠지려는 참이었다. 그런데 나는 아니었다. 나는 아직도 아빠가 날 떠난 것을 극복하지 못했고 다른 사람을 사랑할 수도 없었다. 눈물이 멈추지 않았다. 홍수 같았다. 눈물이 제멋대로 걷잡을 수 없이 흐르다 멈추다 했다. 그냥 그랬다. 홍수처럼. 그리고 홍수처럼, 결과는 끔찍했다.

너무 아팠다. 그래서 울었다. 다리도 움직일 수 없었고 손목도, 손가락도 움직일 수 없었다. 그래서 울었다. 사람들이 나를 부축해 메이크업 트레일러로 데려갔다. 그래서 또 울었다. 너무 당황스러웠다. 그래서 울었다. 영화배우로서의 인생을 망쳐 버렸다. 또 울었다. 삶의 기쁨을 망쳐 버렸고, 죽고 싶었다. 그래서 엉엉 울었다.

아빠처럼 나도 도망치고 싶었다. 그냥 훌쩍 날아서 조용히 어둠 속으로 사라지고 싶었다.

메이크업 의자에 뻣뻣하게 앉아 메이크업 아티스트가 분장을 지우는 걸 가만 내버려 뒀다. 그렇게 한 건 처음이었다. 메이크업 아티스트가 칙칙한 내 피부 톤을 정리하고 눈은 더 크게 입술은 더 도톰하게 그려 결점을 가려 주기 전에 내가 미리 컨실러로 가리고 간 결점을 보이는 게 싫었다. 참으로 말도 안 되는 일이었다. 하루를 마치면서 내가 소중하게 치르던 의식을 배우 인생이 끝장난 날 처음으로 남에게 맡겨 버리다니 말이다. 모든 게 끝났다. 내 인생도 끝났다.

분장실 거울 주위의 조명이 켜지자 얼굴에 빛이 쏟아졌다. 백열등이 얼굴을 감싸 내 얼굴이 제대로 보이지도 않았다. 얼굴에 박힌 못생기고 새까만 두 개의 점은 내 눈동자였다. 나는 내 눈에서 시선을 거두었다. 내가 둥둥 떠서 암흑 속으로 사라지는 것 같았다. 몸이 흘러가는 걸 느끼는데도 잡을 것은 아무것도 없었다. 얼굴에 뜨거운 타월이 덮이던 것이 마지막 기억이었다. 나는 모든 걸 놓아 버렸다.

티아라를 쓰고 분홍색 투투와 모조 다이아몬드 비즈로 장식한 발레복을 입은 어린 내가 어둠 속에서 빙그르르 돌며 나타났다. 나는 교회 예배당에서 피루에트 동작을 하며 계속 빙글빙글 회전했다. 엄마는 신도석 제일 앞자리 한가운데 앉아 있었다. 나는 엄마를 회전의 기준점으로 정했다. 몸을 돌리면서 머리를 회전 방향으로 획 돌렸고 한 바퀴 돈 뒤에 기준점으로 다시 돌아왔다. 내 기준점인 엄마의 얼굴은 웃고 있었다. 그런데 내가 피루에트 동작을 하면 할수록 엄마의 감동도 더더욱 커져야 하는데 엄마는 오히려 점점 더 무심해졌다. 한 바퀴 돌 때마다 얼굴의 미소가 사라졌다. 그러다 미소가 찌푸림으로 변했다. 어린 계집아이의 티아라와 투투도 사라졌다. 이제는 아예 청바지와 검정 티셔츠 차림이었다. 회전을 거듭할 때마다 아이는 점점 어른이 되었다. 이제 엄마가 앉았던 자리에 엄마도 남아 있지 않았다. 나는 엄마를 찾아 맨 앞줄을 살펴보았지만 엄마는 없었다. 엄마 대신 내가 앉아 있었다. 맨 앞줄에 앉아 혀를 끌끌 차며 몹시 언짢은 표정을 하고 있는 저 사람은 엄마가 아니었다. 나였다. 피루에트를 하는 내 모습이 역겨운 것 같았다. 머리를 삐딱하게 기울인 채 비웃음으로 표정이 일그러진 걸 보니 내가 나를 미워하고 있는 게 분명했다. 나는 그 얼굴을 보지 않으려고, 그 얼굴을 보는 것이 너무 심란해서 더 빨리 피루에트 동작을 했다. 하지만 이미 회전하고 있는 몸에 가속까지 붙다 보니 원심력 때문에 멈출 수가 없었다. 멈추어지지가 않았다. 이제 아무것도 제대로 보이지 않았다. 나는 휘청거렸다. 그리고 중심을 잃었다. 나는 빙빙 돌며 암흑 속으로 추락했다. 갑자기 회전이 뚝 멈추었다.

나는 드디어 거기서 벗어났다.

게임 오버

"드 로시 씨? 앤드루스 선생님 연결해 드릴게요."

〈앨리 맥빌〉 촬영 스튜디오 드레싱 룸이다. 나는 의자에 앉아 담뱃불을 붙이고 숨을 죽인 채 검사 결과를 기다리고 있었다. 좀 전에 전화가 와서 러닝머신에서 내려와야 했다. 러닝머신도 시끄러웠고 분장이 망가지지 않도록 거기에 달아 놓은 선풍기도 무척 시끄러웠다. 전화를 받으려고 재빨리 동작을 바꾸는 것이 엄청나게 힘들었다. 움직일 때마다 극심한 고통이 몰려왔다. 어떨 때는 정신이 아득해질 정도로 아팠다. 이제는 거의 운동도 제대로 못 하는 지경까지 왔다. 아파서도 그렇고 너무 지쳐서도 그랬다. 늘 힘이 없고 지친 상태인데, 그건 배가 너무 고파서 잠을 잘 못 잤기 때문이었다. 잠을 자면 꼭 먹는 꿈을 꿨다. 어젯밤에는 다이어트 콜라인 줄 알고 한 모금 홀짝이다가 진짜 콜라인 걸 알고 너무 충격을 받은 나머지 잠에서 번쩍 깼다. 설탕을 먹었기 때문이었다. 하지만 대개는 볼이 터져라 음식을 입에 꾸역꾸역 쑤셔 넣는 꿈을 꿨다. 피자 한 판을 다 먹어 치우거나 접시에 가득한 프렌치프라이를 먹는 꿈이었다. 하지만 잠에서 깨면 너무나 기분이 나빠 울었다. 정말로 그렇게 먹은 것만 같아서 흐느끼며 울었다. 그 정도로 찜찜하고 무서웠다. 이제는 먹는 게 겁이 났다. 그래서 내게 문제가 있다는 생각이 들었다. 나는 정말로 음식이 무서웠다. 이제 나 자신에게 신뢰가 가지 않았다. 내가 결국 의지력을 잃어버린 건 아닐까.

초조했다. 하루 종일 불안에 시달렸지만 내게 곧 들이닥칠 일이 모든 걸 바꿔 놓을 거라는 걸 알았기 때문에 그보다 더 심하게 안 좋았다.

나는 뺀 체중을 유지하지 못했다. 원래 나라는 인간은 날 때부터 그런 날씬한 몸을 가진 게 아니었다. 날씬한 다리를 타고난 게 아니므로 날씬한 다리를 유지할 수 없는 몸이었다. 살을 빼고 일 년 넘게 겨우겨우 유지는 했지만 유지를 하기 위해 계속 아무것도 먹지 않아야 한다면 거식증에 걸릴 게 뻔했다.

드레싱 룸 책상 앞에 앉아 의사를 기다렸다. 가만 있자, 의사가 나한테 전화한 거 아니었던가? 뱃살이 접히는 게 느껴졌다. 엄지와 집게손가락으로 뱃살을 집어 보았다. 뱃살이 살짝 잡혔다. 허리 양옆으로도 살이 붙어 있었다. 그래도 44.5킬로그램이었다. 그래도 엄청난 저체중이었다. 정말 너무 말이 안 된다 싶어 웃음이 터질 뻔했다. 갈비뼈와 골반뼈가 툭 튀어나왔는데도 아직 뱃살이 남아 나를 조롱했다. 그러니까 결국 뱃살이 나보다 똑똑하다는 소리였다. 뱃살이 날 이겨 먹은 거였다. 너무나 말이 안 되는 건 또 있었다. 그 뱃살을 빼려면 크런치를 해야 하는데 크런치를 하려면 힘이 있어야 했다. 하지만 몸에 음식을 넣어 주지 않으니까 크런치 할 힘이 나지 않았다.

너 어젯밤에 뭐 먹었어?

승리감에 도취한 뱃살은 내 배에 단단히 들러붙어 천하무적임을 과시하고 있었다. 의자에 앉아 검사 결과를 기다리면서 이제 무슨 일이든 일어날 수 있다고 생각하니 차라리 마음이 놓이기도 했다. 절대 이길 수 없는 싸움을 매년 끝없이 하면서 사는 건 상상이 되지 않았다. 거식증은 사람을 완전히 나가떨어지게 만들었다.

　의사가 하는 말을 단단히 새겨듣고 하라는 대로 할 거야.

　토론토에서 무너진 뒤 나는 도움을 청할 수밖에 없었다. 나는 분장실 의자에서 쓰러졌다. 내 건강과 관련된 사적인 정보가 다 퍼져 나갔다. 걱정이 되어 물어보는 사람들은 내 사정을 다 알아 버렸다. 이제 나는 내 몸도 통제할 수 없는 지경이 되었다. 눈을 뜨니 촬영장 의료진이 혈압을 재고 혈액검사를 의뢰하고 있었다. 그는 내 주치의에게 전화를 했고 의사는 전문의에게 연락해 며칠 안으로 종합검진을 받게 했다. 혈액검사와 골밀도 검사를 받았다. 의사가 자기가 내린 진단을 뒷받침해 줄 만한 모든 검사를 임의대로 실시할 때마다 나는 내 몸을 다 보여 주어야 했다. 항변도 못 했다. 이미 계약을 한 상태였고 어쩌면 촬영을 마무리하지 못할 수도 있었다.

　하지만 촬영은 끝났다. 2주 전이었다. 그리고 아직까지는 의사 말을 잘 따르고 있었다. 처음에는 의사가 한 명이었다가 나중에는 네 명까지 늘었다. 그때마다 의사가 묻는 말에 대답해야 했다. 그들은 나를 구석으로 몰았다. 도망치고 싶었지만 그들에게서 도망칠 수 없었다.

　하지만 이제는 싫어. 정말 너무 지쳤어. 하루 종일 일 년 내내 너무나 슬퍼. 너무 아파. 모든 걸 포기하고 싶어.

"여보세요, 포샤 씨?"

"앤드루스 선생님, 안녕하세요?"

가벼운 잡담이라도 나눌까 싶어 기다렸지만 의사는 바로 본론으로 들어갔다.

"검사 결과 몇 가지가 나왔습니다."

의사는 강펀치를 날리기 전에 자세를 잡느라 뜸을 들이는 것 같았다. 겁이 났다. 뭔가 문제가 생긴 게 분명했다. 의사가 주저하니까 온몸에 공포의 파도가 덮쳤다. 아드레날린이 솟구쳐 손목과 발목에 고통이 엄습했고 머리가 빙빙 돌기 시작했다. 내 머리는 다른 사람들보다 반쯤은 무게가 덜 나갈 것 같았다. 머리가 이렇게 빙빙 돌지 않을 때조차 그렇게 느꼈다. 그래서 나는 자꾸 균형감을 잃는 느낌이었다. 담배를 길게 한 모금 빨아들였다. 니코틴 때문에 머리가 빙빙 도는 것 아닐까? 나는 진정하려고 애썼다.

긴장해 봐야 아무 소용없어. 결과에는 아무 영향도 못 미친다고. 이미 쏟아진 물이야.

"네, 골밀도 얘기부터 하지요. 음······. 검사 결과를 보면 포샤 씨는 골다공증이에요. ······ 저어, 마지막 생리가 언제였죠?"

"끊긴 지 일 년은 넘은 것 같아요."

"봅시다. 간 효소 수치가 너무 높아요. 거의 간 경변 수준입니다. 전해질과 칼륨 수치는, 음······. 위험 수준입니다. 이 정도면 장기 기능에 심각한 영향을 미칠 수도 있습니다. 검사 결과에서 제일 중요한 건 자가면역질환에 걸렸다는 건데, 루푸스라고 들어 봤죠?"

나는 담배를 아주 깊이 빨아들이고 나서 꽁초를 한 번에 눌러 껐다. 전화기를 힘없이 귀에 댄 채 책상 건너편 전신 거울 속 나를 응시했다. 얼굴은 둥글고 팔은 작대기 같고 갈비뼈는 툭 튀어나왔고 허벅지는 굵고 종아리도 굵었다. 평생 보았던 그 몸 그대로였다. 전체 면적만 조금 줄었을 뿐, 비율은 여전했다. 와이축이 엑스축의 절반이라 한다면 내 몸의 비율은 2대 1이었다. 허리와 팔에 비례해 허벅지는 언제나 그 모양일 것이다. 살을 빼도 마찬가지다. 크기만 작아질 뿐이다.

게임 오버. 내가 졌다.

러닝머신 돌아가는 소리가 마치 레코드가 트랙 위에 걸려 윙윙거리는 소리처럼 들렸다.

얼른 러닝머신으로 되돌아가라고.

러닝머신의 양쪽 손잡이가 우리의 창살 같았다.

당장 러닝머신으로 돌아가라니까.

무슨 말을 해 주어야 입을 닥칠지 알 수가 없었다. 내가 곧 죽을 거라는데 그 목소리는 아직도 떠들고 있었다.

"내가 루푸스래! 내가 병에 걸렸대!"

넌 뚱뚱한 것뿐이야.

"아니야, 아니라고!"

머릿속 목소리가 메아리가 되어 웅웅 울렸다. 뚱뚱하다는 말이 머릿속에서 윙윙거리며 경고음을 울렸다. 하지만 교관의 잔소리와 경고음과 놓쳐 버린 박자가 물러나고 평화가 찾아왔다.

내가 아프단다. 나는 마침내 감옥의 창살을 벗겨 버렸다. 이제 스스로에게 당당해지기 위해 올 에이만 받는 학생이 될 필요도 없고 스타 영화배우가 될 필요도 없다. 이제는 그냥 살아남을 궁리만 하면 된다.

나는 현재 내 모습을 있는 그대로 받아들였다. 나는 나 자신을 인정했다.

교관의 목소리가 뚝 그쳤다. 드레싱 룸 밖 복도에서 웃음소리가 났다. 그밖에는 아무 소리도 들리지 않았다. 머릿속은 죽음처럼 고요했다. 나는 교관의 목소리를 향해 그동안 하고 싶었던 말을 했다.

"지옥으로 꺼져 버려!"

너 어젯밤에 뭐 먹었어?

Epilogue

저 새들을 어떻게 표현해야 할지 모르겠다. 이른 아침 햇살이 산 너머에서 올라오기 시작하다가 어느 순간 주변의 풍광을 찬란하게 밝힌다. 만일 이 장면을 소리로 표현할 수 있다면 그건 허밍 소리 같을 것이다. 바로 그 순간 새들이 노래하기 시작한다. 새들은 여러 무리를 지어 심오한 교향곡을 연주한다. 얼마나 아름다운지 들으면서도 믿기지 않는다. 농장 저 너머에서는 베이스가, 바로 앞 나무에서는 소프라노가, 크기도 하고 작기도 한 소리로 동시에 노래를 부른다. 이 대규모 합창단의 노래는 20만 제곱미터가 넘는 농장 부지 전체에 울려 퍼진다. 나는 새가 참 좋다. 하지만 나보다 새를 더 좋아하는 사람은 아내다. 나는 새가 노래를 해야 '아, 근처에 새가 있구나' 한다. 하지만 아내는 늘 새에 대해 생각하는 사람이다. 아내는 새를 찾아다니고 새를 위해 분수도 만들어 주고 창에 부딪혀 다치면 치료도 해 준다. 아내가 새를 구해 주는 걸 많이 봤다. 두 손으로 새를 조심조심 감싸 들고 특별히 새를 위해 만들어 놓은 분수 중 한 곳으로 데려간다. 그리고 연약한 부리를 물에 대어 물을 마시게 해 기절 상태에서 깨어나게 도와준다. 아무리 시간이 걸려도 아내는 새들이 깨어날 때까지 곁을 지킨다. 그렇게 보살펴 주면 기절했던 새들은 대개는 정신을 차린다.

커다란 마사의 문이 열리는 소리가 나서 그쪽으로 갔다. 커피 잔을 들고 맨발에 파자마 바지와 티셔츠 차림이지만 말들과 인사하고 싶었다. 말을 보살피는 훌리오가 스톨 청소를 하고 있었다. 신을 신고 왔으면 도와주었을 텐데. 나도 스톨을 청소하는 게 좋았다.

"훌리오, 잘 잤어요?"

"네, 포샤는요? 오늘 탈 거예요?"

"물론이죠. 좀 있다가요."

나는 말 타는 게 참 좋다. 말을 씻기고 털을 빗겨 주는 것도 정말 좋다. 말의 강인하고 근육질인 몸과 활력과 다정함을 사랑한다. 말을 타는 사람과 말이 쌓아 가는 동지애와 신뢰를 사랑한다. 나는 말이면 뭐든 다 좋다. 말은 내 목숨을 구해 주었다.

"메이, 잘 잤어?"

커다랗고 아름다운 내 하노버 말 메이가 스톨에서 제왕처럼 당당한 머리를 내 쪽으로 내밀었다. 나는 메이의 목을 감싸고 코에 입을 맞추었다. 메이를 산 건 식이 장애에서 회복 중이던 2002년이었다. 메이를 타는 법을 배우고 메이의 언어를 익히면서, 그리고 몸무게나 외모가 아닌 다른 것에 관심을 쏟으면서 날씬함에 대한 집착에서 벗어날 수 있었다. 의사와 치료사들은 다른 환자를 찾아 떠난 지 오래였다. 나는 메이에게서 사랑을 찾았다. 메이 덕에 나는 아침에 일어나야 할 이유를 발견했다.

"엘런은 아직 자요?"

보통 마사에 올 땐 엘런과 함께였다.

"네. 좀 더 자게 내버려 뒀어요."

오늘 아침 나는 침실에서 살금살금 빠져나왔다. 엘런을 깨우고 싶지 않아서 신도 못 신고 셔츠도 못 챙겼다. 엘런은 일이 너무 많기 때문에 주말에 농장에 오면 무조건 쉬어야 한다. 오늘은 특히 아침잠을 충분히 자야 할 것이다. 어제 내가 잠이 든 뒤에도 밤새 원고를 읽느라 못 잤을 게 분명했다. 엘런은 내 책 원고를 읽느라 밤을 꼬박 샜다.

메이, 아치, 페미, 몬티, 디에고 가르시아까지 다 어루만지고 토닥거려 준 뒤에 집으로 돌아갔다. 포치 문을 열자 나를 세상에서 제일 행복한 사람으로 만들어 주는 목소리가 들렸다.

"커피를 달라고오!"

사막에서 죽어 가는 사람이 물을 달라는 것처럼 엘런이 커피를 찾았다. 저럴 때마다 나는 우스워 죽는다. 침실로 가서 침대 위에 몸을 털썩 던지고 팔로 엘런을 안았다.

"자기, 정말 완전히 미쳤었구나."

엘런이 졸음기 가득한 목소리로 말했다.

"맞아."

"정말 슬펐어. 전혀 다른 사람 이야기를 읽는 기분이었다니까."

"나도 다른 사람 이야기를 쓴 기분이었지."

"그 정도로 심하게 아팠었구나. 그런데 루푸스는 어떻게 된 건데?"

"오진이었어. 그냥 먹기만 하면 해결되는 문제였어. 간 경변도 골다공증도 싹 다 나았고. 몸을 더 심하게 망치지 않아서 천만다행이었지."

"아유, 가엾어라. 좀 더 일찍 알았더라면, 그래서 도와줄 수 있었으면 얼마나 좋았을까."

"이미 넌 날 구해 주었어. 그리고 또 이렇게 매일매일 구해 주고 있고."

나는 엘런에게 키스하고 일어나서 커피를 만들었다.

"자기가 정말 자랑스럽다. 이 책을 읽고 도움 받을 사람들이 아주 많을 거야."

커피를 따르고 있는데 엘런이 갑자기 주방 입구에 금발 머리를 불쑥 내밀며 말했다.

"이제는 그런 짓 안 한다고, 사람들한테 그것만 확실히 알리면 돼."

거식증 환자가 되겠다고 결심한 적은 없었다. 거식증은 몰래 찾아왔다. 건강한 다이어트라고, 프로다운 자세라고 날 속였다. 최대한 마른 몸매를 지니면 배우로서 일하기는 훨씬 쉽다. 샘플 사이즈의 의상도 수월하게 입어 낼 수 있고 촬영이 있는 날 입기로 되어 있는 옷의 지퍼가 올라가지 않을까 봐 걱정하지 않아도 된다. 거식증 환자가 될 생각은 없었지만, 거식증 환자 노릇을 그만두겠다고 결심한 것도 아니었다. 건강해지겠다고 생각하지 않았다. 죽지 않겠다고만 생각했다. 그때까지 살아오던 것보다 더 제대로 살아야 한다는 것에는 그다지 관심이 없었다. 검사 결과를 들을 당시에는 그냥 그런 식으로 고통을 당하다가 죽을 수밖에 없는 병든 사람은 되지 않겠다는 생각뿐이었다. 회복 불가능한 난치병에 걸린 것 같다는 의사의 말을 듣자 강박에 빠진 내 마음에 구멍이 생겼다. 체중 감량이라는 목표는 허무한 것이 되어 버렸다. 나는 거식증을 내려놓았다. 거기에 매달려 있는 게 너무 힘들었다. 몸이 그 지경까지 가니까 그동안 거식증에 집착했던 것이 꼭 건물 지붕에 아슬아슬 불안하게 매달린 내 몸이 제발 손을 놓으라고 하는 것과 비슷하다는 생각이 들었다. 매달려 있는 것이 힘들기도 했고, 태어나서 처음으로 루푸스라는 병의 형태로 제대로 된 이유를 찾았기 때문에 결국 다이어트에서 손을 떼 버렸다. 태어나서 내가 이룬 가장 큰 성취와 가장 큰 자부심의 원천이 저 아래 땅바닥으로 곤두박질하는 장면을 지켜보았다. 나는 긴 시간을 들여 천천히 그리고 차근차근 꼭대기까지 올라갔다. 하지만 추락은 너무나 순식간이었고, 힘들여 올라간 꼭대기를 제대로 둘러보지도 못했다.

내게 거식증은 첫사랑이었다. 우리는 첫눈에 서로에게 끌렸다. 만난 이후 매 순간 함께 있었다. 거식증의 눈으로 본 세상은 달랐다. 거식증은 내게 스스로를 만족시킬 수 있는 방법을 알려 주었고, 더 나은 사람이 될 수 있는 방법을 알려 주었다. 생각하는 법도 가르쳐 주었다. 그 긴 세월 동안 거식증은 한 번도 내 곁을 떠나지 않았다. 다른 모든 사람들이 날 버리고 떠나도 내가 무시하지 않는 한 거식증도 나를 버리지 않았다. 그래서 거식증을 놓아 주는 일은 참으로 고통스러웠다. 목적의식을 포기하는 거나 마찬가지였다. 거식증에 대한 생각을 하지 않으면 도대체 뭘 하며 살아야 할지도 몰랐다. 교관이 날 인정하고 안 하고는 상관도 없었다. 교관은 벌써 오래 전에 사라져 버렸으니까. 교관을 위해 힘든 싸움을 계속하는 건 아무 쓸모없는 일임을 철저히 깨달았기에 나는 그를 보내 버렸다. 교관은 내게는 너무나 벅찬 존재였다. 그는 너무나 완벽하고 너무나 엄격하고 너무나 잔소리가 많았다. 내가 그에게 어울리는 좋은 짝이 아니라는 생각은 몇 달, 어쩌면 몇 년에 걸쳐 아주 서서히 사라져 갔다. 그 대신 우리는 애초에 서로 맞지 않는 짝이라는 생각이 고개를 들었다. 우리는 처음부터 만나서는 안 되는 사이였다. 우리는 서로 너무 달랐고 인생에서 원하는 것도 달랐다. 하지만 그것을 깨달았다고 해서 이별이 덜 고통스러웠던 것은 아니다. 그리고 거식증마저 없으면 내게 남은 건 아무것도 없을 것 같았다. 거식증이 없으면 나라는 존재는 무의미했다. 그냥 실패 정도가 아니라 나는 아예 처음부터 존재하지도 않은 것 같았다.

　루푸스라고 했다. 골다공증에 간 경변 증세도 있단다. 칼륨과 전해질 균형이 망가져 아주 위험한 수준까지 와서 장기 기능에 심각한 문제가 생길 수 있다고 했다. 어떤 일이 힘들어 포기하고 싶어서 몸에 힘이 빠지는 것하고는 느낌이 달랐다. 완전히 나가떨어진 기분이었다. 내게는 아무런 선택권이 없다고 느꼈다. 내가 선택한 길이 잘못된 길이라는 걸 인정해야 했다. 그 길로 가다가 병에 걸렸고 어쩌면 죽을지도 몰랐다. 닫힌 내 마음에 전문의들의 목소리가 쩌렁쩌렁 울려 퍼지게 해야 했다. 그들이 가리키는 길로 방향을 바꾸어야 했다.

그런데 회복으로 이어지는 길을 따라 먼 여행을 시작하기도 전에 전혀 예상하지 못한 우회로를 만났다. 처음에는 일단 체중을 늘리면 호주에 있을 때 격려를 받은 것처럼 엘에이에서도 지지를 받을 거라고만 생각했다. 내 주위에는 나를 사랑하고 걱정하면서 곧 건강해질 거라고 격려해 주는 이들이 있다고 생각했다. 하지만 다시 살을 찌우고 보통 사람처럼 보이게 되자 알고 지내던 거의 모든 사람들이 이제 문제가 다 해결된 것으로 받아들였다. 그 순간 나는 깨달았다. 그 누구도 내 말에 귀를 기울이지 않는다는 것을. 아무도 신경 쓰지 않는다는 것을. 사람들은 내 인생이 절박한 상황에 몰렸을 때만 관심을 보였다. 다시 살이 오르니까 더는 걱정과 관심의 대상이 되지 못했다. 정말이지, 못생긴 데다 말도 제대로 못 하는 열세 살 사춘기 계집애가 된 것 같았다. 즐겁고 행복했던 시절은 과거가 되었다. 앞으로 이룰 일들은 너무나 요원해 아무런 희망도, 즐거움도 떠오르지 않았다. 만일 그 당시에 내게 계속 불만이 남아 있었거나 병을 통해 내 성 정체성을 받아들일 기회를 만들지 못했다면, 나는 다시 예전으로 돌아가 버렸을 것이다. 또 살을 빼서 남들의 관심을 끌고 걱정의 대상이 되는 건 차라리 쉬운 일이었다. 사실 난 남들의 관심을 사랑으로 착각했다. 어쨌든 한 번이 아니라 두 번이나 그 정도로 살을 빼면 스스로 의심했던 의지력을 다시 확인하는 셈도 된다. 그렇다면 그건 내게 엄청난 성취가 될 것이다.

살을 찌우던 시기는 최악의 시기였다. 체중이 서서히 불면서 음식을 거부하던 마음도 자연스레 사라진 건 절대 아니었다. 거식증은 더 기세를 부렸다. 거식증은 계속 들러붙어 있으려고 했고 힘도 점점 세지고 점점 강해졌다. 자기도 살아남으려고 그랬을 것이다. 엄마가 그때 충격을 받고 무너지지 않았다면, 딸이 동성애자인 것을 받아들이지 않았다면, 나는 다시 예전으로 돌아갔을 것이다. 처음에 나를 반란군으로 만들었던 그 길로 돌아가지 않을 수 없었을 것이다. 거식증은 내게 저항하는 느낌을 알게 해 줬다. 나에게 거식증은 이래라저래라 참견하는 엄마를 수동적이면서도 공격적으로 거부하는 하나의 방편이었다. 내게 거식증은 분명 선언문이었다. "엄마 딸이 동성애자인 걸 인정해요, 아니면 딸이 죽는 꼴을 보든지!" 병에 걸리면 살아온 인생을 돌아보게 된다. 그리고 회복되면 다시 삶에 복귀해야 한다. 되돌아갈 준비를 단단히 하는 것은 참으로 중요하다. 아프고 난 뒤에는 삶이 어딘가 변해 있기 때문이다. 인생을 살면서 나를 힘들게 만드는 모든 것들, 나를 불안하게 만들고 하찮게 만들고 나를 억누르던 것들은 아프고 난 뒤 다시 제자리에 돌아가 새 삶을 시작할 때 이미 바뀌어 있다. 식이 장애는 내 모든 시간을 앗아가 버렸다. 정신적으로나 육체적으로 나는 온 하루를 식이 장애에 빼앗겼다. 중요한 것은 자기 몸의 이미지에서 벗어나 다른 대상을 찾고 거기에 몰두하는 것이다. 인생을 다시 살고자 한다면 전과 완전히 다른 삶을 만들어 내야 한다. 나를 기다리고 있던 삶은 미래의 관계를 중시하는 삶이었다. 동시에 가족으로부터 그 관계를 인정받는 삶이었다. 새 인생을 시작하기 위한 열쇠를 쥔 사람은 바로 나 자신이었다. 그리고 그 열쇠는 희망이었다.

올 에이만 받는 우등생, 모델, 인기 드라마에 출연하는 여배우로 살기 위한 기준은 아주 높았다. 하지만 그 기준을 세운 사람은 다름 아닌 나 자신이었다. 사람들이 열광하는 것을 성취하면 선망의 대상이 되고 사랑도 받을 줄 알았다. 일단 엄청난 성공을 거두면 그 뒤로는 미래를 더는 걱정하지 않아도 된다고 믿었다. 이미 성공했기 때문에 앞으로는 쉬지 않고 발버둥 치며 애쓰지 않아도 성공이 성공을 부를 줄 알았다. 그러나 거식증은 그 기준을 낮춰 놓았다. 사랑을 받기 위해 더 많은 것을 성취해 내는 대신에 나는 살아남는 것에만 급급했다. 남들의 관심과 보살핌을 얻기 위해 살을 빼는 데에만 열중했다. 내 성 정체성을 받아들이기 위해 오로지 먹지 않는 것에만 집중했다. 물론 그 당시에는 그런 자각조차 못 했다. 나는 그저 날씬해지기 위해 노력하는 거라고만 생각했다.

회복 기간은 정말이지 끔찍했다. 내가 제대로 하고 있다는 느낌은 전혀 들지 않았다. 오히려 포기하는 기분이었다. 걷는 법을 처음부터 다시 배우는 거나 마찬가지였다. 나 자신이 한심스러웠다. 자존감이 바닥이 나서 아예 말소리도 제대로 못 낼 정도였다. 말 그대로였다. 내 귀에 내 목소리가 들리지 않았다. 그냥 사라져 버리고 싶었다. 누가 내게 말을 거는 것도, 내 말을 듣는 것도, 나를 알아보는 것도 싫었다. 누가 관심을 보이면 내가 불쌍해 보여서 그러는 거라고 받아들였다. 단순한 친절이나 동정으로만 받아들였다. 나에게 회복은 살찌는 것 그 이상도 이하도 아니었다. 알코올중독이나 약물중독에서 회복되는 것과는 종류가 달랐다. 거식증에서 회복된다고 해서 당장 뭐가 좋아지는 건 하나도 없었다. 관절의 통증이 제일 먼저 사라졌다. 하지만 그것 말고는 몸이 회복되지 않았다. 오히려 더 나빠졌다. 변화란 변화는 모조리 다 겪었다. 전부 내 몸이 거대해진다는 느낌을 주는 변화였다. 생리가 다시 시작됐고 방귀가 나왔으며 변비에 걸렸다. 그리고 결국 지방이 돌아왔다. 가장 끔찍한 공포였다. 일주일 전만해도 나는 비쩍 마르고 완벽한 몸이었는데 일주일 뒤에는 뚱보가 되어 있었다. 다시 돼지가 된 것이다. 내 인생이 실패작 같았다. 살찐 내 몸이 꼴도 보기 싫었다. 뼈가 손에 잡히던 그때가 너무나 그리웠다. 밤마다 울었다. 골반뼈가 잡히지 않았다. 이제는 골반뼈를 만져 볼 수 없다니, 사랑하는 친구를 잃은 것처럼 슬펐다.

　거식증을 유지하는 것은 엄청나게 힘든 일이다. 일단 먹겠다고 마음먹으니 먹는 것 자체는 쉬웠다. 루푸스 진단은 일종의 사면장 같은 거였다. 루푸스는 내게 다이어트를 포기할 자유를 주었다. 루푸스는 굶주리는 걸 포기할 핑계가 되었고 다시 음식을 입에 넣을 변명거리가 되었다. 계속 그렇게 굶다가는 죽을 게 분명했다. 그러므로 반드시 먹어야 했다. 그래서 먹었다. 눈에 띄는 건 모조리 먹어 치웠다. 일 년 내내 먹고 싶으면서도 못 먹은 걸 죄다 먹어 치웠다. 그토록 먹고 싶어했던 건강 음식부터 먹기 시작했다. 브랜 머핀과 단백질 바, 그래놀라, 스무디 같은 거였다. 하지만 먹고 싶은 목록에 금세 사탕, 케이크, 초콜릿, 튀김이 포함되었다. 이왕 포기한 거, 완전히 포기하자. 수문이 열려 버렸다.

　하지만 굶는 걸 포기했다고 해서 식이 장애가 사라진 건 아니었다. 식이 장애는 여전했다. 굶을 때와 마찬가지로 먹는 문제는 여전히 내 머릿속을 꽉 채웠다. 위로가 되어 줄 완벽한 음식을 찾느라 온 시내를 돌아다니는 데 쓴 시간이나 나트륨이 제일 적게 들어간 참치를

334
너 어젯밤에 뭐 먹었어?

찾아 사방을 뒤지고 다닌 시간이나 결국 똑같았다. 식이 장애는 나를 떠나지 않았다. 동전의 다른 면일 뿐이었다. 결국 나는 새로운 인생을 살 준비가 안 된 것이었다. 나는 사람들 앞에서 사라지고 싶었고 지방 덩어리 뒤로 숨어 버리고 싶었다. 나는 남자에게도 여자에게도 매력 없는 존재였다. 제대로 사는 것도 아니었다. 그저 숨 쉬며 존재하는 수준에 그쳤다. 나는 그때까지도 외모가 아니라 나의 진심과 친절함, 그리고 내 존재 자체만으로 남들의 사랑과 인정을 받을 수 있는지를 시험하고 있었다. 내 몸무게는 극단에서 극단으로 치달았다. 37킬로그램이 열 달 만에 76킬로그램이 되었다.

건강을 되찾으려면 먹어야 한다는 걸 알기는 했지만 너무 오랜 시간 굶주리며 살았기 때문에 처음에는 음식을 다시 입에 대는 것이 힘들었다. 굶주림의 사이클을 깨 준 것은 약이었다. 골밀도 검사로 골다공증이라는 게 드러나자 뼈를 튼튼하게 만들기 위해 호르몬 대체 요법이란 걸 받았다. 골다공증 진단을 받은 뒤에는 담배도 끊었다. 유명한 신경약리학과 의사인 해플린 에머리 박사에게 뇌 스캔 진단을 받은 뒤에는 향정신성 약물을 처방받았다. 약은 내 몸에 변화를 가져왔다. 집착 행동을 가라앉히고 음식을 먹고 체중을 늘리는 데는 약이 제일 중요한 역할을 했던 것 같다.

몬티 니도 식이 장애 치료 센터의 문을 나설 때쯤 체중은 12킬로그램이 늘어난 상태였다. 처음 골다공증 진단을 받은 지 겨우 4주 만에 44.5킬로였던 몸무게가 56.5킬로로 불어 있었다. 식이 장애에서 굶주림 단계가 끝날 무렵, 45킬로그램 아래는 진짜 내 몸무게가 아니라는 걸 알게 되었다. 다시 폭식을 하면 굶어서 다이어트를 하기

전의 몸무게로 순식간에 되돌아갈 거라는 게 거의 확실했다. 몇 주 안에 59킬로그램이 될 게 뻔했다. 그리고 결국 그렇게 되었다.

56킬로가 넘는 몸무게로 거식증 치료를 받으러 병원에 걸어 들어 가는 게 얼마나 부끄러웠는지 모른다. 내 몸은 거식증 치료를 받으 러 올 몸이 아니었다. 수치스러운 비밀이 들통 날까 두려운 나머지 치료받는 걸 비밀로 했지만, 진짜 거식증에 걸려 병원에 올 자격이 있는 사람들을 만날까 봐 굉장히 겁을 먹었다. 치료 받으러 다니는 내내 나는 자격이 없다는 생각과 싸워야 했다. 물론 병원비는 내 돈 으로 냈고, 거의 매일 말리부로 가서 미국에서 제일 유명하고 성공 한 식이 장애 전문가 캐롤린 코스틴을 만나 치료를 받았다. 하지만 그때마다 거짓말을 해야겠다는 생각이 들었다. 병원에 갈 때마다 캐 롤린에게 내 기분과 식이 습관과 병의 차도에 대해 거짓말을 했다. 당황스러워서 그랬다. 캐롤린이 치료하는 여자들 중에는 치명적인 상태에 이른 사람도 많았다. 나까지 그녀의 시간을 잡아먹어서야 되 겠나 싶었다. 그런 사람들에 비하면 나는 표준 체중이었다.

식이 장애 치료를 받기는 했지만 내 키를 감안할 때 56.5킬로그 램이면 건강한 체중이었다. 그래서 병원에 다닐 필요가 없을 것 같 았다. 심리 치료나 받자고, 음식을 대하는 내 태도 때문에 병원까지 다녀야 하나 싶었다. 폭식이나 과식, 설사약 남용, 과도한 운동은 내 생각에는 목숨이 달린 병이 아니었다. 그래서 나는 치료 과정을 성 실하게 따라가지 않았고, 이런 나의 나태함에 대해 캐롤린에게 제대 로 털어놓지도 않았다. 나는 식이 장애 중에 거식증보다 더 심각하 고 중한 병은 없다고 생각했지만, 캐롤린에게 치료받던 무렵 나는 심각한 폭식증을 겪고 있었다. 정말로 엄청나게 먹어 대고 있었다. 추가 이쪽 끝에서 저쪽 끝으로 쑤욱 올라가 버렸다. 내 평생 그렇게 심각하게 몸이 병든 적도 없었다.

굶기를 밥 먹듯 하던 짓을 그만둔 뒤로도 저칼로리, 저탄수화물, 다이어트 음식에 집착했다. 특히 저칼로리 프로즌 요거트를 굉장히 좋아했다. 그중에서도 땅콩버터 맛 요거트를 좋아했는데, 가게마다 요거트 종류가 매일 달라졌기 때문에 온 시내를 돌아다니며 이 가게 저 가게를 뒤졌다. 별로 좋아하지도 않는 맛의 요거트를 허겁지겁 먹어 치우면서 땅콩버터 맛 요거트를 찾아 할리우드 동쪽 끝에서 산타모니카까지 하루 종일 차를 몰았다. 그렇게 계속 찾아다니면 가게마다 내 놓는 이런저런 요거트도 다 맛볼 수 있을 것 같았다. 미리 전화로 물어봐도 됐을 텐데 그렇게 하면 시간이 빌 것 같았다. 〈앨리 맥빌〉 촬영은 일주일에 이삼 일이면 충분했기 때문에 남는 시간에 딱히 할 일도 없었다.

말리부 몰에도 요거트 가게가 있었다. 캐롤린과의 상담을 예약한 날에는 반드시 그 가게에 들렀다. 요거트 종류 따위는 상관없었다. 그냥 340그램짜리 요거트를 주문해서 차 뒷좌석 바닥에 쪼그려 앉아 다 먹어 치웠다. 차에서 먹다가 파파라치한테 들킬까 봐 정말 겁이 났다. 차에서 뭘 먹다가 사진이라도 찍히면 얼마나 미웁스럽고 꼴사납겠는가. 살이 너무 쪄서 남들이 다 눈치채면 어쩌나 전전긍긍했다. 내가 살쪘다는 걸 확인하려면 먹는 장면이 필요하니까 모든 언론이 사진을 찍고 싶어할 거라는 생각이 들었다. 사람들의 입에 오르내릴 정도로 내가 살이 쪘다는 사실보다 더 치욕스러운 건 없었다. 그동안 타블로이드 신문은 내가 살을 뺀 걸 가지고 엄청난 관심을 보였다. 그러므로 다시 살이 쪄도 달려들 게 분명했다. 실제로 내가 최고 몸무게를 찍었을 때 살쪘다는 얘기가 얼마나 많이 나돌았는지 모른다. 케이아르오큐 방송의 〈케빈 앤드 빈Kevin and Bean〉이라는 아침 라디오 토크쇼에서는 내 얼굴을 가지고 '파이같이 넙데데'하다고 했다. 아침마다 그 토크쇼를 들었기 때문에 똑똑하게 기억한다. 그런 소리를 듣고 잊어 먹을 수 있는 사람이 세상에 어디 있을까.

차 뒷좌석 바닥에 쪼그려 앉아 요거트를 다 먹어 치우고 나면 요거트를 담아 온 비닐봉지에 먹은 것을 토했다. 요거트는 28그램에 9칼로리니까 토하면 108칼로리는 쉽게 없앨 수 있었다. 비닐봉지는 쓰레기통에 던져 넣었다. 미리 그것까지 감안해서 주차는 꼭 쓰레기통 옆에 했다. 그러고는 캐롤린을 만나러 갔다. 가면서 이러는 걸 누가 다 찍지는 않았을까 엄청나게 걱정했다. 말리부는 사방 천지에 파파라치들이 있기 때문이다. 지난번 다녀간 뒤로 폭식이나 구토는 안 했느냐고 캐롤린이 물으면 나는 조금도 주저하지 않고 그런 적 없다고 대답했다. "아뇨, 저는 폭식도 안 했고 토하지도 않았어요. 폭식이니 토하느니, 그런 건 생각도 안 했어요. 몸도 아주 건강해졌고 생활도 잘하고 있어요." 도대체 내가 왜 그랬는지 모르겠다. 하지만 나를 치료해 줄 수 있는 유일한 사람에게 아픈 사람처럼 보여서는 안 된다는 점은 내게는 엄청 중요했다. 그렇지만 캐롤린은 자기가 직접 식이 장애를 겪어 본 사람이었다. 전문적인 의학 지식은 물론이고 수많은 환자들을 치료하면서 임상 지식까지 갖춘 사람이었다. 당연히 거짓말을 꿰뚫어 볼 줄 아는 눈이 있었다. 식이 장애라는 병은 수치심으로 둘둘 싸인 병이다. 식이 장애에 걸리면 비정상적인 행동을 하고 괴상한 의식을 치르게 된다. 따라서 치료 중에 거짓말은 아주 흔한 증상이다. 내가 그녀 앞에 늘어놓았던 거짓말쯤이야 그녀로서는 또 한 차례 번역이 필요한 하고많은 거짓말들 중 하나에 불과했다.

점점 불어나는 살은 공포 그 자체였다. 뚱뚱한 게 싫어서 굶었다가 결국 폭식으로 되돌아온 꼴이었다. 뚱뚱한 건 싫었지만 먹는 걸 멈출 수가 없었다. 내 몸에 쑤셔 넣은 음식을 없애려면 운동을 해야 한다는 걸 알고는 있었다. 하지만 점점 살이 찌니까 우울해졌고 우울해지니까 움직이기가 싫었다. 거식증에서 멀어지는 느낌이 바로 그런 것이었다. 처음에는 살덩어리가 잡히니까 불안해진다. 그러다가 살찌는 것 때문에 우울한 기분이 들기 시작한다. 우울증은 무기력증과 의욕 상실을 몰고 온다. 그리고 무기력증과 의욕 상실 때문에 소파에서 몸을 일으키는 것조차 힘이 드는 지경이 되어 버린다. 살이 빠졌을 때는 열정이 솟구쳤었다. 그런데 그 열정이 나를 거의 죽일 뻔했다. 다시 찌는 건 죽기보다 싫었지만 이제 새로운 열정은 음식으로 치달았다. 하루는 캐롤린이 먹은 음식을 적어 보라고 했다. 그녀에게 거짓말을 늘어놓을 때는 예전 영양사였던 수잰에게 보여 줬던 가짜 식사 일기장을 베껴서 보여 주었다. 그러다가 그녀에게 메일을 보내기로 결심했다. 아래 내용은 2000년 11월에 기록했지만 그녀에게 보낸 건 2001년 2월이었다. 하루 동안 먹은 걸 제대로 적어 놓은 몇 안 되는 식사 일기였다.

사과

커피 두 잔

밀가루 베이글 반 개

통깨 베이글

바나나

소스와 치즈를 얹은 파스타 한 그릇

리츠 크래커

미니 머핀 네 개

식빵 한 장과 참치

작은 걸로 초콜릿 네 개

땅콩버터 바른 식빵 두 장

말린 과일과 견과 두 컵

식빵 두 장

토르티야 수프 한 그릇

바비큐 치킨 샌드위치 반 조각

프렌치프라이

구토

프룬 세 개(쓰레기통에서 주워 먹음)

미니 머핀

비스코티

커피빈 커피(바닐라 향)

콩 얹은 밥

치킨 타코

케사디야

버터 바른 크레페

설탕 쿠키 큰 거

얼음 넣은 모카 커피

베이비 루스 초코바

화이트 초코 크런치 바

페이머스 아모스 쿠키

프렌치 바닐라 커피

구토

칼로리 없는 리콜라 네 상자

우유 넣은 홍차 한 잔

예, 이 정도 먹었어요!

- 포샤.(작년 11월 거예요.)

캐롤린은 내가 몸에 무슨 짓을 하고 있는지를 알아차렸다. 그래서 내 마음을 달래는 데 집중했다. 그녀와 나는 내 과거와 성 정체성, 음식과 체중에 대한 내 느낌을 놓고 이야기를 나누었다. 개인 차원뿐만 아니라 사회적으로 통용되는 몸의 이미지를 가지고도 이야기했다. 모델이라는 형태로 구체화되는 이상적인 여성상에 대해서도 의견을 주고받았다. 여기서 모델은 대개 건강하지 않은 십 대 여자아이들이었다. 오늘날 포스트페미니즘 시대에서 여성은 강인하고 당당하며 모든 면에서 남성과 동등하다고들 하지만 실제로는 과거보다 더 나약하고 위축되어 있다는 얘기도 자주 했다. 이미 상당한 성취를 이루었지만 아직도 여자들의 자존감은 외모와 체중에 상당히 많이 기대고 있다는 이야기도 했다. 캐롤린이 나오미 울프의『아름다움이라는 신화』에서 몇 대목을 복사해 주어 읽어도 보았다. 침대에 누워 상태가 형편없는 복사물을 빈에게 큰 소리로 읽어 주면서 "세상에, 이거 딱 내 얘기네" 했던 기억이 난다. 그동안 나는 무지한 상태였다. 대중매체가 떠들어 대고 강요한 아름다움의 기준과 화장이나 몸무게의 기준에 굴복해 놓고 나 자신을 페미니스트라고 불렀다. 너무나 부끄러웠다. 그것이 전환점이었다. 나는 내가 똑똑하고 분석적이며 쉽게 '넘어가지' 않는 타입이라며 늘 자부심을 가지고 살았다. 하지만 굶어서까지 사회가 강요하는 아름다움의 이상형에 내 몸을 맞추려고 했다. 그러기 위해 성공과 독립심과 내 삶의 질을 희생시켜 버렸다. 물론 살이 찌는 것도 이와 전혀 다를 바 없는 일이었다. 살이 찌는 건 사회의 압력에 대해 '엿이나 먹어라'는 식으로 반응하는 것이다. 그러니까 나는 여전히 패션 산업계가 요구하는 미의 기준에 따르라는 압력에 부응을 하고 있었다는 얘기다. 단지 부정적으로 부응했을 뿐이다. 아예 귀를 닫아야 하는 데도 여전히 사회의 요구에 맞는 답을 내놓으려고 했다. 작대기같이 바짝 마른 사춘기도 안 지난 계집아이의 몸매가 내게 영향을 끼쳐서는 안 되는 것이었다. 성공한 여성 사업가나 예술가, 작가, 정치인들을 본보기로 삼았어야 했다. 나는 그렇게 하는 대신 바보처럼, 그리고 아무 생각도 없이 예쁘다는 소리만 듣고 싶었다. 남자들은 돈 벌고 정책을 수립하고 세상을 더 좋게 만들기 위해 일하느라 바쁜데, 나는 머리와 재

능을 낭비하면서 쓸데없이 2사이즈짜리 옷에 몸을 쑤셔 넣느라 정
신이 없었던 것이다.

식이 장애에서 회복되는 건 쉬운 일도 아니고 유쾌하지도 않다고
했다. 캐롤린은 나에게 정직해야 한다는 깨달음과 회복할 수 있다는
믿음을 선물로 주었다. 그녀도 식이 장애를 극복한 사람이었다. 캐롤
린은 알코올중독 환자가 음주 습관을 고치는 것과 거식증이나 폭식
증을 고치는 건 다르다고 했다. 내게 식이 장애를 치료하는 일은 식
이 장애라는 것의 정의 자체를 다시 쓰는 일이었다. 음식을 몸에 영
양분을 주고 우리를 행복하게 만들어 주는 것이 아닌 다른 어떤 것
으로 생각하는 것이 바로 식이 장애다. 나는 내 체중을 유지하고 싶
고 토하고 싶은 욕구를 억누를 수 있길 원했지만 '먹어도 되는' 음식
목록에 계속 집착하기는 싫었다. 내가 바란 것은, 두 번 다시 음식이
나 몸무게에 대해 생각하지 않는 것이었다. 나에겐 그것이 바로 회
복을 의미했다.

캐롤린은 말렸지만 몇 달 뒤에 치료를 중단했다. 그녀의 치료가
도움이 되지 않아서가 아니었다. 그냥 치료 자체가 더는 필요하지
않다고 봤다. '좋은' 음식이니 '나쁜' 음식이니 하는 것은 없다. 그저
나쁜 식습관이 있을 뿐이다. 그걸 알게 된 이후로 내 귀에는 캐롤린
의 말이 들리지 않았다. 내 귀에는 식이 장애가 자기 정체가 탄로 났
으니 이제 위험하다고 소곤대는 소리만 들렸다. 캐롤린은 음식 무게
도 내 몸무게도 재지 말라고 했다. 이제 식이 장애라는 존재는 위험
에 처하게 되었다. 식이 장애와 나는 이미 한평생을 같이 살았다. 그

래서 당시로서는 새로 길을 닦느니 힘들어도 지금까지 걸어오던 길을 그대로 가는 게 더 쉬워 보였다. 당시 나는 매우 중대한 회복 단계에 있었다. 돌이켜 생각해 보면, 그때 치료를 계속 받았다면 예상보다 행복과 건강이 훨씬 더 가까이 다가와 있다는 것을 알았을 것이다. 하지만 나는 굶고 폭식하고 토하고 다시 엄청나게 먹어 대기를 반복했다. 그리고 무섭게 살이 쪘다.

내가 배우로서 성공하는 데 가장 중요한 역할을 한 체중은 넬 포터를 연기하는 동안 무섭게 요동쳤다. 처음에는 6사이즈에서 2사이즈로 내려갔다. 그러다가 2사이즈에서 4사이즈로, 그리고 4사이즈에서 6사이즈로 다시 올라갔다. 옷 치수가 그렇게 변하는 걸 무기력하게 구경만 했다. 그리고 제일 두려워하던 일이 결국 터지는 걸 지켜보아야 했다. 마침내 8사이즈가 된 것이다. 8사이즈는 〈로레알〉 광고를 촬영할 때 거기 스타일리스트가 〈로레알〉의 간부들에게 일러바쳤던 바로 그 사이즈였다. 포샤 드 로시가 자기네 샴푸를 불티나게 팔아 줄 정도로 특별한 존재인 줄 알았는데 그것이 엄청난 실수였음을 알려 준 사이즈였다. 나는 8사이즈짜리가 되고 싶지 않았다. 촬영 때 입을 시어리 스커트 라벨에 숫자 8이 새겨지자 나는 폭식으로 상처를 달랠 수밖에 없었다. 루푸스도 무서웠기 때문에 많이 먹고 펑펑 우는 것 말고 달리 할 게 없었다. 그 무시무시한 8사이즈가 되자 체중 때문에 극단적인 근심이 생겼다가, 이내 모든 걸 포기하자는 생각도 들었다가, 마음이 널뛰기를 했다. 폭식같이 뭔가 다른 나쁜 짓에 빠지면 거기에만 푹 젖어 살 것 같았다. 8사이즈는 10사이즈가 되었고 숫자는 이내 12로, 그리고 눈 깜짝할 새 14로 불어났다. 세상에 내가 14사이즈가 되었다! 너무나 화가 치밀고 당황스러워서 죄 없는 의상 디자이너를 탓한 일도 있었다. 나를 골려 주려고 일부러 14사이즈를 구해 왔다고 따진 것이다. 심지어 제작자 앞에서 상의를 걷어 올리고 맨몸을 드러내면서까지 그 사이즈가 아니라고 우겼다. 의상 디자이너가 일부러 뚱뚱해 보이는 의상을 가져왔다고 뻗댔다. 어떻게 이럴 수 있느냐고 따졌다. 제작자의 얼굴 앞에 재킷을 걷어 올리고 몸을 들이대면서 치마 사이즈를 가지고 난리를 쳤다. 의상 디자이너가 나 미치는 꼴 보려고 일부러 저런다며 난리법석을 떨었을 때 그 제작자의 얼굴 표정을 절대 잊지 못할 것이다.

아주 짧은 시간에 76킬로그램을 찍었다. 내 자신이 미웠다기보다 그냥 아무 생각도 없었다. 내 인생 최고의 무게를 찍던 그 몇 달 동안 나 자신은 아예 존재하지 않았다고 해야 할 것이다. 다시 인생을 살기로 마음먹었지만 내 인생 같지가 않았다. 남들은 어떻게 사는지 그냥 수동적으로 관찰만 했던 것 같다. 나는 내 얘기를 하지 않았다. 남들이 하는 이야기에만 귀를 기울였다. 나는 내 주위의 동성애자 몇 명에게만 내가 동성애자라는 걸 조심스럽게 털어놓기로 마음먹었다. 살이 찌면서 배우로서의 인생은 완전히 망가졌다. 이제 동성애자라도 상관없을 것 같았다. 다시 배우 일을 해도 '성격' 배우밖에 못 될 것이고 여주인공의 친한 친구 역할이나 하게 될 것이었다. 그런데 동성애자라는 게 드러나면 이미 살 때문에 스스로 망가뜨린 이미지는 더는 나빠질 게 없는 최악의 상태가 될 것이 분명했다. 한번은 용기를 내서 아는 사람과 레즈비언 바에 갔다. 단골로 보이는 사람들의 시선을 피해 테이블 구석자리에 앉았다. 누가 알아볼까 얼마나 겁이 났는지 모른다. 그런데 친구가 나를 밀어내서 댄스 플로어까지 나갔다. 그리고 괜찮아 보이는 어떤 여자에게 전화번호를 물어보았다. 그 여자는 외모만 매력적인 것이 아니었다. 자유의 기운이 흘러넘쳤다. 그 시절의 나와는 정반대로 그 여자는 주위에 신경을 쓰지 않았고 현실 감각도 있어 보였다. 우리는 넉 달 정도 사귀었다. 내 생애 처음으로 여자와 제대로 사귀는데도 폭식증은 심해지기만 했다. 한번은 폭식과 토하기를 몇 시간째 반복하고 있는데 하필 그때 갑자기 여자 친구가 와서 얼마나 놀랐는지 모른다. 눈 주위에 붉은 반점이 생기고 표정도 목소리도 안 좋은 걸 보더니 여자 친구는 가게로 달려가서 닭고기 수프를 만들 재료를 사 왔다. 정성을 다해 만든 수프를 먹으면서 너무나 부끄러웠다. 거짓말을 해야 하고 일터에서도, 여자 친구한테도 비밀로 해야 한다는 게 너무나 싫었다. 식이 장애를 앓는다는 것과 동성애자라는 것이 들통날까 봐 편집증과 공포에 시달리며 사는 인생은 나를 철저히 파괴하고 있었다.

　편집증에 걸린 건 나름대로는 이유가 있었다. 어떤 파파라치가 내가 동성애자인 걸 알았다. 그 여자는 날 아웃팅시키는 걸 사명으로 삼고 졸졸 따라다녔다. 매일같이 아파트 앞에서 나를 기다렸고 가는 곳마다 쫓아왔다. 심지어 눈이 마주친 적도 있었는데, 그때 그 여자는 자기가 날 감시하고 있다는 신호를 보내기도 했다. 내 정체가 뭔지 안다는 신호였다. 전에도 파파라치가 사진을 찍은 적이 있었고 따라다닌 적도 있었다. 하지만 이번에는 사냥꾼에게 쫓기는 사슴이 된 기분이었다. 그 여자와 운전사는 아주 공격적이었기 때문에 겁도

346
너　어젯밤에　뭐　먹었어?

낳다. 공포와 편집증 때문에 결국 처음 사귄 여자 친구와 헤어질 수밖에 없었다. 여자 친구와 집을 나설 때마다 너무나 불안하고 불편해서 도저히 견딜 수가 없었다. 동성애자라는 걸 들키는 것 말고도 또 날 공포에 빠뜨린 것은 살이었다. 살이 쪘기 때문에 사진 찍히는 것 자체가 두려웠다. 파파라치한테 마지막으로 사진을 찍힌 후로 나는 32킬로그램이나 불어 있었다. 그때 파파라치들은 거식증에 걸린 여배우를 취재 중이었다. 잡지에 살찐 여배우로 등장하고 싶지는 않았다.

엘런을 만났을 당시 체중은 76킬로그램이었다. 정확하게 76킬로그램이었는지는 모르겠다. 어쨌든 엘런이 나를 괜찮게 봤다거나 우리가 사귀게 될지도 모른다는 생각은 꿈도 꾸지 못했을 정도로 뚱뚱했던 것은 사실이다. 당시 나는 엘런을 만나게 됐다는 것만으로도 너무 들뜨고 기분이 좋았다. 그래서 엘런을 따라 무대 뒤로 갈 때의 기분이 아직도 생생하다. 그때 우리는 '록 더 보트Rock the Vote, 청년들의 정치 참여와 정치력 보유를 목적으로 하는 북미 지역 비영리 시민단체.' 콘서트 현장에 있었다. 나는 엘런의 바로 옆자리에 앉았고, 음료수를 한 잔 샀다. 그날 엘런이 입었던 옷이 생각난다. 오렌지색 니트 스웨터에 흰 티셔츠, 청바지, 흰색 테니스화 차림이었다. 무대 바로 아래를 내려다보며 주고받은 이야기도 생각나고 엘런이 해 준 농담도 생각난다. 내가 그 농담에 너무 크게, 너무 많이 웃어서 멋쩍기는 했으나 어쩔 수가 없었다. 그때까지 만난 사람 중에 엘런만큼 놀라운 사람은 없었다. 엘런은 대단히 지적이고 날카로운 관찰력을 가졌다. 그러면서도 재미있는 사람이었다. 그리고 참으로 아름다웠다. 엘런의 반짝이는 파란 눈에서는 광채가 쏟아져 나오는 것만 같았다. 내 평생 가장 행복했던 밤이었다. 옆에 나란히 있으니 나 자신도 좋은 사람이 된 것처럼 느껴졌다. 한껏 들떠 있었는데도 마음은 편안했다. 행사가 끝날 무렵 엘런이 그날 콘서트 장에서 만난 다른 사람들과 함께 나를 자기 집으로 초대했다. 하지만 나는 가지 않았다. 그날 거기서 처음 만난 사이니까 예의상 초대한 거라고 생각했다. 게다가 다른 친구들도 많았다. 엘런 집에 가기에는 너무 낯가림이 심했고 너무 뚱뚱했으며 또 너무 불안정한 상태였다. 함께 저녁을 보내면서 정말이지 완벽한 추억을 만들었다. 그래서 그걸 망치고 싶지 않았다. 나중에 안 사실이지만, 실은 엘런은 나를 좀 더 알고 싶어서 그 자리에 있던 다른 사람들까지 전부 초대한 거였다. 내게 반했다고 했다. 얼굴이 파이처럼 넙데데한 76킬로그램짜리 여자에게 끌렸다고 했다. 요사이도 우리는 그날 밤 엘런이 나 때문에 자기 집에 사람을 떼거리로 데려와 챙기느라 고생한 이야기를 하며 웃는다.

우리는 2001년 3월 콘서트 장에서 분명 느낌이 통했다. 하지만 우리는 2004년 12월에야 다시 만나 커플이 되었다. 뚱뚱해졌다는 것 말고도 동성애자라는 사실 때문에 나는 스스로를 가두었고 남 앞에 내 모습을 보이기가 싫었다. 그래서 세상에서 제일 유명한 레즈비언과 사귄다는 생각은 당연히 그때는 꿈도 꿔 보지 않았다. 나는 〈앨리 맥빌〉에 계속 출연하면서 동성애자로 사는 길로 한걸음씩 내딛고 있었다. 예전에 잠깐 사귀었던 여자 친구를 통해 다른 레즈비언을 몇 명 소개받아 만나기도 했다. 그들과 같이 시간을 보내고 그들이 사는 모습을 지켜보면서 동성애자로 산다는 게 무슨 의미인지 이해하려고 했다. 나는 곧 내가 어떤 종류의 레즈비언이 될 것인지를 결정해야 한다는 걸 알았다. 동시에 내가 다른 여자들과 상당히 다르다는 것도 알게 되었다. 나는 딱히 '부치butch, 동성애 관계에서 남자 역'도 '펨femme, 동성애 관계에서 여자 역'도 아니었다. 화장하고 치마와 하이힐을 입고 신는 것도 좋아하지만 작업화나 검정 티셔츠도 좋았다. 다른 레즈비언들에게 내가 레즈비언임을 밝히고 나서 몇 달 동안, 내가 보통 사람들의 세상에도 맞지 않고 동성애자들의 세상에도 맞지 않는 인간임을 깨달았다. 나는 반은 '부치'였고 반은 '펨'이었다. 이도 저도 아니었다. 그때는 인간관계에서 특정한 어떤 역할을 맡는다는 것 자체가 잘못된 것이며 그런 관계는 결국 깨지게 되어 있다는 걸 몰랐다. 이 세상에 고정된 역할만 하며 사는 사람은 없다. 동성애 관계든 이성애 관계든 어떤 역할을 맡으려고 하는 한 엄청난 거짓말을 하며 살아야 한다. 나는 그동안 샘플 사이즈 의상에 내 몸을 맞추며 살았다. 그런데 동성애자에 대한 편견에도 날 맞추며 살았다. 샘플 사이즈 의상이든, '부치'이든 '펨'이든, 남이 만든 틀에 나를 끼워 맞추려고 할 때마다 나는 나 자신을 잃어버렸다.

나는 레즈비언의 세계에도 맞지 않았다. 그래서 나를 가두어 버렸다. 언론에 발각되어 강제로 커밍아웃을 하게 될까 봐 얼마나 겁에 질렸는지 모른다. 결국 나는 혼자가 되기로 했다. 나는 여전히 뚱뚱했다. 9.11 사건이 터졌을 무렵에는 아마 68킬로그램 정도 나갔을 것이다. 9.11이 일어난 뒤로 내 삶도 변해 버렸다. 잘못하면 나도 이렇게 숨어 살다가 행복도 모르고 죽을 수 있겠다는 생각에 너무나 혼란스러웠다. 그래서 내게 여자를 소개시켜 주고 싶어한 친구에게 연락을 해서 프란체스카와 데이트를 했다. 우리는 곧 진지하고 행복한 관계를 맺었고 3년 동안 사귀었다. 9.11을 계기로 더 정직하게, 제대로 살겠다고 마음먹자 내 인생은 훨씬 좋아졌다. 물론 자신을 제대로 받아들이지 못하는 문제로 여전히 씨름했지만, 프란체스카는 사랑스럽고 끈기 있는 여자였다. 프란체스카는 관계를 잘 유지하는 법도 가르쳐 주었다. 나는 아파트를 팔았다. 우리는 로스 펠리스의 예쁜 집 한 채를 샀다.

〈앨리 맥빌〉이 종영된 뒤 〈못 말리는 패밀리Arrested Development〉라는 신선하고 흥미 만점인 드라마에 캐스팅되었다. 나는 〈못 말리는 패밀리〉의 제작진들과 배우들에게 동성애자라는 걸 밝히기로 마음먹었다. 같이 일하는 사람들을 속이면서 그들과 진지한 관계를 맺을 수 없다고 판단했기 때문이었다. 책임 제작자인 론 하워드와 브라이언 그레이저에게 프란체스카를 애인이라고 소개하는 건 생각만 해도 진땀나는 일이었다. 하지만 프란체스카의 존재를 숨기는 건 그녀에게 너무나 잘못하는 일이라는 생각이 들었다. 물론 배역을 놓칠까 봐 겁을 먹은 건 사실이다. 하지만 프란체스카를 몰래 만나야 한다면 우리가 사귀는 건 아무 의미 없는 일이란 걸 퍼뜩 깨달았다. 프란체스카를 세상에서 숨겨 버리는 건 완전히 종류가 다른 이야기였다.

나를 쫓아다니던 파파라치는 내가 프란체스카와 데이트를 할 무렵 결국 자기 임무를 달성했다. 우리가 멜로즈 외곽 도로에서 말다툼을 한 뒤 화해하는 장면을 찍은 것이다. 우리는 언성을 좀 높였다. 그래서 내가 프란체스카를 그리로 데려갔다. 누가 봐도 길에서 동성애자 커플이 싸운다는 것을 뻔히 알 수 있는 상황을 연출해 구경거리가 되고 싶지는 않았다. 조심성 없이 스스로 동성애자라고 광고하고 싶지 않았다. 하지만 그 사진은 온 세상으로 퍼져 나갔다. 슈퍼마켓 계산대에 선 사람들 앞에서 강제로 커밍아웃 당한 꼴이었다. 그 사진 때문에 내 쪽에서 먼저 동성애자임을 밝힐 수밖에 없었다. 그 타블로이드 신문이 길에 깔리고 호주의 삼촌, 이모, 고모, 사촌들이 날벼락을 맞기 전에 조치를 취해야 했다. 하지만 나는 전혀 예상하지 못한 충격을 받았다. 친척들은 내게 사랑을 보여 주고 나를 인정해 주었다. 정말 놀랐다. 조안 이모와 스탠 삼촌이 특별히 그랬다.

   내 인생을 망쳐 놓을 것 같아 두려워하기만 했던 그 파파라치가 이제는 너무나 고맙다. 그 파파라치 덕에 가족에게 내가 동성애자라는 것을 솔직하게 털어놓을 수 있었다. 그 파파라치는 내가 평생 스스로를 가두었던 감옥에서 나를 풀어 주었다. 하지만 예외는 있었다. 엄마는 할머니한테는 계속 비밀로 하자고 했고 나도 그러자고 했다. 그래서 한동안 우리 집에서는 할머니가 즐겨 보는 타블로이드 신문에 내 기사가 실리면 감추느라 바빴다. 아마 몇 년은 계속 그랬던 것 같다. 결국에는 할머니에게도 진실을 밝혔다. 나는 그때 또 한 번 놀랐다. 할머니의 반응이 정말 예상 밖이었다. 할머니의 백세 생신을 축하하기 위해 호주에 가 있었던 때였다. 이미 엘런과 나는 일 년 가까이 사귀던 중이었다. 엄마와 나는 만약 할머니가 받아들이지 못하고 괴로워하면 뒷일은 어차피 엄마가 감당해야 하니까, 차라리 엄마가 할머니한테 말하는 게 더 낫겠다고 생각했다. 우리는 할머니가 몹시 언짢아할 줄로만 알았다. 엘런이 1997년 자신이 진행하는 텔레비전 쇼에서 커밍아웃을 했을 때, 할머니는 다시는 그 쇼를 안 본다고 선언했었다. 엘런이 '역겨워서' 못 보겠다고 했다. 엄마는 이미 엘에이에 와서 우리가 같이 사는 집에도 다녀갔고, 할머니한테 우리 둘이 찍은 사진을 보여 줄 거라고 했다. 우리가 어떤 집에서 살고 어떤 동물을 키우는지, 얼마나 잘 살고 있는지를 보여 주면 좀 나을 거라는 생각이었다. 엄마 말로는 할머니가 담담하게 받아들였다고 했다. 그런데 호주에 도착해서 할머니에게 큰 소리로 인사를 했더니, 할머니도 크게 이러는 거였다.

"너 요새 데이트는 좀 하니?"

우리 모두 깜짝 놀랐다. 나는 또 소리를 바락바락 질렀다.

"할머니, 저 요새 엘런이랑 같이 살아요."

"앨런?"

"엘, 런, 이요."

할머니 얼굴에 공포가 서렸다.

"세상에, 포샤, 너도 그런 애였어?"

나는 정신이 나가서 엄마를 돌아보았다.

"엄마, 할머니한테 사진도 보여 주고 다 말씀드리기로 한 거 아니었어?"

엄마가 소파로 휙 다가가 할머니 얼굴을 똑바로 쳐다보며 소리를 질렀다.

"엄마! 포샤는 엘런이랑 같이 산다고 얘기했잖아요!"

"그래, 했지. 룸메이트라며!"

당황한 할머니가 머리를 저었다.

"그래서 나는 그 레즈비언이 우리 손녀를 꼬실까 봐 얼마나 마음을 줄였는데!"

할머니가 눈을 감았다. 20초 정도였다. 거실에는 정적이 흘렀다. 나는 숨을 멈추었다. 내 인생에서 가장 길고 가장 고요했던 20초였다.

"나, 참. 포샤, 그래도 내가 너 사랑하는 거 알지?"

할머니는 눈을 뜨고 내게 팔을 내밀었다. 동성애 얘기는 더는 나오지 않았다. 그냥 내가 엘런과 아주 행복하게 잘 지낸다는 얘기만 했다. 그 뒤로 할머니는 역겹다며 채널을 돌리지 않았다. 할머니는 이제 엘런을 아주 좋아한다. 매일 엘런의 쇼를 본다. 할머니는 나 자신을 포함해 사람은 변할 수 있다는 걸 보여 주었다. 1907년 호주 시골의 조그만 동네에서 태어난 여자라면 절대 나를 인정하지 못할 거라고 생각했는데 말이다. 나는 할머니가 나를 가족을 욕보인 돼먹지 않은 손녀로 생각할 거라고 지레짐작했었다. 그런데 내가 틀렸다. 할머니는 102세의 나이로 돌아가셨다. 돌아가시기 전 몇 달은 요양원에서 보냈다. 요양원 할머니 방 침대 옆 탁자 위에는 엘런과 나의 결혼사진 액자가 놓여 있었다. 그래서 요양원 직원이면 누구나 다 볼 수 있었다. 할머니는 엘런을 손녀로 얻어서 무척 자랑스러워했다.

엘런과 사귀게 될 무렵은 내가 식이 장애에서 벗어나고 있던 때였다. 프란체스카와 같이 살 때는 동성애를 받아들이는 문제로 끙끙거렸다. 그 문제는 음식과도 씨름을 하게 만들었다. 우리는 주방과 욕실을 같이 썼다. 그래서 내가 폭식하고 토할 때마다 우리는 지루하고 민망한 입씨름을 할 수밖에 없었다. 토하는 건 차츰 줄어들어 결국 그만두었다. 하지만 프란체스카가 간섭하지 못하는 내 차 안이나 촬영장에서는 계속 폭식을 했다. 집에서는 드레싱도 없이 샐러드만 먹었다. 그때까지 거의 2년 넘게 체중과 싸우는 중이었다. 하지만 내가 뭔가 크게 잘못하고 있다는 것이 점점 더 분명해졌다. 칼로리 섭취를 엄격하게 제한할 때마다 곧바로 폭식으로 이어지고 있었다. 물론 폭식하지 않고 한두 주 다이어트를 해서 일이 킬로 정도 빼기도 했다. 하지만 결국 폭식이 되돌아와서 뺀 살이 원상 복구되거나 심지어 빼기 전보다 더 찌기도 했다. 평생이 다이어트였다. 나라는 인간은 상태가 좋을 때도 있고 나쁠 때도 있었지만 절대 변하지 않는 건, 평생 다이어트 중이라는 거였다. 폭식을 할 때조차 실은 다이어트 중이었다. 평생 매일매일 체중을 쟀다. 그리고 오직 살이 빠졌는지 쪘는지에 따라 인생의 성공과 실패를 판가름했다. 열두 살 때부터 그랬다. 나는 평생 체중계의 눈금으로 나의 성취와 자존감을 측정했다. 똑같은 강도와 똑같은 감정으로 그 짓을 했다. 37킬로그램일 때부터 76킬로그램이 될 때까지 말이다. 치료를 받으면서 내 행동을 꼼꼼히 살피게 되었기 때문에 프란체스카와 살 때도 내 행동을 살필 수밖에 없었다. 내가 왜 그러는지 남들에게 설명을 하려면 내가 왜 그러는지 스스로 의문을 품어 보아야 했다. 결론이 났다. 평생 다이어트를 했기 때문이었다. 평생 다이어트를 하면서 내 인생을 통째로 삼켜 버리는 '엉망진창' 같은 짓을 했던 것이다. 배가 고프고 영양분이 필요한데도 음식을 제한했다. 배가 터질 것 같고 때문에 자세가 불편해 누울 수밖에 없는 지경인데도 계속 폭식을 했다. 이걸 먹어라, 언제 먹어라 하며 지시하는 다이어트는 굶주림과 폭식 사이에 벌어지는 행위이다. 결과적으로 다이어트는 거식증과 폭식증처럼 자연스러운 섭식 행위를 망가뜨리는 잘못된 식습관이라는 생각이 들었다. 배고프면 먹고, 뇌에서 배가 꽉 찼다는 신호를 보내면 그만 먹는 것이 '제대로 된' 섭식이다. 즐겁게 먹고, 건강을 위해 먹고, 생명을 이어가기 위해 먹는 것이 '제대로 된' 섭식이다. 어떤 음식을 '나쁜' 음식으로 정해 놓고 제한해 버리면 그것은 이미 '제대로 된' 섭식이 아니다. 무슨 음식을 반드시 언제 먹어야 한다고 집착하면 이미 그건 정상적이고 자연스럽고 제대로 된 섭식이 아니다. 음식에 집착하고 몸의 신호를 무시하면서까지 음식에 대한 생각에 빠지는 것, 그것이 바로 질병이다.

이 모든 건 이미 캐롤린에게 배운 것이었다. 하지만 치료를 거부한 건 나였고, 따라서 이런 깨달음이 실제로 어떻게 작동하는지는 알지 못했다. 몬티 니도로 치료받으러 가는 걸 접었을 때 내게 다이어트 없는 삶은 유토피아의 철학적 이상형 같은 헛소리에 불과했다. 그러다 우연히 프란체스카와 같이 지내게 되면서 나는 드디어 이해하게 됐다. 프란체스카는 원래부터 날씬한 체질이었고 먹고 싶은 대로 다 먹어도 살이 찌지 않고 빠지지도 않았다. 나처럼 평생 몸무게가 고무줄처럼 늘어났다 줄었다 하는 여자에게 프란체스카는 신기한 연구 대상이었다. 나는 프란체스카가 파스타와 사탕과 아이스크림과 치즈를 먹어 치우는 걸 지켜봤다. 빵을 올리브유에 찍어 먹고 다이어트 콜라가 아니라 진짜 콜라로 입가심하는 것도 관찰했다. 나는 드레싱도 없이 바짝 마른 샐러드나 먹고 아이스 차나 홀짝거리는데 말이다. 맛도 없고 물기라곤 찾아볼 수 없는 다이어트 음식을 먹는데도 일정 주기를 두고 살이 쪘다 빠졌다 널뛰기를 하는 내 신세가 한심해서 말도 안 나왔다. 그런데 정작 프란체스카는 자기가 뭘 먹는지, 자기 몸매가 어떤지에 대해 아무 생각도 없어 보였다. 게다가 기껏 음식을 주문해 놓고는 배가 너무 불러서 다 못 먹겠다면서 맛만 보고 마는 일도 많았다. 기가 막혔다. 아침을 생략했다느니 점심을 건너뛰었다느니, 그런 소리도 기가 막혔다. 너무 바빠서 먹는 걸 깜박했단다. 처음에는 프란체스카 같은 사람은 먹고 싶은 걸 맘껏 먹어도 절대 살찌지 않는, 날 때부터 축복받은 사람이라고만 생각했다. 그런데 갑자기 이런 생각이 들었다. 늘 날씬한 몸을 유지하는 사람들은 어쩌면 먹고 싶은 걸 먹는 사람들이 아닐까?

깨달음을 실천에 옮길 순간이 찾아왔다. 그날은 프란체스카와 내가 서로 성질을 부리면서 격하게 싸운 날이었다. 그날 나는 침실 옷장에 주저앉아 펑펑 울고 있었다. 겨우 한 달 전에 산 바지에 다리가 들어가지 않는 것이었다. 6사이즈짜리 바지였다. 나는 절망에 빠졌고 프란체스카는 달래기 시작했다. 나는 내가 살찐 게 다 너 때문이라며 성질을 부렸다. 내가 살이 찌든 말든, 내가 기분이 좋든 나쁘든, 조금도 신경 써 주지 않는다고 짜증을 부렸다. 내 배우 인생이 체중 조절에 달려 있다는 사실을 알아주지 않았다. 프란체스카는 내 투정을 꾹 참고 다 듣더니 한마디를 했다. 평생 잊지 못할 한마디였다.

"알았어. 다이어트 하게 도와줄게. 하지만 그래 봤자 너는 또 찔 거야."

간단한 말이었다. 하지만 그 말에 담긴 진실을 깨닫고 멍해져 버렸다. 내가 평생 한 일은 다이어트를 하고 다시 원래 상태로 돌아가는 일이었다. 따라서 내가 내릴 수 있는 유일한 결론은 다이어트는 아무 소용이 없다는 거였다. 눈물을 줄줄 흘리면서 옷장 바닥에 주저앉은 채 내가 해 온 방식은 전혀 효과가 없고 다른 방법을 찾아야 한다는 걸 깨달았다. 그날부터 나는 앞으로는 절대 다이어트를 하지 않겠다고 마음먹었다.

그날 이후로는 프란체스카가 먹는 걸 구경만 하지 않고 같이 먹었다. 프란체스카가 먹는 건 나도 먹었다. 우리는 같이 음식을 만들고 접시에 파스타를 듬뿍 담았다. 아이스크림도 먹었다. 파스타나 아이스크림을 먹고 싶으면 내일 또 먹으면 된다. 그걸 알고 나니 과식을 멈출 수 있었다. 먹고 싶은 건 얼마든지, 언제든지 먹을 수 있는데 뭐 하러 지금 내 생애 마지막 음식을 먹는 것처럼 입에 마구 쑤셔 넣겠는가? 먹어서는 안 되는 음식이라며 금지하는 짓도 그만뒀다. 그러자 그 음식이 예전처럼 당기지 않았다. '좋은' 음식과 '나쁜' 음식이라고 딱지 붙이는 짓을 그만두자 모든 음식이 그냥 음식으로 보였다. 캐롤린 말처럼 나쁜 음식은 없었다. 나쁜 식습관이 있을 뿐이었다. 나는 먹고 싶은 음식을 먹고 싶을 때 먹기 시작했다. 죄책감이나 자책하는 마음 없이, 내가 먹기로 한 음식의 맛이 주는 행복 외에는 아무 생각도 하지 않고 먹었다. 처음에는 체중이 조금 늘었다. 하지만 시간이 흐르자 매일 아이스크림을 먹고 싶다는 생각이 사라졌다. 살이 찔까 봐 걱정이 되어서가 아니었다. 아이스크림이 너무 차갑거나 짭짤한 파스타를 먹고 난 뒤에 먹으면 너무 달게 느껴졌기 때문이었다. 나는 맛을 느끼기 시작했고 내 마음의 영양사 말에 귀를 기울이기 시작했다. 영양사는 내가 진짜 좋아하는 건 튀김이 아니라 신선하고 아삭아삭한 샐러드라고 알려 주었다. 튀김이 먹고 싶어 안달이 날 땐 이렇게 말했다. '먹고 싶은 대로 한번 양껏 먹어 봐. 하지만 내일도 먹을 수 있다는 걸 잊지 마.' 배가 찰 때까지만 먹어도 그만, 내 몫을 모조리 해치워 남은 음식에는 더는 손도 못 댈 정도로 먹어도 그만이었다. 과식하던 버릇이 사라졌다. 음식에 대한 집착도 점점 사라졌다. 먹고 싶은 게 있으면, 먹고 싶을 때 그걸 그냥 먹었다. 죄책감도, '좋은' 음식이나 '나쁜' 음식 따위도 생각하지 않았다.

그날 옷장에서 그런 얘기를 나누고 두 달이 안 되어 59킬로그램까지 살이 빠졌다. 그리고 힘들지 않게 그 체중을 유지했다. 먹고 싶은 대로 먹어도 살이 찌지 않는 '운 좋은' 사람이 된 것이다. 몸무게 재는 일도 그만두었다. 체중에 대한 걱정 자체를 하지 않았다. 항상 그대로였고 항상 편안했다. 그게 내 몸에 딱 맞는 체중이었기 때문이다. 음식 생각도 하지 않았다. 하루 중 언제라도 먹고 싶은 건 먹을 수 있었다. 더 이상 걱정할 게 아무것도 없었다.

마음 속 영양사의 말에 귀를 기울이자 고기와 달걀과 유제품을 먹고 싶은 생각도 사라졌다. 어릴 때부터 나는 그런 걸 먹지 않았고 닭가슴살이나 스테이크도 좋아하지 않았다. 먹다가 핏줄이나 비계가 나올까 봐 겁났기 때문이다. 닭고기 너겟이나 갈아 놓은 쇠고기 같은 가공육도 좋아하지 않았다. 연골이 섞여 있을 것 같았다. 나는 뼈에 붙은 고기도 절대 먹을 생각이 없었다. 뼈를 보면 살아있는 동물이 떠올랐다. 그 동물한테도 심장과 마음과 가족이 있었을 것이다. 무게를 늘리고 가격을 올리기 위해 요사이 가축한테 준다는 성장호

르몬을 섭취한다는 건 생각만 해도 끔찍했다. 송아지 무게를 최단기간 동안 180킬로그램까지 올린다는 얘기를 듣고 나니 우유도 울렁거려 싫어졌다. 사실 원래 나는 다른 동물의 젖을 먹는다는 생각으로도 비위가 상하는 편이었다. 오직 인간만이 다른 동물의 젖을 먹는다. 그리고 성인이 된 후에도 계속 그런다. 아무리 생각해도 이상한 일이다.

태어나서 가장 건강해지고 활력이 넘치는 생활이 이어졌다. 육류까지 끊자 아주 중요한 일이 벌어졌다. 타인과의 관계가 달라졌다. 식이 장애로 고생할 때 내 인생은 오직 나를 중심으로만 돌아갔다. 나는 나 자신만 생각하면서 살았고 내 주위의 사람들이 어떻게 사는지에 대해서는 관심이 없었다. 나는 이기적이었고 늘 화를 냈다. 나 자신에게 무신경했기 때문에 길거리에 쓰레기를 버리거나 환경을 오염하는 것에도 신경 쓰지 않았다. 고기를 먹지 않겠다는 결심은 내가 영적인 인간으로 성장하는 데 가장 중대한 요소가 되었다. 육류를 포기하자 탐욕을 깨닫게 되었고 세상의 잔인함에 더 민감해졌다. 고기를 끊으니까 더 나은 세상에 기여한다는 느낌이 들었고 내 주위의 모든 것과 내가 연결된다는 기분이 들었다. 아무 생각 없이 살면서 주변의 생명체를 이용하고 파괴하는 것이 아니라 그 생명들을 존중함으로써 내가 전체의 일부가 된 것 같았다. 치유는 사랑에서 생긴다. 살아 있는 모든 것들을 사랑하면 자기 자신도 사랑하는 법을 배우게 된다.

나는 먹는 법을 처음부터 다시, 아니 태어나서 처음으로 배우기 시작했다. 또 외모나 성공과는 아주 무관한 취미를 키우기 시작했다.

새로 생긴 취미는 기술과 집중력과 두뇌가 필요했다. 무엇보다 나 자신의 본능을 믿고 그것을 더 예리하게 벼려야 했다. 오빠가 〈로스앤젤레스 헬리콥터〉라는 헬기 전세업을 하며 조종 학교를 운영했기 때문에 나는 오빠 회사의 비행 교관들에게 헬기 조종을 배웠다. 아직 민간 조종사 자격증을 따지는 않았지만 로빈슨 아르22 기종을 40시간 조종해 보았다. 그걸 배우는 동안에는 다이어트에 대한 생각 자체를 잊었다. 새롭고 도전적인 헬기 조종술에만 관심을 쏟았다. 예전에는 요거트를 찾아 온 시내를 뒤지는 데 시간을 다 썼지만 이제는 항공 물리학과 자동 활공술을 배우고 롱 비치를 비행하는 데 시간을 쏟았다.

프란체스카의 어머니가 사는 잉글랜드에서 휴가를 보낸 뒤에는 승마에 대한 열정도 되살아났다. 어릴 때는 말을 아주 좋아했다. 그런데 달리던 말에서 떨어져 어깨가 탈골된 뒤부터 무섬증이 생겨 말을 탈 수가 없었다. 20년이 지나 말을 보니 어릴 때와 똑같이 열정이 샘솟고 들떴다. 잉글랜드에 있을 때는 아침마다 여섯 시면 일어나 곧장 마사로 갔다. 거기 가면 프란체스카의 어머니가 마장마술을 하는 걸 구경하거나 운 좋으면 웨일즈산 콥도 타 볼 수 있을 것 같아서였다. 그분은 말에 흥미를 보이는 손님을 태워 주려고 콥을 한 마리 키우고 있었다. 엘에이에 돌아온 뒤에 바로 승마 학교에 등록했고 몇 달 지나지 않아 말을 한 마리 구입했다.

내가 처음으로 가지게 된 말 메이가 내 목숨을 구해 주었다는 말은 과장이 아니다. 하루 종일 야외에서 신선한 공기를 마시며 구불구불한 숲길을 다니면서 나무들의 아름다움을 느끼는 것만으로도 생각이 바뀌었고, 자연과 그 속에서 사는 내 삶을 존중하게 되었다. 말은 내 존재의 연장과도 같았고 내 감정을 비추어 주는 거울이기도 했다. 그때까지 나는 내 감정을 무시해 버리는 데는 선수였다. 메이는 겁이 나면 이렇게 말했다. '너도 겁나?' 메이가 펜스 앞에서 멈춰 점프하지 않는 건, 내가 인생의 장애물 앞에서 겁을 집어 먹고 있다는 걸 알려 주기 위해서였다. 천천히 가자고 했는데도 메이가 오히려 속도를 높일 때도 있었다. 그건 메이가 내가 들릴락 말락 "워워"라고 한 것에 반응하지 않고 내 마음속 불안감에 반응했기 때문이었다. 한 번씩은 메이를 출발도 못 시킬 정도로 무력해지기도 했다. 그러면 양다리로 메이의 옆구리를 지그시 조였다. 그래도 메이는 내가 일부러 그러는 게 아니란 걸 다 알았다. 그냥 잠시 그렇게 가만히 있고 싶어한다는 걸 다 알았다.

나는 있는 그대로의 나를 사랑하는가? 그렇다. 어쨌든 노력은 한다! 그렇다고 내가 내 몸을 사랑한다는 뜻은 아니다. 식이 장애에서 벗어난 사람들은 보통 사람들보다 자존감이 낮고 대부분 자기 몸 한두 곳을 고치고 싶어한다. 나도 여전히 허벅지가 종아리 정도만 됐으면 좋겠다고 생각한다. 하지만 이제는 몸까지 상해 가면서 그렇게 되려고 하지는 않는다는 점이 다르다. 인생의 행복까지 포기하며 그렇게 되고 싶지는 않다. 내 허벅지 굵기가 내 마음속의 소중한 영역을 차지하게 놔두고 싶지도 않다. 허벅지 굵기가 그 정도로 중요하지는 않다. 아직도 내 몸의 어떤 부분은 마음에 들지 않지만 내 몸이 나를 위해 해 준 일에는 깊이 감사한다. 나는 내 몸이 해야 하는 일을 막았지만 내 몸은 내가 하는 일을 막지 않아 줘서 고맙다. 말없이 조용하게 앉아 내 인생에 내려진 모든 축복들에 대해 우주에 고마움을 전할 때, 그 시작은 엘런이고 끝은 내 허벅지다. 튼튼하게 생겨 줘서, 우리 동네를 강아지와 산책할 수 있게 해 줘서, 말을 탈 수 있게 해 줘서 고맙다고 나는 내 허벅지에 감사를 표한다. 고생만 시켰는데 벌을 주지 않아서, 그리고 이토록 놀라운 세상을 경험할 수 있게, 사랑이 가득한 아름다운 인생을 살 수 있게 튼튼한 그릇이 되어 준 내 몸에 감사한다.

나는 거식증과 폭식증에서 회복했다. 이 병 때문에 거의 20년 동안이나 자유도, 행복도 모르고 살았지만 건강을 영원히 빼앗기지는 않았다. 그래서 거식증과 폭식증에도 무한한 감사를 표한다. 식이 장애가 있는 사람 전부가 나처럼 운이 좋은 건 아니다. 거식증과 폭식증은 내게 육체적으로도, 정신적으로도 씻을 수 없는 상처를 남기지는 않았다. 그러나 거식증의 후유증은 있었다. 나는 운동이라면 질색하는 사람이 되어 버렸다. 뿐만 아니다. 칼로리 계산이라면 생각도 하기 싫을 정도가 되었다. 이제는 캔이나 병 제품 뒤의 식품 정보도 읽지 않는다. 물론 몸무게도 달지 않는다.

운동이라는 말도 이제는 싫었다. 헬스클럽은 생각만 해도 두드러기가 날 지경이었다. 헬스클럽에서 '정해진' 프로그램대로 운동을 해야 건강한 몸과 잘 다듬어진 몸매를 가질 수 있다고는 생각하지 않는다. 예를 들어 걷기처럼 일상생활에서 즐겁고 쉽게 할 수 있는 활동도 헬스클럽 운동과 마찬가지로 좋다는 걸 알게 되었다. 내가 키우는 개 여러 마리를 데리고 매일 산책을 하다 알게 된 것이 있다.

너 어젯밤에 뭐 먹었어?

개와 산책하는 사람 중에 과체중인 사람은 거의 없다. 하지만 헬스클럽 러닝머신 위에서 걷는 사람 중에는 과체중인 사람이 아주 많다. 어쩌면 개는 자주 산책시켜야 하기 때문일 수도 있고, 나 아닌 다른 존재를 위해 좋은 일을 할 때 내 몸도 좋아지기 때문일 수도 있다. 매일 개들을 데리고 산책을 나오면 개들이 얼마나 좋아하는지, 나까지 다 행복해진다. 행복하면 나는 아예 통통 튀 듯 경쾌하게 걷는다. 부모들이 자기 아이들과 태그 풋볼이나 농구를 하다가 아이들의 얼굴에 행복한 표정이 퍼지는 걸 보면 그런 기분이 들지 않을까? 야외 활동도 좋아하게 되었다. 가까운 산을 오르면서 차가운 밤 공기를 폐 깊숙이 들이마시거나 아침에 비가 갠 등산로를 따라 걸으며 숲의 공기를 맡는 것이 참 좋았다. 그밖에 내가 건강을 유지하는 방법으로 실천한 건 승마나 테니스나 댄싱처럼 기술을 배우는 활동이었다. 건강을 지키고 몸매를 유지하려는 목적에서가 아니라 어떤 걸 더 잘해 보고자 하는 원 목적에 충실하면 건강과 몸매는 자연스레 따라오게 되어 있다는 것도 알게 되었다. 긴장을 풀기 위한 활동도 내게는 중요했다. 나는 몇 바퀴를 돌고 몇 칼로리를 소모하기 위해서가 아니라 그냥 머리를 맑게 하려고 수영을 했다. 천천히 수영하면 명상을 하는 것이나 다름없었다.

나는 매일 즐기면서 심장박동 수를 올리는 방법이나 근육을 스트레칭 하는 법, 깊게 호흡하는 방법 등을 익혀 나갔다. 예전에는 한 번도 그런 게 운동이 될 거라고 생각해 본 적이 없었다. 칼로리 계산표가 아니라 내 식욕에 따라 양을 조절하면서 내가 좋아하는 모든 음식을 먹었다. 지방도 잘 먹었고 탄수화물도 잘 먹었다. 으깬 감자나 파스타나 올리브유만큼 먹어서 기분 좋고 배가 부른 음식도 없다. 점심으로 포테이토칩 큰 걸로 한 봉지를 다 먹으면 너무 배가 부르고 느끼해서 저녁까지 아무 생각도 나지 않을 때도 있었다. 건강하고 균형 있게 먹은 건 아니지만 그래도 다음 날엔 그렇게 먹을 생각이 전혀 나지 않았다.

먹고 싶은 것을 마음대로 먹고, 운동을 하지 않아도 자연스러운 체중을 유지하고 건강하게 살 수 있다고 한다면 논쟁이 벌어질 것이다. 하지만 사람들은 사실 수백 년 동안 그런 식으로 살아왔다. 오늘날 같은 다이어트나 운동 개념이 등장한 건 겨우 1970년대이다. 현대의 다이어트와 운동 개념은 힘든 운동과 식단 제한이 체중 감량의 핵심이라는 생각에 기초한다. 하지만 그런 개념을 받아들인 나라들에서는 1970년대 이후 비만 인구가 증가했다. 이런 나라들에서 그 시기에 패스트푸드 산업이 엄청나게 성장했다는 사실도 주목할 만하다. 다이어트 산업은 유행하는 다이어트 법과 화학 첨가물 범벅인 무지방 음식, 헬스클럽 회원증, 식욕 억제제를 팔면서 떼돈을 번다. 그러나 우리는 다이어트에 실패할 때마다, 그리고 비싼 회비를 낸 헬스클럽을 빼 먹을 때마다 조금씩 자존감을 잃어버린다. 음식을 억제하면 음식에 대한 갈망이 더 커질 뿐이다. 가지지 못한 건 더 가지고 싶어진다. 진자 운동이 일어나는 이유를 설명하는 방법은 많다. 마찬가지로 음식 억제가 왜 반드시 폭식으로 이어지는지를 설명하는 방법도 아주 많다. 내 생명을 위협한 병에서 회복하기 위해 나는 그 점을 반드시 이해해야 했다. 자서전을 쓰기로 한 것은 내가 어쩌다가 거식증과 폭식증에 걸리게 되었는지 이해하고 거기서 회복하기 위해서였다. 이 책은 나 자신에 대한 탐구이다. 이 책을 통해 지금 거식증과 폭식증에 고통 받는 사람들과 평생 다이어트로 고통 받는 사람들이 도움을 얻었으면 정말 좋겠다. 고통을 느끼면서까지 살을 빼거나 토할 필요는 없다. 평생 다이어트를 하며 사는 사람들은 평생 고통을 당하며 사는 거나 마찬가지이다.

자연스러운 체중, 다시 말해 유지가 가능한 '세트 포인트'를 받아들일 수 있고 그 체중 밑으로 무리해서 빼려고만 하지 않으면 평생 다이어트나 섭식 조절에서 해방될 수 있다. 더 이상 아이들의 생일 케이크 한 조각을 먹으면서 죄책감을 느끼지 않아도 된다. 제일 중요한 것은 생긴 그대로의 자기 몸을 인정하는 것이다. 내가 원하는 것보다 좀 더 굵은 허벅지를 결국 내가 받아들인 것처럼, 자기 팔이나 자기 엉덩이가 원래부터 좀 더 굵고 좀 더 크게 생겼다는 사실을 인정하면 된다. 그냥 있는 그대로의 자신을 받아들이면 된다. 생긴 모양 그대로 자기 몸을 사랑하고 감사하라. 진정한 행복을 찾기 위해 가장 중요한 것은 남에게 어떻게 보이느냐가 아니라 있는 그대로의 자기 존재 전체를 사랑하는 법을 배우는 것이다.

나는 외모가 나라는 인간 자체보다 더 중요하고, 내 몸무게가 내가 생각하고 행동하는 것보다 더 중요하다고 생각하는 실수를 저질렀다. 나는 동성애자인 걸 부끄러워했다. 그래서 동성애는 수치스러운 것이라는 목소리밖에 듣지 못했다. 하지만 나는 이제 변했다. 더는 나를 비난하는 소리가 들리지 않는다. 엘런과 나의 관계가 세상에 알려진 뒤 사람들이 보여 준 반응은 정말로 놀라웠다. 나는 아직도 두렵다. 하지만 나는 엘런을 사랑하게 되었고 그 사랑은 두려움보다 무게가 더 나간다. 나는 우리의 사랑을 축복하고 싶다. 내가 엘런의 여자 친구라는 게 너무나 자랑스럽다. 그래서 남들이 쑥덕거리는 소리는 하나도 중요하지 않다. 이제는 부정적인 말들이 전혀 귀에 들어오지 않는다. 나는 이제 무리에서 추방된 사람이 아니라 사람들에게 다양성이 무엇인지 알려 줄 수 있는 사람이 되었다. 남들 생각에 너무 신경 쓰지 말라고 가르쳐 준 사람이 바로 엘런이었다. 엘런은 진실해지라고, 자유로워지라고 가르쳐 주었다. 이제 나는 사랑과 완전한 인정을 받으며 새 인생을 산다. 태어나서 처음으로 나는 나 자신을 진정으로 인정하게 되었다.

— • —

2008년 8월 16일.

엘런과 나의 스타일리스트인 켈렌과 젠이 분홍색 랑방 플랫 슈즈의 끈을 묶어 주었다. 나는 별채 침실에서 걸어 나왔다. 천천히 꼼꼼하게 그리고 오래된 의식이 요구하는 대로 예와 무게를 갖추어 차려입었다. 잭 포즌이 날 위해 디자인한 드레스였다. 엄마는 멋진 청록색 드레스와 재킷을 입고 딸이 웨딩드레스를 입은 모습을 잔뜩 기대하고 있었다. 엄마 옷은 며칠 전에 〈바니스〉에 가서 같이 골랐다. 엄마는 내가 동성애자인 걸 알고 난 뒤로는 내가 웨딩드레스 입는 모습은 영영 못 볼 줄 알았다고 했다. 엄마는 나를 보자 울었다. 내가 자랑스럽다고 했다. 나를 사랑한다고도 했다.

"나도 엄마 사랑해. 이제 그만 울어. 나도 울 것 같잖아. 화장 다 망치면 어쩌라고."

우리는 이제 감정을 억지로 숨기지 않는다. 이제는 그냥 드러낸다.

몰리와 마크가 화장과 머리 손질을 끝내자 엄마와 나는 결혼 서약서를 다시 읽으며 연습했다. 가난할 때나 부유할 때나 아플 때나 건강할 때나 칭송받을 때나 잊힐 때나, 늘 우리 가장 가까이 있었고 우리를 응원해 주고 사랑해 준 사람들 앞에서 내가 엘런에게 느끼는 마음을 드러내야 한다. 도저히 진정이 되지 않았다. 하객 중에는 식을 인도할 웨인 다이어도 있었고 사샤와 사샤의 남편인 매트도 있었다. 매트는 사샤와 내가 세인트 바스에 가기 10년 전에 사샤가 이미 남편감으로 골라 놓은 남자였다. 물론 오빠와 오빠의 두 번째 아내인 멋쟁이 케이시도 왔다.

"이 반지는 내가 당신과 평생을 보내기로 결정했음을 의미합니다. 당신이 그러하듯 나도 당신을 돌보고 헌신하며 사랑하겠습니다. 당신을 만난 뒤로 나는 완전히 변했습니다. 당신의 사랑으로 나는 좀 더 부드러워질 수 있는 힘을 얻었습니다. 당신은 나에게 친절함과 연민이 무엇인지 가르쳐 주었습니다. 당신으로 인해 나는 더 나은 사람이 되었습니다."

나는 잠시 읽던 것을 멈추고 엄마를 바라보았다. 엄마는 나를 자랑스러워했다. 엄마는 침착했다. 엄마는 다른 여성으로부터 심오한 사랑을 찾은 건강한 자기 딸을 보면서 웃음을 지었다. 그 여성은 다름 아닌 엘런 디제너러스였다. 나는 과거에 엘런을 들먹이며 여자 친구를 사귀다가 동성애자라는 게 대중에게 발각되더라도 걱정할 필요가 없다고 말한 적이 있었다. 엄마가 "이제는 세상 사람 전부가 네가

367

동성애자라는 걸 알게 될 거야!" 하고 말하자, 나는 이렇게 대꾸했던 것 같다. "엄마, 진정해. 내가 뭐 엘런 디제너러스랑 데이트할 것도 아닌데 뭐." 엘런 디제너러스는 '최악의 시나리오'였다. 엘런과 같이 있는 것만으로도 '나 동성애자요'라고 광고하는 거나 마찬가지였다. 엘런과 만남으로써 나는 진실하고 정직하게 살 수밖에 없을 것이고, 아무런 가식 없이 있는 그대로의 내가 될 수밖에 없을 것이었다. 나는 엘런을 만나게 된 것을 매일 고맙게 생각한다.

인생 최악의 시나리오를 감히 받아들이라고 강력히 추천하고 싶다. 엘런을 만났을 때 나는 몸무게가 76킬로그램이었다. 그런데 엘런은 나를 사랑했다. 엘런 눈에는 내가 뚱뚱한 게 보이지 않았다. 엘런은 그 살 아래에 있는 나의 본질만 보았다. 내가 평생을 두고 가장 두려워한 일은 살이 찌는 것이었고 동성애자가 되는 것이었다. 하지만 눈을 뜨고 보니 그것이 가장 커다란 행복이 되었다. 정말 아이러니 아닌가. 내가 바라는 건 오직 있는 그대로의 내 모습대로 사랑받는 것이었다. 그런데도 나 아닌 다른 모습으로 사람들 앞에 서려고 그렇게 애를 썼다. 물론 어느 날 갑자기 눈을 떠 보니 내가 자신에게 진실해져 있더라는 얘기는 아니다. 엘런은 내 살과 뼈 아래 있는 내면의 나를 알아보았고 손을 내밀었으며 나를 거기서 끌어내 주었다. 나는 선서 연습을 계속했다. 엘런이 이 선서에 어떤 반응을 보일지 조금 신경이 쓰이긴 했다. 엘런과 내가 커플이 되기 전에 내 병은 이미 완전히 나은 상태였다. 그래도 내가 나를 인정하기 위해 얼마나 애를 썼는지 엘런에게 말하고 싶었다. 그리고 나조차도 몰랐던 내 속의 어떤 면을 엘런이 알아주었기 때문에 나도 비로소 나를 달리 인식할 수 있었다고 엘런에게 한 번 더 상기시켜 주고 싶었다. 엘런의 눈에 비친 사람은 특별하다는 말을 듣고 싶어서 대회에 나가면 무조건 우승해야 하고 이름도 바꾸어야 직성이 풀렸던 평범한 집안 출신의 평범하고 평균적인 여자아이가 아니었다. 엘런에게 나는 독특하고 특별한 사람이었고 보살펴 주고 싶은 그런 사람이었다.

"당신은 나보다 나를 더 잘 보살펴 주고······."

엄마가 불쑥 끼어들었다. 내 그럴 줄 알았다.

"그래도 너 이제는 완전히 나았잖아, 아냐?"

엄마는 내가 다시 그 어둡고 외로운 식이 장애의 세계에 발을 들여놓게 될까 봐 걱정이 태산이었다. 거울에 비친 내 모습을 보았다. 마음에 들었다. 어린 시절 꿈꾸었던 결혼식 장면은 아니었다. 그때 그려 본 웨딩드레스 차림의 신부도 아니었다. 하지만 나는 나 자신을 보았다. 더 나아진다는 게 뭘까? 그 생각을 하다가 문득 웨인 다이어가 한 말이 떠올랐다. 내가 참 좋아하는 말이다. 웨인은 내가 꿈꿔 온 여자와 나를 맺어 주기 위해 이 자리에 온 친구다. "진정한 고귀함이란 남보다 더 나아진다는 뜻이 아니다. 진정한 고귀함은 예전의 나보다 더 나은 사람이 된다는 뜻이다."

"맞아, 엄마. 나 이제 훨씬 나아졌어."

나는 예전의 나보다 더 나은 사람이 되었다.

먹는 일과 화해할 수 있을까?

포샤 드 로시가 굴욕감을 절절하게 묘사한 〈앨리 맥빌〉의 속옷 장면을 유튜브에서 보았다. 일부러 찾아본 건 아니고 저자의 자료를 검색하다가 우연히 링크된 걸 봤다. 보기 전까지는 드 로시의 친구 앤의 반응을 믿었다. 앤은 '그냥 건강한 보통 여자'로 보였다고 했다. 조금 통통했었나 보다, 티브이 화면에 나오기에는 좀 민망했나 보다, 드라마에서 '섹시' 담당 여배우였다니 예민할 수밖에 없었겠구나 싶었다.

그 동영상을 본 건 잘한 일이었다. 안 봤더라면 옮긴이로서 저자의 심정을 제대로 이해했다고 할 수 없을 것이다.

드 로시의 배는 납작했다.

흉곽 제일 아래 뼈도 보였다. 분명히 보였다. 앤은 무심했을 뿐만 아니라 그 자신도 날씬한 몸매의 기준에 엄격한 사람이었다.

의심이 갔다. 인생 최대 몸무게였다는 76킬로그램일 때도 그냥 볼 만한 정도가 아니었을까? 그 당시 동영상도 봤다. 그것도 친절하게 링크되어 있었다. 이 책에도 나오는 록 더 보트 콘서트 현장에서 찍힌 동영상이었다. 역시. 드 로시는 옆에 선 엘런 디제너러스나 다른 사람과 비교해 별로 튀지 않았다. 그냥 키가 좀 큰 보통 체격의 여자로 보였다.

우리 모두 이러고 산다. 남 눈에는 아무렇지도 않거나 아예 관심도 없는데 얼굴이 달덩이라 도저히 외출을 할 수 없다고 괴로워한다. 무 다리라 치마를 입고 나다닐 수 없다고 슬퍼한다. 오늘날 뚱뚱한 몸은 죄악이고 시선에 대한 테러다. 인터넷에는 연예인의 '흑 역사'를 보여 주는 과거 사진, 성형 비포 애프터 사진, '성괴' 연예인 목록, 데뷔나 활동 재개에 맞춘 몸짱 프로젝트 등으로 차고 넘친다. 빼도 난리다. 찌면 쪘다고, 빠지면 빠졌다고 잔소리다.

이게 다 뭐하자는 건가. 다들 뭣 때문에 이러고들 사는가. 우리는 불안하고 부당한 현실에서 패배자밖에 안 된다. 그래서 뚱뚱해지는 것과 늙는 것과 죽는 것을 과도하게 두려워한다. 뚱뚱한 건 지는 거다. 늙는 것도 지는 거다. 그래서 보톡스를 밀어 넣고 지방세포를 뽑아내고 턱뼈를 깎는다. 남들의 시선 때문에. 내 목숨을 걸고.

포샤 드 로시는 그렇게 납작한 배를 가지고도, 더구나 재킷을 벗을 때 벌어진 어깨와 겨드랑이는 가냘퍼 보이기까지 했는데, 뚱뚱하다고 생각해 자학하고 거식증에 운동 중독까지 걸렸다. 껌 한 통 씹은 것 때문에 12센티짜리 통굽 구두를 신고 6층에 있는 자기 집까지 전속력으로 오르내린다. 그래야 껌 한 통 칼로리를 소모할 수 있으니까. 제발 그만하라고 뜯어말리고 싶었다. 그렇게 겁내지 않아도 돼, 넌 이대로도 정말 괜찮아!

드 로시의 폭식증과 거식증의 근원은 성 정체성 문제였다. 스스로도 동성애를 인정하지 못했고 어머니도 딸의 성 정체성을 받아들이지 못했다. 동성애 문제가 해결되지 않았으므로 폭식도 거식도 해결될 수 없었다. 그 때문에 생긴 수치심은 몸무게와 외모에 대한 수치심으로 변질되었다. 마음의 갈등을 해결하지 못했기에 비난의 칼끝을 몸에 겨누었다. 몸을 굶기고 고문하고 조리돌렸다. 드 로시가 식이 장애에서 진정으로 벗어나게 된 계기는 스스로 동성애 성향을 인정하고 더는 숨기지 않겠다고 마음먹은 것, 그리고 그에게 가장 중요한 사람들이 그것을 인정한 사실이었다.

이처럼 체중에 대한 고민이나 식이 장애의 바닥에는 좀 더 근본적인 문제가 도사리고 있다. 누구는 가정불화 때문에, 누구는 성폭력을 당한 기억 때문에, 누구는 취업에 실패해서, 또 누구는 실연해서, 먹는다. 내가 이걸 왜 먹지 하면서도 계속 먹는다. 이미 알고 있는 맛인데도 먹어 봐야 한다. 배가 너무 불러 앉지도 눕지도 못하겠는데도 먹는다.

마음의 고통을 완화하기 위해 먹는 동물은 인간밖에 없을 것이다. 계약할 것처럼 사람을 들었다 났다 하던 고객이 펑크를 냈을 때, 집 나간 알코올중독자 아버지가 난동을 부리고 있다고 경찰에서 연락이 왔을 때, 임용고사에서 세 번째 낙방했을 때, 그달치 급료가 입금되자마자 십 원 단위만 남기고 싹 빠져나갔을 때, 우리는 먹을 것을 찾는다. 그럴 때 현미밥에 나물이나 통곡물 빵과 채소 샐러드를 찾는 사람은 거의 없을 것이다. 달달하고 기름지고 맵고 짠 것만이 우리의 허기진 영혼을 달래 줄 수 있다.

홈쇼핑을 튼다. 냉동고와 냉장실에 가득가득 쟁여 놓으라고, 먹을 게 떨어지면 얼마나 불안하고 서글프냐고 겁을 준다. 다른 채널도 마찬가지다. 육해공을 총동원한 음식의 포르노그래피가 펼쳐진다. 먹고 마시라고, 그것만이 이 힘든 세상 버틸 수 있는 유일한 위안거리라고 꾄다. '먹방'도 인기다. 먹방 디제이들이 치맥과 족발과 삼겹살을 입으로 쓸어 담는 걸 보며 대리 만족한다. 큰맘 먹고 무거운 엉덩이를 영차 들고 마트까지 행차하면 이번에는 알록달록 화려하게 포장된 식품들이 엉긴다.

아니다, 인생 개조를 해야지. 저것들은 악마들이야. 내가 이 꼴로 사는 건 뚱뚱하기 때문이야. 굳은 다짐을 하고 무지방 버터, 무지방 우유, 저칼로리 감미료, 무설탕 껌, 닭 가슴살 따위를 고른다. 비닐봉지에 쓸어 담고 오는 길에 대형 프랜차이즈 카페에서 디카페인 커피한 잔을 주문한다. 거기에 무지방 크림과 무칼로리 감미료를 탄다. 커피인지 커피의 카피인지를 홀짝이며 스마트 폰을 켠다. 지방이 문제라며 무지방과 저지방 음식을 먹으라 할 때는 언제고 이제는 지방이 부족하면 뇌가 죽는다고 겁을 준다. 알고 보니 진짜 죄인은 탄수화물이란다. 죄는 탄수화물 중독에 물어야 한단다. 도대체 먹는 것이 왜 이다지도 문제적인 세상이 되었을까?

드 로시의 깨달음처럼 음식이 아니라 그걸 대하는 우리의 태도가 문제다. 나쁜 음식과 좋은 음식이란 없다. 적당히 제대로 챙겨 먹으면 된다. 이렇게 간단한데 어찌하여 우리는 이다지도 바보처럼 구는

가. 음식을 탓하고 티브이 먹방을 탓하고 식품 회사를 탓해 봤자 소용없다. 그것들은 죄가 없거나, 원인이 아니라 결과이고 병폐니까. 원인은 우리 내부에 있다. 우리는 우리 자신과 화해해야 음식과 우리의 저주받은 관계에서 벗어날 수 있다.

엘런 디제너러스가 드 로시에게 한눈에 반했을 당시, 드 로시는 인생 최대 몸무게를 찍은 상태였다. 그때도 거식증은 완전히 놓지 못했다. 드 로시는 거식증이 자기 첫사랑이었다고 했다. 거식증은 특별한 사람만 걸리는 영광스러운 질환이었다. 거식증을 놓는 것은 목적의식을 포기하는 거나 마찬가지였다. 그랬으니 갈 길이 멀었다. 거식을 멈춘 뒤에는 폭식증에 시달렸다. 그런 상태였는데도 엘런 디제너러스는 드 로시한테 마음이 갔다. 내가 보는 나와 남이 보는 나, 그 중간 어디쯤에 진짜 내 모습이 있는 건지도 모른다. 다행이었다. 엘런은 포샤의 진짜 모습을 알아보았다.

남과 나를 전혀 비교하지 않고 살기는 어렵다. 나도 힘들고, 그러면 남들도 싫어한다. 잘난 체 한다고 오해한다. 그러니 그건 계룡산 도인 급이 돼야 가능할 것이다. 해 볼 만한 방법이 있다. 저자 친구의 충고다. 나와 비교하란다. 이전의 나와. 과거의 나보다 조금이라도 더 나아진 나와, 그것이 진정으로 고귀한 인생이라고 한다. 멋진 말이다. 마음도 조금 따뜻해지는 것 같다. 무엇보다 드 로시가 행복해하니 기쁘다. 정말 다행이다. 앞으로 힘든 일이 생겨도 잘 이겨내겠지.

이 글을 쓰면서 죽염 사탕 한 봉지를 거의 혼자서 해치웠다. 몇 개 들이였는지 사탕 봉투 뒷면을 읽어 보고 싶었다. 하지만 꾹 참고 봉투를 곱게 접어 비닐 모으는 통에 넣었다. 왜 나는 다른 역자처럼 멋지게 쓰지 못하나. 이런 바보. 남과 비교하지 말고 과거의 나와 비교하라니까. 예전 '옮긴이의 글'을 보니 이번에는 달달한 커피가 당긴다. 예전 글들이 더 나아 보인다. 어쩌면 좋은가!

2014. 10.
배미영